LIVRO III DA SÉRIE EXECUTORES

CALAMIDADE

BRANDON SANDERSON

TRADUÇÃO
ISADORA PROSPERO

Aleph

CALAMIDADE

TÍTULO ORIGINAL:
Calamity

COPIDESQUE:
Tássia Carvalho

REVISÃO:
Ana Luiza Candido
Hebe Ester Lucas
Raquel Nakasone

PROJETO GRÁFICO E DIAGRAMAÇÃO:
Desenho Editorial

CAPA:
Pedro Inoue

ILUSTRAÇÃO:
Barry Blankenship

DADOS INTERNACIONAIS DE CATALOGAÇÃO NA PUBLICAÇÃO (CIP)
ODILIO HILARIO MOREIRA JUNIOR - CRB-8/9949

S216c   Sanderson, Brandon
Calamidade / Brandon Sanderson ; traduzido por Isadora Prospero. - São Paulo : Aleph, 2018.
384 p. - (Série Executores ; v.3)

Tradução de: Calamity
ISBN: 978-85-7657-403-3

1. Literatura norte-americana. 2. Ficção científica.
I. Prospero, Isadora. II. Título.

2018-138   CDD 813.0876
                  CDU 821.111(73)-3

ÍNDICES PARA CATÁLOGO SISTEMÁTICO:
1. Literatura : Ficção Norte-Americana 813.0876
2. Literatura norte-americana : Ficção 821.111(73)-3

Copyright © Dragonsteel Entertainment, LLC, 2016
Copyright © Editora Aleph, 2018
(edição em língua portuguesa para o Brasil)

Todos os direitos reservados.
Proibida a reprodução, no todo ou em parte,
através de quaisquer meios.

Aleph

Rua Bento Freitas, 306 - Conj. 71 - São Paulo/SP
CEP 01220-000 • TEL 11 3743-3202
www.editoraaleph.com.br

 @editoraaleph
 @editora_aleph

Para Kaylynn ZoBell,
escritora, leitora, crítica
e amiga, que passou dez anos
em um grupo de escrita com
um bando de tagarelas
e ainda ergue a mão
educadamente para fazer
comentários, em vez de nos
matar.
(Obrigado por toda a ajuda
ao longo dos anos,
Kaylynn!)

PRÓLOGO

Eu presenciei as profundezas aterrorizantes.

Estive em Babilar, a Babilônia Restaurada, a antiga cidade de Nova York. Encarei a ardente estrela vermelha conhecida como Calamidade, e soube – sem sombra de dúvida – que algo dentro de mim havia mudado.

As profundezas me reivindicaram como parte delas. E, embora eu as tenha negado, ainda carrego a cicatriz escondida.

Elas insistem que me terão outra vez.

PARTE 1

1

O sol espiava sobre o horizonte como a cabeça de um peixe-boi radioativo gigante. Eu estava agachado, escondido em uma árvore, entre todos os lugares possíveis. Tinha me esquecido de como aquelas coisas exalavam um cheiro estranho.

– Tudo bem aí? – sussurrei na linha. Em vez de usar celulares, estávamos dependendo de rádios antigos que tínhamos modificado para funcionar com fones de ouvido. O áudio cortava e voltava enquanto eu falava. Uma tecnologia primitiva, mas necessária para esse trabalho.

– Espere um segundo – Megan disse. – Cody, está em posição?

– Pode apostar – estalou a resposta, com um sotaque sulista arrastado. – Se alguém tentar te pegar de surpresa, moçoila, coloco uma bala no nariz da pessoa.

– Eca – Mizzy disse na linha.

– Nos movemos em cinco – eu falei do meu poleiro. Cody chamara a geringonça que eu estava usando de "suporte de árvore", que era na verdade uma cadeira de acampamento glamourizada, pendurada a cerca de 10 metros no ar, no tronco de um olmo. No passado, caçadores a usavam para se esconder da caça.

Apoiei no ombro meu Gottschalk – um fuzil de assalto militar polido – e mirei através das árvores. Normalmente, nesse tipo de situação, eu estaria mirando em um Épico: um dos indivíduos com superpoderes que aterrorizavam o mundo. Eu era um Executor, assim como minha equipe, dedicado a derrotar Épicos perigosos.

Infelizmente, a vida para os Executores tinha parado de fazer sentido cerca de dois meses antes. Nosso líder, Prof, ele mesmo um Épico, fora pego na trama intricada de uma rival para encontrar um sucessor. Consumido pelos próprios poderes, ele tinha abandonado o império de Realeza em Babilar, mas levara consigo os hard drives dela, com todas as suas observações e segredos. Nós pretendíamos derrotá-lo. E isso me levara até ali.

Um castelo enorme.

Sério. Um castelo. Eu pensava que eles só existiam em filmes antigos e em outros países, mas havia um ali, escondido nas florestas da Virgínia Ocidental. E, apesar dos portões de metal modernos e do sistema de segurança de alta tecnologia, o lugar parecia existir desde muito antes de Calamidade aparecer no céu – líquens cobriam as paredes de cantaria e videiras se enroscavam subindo os muros desgastados.

Povos pré-Calamidade eram estranhos. E da hora, também – a prova: castelo –, mas ainda muito estranhos.

Desviei o olhar da mira e olhei para Abraham, escondido em uma árvore próxima. Eu conseguia distingui-lo apenas porque sabia exatamente o que procurar. Sua roupa escura se misturava bem nas sombras sarapintadas da manhã, que era – segundo o nosso informante – a melhor hora para invadir essa localidade em especial: o castelo Shewbrent, também conhecido como a Fundição do Falcão Paladino. A fonte primária de tecnologias derivadas de Épicos em todo o mundo. Tínhamos usado as armas e os dispositivos deles para lutar contra Coração de Aço, e depois Realeza.

Agora as roubaríamos.

– Todo mundo desligou os celulares? – perguntei na linha. – Tiraram as baterias?

– Você já perguntou isso três vezes, David – Megan respondeu.

– Verifiquem mesmo assim.

Todos confirmaram e eu respirei fundo. Até onde sabíamos, éramos provavelmente a última célula dos Executores. Dois meses e ainda não tínhamos recebido sinal de Thia, o que significava que ela provavelmente estava morta. Isso deixou ninguém menos que *eu* no comando – ainda que eu tenha ganhado o emprego por eliminação. Abraham e Cody riram quando perguntei se eles o queriam, enquanto Mizzy ficou tensa como uma tábua e quase começou a hiperventilar.

Agora estávamos colocando meu plano em ação. Meu plano louco, imprudente, incrível. Para ser sincero, eu me sentia aterrorizado.

Meu relógio vibrou. Hora de ir.

– Megan – chamei no rádio –, sua vez.

– Estou pronta.

Apoiei o fuzil no ombro outra vez, averiguando através das árvores na direção em que Megan lançaria seu ataque. Eu me sentia cego. Com meu celular, poderia ter acesso à visão de Megan para acompanhá-la no ataque, ou pelo menos puxar um mapa local e ver minha equipe representada como pontos. Nossos celulares, no entanto, eram montados e distribuídos pela Falcão Paladino – que também administrava a rede segura na qual eles funcionavam. Usá-los para coordenar um ataque contra a própria instalação da Falcão Paladino parecia tão inteligente quanto usar pasta de dente como molho de salada.

– Atacando – disse Megan, e logo um par de explosões fez o ar estremecer. Eu olhei pela mira e identifiquei os rastros de fumaça se erguendo no céu, mas não consegui ver Megan; ela estava no outro lado do castelo. Seu trabalho era fazer um ataque frontal, e aquelas explosões eram granadas que ela jogara no portão de entrada.

Atacar a Falcão Paladino era, claro, *absolutamente* uma missão suicida. Embora todos soubéssemos disso, estávamos desesperados, com poucos recursos, e sendo caçados por Jonathan Phaedrus em pessoa. A Falcão Paladino se recusava a falar conosco e tinha ignorado completamente todos os nossos pedidos.

Nossa escolha era enfrentar Prof sem equipamentos ou ir até ali e ver o que conseguíamos roubar. Essa parecia a melhor de duas péssimas alternativas.

– Cody? – chamei.

– Ela está indo bem, moço – ele disse acima dos estalos da linha de rádio. – Parece exatamente com aquele vídeo. Eles soltaram drones logo depois das explosões.

– Pegue o que puder – eu disse.

– Entendido.

– Mizzy – chamei. – Sua vez.

– Zica.

Hesitei.

– Zica? Isso é algum tipo de código?

– Você não sabe o que... faíscas, David, você é muito antiquado às vezes. – As palavras dela foram pontuadas por outra série de explosões, maiores dessa vez. Minha árvore balançou com as ondas de choque.

Eu não precisava da mira para ver a fumaça se erguendo à minha direita, ao longo do flanco do castelo. Logo depois da explosão, um grupo de drones do tamanho de bolas de basquete – polidos e metálicos, com hélices no topo – surgiu de janelas e voou em direção à fumaça. Máquinas maiores rolaram de alcovas escuras; esguias e quase tão altas quanto uma pessoa, cada uma tinha um braço com uma arma no topo e se movia em esteiras em vez de em rodas.

Eu as segui com a mira enquanto elas começavam a atirar na floresta, onde Mizzy havia plantado sinalizadores em baldes para que emitissem assinaturas térmicas. Atirar com metralhadoras remotamente aumentava a ilusão de que um esquadrão grande de soldados estava escondido ali. Tínhamos programado os tiros todos para o alto. Não queríamos que Abraham ficasse no fogo cruzado quando precisasse se mover.

A defesa da Falcão Paladino se desenrolou exatamente como no vídeo do nosso informante. Ninguém nunca invadira o lugar com sucesso, mas muitos haviam tentado. Um dos grupos, uma força paramilitar imprudente de Nashville, filmara sua tentativa e tínhamos conseguido cópias. Pelo que podíamos adivinhar, a maior parte do tempo todos aqueles drones ficavam dentro do castelo, patrulhando os corredores. Agora, no entanto, eles estavam do lado de fora, lutando.

Com sorte, isso nos daria uma abertura.

– Certo, Abraham – anunciei na linha –, sua vez. Eu te cubro.

– E lá vou eu – disse Abraham suavemente. Com cuidado, o homem negro desceu de sua árvore em um cabo fino, então deslizou silenciosamente sobre o chão da floresta. Embora tivesse braços e pescoço grossos, Abraham se moveu com agilidade surpreendente enquanto se aproximava do muro, ainda pouco visível na luz da aurora. Seu traje de infiltração apertado iria mascarar sua assinatura térmica, pelo menos enquanto os dissipadores de calor em seu cinto continuassem funcionando.

O trabalho dele era se esgueirar para dentro da Fundição, roubar quaisquer armas ou tecnologias que encontrasse, e sair em menos de 15 minutos. Tínhamos conseguido mapas básicos do nosso informante indicando que os laboratórios e as fábricas no piso inferior do castelo estavam cheios de brinquedinhos esperando para ser pegos.

Observei Abraham ansiosamente através da mira – desviando-a para a direita de modo que um tiro acidental não o atingisse –, a fim de garantir que nenhum drone o avistasse.

Ninguém o viu. Ele usou uma linha retrátil para subir no muro baixo, e outra para alcançar o teto do castelo. Então se escondeu atrás de uma das ameias enquanto preparava o próximo passo.

– Há uma abertura à sua direita, Abraham – eu disse na linha. – Um dos drones saiu de um buraco embaixo da janela naquela torre.

– Zica – Abraham disse, a palavra soando especialmente estranha vinda dele, com seu leve sotaque francês.

– Alguém por favor me diga que isso não é uma palavra de verdade – eu falei, então ergui minha arma para acompanhá-lo enquanto ele se movia em direção à abertura.

– Por que não seria? – Mizzy perguntou.

– Soa estranho, só isso.

– E as coisas que a gente fala não soam? "Faíscas"? "Slontze"?

– Essas são palavras normais – eu respondi. – Nem um pouco estranhas. – Um drone voador passou por mim, mas felizmente meu traje estava escondendo minha assinatura térmica. Isso era bom, já que a roupa, parecida com um traje de mergulho, era desconfortável pra caramba. Mas não era tão ruim quanto a de Abraham; a dele tinha uma máscara e tudo o mais. Para um drone, eu teria uma assinatura térmica mínima, como um esquilo ou algo do tipo. Um esquilo secretamente muito, muito mortal.

Abraham chegou à alcova que eu apontara. Faíscas, o homem era bom em se esgueirar. No segundo em que desviara os olhos, eu o tinha perdido, e foi difícil localizá-lo outra vez. Ele devia ter *algum* tipo de treinamento de forças especiais.

– Há uma porta aqui, infelizmente – Abraham disse da alcova. – Deve se fechar depois que as máquinas saem. Vou tentar fazer uma ligação direta.

– Ótimo – falei. – Megan, como você está?

– Viva – ela respondeu, ofegante. – Por enquanto.

– Quantos drones está vendo? – perguntei. – Eles já mandaram os grandes atrás de você? Consegue...

– Estou meio ocupada, Joelhos – ela rosnou.

Eu esperei ansiosamente, ouvindo o som de tiros e explosões. Queria estar lá no meio da ação, atirando e lutando, mas isso não faria sentido. Eu não era furtivo como Abraham ou... bem, *imortal* como Megan. Ter uma Épica como ela na equipe com certeza era uma vantagem. Eles conseguiam lidar com a situação. Meu trabalho, como líder da equipe, era ficar para trás e tomar decisões.

Eu odiava isso.

Será que Prof se sentira assim durante as missões que supervisionou? Ele geralmente esperava, liderando dos bastidores. Eu não tinha percebido como seria difícil. Bem, se eu havia aprendido alguma coisa em Babilar, era que precisava controlar minha cabeça quente. Eu precisava ser, tipo... meio cabeça quente. Um queixo quente?

Então esperei enquanto Abraham trabalhava. Se ele não conseguisse entrar logo, eu precisaria cancelar a missão. Quanto mais tempo isso levasse, maiores as chances de que as pessoas misteriosas que comandavam a Fundição descobrissem que o nosso "exército" consistia apenas de cinco pessoas.

– Status, Abraham? – perguntei.

– Acho que consigo abrir isso aqui – disse. – Só um pouquinho mais.

– Eu não... – As palavras morreram na minha garganta. – Espere, o que foi isso?

Um ronco baixo estava vindo de algum lugar próximo. Examinei a área abaixo de mim e fiquei surpreso ao ver a cobertura vegetal da floresta *se curvando para dentro*. Folhas e musgo se dobraram para trás, revelando uma porta de metal. Outro grupo de drones saiu voando dela, lançando-se através da minha árvore.

– Mizzy – sibilei no meu fone. – Outros drones estão tentando flanquear sua posição.

– Chato – Mizzy retrucou. Ela hesitou por um momento. – Você conhece...?

– Sim, eu conheço essa palavra. Talvez você precise iniciar a próxima fase. – Olhei para baixo, para a abertura, que estava se fechando com um ruído alto. – Fique a postos; parece que a Fundição tem túneis que saem pra floresta. Eles vão lançar drones de posições inesperadas.

A porta abaixo parou, meio fechada. Eu franzi a testa, me inclinando para ver melhor. Parecia que um pouco de terra e pedras tinham caído nas engrenagens de uma das portas. Esse era o problema de esconder sua entrada no meio de uma floresta.

– Abraham – falei no fone, animado –, a abertura está emperrada. Você pode entrar por aqui.

– Acho que isso seria difícil – ele disse.

Ergui os olhos e notei que um par de drones recuara depois de uma cortina de fogo ao lado de Mizzy. Eles pairavam perto da posição de Abraham.

– Faíscas – sussurrei, então ergui meu fuzil e derrubei as duas máquinas com um par de tiros. Elas caíram; nós tínhamos balas que fritavam eletrônicos. Eu não sabia como elas funcionavam, mas havíamos trocado quase tudo o que possuíamos para consegui-las, incluindo o helicóptero no qual Cody e Abraham haviam escapado de Nova Chicago. De qualquer forma, era óbvio demais.

– Obrigado pela assistência – Abraham disse quando os drones desabaram.

Abaixo de mim, as engrenagens na abertura arranhavam umas contra as outras, tentando fechar a porta à força. Ela se moveu outro centímetro.

– Essa porta vai fechar a qualquer segundo – informei. – Venha pra cá, rápido.

– Não é possível ser rápido e furtivo, David – Abraham disse.

Olhei para a abertura. Nova Chicago estava perdida para nós; Prof já havia atacado e pilhado todos os nossos esconderijos lá. Mal tínhamos conseguido levar Edmund – outro dos nossos aliados Épicos – para um local seguro.

As pessoas de Nova Chicago sentiam-se aterrorizadas. Babilar não estava muito melhor: havia poucos recursos, e antigos seguidores de Realeza mantinham um olho na cidade, servindo Prof agora.

Se esse roubo falhasse, estaríamos destruídos. Teríamos que nos estabelecer em algum ponto fora do mapa e tentar nos reconstruir ao longo do próximo ano, o que deixaria Prof com rédea solta para causar destruição. Eu não sabia bem o que ele estava fazendo ou por que deixara Babilar tão rápido, mas isso indicava alguma trama ou plano. Jonathan Phaedrus, agora consumido pelos próprios poderes, não se contentaria em ficar sentado em uma cidade apenas governando. Ele tinha ambições.

Talvez fosse o Épico mais perigoso que o mundo já conhecera. Meu estômago se revirou com essa ideia. Eu simplesmente não podia justificar mais atrasos.

– Cody – chamei. – Consegue ver e cobrir Abraham?

– Um segundo – ele respondeu. – Sim, estou vendo.

– Bom – eu disse. – Porque eu vou entrar. Você está no comando.

2

Deslizei pela minha corda e pousei no chão da floresta, esmagando folhas secas. À minha frente, a porta para o buraco tinha finalmente começado a se mover de novo. Com um grito, corri em direção à abertura no chão e pulei para dentro, derrapando uma distância curta por uma rampa rasa enquanto a porta se fechava atrás de mim, as engrenagens raspando umas contra as outras pela última vez.

Eu estava dentro. E provavelmente preso.

Então... eba?

Luzes de emergência suaves ao longo das paredes revelavam um túnel em ascensão com o topo arredondado como a garganta de um gigante. A descida não era tão íngreme, então me levantei e comecei a percorrer a rampa lentamente, a arma no ombro. Sintonizei meu rádio, preso ao quadril, em uma frequência diferente – o protocolo para quem quer que conseguisse entrar na Fundição, a fim de me concentrar. Os outros saberiam como me contatar.

A penumbra me deixou com vontade de ligar o celular, que também servia de lanterna, mas me segurei. Eu não sabia que tipo de porta dos fundos a Fundição do Falcão Paladino havia incorporado naquelas coisas. Na verdade, eu nem sabia do que os celulares eram realmente capazes. Eles deviam ser algum tipo de tecnologia derivada de Épicos. Telefones que funcionavam sob quaisquer circunstâncias, com sinais que não podiam ser interceptados? Embora eu tivesse crescido numa cova embaixo de Nova Chicago, conseguia perceber como isso era fantasioso.

Cheguei ao final da rampa e liguei a visão noturna e as configurações térmicas da minha mira. *Faíscas*, aquela arma era da hora. O corredor silencioso se alongava à minha frente, nada além de metal suave do chão ao teto. Considerando a extensão, o túnel devia passar sob os muros da Fundição e entrar no complexo; provavelmente era um corredor de acesso.

Fotos contrabandeadas expondo o interior da Fundição mostravam todo tipo de motivadores e tecnologias jogados em bancadas de trabalho ali embaixo. Isso tinha nos convencido a tentar esse plano tudo-ou-nada. Furtar e fugir, e torcer para sair com algo útil.

Seria tecnologia criada, de alguma forma, a partir de corpos de Épicos. Mesmo antes de descobrir os poderes de Prof, eu deveria ter percebido quanto nós dependíamos dos Épicos.

Eu sempre sonhara que os Executores fossem um tipo de força de defesa puramente humana – pessoas comuns lutando contra um inimigo extraordinário. Mas não era assim que acontecia, era? Perseu tinha o seu cavalo mágico, Aladim tinha a sua lâmpada, e o Davi do Antigo Testamento tinha a bênção de Jeová. Se quer lutar contra um deus, é melhor ter um do seu lado também.

No nosso caso, cortávamos pedaços dos deuses, os trancávamos em caixas e canalizávamos o seu poder. Boa parte disso tivera origem naquele lugar. A Fundição do Falcão Paladino, fornecedores discretos de cadáveres de Épicos transformados em armas.

Meu fone estalou e eu dei um pulo.

– David? – A voz de Megan, em uma linha de rádio privada. – O que está fazendo?

Estremeci.

– Encontrei um túnel de acesso de drones no chão da floresta e consegui entrar – sussurrei.

Silêncio na linha, seguido por:

– Slontze.

– Por quê? Você acha imprudente?

– Faíscas, não. Porque você não me levou junto.

Uma explosão soou em algum lugar perto dela.

– Parece que você está se divertindo aí também – eu disse. Continuei me movendo, o fuzil erguido e os olhos focados à frente, procurando por drones.

– Ah, claro – Megan disse. – Interceptando minimísseis com o meu rosto. Superdivertido.

Eu sorri; o mero som da voz dela fazia isso comigo. Diabos, eu preferia ouvir Megan gritando comigo a qualquer outra pessoa me elogiando. Além disso, o fato de ela estar falando comigo significava que não tinha *realmente* interceptado minimísseis com o rosto. Ela era imortal porque, se morresse, renasceria – mas, de todas as outras formas, era tão frágil quanto qualquer outra pessoa. E, por causa de preocupações recentes, Megan tentava limitar o uso dos próprios poderes.

Nessa missão, ela faria tudo – ou pelo menos a maior parte – do jeito tradicional. Agachando-se entre árvores, jogando granadas e atirando enquanto Cody e Mizzy lhe davam cobertura. Eu a imaginei xingando baixinho, suando enquanto avistava um drone passando, sua mira perfeita, seu rosto...

... hã, certo. Provavelmente eu deveria me concentrar.

– Vou manter a atenção deles aqui em cima – Megan disse –, mas tome cuidado, David. Você não está com um traje de infiltração completo. Se aqueles drones olharem de perto, vai apresentar uma assinatura térmica para eles.

– Zica – sussurrei. O que quer que significasse.

À minha frente, o túnel começava a ficar mais claro, então desliguei a visão noturna da mira e reduzi o ritmo. Dei mais alguns passos e parei. O túnel de acesso terminava em um grande corredor branco que se estendia para a direita e para a esquerda. Muito iluminado, com chão feito de azulejos e paredes metálicas, estava completamente vazio. Como um escritório quando a lojinha do outro lado da rua está distribuindo rosquinhas de graça.

Puxei do bolso os nossos mapas – se é que podia chamá-los assim – e os examinei. Eles não diziam muito, mas uma das fotos parecia bastante com aquele corredor. Bem, de alguma forma eu tinha que encontrar tecnologias úteis ali, roubá-las e sair.

Prof ou Thia teriam pensado num plano melhor, mas não estavam lá. Então escolhi uma direção aleatória e continuei andando. Quando o silêncio tenso foi interrompido alguns minutos depois por um som se aproximando rápido e ecoando pelo corredor, senti até um alívio.

Corri em direção ao som; não por estar ansioso para encontrá-lo, mas porque avistei uma porta no fim do corredor. Cheguei a ela em tempo de abri-la – felizmente, não estava trancada – e entrei num cômodo escuro. Com as costas apoiadas na porta, ouvi um grupo de drones passar zunindo do outro lado. Eu me virei e olhei através da janelinha na porta, e os vi zumbir pelo corredor branco, então virar para o túnel de acesso.

Eles não tinham identificado minha assinatura térmica. Sintonizei meu rádio na linha aberta e sussurrei:

– Mais drones estão saindo por onde eu entrei. Cody, status?

– Tenho alguns truques na manga – ele disse –, mas as coisas estão ficando agitadas por aqui. Abraham conseguiu entrar pelo telhado. Vocês dois devem pegar o que conseguirem encontrar e sair quanto antes.

– Entendido – Abraham disse na linha.

– Certo – concordei, olhando ao redor do quarto em que entrara. Estava completamente escuro, mas, julgando pelo cheiro estéril, era algum tipo de laboratório. Acendi a visão noturna da mira e dei uma olhada no local.

Eu estava cercado por corpos.

3

Engoli um grito de susto. Com o fuzil no ombro, examinei o cômodo de novo, meu coração martelando. O lugar estava cheio de longas mesas de metal e pias, misturadas com várias banheiras grandes, e as paredes eram cobertas do chão ao teto por estantes repletas de jarros de todos os tamanhos. Eu me inclinei para dar uma olhada melhor nos que estavam na estante perto de mim. Partes de corpos. Dedos. Pulmões. Cérebros. Todos humanos, de acordo com as etiquetas. O lugar devia ser um laboratório onde corpos eram dissecados.

Controlei a náusea e me concentrei. Eles guardariam motivadores num lugar desses? Qualquer coisa que eu achasse que usasse tecnologia Épica precisaria de um motivador para funcionar – a missão seria inútil a não ser que eu encontrasse um estoque deles.

Comecei a procurá-los – pequenas caixas de metal, do tamanho de uma bateria de celular. Faíscas. Tudo estava iluminado pela luz verde da visão noturna, e através da visão limitada da mira do fuzil, o lugar ficava ainda mais macabro.

– Ei – a voz de Mizzy veio pela linha, e eu pulei de novo. – David, está aí?

– Sim – sussurrei.

– A luta do meu lado foi até Megan, então tenho uma folga – Mizzy falou. – Cody me disse pra ver se você precisa de algo.

Eu não sabia o que ela poderia fazer a distância, mas era bom ouvir a voz de alguém.

– Estou num tipo de laboratório – informei. – Tem estantes cheias de partes de corpos em jarros e... – Eu me senti enjoado outra vez, girando a arma para ter uma visão melhor, através da mira, das banheiras perto de mim. Cada uma tinha uma tampa de vidro e estava cheia. Engasguei e recuei. – ... e tem umas banheiras com pedaços flutuantes de alguma coisa. É como se um bando de canibais estivesse se preparando para caçar maçãs na água. Ou pomos de adão.

Estendi a mão e abri um armário, onde encontrei uma estante inteira de corações em conserva. Quando segui em frente, meu pé tocou em algo que esguichou. Dei um pulo para trás, apontando a arma para o chão, mas era só um pano úmido.

– Mizzy – sussurrei –, este lugar é sinistro demais. Acha que é seguro acender uma luz aqui?

– Ah, isso seria beeeem esperto. As pessoas com um bunker hipertecnológico e drones de ataque voadores não vão ter câmeras de segurança nos laboratórios. É. Com certeza não.

– Captei a mensagem.

– Ou eles já te viram e um esquadrão de drones mortíferos está se movendo na sua direção. Mas, caso você *não* esteja preso numa armadilha e prestes a ser executado, acho que é melhor pecar por excesso de cautela.

Ela disse tudo isso numa voz alegre, quase ávida; Mizzy às vezes era mais animada que um saco de filhotinhos cafeinados. Geralmente isso era um incentivo. Geralmente eu não estava tenso me esgueirando por um cômodo cheio de cadáveres mutilados.

Eu me ajoelhei, tocando o pano no chão. O fato de ainda estar úmido talvez indicasse que alguém estivera trabalhando ali durante a noite e fora interrompido pelo nosso ataque.

– Está vendo alguma coisa que pode pegar? – Mizzy perguntou.

– Não. A não ser que você queira costurar um namorado novo pra si mesma.

– Eca. Escuta, só veja o que consegue pegar e saia daí. Nosso tempo está acabando.

– Certo – concordei, abrindo outro armário, este com instrumentos cirúrgicos. – Vou me apressar. Eu... espere.

Congelei, escutando. Tinha ouvido algo?

Sim, um som de chocalho. Tentei não imaginar um cadáver se erguendo de uma daquelas banheiras. O som viera da porta pela qual eu entrara, e uma luzinha se acendeu de repente próxima ao chão, naquela mesma área.

Franzi a testa e lentamente me aproximei. Era um drone pequeno, plano e redondo, com escovas giratórias na parte inferior. Tinha entrado por uma pequena aba perto da porta – tipo uma porta para gatos – e estava polindo o chão.

Eu relaxei.

– É só um robô de limpeza – falei na linha.

O robô imediatamente ficou em silêncio. Mizzy começou a responder, mas eu perdi suas palavras quando o pequeno robô voltou à vida e correu em direção à sua portinha. Eu me joguei no chão, estendi o braço e mal consegui agarrá-lo antes que fugisse pela pequena aba.

– David? – Mizzy perguntou, ansiosa. – O que foi isso?

– Eu sendo um idiota – respondi, estremecendo. Eu havia batido o cotovelo no chão ao me lançar no chão. – O robô reconheceu que algo estava errado e tentou escapar, mas eu o peguei a tempo. Ele poderia ter avisado alguém.

– Talvez tenha avisado – Mizzy observou. – Ele pode ter uma conexão com a segurança desse lugar.

– Serei rápido – prometi, me erguendo. Coloquei o robô de ponta-cabeça numa estante. Ao lado, havia uma prateleira com bolsas de sangue penduradas em um pequeno cooler com uma porta de vidro. Várias outras estavam no balcão. Eca.

– Talvez algumas dessas partes de corpos sejam de Épicos – eu disse. – Posso pegar algumas e daí teremos amostras de DNA. Podemos usá-las de alguma forma?

– Como?

– Sei lá – eu disse. – Transformá-las em armas, de algum jeito?

– Ahaaaam – Mizzy respondeu, cética. – Eu vou grampear um pé na frente da minha arma e torcer pra que ela atire lasers ou algo do tipo.

Eu corei na escuridão, mas não via a necessidade de zombar. Se eu roubasse DNA valioso, poderíamos trocá-lo por suprimentos, não? Embora eu tivesse que admitir que essas partes de corpos provavelmente não serviriam pra nada. As partes importantes do DNA Épico se degradavam rápido, então eu precisaria encontrar tecido congelado se quisesse algo para vender.

Freezers. Onde poderia encontrar freezers? Chequei uma das banheiras, abrindo a tampa de vidro, mas a água estava fria, não congelada. Fechei a tampa outra vez e examinei o ambiente. Havia uma porta nos fundos, oposta àquela que levava ao corredor.

– Sabe – eu disse a Mizzy enquanto andava em direção à porta –, este lugar é exatamente como eu esperava.

– Você *esperava* uma sala cheia de partes de corpos?

– É, mais ou menos – eu respondi. – Quer dizer, cientistas loucos fazendo armas a partir de Épicos mortos? Por que eles *não teriam* uma sala cheia de partes de corpos?

– Não sei bem aonde você quer chegar com isso, David. Além de me assustar.

– Um segundo.

Cheguei à porta, que estava trancada. Precisei dar alguns chutes, mas consegui abri-la. Eu não me preocupava com o barulho – se alguém estivesse por perto, já teria me ouvido lutando com o pequeno drone. A porta abriu, revelando um corredor menor que o do outro lado e completamente escuro. Esperei, e como não escutei nada, decidi ver aonde levava.

– Enfim – continuei –, eu fico me perguntando: *como* eles fazem armas a partir de Épicos?

– Sei lá – Mizzy respondeu. – Eu consigo consertar as coisas que a gente arranja, mas motivadores estão além das minhas habilidades.

– Quando um Épico morre, suas células imediatamente começam a se quebrar – eu disse. – Todo mundo sabe disso.

– Todo *nerd* sabe disso.

– Eu não sou um...

– Tudo bem, cara – Mizzy me cortou. – Aceite sua natureza! Seja você mesmo e tal. Todos nós somos nerds, basicamente, só que por coisas diferentes. Menos o Cody. Acho que ele é um geek ou algo do tipo... não estou lembrando a terminologia. Alguma coisa sobre comer cabeças de frango?*

Eu suspirei.

– Quando um Épico morre, se você for rápido o bastante, pode pegar uma amostra das células dele. A mitocôndria é supostamente importante. Daí você congela essas células e pode vendê-las no mercado negro. De alguma forma, *isso* se transforma em tecnologia. O problema é que Obliteração deixou Realeza fazer cirurgias nele. Eu vi as cicatrizes. Eles criaram uma bomba usando os poderes dele.

– E daí?

– Por que a cirurgia? – questionei. – Ele poderia só ter dado uma amostra de sangue, não? Por que Realeza chamou um cirurgião todo sofisticado?

Mizzy ficou em silêncio.

– Hm – ela disse, por fim.

– É. – Sinceramente, eu imaginara que um Épico precisava estar morto para se fazer tecnologia a partir dos seus poderes. Realeza e Obliteração haviam provado que eu estava errado. Mas, se era possível criar tecnologia a partir de Épicos vivos, por que Coração de Aço não tinha formado uma legião de soldados invencíveis? Talvez ele fosse paranoico demais para isso, mas certamente teria criado centenas de versões de Edmund, o Épico que fornecia a energia da cidade.

Cheguei a um canto no corredor escuro. Usando o infravermelho da mira, espiei além em busca de perigos. A visão noturna revelou um quarto pequeno com vários freezers grandes. Eu não vi qualquer fonte de calor distintiva, embora o timer no visor da mira me avisasse que eu deveria dar meia-volta. No entanto, se eu fosse embora e Abraham também não conseguisse nada, estaríamos arruinados. Eu *precisava* achar algo.

Então me agachei, com medo de estar ficando sem tempo – mas também incomodado pelo que vira. Além da questão de fazer motiva-

---

*   Mizzy se refere a apresentações feitas em shows de horrores norte-americanos no início do século XX, durante as quais um indivíduo (apelidado de "geek") arrancava e devorava a cabeça de galinhas ou serpentes. [N. de T.]

dores com Épicos vivos, havia outro problema com tudo isso. Quando as pessoas falavam sobre tecnologias derivadas de Épicos, era como se todos os dispositivos fossem feitos por um processo similar. Mas como era possível? Armas eram muito diferentes do detector, que nos ajudava a identificar quem era um Épico. Ambas pareciam imensamente diferentes do spyril, a tecnologia derivada de Épicos que me permitia voar sobre jatos de água.

Eu não era um nerd, mas sabia o suficiente para reconhecer que essas tecnologias pertenciam a disciplinas muito diferentes. Não se chamava um médico de esquilos para examinar um cavalo – porém, quando se tratava de tecnologia Épica, parecia que uma especialidade bastava para criar vários itens.

Admiti a verdade a mim mesmo: essas perguntas eram o motivo real de estarmos ali na Falcão Paladino. Prof havia mantido segredos, mesmo antes de sucumbir aos próprios poderes. Parecia que ninguém nunca fora honesto comigo sobre qualquer parte daquilo.

Eu queria respostas. Elas provavelmente estavam ali, em algum lugar. Talvez eu as encontrasse atrás daquele grupo de drones de guerra robóticos que estendiam os braços armados de trás dos freezers à minha frente.

Ah.

4

Os holofotes dos drones se acenderam todos de uma vez, me cegando, e abriram fogo. Felizmente eu os tinha visto a tempo, e consegui recuar pelo canto antes de os tiros me atingirem.

Dei meia-volta e saí em disparada pelo corredor. O som de tiros abafou a voz de Mizzy no meu ouvido enquanto os drones robóticos me perseguiam. Cada um tinha a parte inferior quadrada, com rodas multidirecionais e um corpo fino com um fuzil de assalto no topo. Seriam perfeitos para manobrar ao redor de móveis e por corredores, mas, faíscas, era humilhante correr deles. Pareciam mais cabideiros do que máquinas de guerra.

Cheguei à porta do laboratório com as partes de corpos e a atravessei correndo, derrapando até parar, então bati as costas contra a parede ao lado dela. Apertei um botão e puxei a vista da mira para uma telinha ao lado do meu fuzil Gottschalk, o que me permitiu erguer a arma pelo canto e atirar sem risco de ser atingido.

Os robôs debandaram como um grupo de vassouras sobre rodas. Pessoalmente, eu ficaria envergonhado de criar robôs tão idiotas. Usei o modo de disparo contínuo sem mirar direito, mas o corredor era tão estreito que não importava. Derrubei vários robôs, reduzindo o avanço dos outros, que precisavam ultrapassar a destruição. Depois de derrubar mais alguns, eles recuaram para conseguir cobertura na sala com os freezers.

– David? – A voz frenética de Mizzy finalmente atraiu minha atenção. – O que está acontecendo?

– Estou bem – respondi. – Mas eles me viram.

– Saia daí.

Hesitei.

– David?

– Tem alguma coisa aqui, Mizzy. Uma sala que estava trancada e protegida por drones… aposto que eles se moveram pra lá assim que nosso ataque começou. Ou então essa sala está *sempre* protegida. O que significa…

– Ah, Calamidade. Você vai ser você, não vai?

– Você *acabou* de dizer que eu deveria, nas suas palavras, "aceitar minha natureza". – Disparei outra salva de tiros quando percebi um movimento no fim do corredor. – Avise Abraham e os outros que eu fui visto. Tire todo mundo e fiquem prontos para recuar.

– E você?

– Vou descobrir o que há naquela sala. – Vacilei. – Talvez tenha que levar um tiro pra isso.

– *O quê?*

– Vou desligar o rádio por um segundo. Desculpe.

Deixei cair o rádio e o fone, e apertei um botão do lado da minha arma que estendia um pequeno tripé na parte inferior. Então a apontei para o túnel em um ângulo, esperando ricochetear balas da parede de metal na direção dos robôs – mas, na verdade, criando uma distração. A arma podia atirar remotamente, usando o controle levemente derretido que eu puxei de um compartimento do lado.

Atravessei o laboratório depressa, provocando pequenas rajadas de fogo para parecer que ainda estava trocando tiros com os drones. Os holofotes deles eram tão fortes que refletiam do vidro e do metal na sala, fornecendo luz suficiente para eu me mover. Apanhei o robozinho de limpeza da estante, as rodas ainda girando freneticamente, então agarrei uma bolsa de sangue do balcão e um rolo de fita cirúrgica que tinha visto em uma gaveta mais cedo.

Arranquei um pedaço da fita e fixei a bolsa no topo do robô, então perfurei a bolsa com minha faca. Fui até onde havia entrado originalmente na sala, abri um pouco a porta e coloquei, ao lado dela, o robozinho, que disparou pelo corredor branco em alta velocidade – deixando um rastro largo de gotas de sangue para trás, tão óbvio quanto um solo de tuba no meio de um rap.

Ótimo. Agora, com sorte, eu poderia fingir levar um tiro. Agarrei outra bolsa de sangue e a perfurei com a faca. Respirando fundo, corri até a porta do lado oposto da sala, de onde os drones estavam atirando no meu Gottschalk.

Os robôs faziam progresso, empurrando os caídos para o lado e avançando. Eu me agachei quando eles começaram a atirar em mim, então gritei e borrifei um pouco do sangue na parede. De lá, corri para uma das banheiras, usando a bolsa para esguichar um rastro diferente em direção à saída.

Sem a mira, não conseguia ver bem o que havia dentro da banheira, mas a abri, cerrei os dentes e entrei nela – tocando em pedacinhos escorregadios que eu tinha quase certeza serem fígados. Eu me acomodei no líquido gelado, profundamente consciente de como tudo aquilo era macabro. Felizmente, já me acostumara com meus planos me humilhando de alguma forma; dessa vez, eu estava fazendo de propósito. Então, ei, progresso!

Tentei permanecer imóvel, torcendo para que a unidade de refrigeração e a temperatura gélida da banheira me escondessem de qualquer detecção infravermelha que os robôs tivessem. Infelizmente, para não me destacar, tive que fechar a tampa da banheira e segurar a respiração. Então fiquei deitado lá, entre as partes de corpos flutuantes, vendo luzes brilharem acima de mim à medida que os robôs e seus holofotes entravam no laboratório. Eu não conseguia ver muito através da água e da tampa de vidro, mas fiquei imaginando os robôs se reunindo ao redor da banheira, olhando para mim, divertidos com a minha tentativa débil de enganá-los.

Segurei a respiração até estar a ponto de explodir. Meu rosto, não coberto pelo traje de infiltração, *congelava*. Felizmente, as luzes por fim desapareceram. Consegui segurar o fôlego um pouco mais antes de abrir a tampa, então, tremendo, olhei ao redor do laboratório. Estava no escuro total.

Aparentemente, os robôs tinham mordido a isca. Limpei o líquido dos olhos e saí da banheira. Faíscas. Como se esse lugar não fosse sinistro *antes* de eu decidir me enfiar num tonel de fígados para me esconder de robôs mortíferos. Coloquei os fones, mas havia derrubado sangue neles e pareciam fritos.

Eu teria que usar o rádio do jeito antigo.

– Voltei – disse baixinho, pressionando "enviar" e falando perto do aparelho.

– David, você é maluco – uma voz respondeu.

Sorri.

– Olá, Megan – eu disse, me esgueirando no corredor estreito e passando pelos robôs caídos. – Todo mundo saiu?

– Todo mundo que é esperto.

– Também te amo – falei. Parei no canto onde havia encontrado os guardas robóticos e espiei. A sala adiante estava no escuro, como antes. Joguei a alça da arma no ombro, então usei a mira para procurar robôs remanescentes. – Estou quase pronto. Me dê mais uns minutos.

– Entendido.

Cliquei no rádio para que apenas enviasse som, de modo que a conversa dos outros não alertasse nenhum inimigo próximo. Infelizmente, eu não tinha tempo para ser mais cuidadoso. Meu truque com o rastro falso logo seria descoberto. Como que comprovando o perigo, uma explosão distante fez o prédio tremer.

Apalpei a parede e liguei as luzes, então atravessei a sala até um dos grandes freezers. A superfície de aço inoxidável refletiu meu rosto, que exibia duas semanas de barba não feita. Eu achava que parecia rústico e durão. Megan ria com isso.

Com o coração martelando, destranquei o primeiro dos compartimentos e o abri, liberando uma nuvem de ar gelado. Dentro havia fileiras e mais fileiras de frascos de vidro congelados com tampas coloridas. Não eram os motivadores que eu estava procurando, mas sim, provavelmente, amostras de DNA Épico.

– Bem – sussurrei –, pelo menos não é um estoque de comida congelada.

– Não – uma voz retrucou. – Eu guardo isso no outro freezer.

5

Fiquei imóvel, um arrepio subindo pela coluna. Então me virei com cuidado para não fazer nenhum movimento súbito e descobri que – infelizmente – não tinha visto um único robô escondido nos recantos escuros da sala. Aquele varapau não era nada intimidador, mas o fuzil de assalto FAMAS G3 turbinado montado em cima dele era outra história.

Considerei atirar, mas meu corpo estava virado na direção errada. Eu precisaria girar a arma e torcer para acertar o robô antes de levar um tiro. Minhas chances não pareciam boas.

– Eu *tenho* comida no outro, na verdade – a voz continuou, projetada do robô. Uma voz de homem, de tenor, suave. Devia ser de uma das pessoas que comandavam a Fundição. A maior parte daqueles drones parecia autônoma, mas seus mestres estariam assistindo, cada arma com uma câmera. – Não refeições congeladas, sabe. Bifes. Alguns filés de costela que sobraram dos bons tempos. Sinto falta deles mais do que de qualquer outra coisa.

– Quem é você? – perguntei.

– O homem que você está tentando roubar. Como despistou meus drones?

Mordi o lábio, tentando determinar o tempo de resposta daquela arma ao me mover lentamente para o lado enquanto ela me seguia. Faíscas. O sistema de rastreamento era excelente; a arma não me perdeu de vista por um segundo. O alto-falante do robô até emitia um som de engatilhamento como aviso, e eu congelei onde estava.

Mas ele teria alcance completo de movimento? Talvez não...

– Então o grande Jonathan Phaedrus chegou a esse ponto – a voz disse. – Envia uma equipe de assalto para tentar me roubar.

Phaedrus? É claro. O funcionário da Fundição do Falcão Paladino achava que ainda estávamos com Prof. Não tínhamos exatamente anunciado que ele sucumbira aos próprios poderes; a maioria das pessoas nem sabia que ele era um Épico.

– Só tivemos que vir – eu retruquei – porque vocês se recusaram a negociar.

– Sim, muito honroso da sua parte. "Troquem conosco pelo que queremos ou tomaremos por força." Eu esperava mais de uma das equipes especiais de Jonathan. Vocês mal... – A voz sumiu, então continuou, mais fraca. – Como assim, há outro? Eles roubaram *o quê?* Como sabiam o que são, diabos?

Algo abafado respondeu. Tentei me afastar, mas o drone emitiu o som de engatilhamento outra vez, mais alto agora.

– Você – a voz disse, virando a atenção para mim. – Ligue para seus amigos. Diga a eles que, se não devolverem o que o outro homem roubou, eu *vou* matá-lo. Você tem três segundos.

– Hã...

– Dois segundos.

– Pessoal!

Eu me lancei e – contra os meus instintos – rolei *em direção* ao drone. Ele atirou uma salva inicial contra mim, mas – como eu esperava –, quando cheguei perto demais, a arma não conseguia virar no ângulo certo para me atingir.

Isso queria dizer que eu só levara *um* tiro.

Ele me atingiu na perna enquanto eu rolava. Não tinha certeza como isso acontecera, mas, faíscas, *doía.*

O robô tentou recuar, mas eu o agarrei, ignorando a dor abrasadora na perna. Da última vez que levara um tiro, não havia sentido nada no começo, mas dessa vez tive dificuldade em superar a agonia pura. Ainda assim, consegui evitar que o robô atirasse em mim outra vez quando estendi uma mão e soltei o dispositivo que prendia a arma ao drone. Ele caiu.

Infelizmente, enquanto eu lutava, cerca de *duas dúzias* de drones tinham se soltado do teto – onde estavam disfarçados como painéis – e agora desciam impulsionados por hélices. Eu não estava tão seguro ali quanto imaginara, embora a atenção deles se concentrasse em uma figura que passou pelo entulho na parede: um homem feito inteiramente de chamas, sua figura do vermelho profundo de rocha derretida. Tormenta de Fogo tinha chegado. Pena que ele não era real.

Apertei minha perna ferida e procurei Megan na sala. Ela se escondera no canto do corredor que levava ao laboratório. Embora Tormenta de Fogo não fosse real, pelo menos não completamente, não era uma ilusão. Ele era uma sombra de outro lugar, outra versão do nosso mundo. Ele não viera me salvar; Megan só estava sobrepondo nosso mundo com uma onda do outro, fazendo parecer que ele estava ali.

Ele enganou os drones – e, de fato, eu conseguia *sentir* tanto o calor vindo da parede derretida como o cheiro da fumaça no ar. Quando os drones começaram a atirar freneticamente, enfiei a mão num freezer e agarrei um par de frascos. Então manquei através da sala e me juntei a Megan, que veio até mim assim que percebeu que eu fora atingido.

– Slontze – ela grunhiu, me apoiando sob os braços e me arrastando para a segurança, então enfiando no bolso os frascos que eu pegara. – Te deixo sozinho por cinco minutos e você leva um tiro!

– Pelo menos te trouxe um presente – eu disse, me apoiando contra a curva da parede enquanto ela atava meu ferimento com pressa.

– Presente? Os frascos?

– Te trouxe uma arma nova – respondi, cerrando os dentes contra a dor enquanto ela apertava a atadura.

– Está falando do FAMAS que deixou ali no chão?

– Sim.

– Você sabe que cada um dos, tipo, cem drones que eu derrubei lá fora tinha um. A gente podia construir um forte com eles a essa altura.

– Bem, depois que terminar o forte, vai precisar de um para atirar. Então, de nada! Ele vem até… – Estremeci de dor. – Vem até com sua própria sala cheia de robôs mortíferos. E talvez alguns bifes. Não sei se ele mentiu sobre isso.

Atrás dela, Tormenta de Fogo parecia despreocupado, as balas derretendo antes de atingi-lo. O ar não estava tão quente quanto deveria – era como se o fogo estivesse distante e sentíssemos uma brisa que soprava dele.

Não entendíamos bem como os poderes dela funcionavam. Aqueles drones que Tormenta de Fogo derreteu não estavam mortos *de verdade*, e aquela parede não fora aberta *de verdade*. A capacidade do outro mundo de afetar este era temporária. Por um minuto, estávamos todos presos na distorção da realidade enquanto os dois mundos se misturavam, mas em pouco tempo tudo voltaria ao normal.

– Estou bem – eu disse. – Precisamos ir.

Megan não falou nada, entrando sob o meu braço de novo. O fato de ela não responder – e ter parado no meio de uma luta para estancar o ferimento – dizia tudo que eu precisava saber. O ferimento era grave, e eu sangrava muito.

Nós nos arrastamos pelo corredor em direção ao laboratório. No caminho, olhei por cima do ombro para garantir que nenhum drone nos seguia. Não havia nenhum, mas vi algo perturbador: Tormenta de Fogo estava olhando para mim *de novo*. Através das chamas de distorção, dois olhos negros encontraram os meus. Megan jurava que ele não conseguia ver o nosso mundo, mas notei quando ergueu uma mão na minha direção.

Logo estávamos fora da vista dele. Os sons altos de tiros nos perseguiram enquanto entramos cambaleando no laboratório com todos os órgãos. Desviamos, ansiosos, quando outro grupo de drones passou por nós. Eles nem olharam em nossa direção. Havia um *Épico* para combater.

Atravessamos a sala, então passamos para o corredor brilhante fora dela. Dessa vez, deixei um rastro de sangue *real* no chão.

– O que era aquele lugar? – Megan perguntou. – Aquilo eram *corações* nos jarros?

– Sim – respondi. – Cara, minha perna dói…

– Cody – Megan chamou, parecendo alarmada –, Abraham já saiu? Okay, ótimo. Prepare os jipes e fique com o kit de primeiros socorros a postos. David levou um tiro.

Silêncio.

– Não sei como faremos isso, Mizzy. Talvez a gente consiga usar a distração como tínhamos planejado. Estejam prontos.

Eu me concentrei em continuar me movendo apesar da dor. Nós viramos no túnel que levava à entrada escondida que eu usara para entrar na Fundição. Atrás de nós, os tiros subitamente pararam.

Mau sinal. Tormenta de Fogo tinha desaparecido.

– Você não podia fazê-lo nos seguir? – perguntei.

– Eu preciso de uma folga – ela disse, olhando para a frente, a mandíbula tensa. – Isso já era difícil antigamente, quando eu não me importava com o que fazia comigo.

– Você quer dizer... – comecei.

– É só uma dor de cabeça – ela retrucou. – Como ontem, mas pior. É como se... bem, como se algo estivesse martelando meu crânio, tentando entrar. Criar uma distorção tão grande está mesmo me empurrando para o limite. Então vamos torcer para...

Ela parou. Um grupo de drones se reunira no túnel de acesso à nossa frente, bloqueando a saída para a floresta. Aquela saída me provocava; estava a dezenas de metros, mas eu podia ver que fora aberta por uma explosão, deixando entrar a luz do sol. Provavelmente fora por ali que Megan entrara, mas, com aqueles drones entre nós e a saída, ela poderia muito bem estar na Austrália.

Então, sem aviso, o teto desmoronou. Pedaços enormes de metal caíram ao nosso redor e o túnel tremeu como se tivesse ocorrido uma explosão. Eu sabia o suficiente agora para reconhecer que havia algo errado sobre a explosão. Talvez os pedaços de metal não tivessem arranhado tão alto quanto deveriam, ou talvez fosse o modo como o corredor tremeu. Ou então o fato de aqueles pedaços de metal caírem diretamente na nossa frente, bloqueando os drones – que começaram a atirar, mas não atingiram Megan e eu com os destroços.

Aquilo era outra ilusão dimensional, embora ainda violenta o bastante para me desequilibrar. Eu caí, emitindo um grunhido, tentando rolar de lado para proteger minha perna ferida. Minha cabeça girou, e por um momento me senti como um grilo grampeado em um frisbee.

Quando minha visão retornou a uma aparente estabilidade, eu me vi encolhido ao lado de um dos pedaços de metal. No momento, parecia real para mim. Ali, na mistura dos dois mundos que Megan tinha criado, a "ilusão" era real.

Meu sangue, que havia encharcado a atadura improvisada, manchava o chão como se alguém o tivesse enxugado com um pano sujo. Megan se agachou ao meu lado, a cabeça inclinada, a respiração saindo em silvos.

– Megan? – chamei acima dos tiros dos drones. Faíscas... eles nos alcançariam, com ou sem bloqueio.

Os olhos de Megan estavam arregalados e os lábios se entreabriram, expondo dentes cerrados. O suor pingava de suas têmporas.

O que quer que ela estivesse combatendo enquanto usava seus poderes, estava vindo com força.

6

Isso não deveria acontecer.

Nós havíamos descoberto o segredo, o modo de tornar os Épicos imunes aos efeitos corrompedores dos próprios poderes: se eles encarassem seus medos mais profundos, a escuridão recuava.

Deveria ter sido o fim; Megan entrara num prédio em chamas para me salvar, enfrentando seu maior medo diretamente. Ela deveria estar livre. Mas não havia como negar sua expressão frenética – os dentes cerrados, a testa franzida. Ela se virou para mim sem piscar.

– Posso senti-lo, David – ela sussurrou. – Ele está tentando entrar.

– Quem?

Megan não respondeu, mas eu sabia de quem estava falando. Calamidade, o ponto vermelho no céu, a nova estrela que anunciara a chegada dos Épicos... era ela mesma um Épico. De algum modo, eu sabia que Calamidade estava *extremamente* furioso porque, ao descobrir que os medos dos Épicos se conectavam com suas fraquezas, tínhamos descoberto como cancelar sua influência sobre Megan.

Os tiros dos drones pararam.

– Aquele desmoronamento é uma ilusão de algum tipo, certo? – A voz de antes perguntou, ecoando no corredor. – Que Épico vocês mataram por essa tecnologia? Quem ensinou vocês a construir os motivadores?

Pelo menos ele estava falando em vez de atirar.

– Megan – chamei, segurando o braço dela. – Megan, olhe para mim.

Ela focou em mim e isso pareceu ajudar, embora seu olhar continuasse selvagem. Fiquei tentado a recuar e deixá-la liberar tudo. Talvez isso nos salvasse.

Mas a condenaria. Quando Prof sucumbira à escuridão trazida pelos próprios poderes, ele matara amigos sem hesitar. Aquele homem que passara a vida defendendo outros agora fora totalmente subjugado pelos próprios poderes.

Eu não deixaria o mesmo acontecer com Megan. Enfiei a mão no bolso e – estremecendo ao mexer a perna ferida – peguei meu isqueiro. Eu o segurei na frente de Megan e acendi a chama.

Ela recuou brevemente, então sibilou e *agarrou* a chama no punho, queimando a mão. Os pedaços de metal caídos que estávamos usando como cobertura oscilaram, então sumiram. O teto se consertou sozinho. O fogo ainda era a fraqueza de Megan – e, mesmo tendo enfrentado seu medo, a fraqueza anulava seus poderes. E provavelmente sempre anularia.

Felizmente, contanto que ela continuasse disposta a enfrentar essa fraqueza, parecia capaz de afastar a escuridão. A tensão a deixou, e Megan caiu ao chão com um suspiro.

– Ótimo – ela resmungou. – Agora minha cabeça *e* minha mão doem.

Dei um sorriso fraco e empurrei minha arma para longe no chão, então fiz o mesmo com a de Megan. Ergui as mãos enquanto os drones nos cercavam. A maior parte deles era do tipo esteiras-e-fuzis-de-assalto, mas havia alguns que voavam. Tivemos sorte – eles não atiraram.

Uma das máquinas rolou para perto. Uma telinha se ergueu de sua base, projetando uma figura nas sombras.

– Aquela figura era Tormenta de Fogo, de Nova Chicago, certo? Enganou meus sensores completamente – a voz disse. – Nenhuma ilusão comum poderia ter feito isso. Que tecnologia vocês estão usando?

– Eu conto – Megan respondeu. – Só não atire. Por favor. – Ela se ergueu e, ao fazê-lo, chutou algo para trás com o calcanhar.

Os seus fones. Ainda de lado no chão, eu os peguei e rolei para cima deles, disfarçando o movimento ao segurar minha perna ensanguentada. Não achei que algum drone tivesse visto o que havíamos feito.

– Bem? – a voz perguntou. – Estou esperando.

– Sombras dimensionais – Megan respondeu. – Elas não são ilusões, mas ondas de outro estado de realidade. – Ela se erguera para encarar o exército robótico, colocando-se entre os robôs e eu. A maior parte deles focava suas armas em Megan. Se a matassem, ela reencarnaria.

Eu apreciava o gesto protetor, mas, faíscas, reencarnar poderia fazer coisas imprevisíveis com ela – especialmente com o modo como os seus poderes vinham se comportando. Ela não havia morrido desde que estávamos em Babilar, e eu esperava manter tudo assim.

Eu precisava fazer algo. Então me dobrei, ainda segurando a perna. A dor era real. Eu só podia torcer para que o jeito como eu tremia e sangrava fizesse os drones me ignorarem enquanto eu deitava a cabeça sobre o fone e sussurrava discretamente no microfone.

– Mizzy, está aí? Cody? Abraham?

Nenhuma resposta.

– Impossível – o homem disse a Megan. – Tentei diversas vezes capturar esse tipo de poder num motivador, e duvido que alguém tenha o conhecimento para fazer o que eu não pude. Fendas dimensionais são complexas demais, fortes demais para...

Olhei para Megan, em pé e orgulhosa diante do exército enfileirado, e sabia que sua cabeça devia estar rachando de dor. Antes, ela havia falado com humildade, como se estivesse derrotada – mas sua postura contava outra história. Revelava uma recusa de se render, de se curvar, ou de se submeter a qualquer um ou a qualquer coisa.

– Você é uma Épica, não é? – a voz perguntou, o tom ficando mais duro. – *Não há* nenhuma tecnologia, nenhum motivador. Jonathan está recrutando, então, agora que se transformou?

Inspirei com força. Como ele sabia sobre Prof? Eu queria exigir respostas, mas não estava em posição de fazer isso. Descansei a cabeça no chão, atordoado de repente. Faíscas. Quanto sangue tinha perdido?

Quando minha cabeça encostou no fone, ele estalou e a voz de Mizzy veio até mim.

– Megan? Faíscas, fale comigo! Você está...

– Estou aqui, Mizzy – sussurrei.

– David? Finalmente! Olha, eu coloquei bombas para desmoronar o túnel. Conseguem ir pra lá? Posso explodir depois que passarem.

Bombas. Olhei para os drones nos cercando.

As ilusões de Megan...

– Exploda agora, Mizzy – ordenei.

– Tem certeza?

– Sim.

Então eu me preparei.

A explosão estourou acima, e de alguma forma pareceu *mais alta* porque eu a esperava. Os pedaços de metal caíram exatamente onde tinham caído antes, batendo no chão centímetros de onde eu me agachava – mas não fui atingido, nem Megan.

Os robôs, por outro lado, agiram como um bando de sonhos adolescentes e foram inteiramente esmagados.

Em um segundo, Megan estava do meu lado, a pistola sacada do coldre na perna, atirando nos drones que sobraram. Consegui puxar a faca da bainha no meu calcanhar e a empunhei, ganhando um olhar de Megan que dizia: "Sério?".

– Pelo menos não é uma espada de samurai idiota – resmunguei, virando as costas para os destroços. Quando a poeira se dissipou, Megan derrubou o último drone, que saiu girando até cair.

Eu me pus de pé – em um único pé – e manquei até os destroços do túnel em direção à minha arma.

– De onde veio *isso*? – Megan perguntou, gesticulando para o teto quebrado. As explosões de Mizzy não tinham desmoronado o túnel completamente. Na verdade, até onde eu via, os escombros eram *idênticos* aos destroços ilusórios que Megan criara.

– Mizzy disse que podia explodir o lugar depois que a gente escapasse.

– E você disse pra ela derrubar tudo em cima de nós? – Megan questionou, passando minha arma para mim, então apanhando o próprio fuzil.

– Eu fiquei pensando... suas ilusões puxam realidades alternativas, certo? E quanto mais próxima a realidade é da nossa, mais fácil é puxá-la, certo? Você já estava cansada...

– Ainda estou.

– ... então eu imaginei que tinha usado uma realidade muito parecida com a nossa. Explosão de cima. Mizzy tinha colocado bombas. Então eu chutei que aconteceria da mesma forma.

Megan posicionou-se embaixo do meu braço outra vez e me ajudou a mancar ao redor dos escombros. Ela atirou num drone que tentava se desprender de algumas pedras caídas.

– Poderia não ter funcionado – ela disse baixinho. – As coisas nem sempre funcionam como nas outras realidades. Você poderia ter sido esmagado, David.

– Bem, não fui – retruquei –, então por enquanto estamos salvos...

Parei de falar quando sons ecoaram no corredor, vindo de algum ponto atrás de nós. Sons metálicos. O zumbido giratório de hélices. Esteiras sobre metal.

Megan olhou para mim, então para a saída da floresta adiante, ainda cerca de 30 metros à frente.

– Vamos logo – eu disse, cambaleando mais alguns passos.

Em vez disso, Megan tirou meu braço dos seus ombros e o apoiou na parede para eu conseguir me segurar.

– Você vai precisar de tempo para sair – ela disse.

– Então devemos ir logo.

Megan colocou o fuzil sobre o ombro e se virou para o corredor.

– Megan!

– Aquele ponto perto dos destroços é defensível – ela disse. – Eu consigo segurá-los por um bom tempo. Vá.

– Mas...

– David, por favor. Apenas vá.

Eu a peguei pelo ombro, a puxei para mim e a beijei. Minha perna torceu, fazendo a dor subir por ela, mas não liguei. Um beijo de Megan valia a pena.

Então a larguei. E fugi, como ela havia ordenado.

Eu me senti covarde, mas parte de estar em uma equipe incluía reconhecer quando alguém podia fazer um trabalho melhor do que você. E parte de ser um homem incluía aprender a deixar sua namorada imortal ser a heroína de vez em quando.

Mas eu voltaria por ela, morta ou não. E logo. De jeito nenhum deixaria o corpo dela ali, para acabar naquelas banheiras que encontrara. Manquei pelo declive, tentando não pensar no que poderia acontecer com Megan. Ela teria que atirar em si mesma quando os drones a superassem, uma vez que não podia arriscar ser capturada.

Atrás de mim, ela começou a atirar, os tiros de fuzil ecoando no corredor de aço. Os drones debandaram e estalaram. Em seguida, notei fogo de armas automáticas.

Eu tinha quase chegado à saída, mas vi sombras na luz do sol lá fora. Estava ficando de saco cheio de drones. Estremeci quando saquei minha pistola. Felizmente, as sombras assumiram a forma de um robusto homem negro em roupas escuras apertadas, óculos de visão noturna na testa e uma arma muito, *muito* grande nas mãos. Abraham xingou quando me viu, a voz levemente marcada por um sotaque francês.

– Como você está? – ele perguntou, correndo pelo declive. – E Megan?

– Cobrindo nossa fuga – respondi. – Ela quer que a gente vá sem ela.

Ele encontrou meus olhos e assentiu, virando-se para percorrer os últimos passos comigo.

– Os drones lá fora voltaram quando vocês foram avistados – ele disse. – O resto da equipe está nos jipes.

Nós tínhamos uma chance, então.

– Ela *é* uma Épica.

Eu dei um pulo, olhando ao redor. Era aquela voz anterior. Um drone tinha nos encontrado?

Não. Um painel na parede se transformara numa tela. A mesma figura escura de antes estava na tela, nos encarando.

– David? – Abraham chamou, emoldurado pela luz do sol que entrava pela abertura da saída. – Vamos.

– Ela é uma Épica – confirmei, encarando a tela. Aquela figura... era familiar?

Uma luz de repente se acendeu, expulsando as sombras e revelando um homem robusto e mais velho com uma cabeça redonda, careca exceto por alguns tufos de cabelo branco que se espetavam como uma coroa. Eu já o *tinha* visto antes. Uma vez. Em uma foto de Prof, tirada anos antes.

– Eu vi algo inacreditável hoje – o homem disse – e fiquei curioso. Você é aquele que chamam de Matador de Aço, não é? Sim... o garoto de Nova Chicago. Você não *mata* Épicos?

– Só os que merecem – respondi.

– E Jonathan Phaedrus?

– Jonathan Phaedrus morreu – Abraham disse suavemente. – Só resta o Épico Holofote. E nós faremos o que precisa ser feito.

Eu não disse nada. Não por discordar de Abraham, mas porque falar as palavras era difícil para mim.

O homem nos estudou. De repente, o fogo atrás de nós parou.

– Eu chamei minhas máquinas de volta. Nós precisamos conversar.

Em resposta, eu desmaiei.

7

– Nós não teríamos esse problema se você estivesse disposto a negociar.

A voz de Megan. Hmm... eu estava deitado na escuridão, aproveitando esse som, e fiquei irritado quando a próxima pessoa a falar não foi ela.

– O que eu deveria ter feito? – Era a voz do homem da Falcão Paladino. – Primeiro recebo notícias de que Phaedrus se transformou, então vocês *imediatamente* me contatam e exigem armas? Eu não queria ter nada a ver com isso.

– Você poderia ter adivinhado que iríamos resistir – Abraham disse. – Os Executores não vão apenas se unir a um tirano só porque ele já foi nosso líder.

– Você não está entendendo – o homem retrucou. – Eu não rejeitei seu pedido porque achei que estavam trabalhando com ele; fiz isso porque não sou um idiota faisquento. Phaedrus sabe coisas demais sobre mim. Eu não vou traí-lo *nem* vender para ele. Não quero ter nada a ver com vocês.

– Então por que nos chamou aqui? – Megan quis saber.

Eu grunhi, forçando meus olhos a se abrirem. Minha perna doía, mas não como eu esperava. Quando a movi, senti apenas uma dor superficial. Mas, faíscas, eu estava *exausto*.

Pisquei, meus olhos se esforçando para focar, e um momento depois a cabeça de Megan apareceu sobre a minha, os cabelos dourados caindo ao redor do rosto.

– David? – ela chamou. – Como se sente?

– Como um pão numa festa de pedras.

Ela relaxou e se virou.

– Ele está bem.

– Um o quê? – perguntou a voz do homem da Fundição.

– Um pão – respondi – numa festa de pedras. Sabe, porque ninguém quer *pão* numa festa de pedras. As pessoas foram ver as pedras legais. Então elas jogam o pão no chão e ele é pisoteado.

– Essa é a coisa mais idiota que já ouvi.

– Desculpe – resmunguei. – Geralmente sou bem mais eloquente depois de levar um tiro.

Eu estava numa sala mal iluminada com um número excessivo de sofás, em um dos quais eu estava deitado. Na frente de outro – longo, preto e exageradamente estofado –, perto da parede mais distante, havia uma mesa baixa coberta com uma série de monitores e outros equipamentos informáticos, assim como uma pequena pilha de pratos sujos. O homem da Falcão Paladino estava sentado num sofá diferente, perto de mim, próximo a uma mesinha de cabeceira cheia de cascas de amendoim e duas xícaras de plástico grandes e vazias. Ao lado dele se sentava um manequim em tamanho real.

Tipo, sério. Um manequim. Daqueles que se encontrariam numa velha loja de departamentos, modelando roupas. Tinha um rosto de madeira completamente sem feições e se vestia como a elite de Nova Chicago, com um chapéu de abas largas e um terno listrado. Ele havia sido posicionado para se sentar numa pose relaxada, com as pernas cruzadas e as mãos unidas.

Certo...

Abraham estava em pé, na frente do sofá, com os braços cruzados e ainda em seu traje de infiltração preto. Ele removera a máscara, que pendia do seu cinto, mas continuava com sua miniarma gravatônica P328 imponente nas costas. Além de Megan, ele era o único membro da equipe na sala.

– Lugar bacana – eu disse. – Imagino que você gastou toda a verba de decoração no laboratório sinistro?

O homem fungou.

– O laboratório precisa permanecer limpo para o trabalho que faço lá. Eu o convidei a entrar na minha casa, jovem. Uma rara honra.

– Me desculpe por não trazer algumas bordas de pizza velhas cerimoniais como oferenda – retruquei, indicando os pratos sujos na mesa do outro lado da sala.

Eu me levantei, cambaleando – mas, com uma mão no encosto do sofá, consegui ficar de pé. Minha perna latejava e, quando olhei para baixo, vi que haviam rasgado minha calça para ter acesso ao ferimento.

Ele já cicatrizava, e parecia que estava sarando havia semanas, talvez meses.

– Hmm – o homem disse. – Sinto muito por não estar completamente curado. Meu dispositivo não é tão potente quanto outros.

Acenei com a cabeça para Megan, indicando que estava bem. Ela não me ofereceu um braço como apoio, não na frente de um inimigo, mas permaneceu por perto.

– Onde estamos? – perguntei.

– Embaixo da Fundição – o homem respondeu.

– E você é?

– Dean Falcão Paladino.

Eu pisquei.

– Sério? Tipo, esse é seu *nome*?

– Não – o homem respondeu –, mas meu nome era idiota, então eu uso esse.

Bem, ele ganhava pontos pela honestidade, embora eu não gostasse da ideia de abandonar meu nome. Eu nem era fã do apelido que as pessoas haviam me dado, Matador de Aço. David Charleston servia muito bem. Meu pai me dera esse nome. Hoje, era a única coisa dele que eu ainda tinha.

Falcão Paladino era de fato o homem que eu vira na foto de Prof, em Babilar. Ele estava mais velho agora, mais careca e mais barrigudo, com papadas no pescoço, como queijo derretido escorrendo de uma fatia de pão no micro-ondas.

Ele e Prof obviamente tinham sido melhores amigos, e ele sabia que Prof era um Épico – e sabia isso havia muito tempo.

– Você era um membro da primeira equipe de Prof – afirmei. – A que incluía Realeza e Floresta das Trevas, quando todos eles se tornaram Épicos.

– Não – Falcão Paladino negou. – Eu não era. Mas minha esposa, sim.

É verdade. Lembrei de Prof dizendo que havia quatro deles. Uma mulher chamada… Amala? Havia algo importante sobre ela, algo que eu não conseguia recordar.

– Eu era um observador interessado – Falcão Paladino disse. – Um cientista, e não do tipo "Ei, crianças, me vejam congelar essa uva com nitrogênio líquido", como Jonathan. Um cientista de verdade.

– E um empresário de verdade – Abraham acrescentou. – Você construiu um império sobre os corpos dos mortos.

Ao lado de Falcão Paladino, o manequim abriu os braços, com as mãos espalmadas, como que dizendo: "Culpado". Eu dei um pulo e olhei para Megan.

– É – ela sussurrou. – Ele se move. Ainda não descobri como.

– Mizzy e Cody? – perguntei.

– Ficaram lá fora, caso isto seja uma armadilha.

– Eu fui o pioneiro da tecnologia de motivadores – Falcão Paladino dizia a Abraham. – E sim, me beneficiei disso. Você também. Então não vamos apontar dedos, sr. Desjardins.

Abraham manteve uma expressão calma, com certeza não estava feliz ao ouvir Falcão Paladino usar seu sobrenome. Nem eu sabia qual era; nós não falávamos muito sobre o passado.

– Isso tudo é ótimo – eu disse, então passei por Abraham e me atirei no sofá em frente a Falcão Paladino e seu manequim sinistro. – De novo, por que nos chamou aqui?

– Aquela Épica – Falcão Paladino respondeu, e seu manequim apontou para Megan – é Tormenta de Fogo, não é? Ela foi uma dimensionalista o tempo todo?

Não era exatamente verdade. Quando Megan falava de Tormenta de Fogo, se referia a ele externamente – como a um ser de outra dimensão que ela podia trazer para a nossa, por um período breve. Ela não se considerava Tormenta de Fogo, embora fosse uma distinção sutil.

– Sim – Megan confirmou, dando um passo à frente e, depois de um segundo de hesitação, sentando-se ao meu lado. Ela apoiou o braço atrás do sofá, expondo seu coldre e tornando-o facilmente acessível. – Não é só isso, mas basicamente... sim. Eu sou o que você diz.

Apoiei uma mão no ombro dela. Megan às vezes era fria – em parte era sua personalidade natural, em parte era a vontade de manter distância das pessoas porque... bem, era perigoso conhecer Épicos. Eu enxergava além disso – a tensão no modo como ela observava Falcão Paladino, o modo como mexia o dedão como se engatilhasse um revólver imaginário. Sua mão tinha uma bolha grande e vermelha onde ela agarrara a chama.

Nós sabíamos como manter a escuridão sob controle, mas a guerra ainda não havia acabado. Ela estava preocupada com o que acontecera antes. Sinceramente, eu também estava.

O manequim de Falcão Paladino se inclinou para a frente em uma postura pensativa e empurrou o chapéu para trás a fim de expor melhor seu rosto sem feições.

– O que você fez no laboratório, mocinha – ele disse –, enganou todos os meus sensores, câmeras e programação. Você não é uma dimensionalista qualquer, é poderosa. Meus robôs relatam marcas de queimadura nas paredes da sala, e alguns dos drones foram *destruídos*. Permanentemente. Eu nunca vi nada assim.

– Você *não vai* pegar meu DNA – Megan afirmou.

– Hmm? – Falcão Paladino perguntou. – Ah, eu já peguei. Coletei uma dúzia de amostras antes que vocês chegassem ao corredor de acesso. Acharam que podiam entrar aqui usando qualquer coisa exceto um traje para sala limpa e escapar sem que eu pegasse algumas de suas células epidérmicas? Mas não se preocupe; estou longe de criar um motivador baseado em você. Isso envolve mais do que as pessoas... geralmente imaginam.

O manequim continuou a gesticular enquanto Falcão Paladino falava. *Mas Falcão Paladino não está se movendo*, eu percebi. *E os sofás e as almofadas com estofamento excessivo fazem parecer que ele está encaixado no assento.* O homem era pelo menos parcialmente paralisado. Ele conseguia falar – cada palavra que dizia vinha da própria boca –, mas não movia nenhuma parte do corpo além da cabeça.

Como ele podia ter alguma deficiência? Se tinha tecnologia para me curar, por que não podia ter curado a si mesmo?

– Não – Falcão Paladino disse, ainda para Megan –, não estou interessado em explorar seus poderes no momento, mas quero entendê-los. O que você fez mais cedo foi *poderoso*. Incrível. A manipulação da realidade não é coisa de pequena escala, mocinha.

– Não diga – ela retrucou, seca. – Aonde você quer chegar?

– Você ia se sacrificar – Falcão Paladino observou. – Ficou para trás para que os outros pudessem escapar.

– Sim – Megan confirmou. – Não foi nada de mais. Consigo sobreviver a muitas coisas.

– Ah... então é uma Alta Épica? – O manequim se endireitou. – Eu deveria ter adivinhado.

Os lábios de Megan se tornaram uma linha fina.

– Chegue logo ao ponto, Falcão Paladino – eu disse.

– O ponto é isto – ele retrucou, o manequim acenando para nós. – Esta conversa. Um uso tão explosivo dos poderes daquela mulher deveria ter levado a isolamento, raiva e a uma irritação suprema com qualquer pessoa perto dela. Jonathan é um dos poucos Épicos que conheço que conseguia controlar a escuridão e, depois de usar seus poderes, frequentemente se mantinha dias longe das pessoas até ficar sob controle outra vez. No entanto, *esta* mocinha usou seus poderes, mas não foi consumida pela escuridão, como provado pelo fato de que ela em seguida e altruisticamente arriscou a vida por sua equipe.

O manequim se inclinou para a frente.

– Então – Falcão Paladino continuou –, qual é o segredo?

Olhei para Abraham, que deu de ombros quase imperceptivelmente. Ele não sabia se devíamos compartilhar a informação ou não. Até agora, tínhamos tomado cuidado sobre quando, e com quem, falávamos a respeito de como expulsar a escuridão dos Épicos. Com essa informação, podíamos acidentalmente desequilibrar a estrutura de poder nos Estados Fraturados – uma vez que o segredo para superar a escuridão *também* revelava o segredo para descobrir as fraquezas dos Épicos.

Eu estava tentado a divulgar essas informações. Se os Épicos descobrissem as fraquezas uns dos outros, talvez se matassem mutuamente.

No entanto, infelizmente a verdade com certeza seria mais brutal. O equilíbrio de poder mudaria e alguns Épicos se ergueriam enquanto outros cairiam. Terminaríamos com um grupo de Épicos governando o continente inteiro e seríamos forçados a lidar com um regime organizado e poderoso, em vez de uma rede de cidades-Estado lutando umas contra as outras e permanecendo fracas por causa disso.

Cedo ou tarde divulgaríamos essas informações – iríamos espalhá-las aos tradicionistas do mundo e ver se eles começavam a afastar os Épicos da escuridão. Mas primeiro precisávamos testar o que havíamos descoberto e desvendar se ao menos podíamos fazer *funcionar* com outros Épicos.

Eu tinha planos grandes, planos para mudar o mundo, e todos eles começavam com uma armadilha. Um ataque importante, talvez o mais difícil já tentado pelos Executores.

– Vou te contar o segredo para afastar os Épicos da loucura, Falcão Paladino – eu decidi –, mas quero que prometa não divulgá-lo por enquanto. E você vai nos equipar. Vai nos dar o que precisamos.

– Vocês vão derrotá-lo, não vão? – Falcão Paladino perguntou. – Jonathan Phaedrus. Holofote, como o chamam agora. Vocês vão matar Prof.

– Não – eu respondi suavemente, encontrando os olhos dele. – Vamos fazer algo muito, muito mais difícil. Vamos trazê-lo de volta.

8

Falcão Paladino fez o manequim carregá-lo.

Examinei melhor o negócio enquanto andava ao lado dele. Não era um manequim de loja comum. Tinha dedos de madeira articulados e um corpo mais sólido do que eu esperava. Era mais como uma marionete gigante, só que sem as cordas.

E era forte. Carregou Falcão Paladino com facilidade, enfiando os braços através de alças em um tipo de arreio que Falcão Paladino usava. O arranjo todo fazia parecer que o manequim o abraçava por trás, seus braços sobre o estômago e o peito de Falcão Paladino, que permanecia de pé e preso no lugar, com os pés balançando a alguns centímetros do chão.

Não parecia confortável *nem* normal. Ainda assim, Falcão Paladino conversava casualmente enquanto andávamos, como se fosse perfeitamente natural um tetraplégico ser carregado para cima e para baixo por um golem de madeira alto.

— É basicamente isso — eu lhe disse enquanto percorríamos o corredor vazio em direção ao armamento dele. — As fraquezas estão ligadas aos medos. Se um Épico confronta e bane o seu medo, consegue afastar a escuridão.

— Pela maior parte — Megan complementou atrás de nós. Abraham tinha ido lá fora buscar Mizzy e Cody, uma vez que decidimos que, de um jeito ou de outro, teríamos que confiar em Falcão Paladino. Não havia outra opção.

Falcão Paladino grunhiu.

– Medo. Parece tão simples.

– Sim e não – eu disse. – Não acho que muitos Épicos consumidos pelos próprios poderes gostam de pensar sobre ser fraco. Eles não confrontam essas coisas; esse é basicamente o problema.

– Ainda me pergunto por que mais ninguém fez a conexão – Falcão Paladino retrucou, parecendo cético.

– Nós fizemos – Megan disse baixinho. – Todo Épico pensa sobre isso, garanto a você. Mas pensamos do jeito errado. Conectamos medos e fraquezas, mas os conectamos ao contrário da verdade. São os pesadelos. Eles são de enlouquecer. Tiram você da cama, ofegando, suando e sentindo cheiro de sangue. Os pesadelos são sobre suas fraquezas. A perda de poder, o retorno à mortalidade, o retorno a ser grosseiramente *comum*, de modo que um simples acidente possa te matar. Faz sentido ter medo da coisa que possa nos matar, então, de certa forma, os pesadelos parecem normais. Mas nunca percebemos que as fraquezas surgiam *dos* medos. Os medos vêm primeiro, e então as fraquezas. Não o contrário.

Falcão Paladino e eu paramos no corredor e olhamos para ela. Megan nos encarou de volta tão desafiadora quanto sempre, mas eu podia ver as fissuras. *Faíscas...* Tudo o que essa mulher tinha sido obrigada a viver. O que descobrimos a estava ajudando, mas de certa forma também ampliava essas fissuras. Expondo coisas dentro dela que ela se esforçara muito para esconder.

Megan fizera coisas terríveis no passado, a serviço de Coração de Aço. Nós não falávamos sobre isso. Ela havia escapado quando fora obrigada a não usar seus poderes enquanto estava infiltrada nos Executores.

– Podemos fazer isso, Falcão Paladino – eu disse. – Podemos descobrir a fraqueza de Prof e usá-la contra ele. Só que, em vez de matá-lo, vamos montar uma armadilha que o obrigue a enfrentar os próprios medos. Assim o trazemos de volta e *provamos* que há outra solução ao problema dos Épicos.

– Não vai funcionar – ele retrucou. – Ele conhece vocês, e conhece o protocolo dos Executores. Calamidade, ele *escreveu* o protocolo dos Executores! É claro que vai estar preparado.

– Veja, é o seguinte – eu disse. – Ele nos conhece, sim. Mas *nós* também o conhecemos. Seremos capazes de adivinhar sua fraqueza com muito mais facilidade do que com outros Épicos. Além disso, sabemos de algo importante.

– O quê? – ele quis saber.

– No fundo – eu respondi –, Prof quer que a gente vença. Ele estará disposto a morrer, então ficará surpreso quando o salvarmos.

Falcão Paladino me examinou.

– Você tem um jeito estranhamente persuasivo, jovem.

– Você não faz *ideia* – Megan resmungou.

– Mas para isso vamos precisar de tecnologia – informei. – Então estou louco pra ver o que você tem aí.

– Bem, tenho algumas coisas que posso emprestar – Falcão Paladino disse, retomando o passo. – Mas, ao contrário do que as pessoas imaginam, este lugar não é um repositório gigante de tecnologias secretas. Praticamente toda vez que consigo fazer algo funcionar, vendo imediatamente. Todos esses drones não saem barato, sabe. Tenho que encomendá-los da Alemanha, e são um *saco* pra desembrulhar. Falando nisso, vou cobrar vocês por aqueles que destruíram.

– Estamos aqui mendigando, Falcão Paladino – eu disse, alcançando-o. – Como espera que a gente te pague?

– Tudo indica que você é um garoto engenhoso. Vai pensar em algo. Uma amostra de sangue congelado de Jonathan serviria, presumindo que seu plano louco falhe e você acabe tendo que matá-lo.

– Não vai falhar.

– É? Com base na história dos Executores, eu nunca apostaria no plano que *não pretende* deixar alguns corpos para trás. Mas veremos. – O manequim assentiu para Megan.

Aquele manequim… algo sobre ele me incomodava. Pensei por um momento, então a resposta estalou na minha mente como as mandíbulas de um besouro gigante jogador de pôquer.

– A Alma de Madeira! – exclamei. – Você conseguiu o DNA *dela*?

Falcão Paladino virou a cabeça para mim enquanto andávamos.

– Como raios…

– Uma conexão bem óbvia, agora que parei pra pensar. Não há muitos Épicos titereiros por aí.

– Ela morava num vilarejo Punjabi remoto! – Falcão Paladino exclamou. – E está morta há quase dez anos!

– David tem uma *coisa* com Épicos – Megan explicou, atrás de mim. – Eu diria que é obcecado, mas isso não faz jus à verdade.

– Não é isso – eu retruquei. – Eu sou tipo...

– Não – Falcão Paladino disse.

– Essa faz sentido. Eu sou tipo...

– Não, *sério* – Falcão Paladino interrompeu. – Ninguém quer ouvir, garoto.

Eu murchei. No chão, um drone de limpeza passou zunindo. Ele bateu no meu pé no que pareceu um movimento vingativo, então saiu correndo.

O manequim apontou para mim, embora precisasse virar para fazê-lo, uma vez que seus braços estavam ocupados carregando Falcão Paladino, com as mãos espetando dos lados.

– Uma obsessão com Épicos não é saudável. Você precisa tomar cuidado.

– Irônico, vindo de um homem que construiu uma carreira fazendo uso dos poderes dos Épicos. E que agora está usando-os para se movimentar.

– E o que te faz pensar que eu não tenho a mesma obsessão? Digamos apenas que eu falo por experiência. Épicos são estranhos, maravilhosos e terríveis, tudo de uma vez. Não se deixe atrair por isso. Pode levá-lo a... lugares difíceis.

Algo na voz dele me fez pensar no laboratório, com as partes de corpos flutuando tão casualmente em banheiras. Aquele homem não era inteiramente são.

– Vou me lembrar disso – prometi.

Juntos, continuamos a percorrer o corredor e passamos por uma porta aberta pela qual eu tive que espiar. A salinha além dela era surpreendentemente limpa, com uma grande caixa de metal no centro. Um pouco semelhante a um caixão, uma impressão que a iluminação fraca e o cheiro frio e estéril da sala não suavizavam. Atrás do caixão havia um grande mostruário de madeira no formato de uma estante de livros com nichos. Cada um continha algum item pequeno, alguns dos quais pareciam ser roupas. Bonés, camisas, caixinhas.

Os nichos tinham etiquetas, e eu consegui ler algumas: *Demo, Homem Abstrato, Onda de Calor...*

Nomes de Épicos. Talvez aqueles freezers fossem o local onde Falcão Paladino mantinha suas amostras de DNA, mas era ali que ele guardava seus troféus. Curiosamente, um dos maiores nichos não possuía placa, só um colete e o que parecia ser um par de luvas, expostos num lugar de destaque, com seu próprio holofote.

– Você não vai encontrar motivadores aí – Falcão Paladino disse. – Só... lembranças.

– E onde eu encontraria motivadores? – perguntei, olhando para o homem. – O que eles são, na verdade?

Ele sorriu.

– Você não faz ideia de como tem sido difícil impedir que as pessoas descubram a resposta a essa pergunta, garoto. O problema é que preciso de pessoal lá fora coletando material para mim, mas não quero que qualquer um descubra como fazer os próprios motivadores. Isso significa divulgar informações erradas. Meias verdades.

– Você não é o único que faz essas coisas, Falcão Paladino – Megan observou, se aproximando de nós. – A Romerocorp faz isso, e a ITC em Londres também. Não é um grande segredo.

– Ah, é sim – Falcão Paladino corrigiu. – As outras empresas sabem como é importante manter esse segredo. Acho que nem Jonathan sabe toda a verdade. – Ele sorriu, pendurado flacidamente dos braços do manequim. Eu já estava me cansando daquele sorriso.

O manequim se virou e seguiu na direção de outra porta.

– Espere – eu interrompi, correndo atrás dele. – Você não vai entrar na sala com as lembranças?

– Não – Falcão Paladino respondeu. – Não há comida lá.

O manequim abriu a segunda porta e pude ver um fogão e uma geladeira, embora o piso de linóleo e a mesa de ardósia no centro fizessem o lugar parecer mais a cantina da Fábrica do que uma cozinha.

Olhei para Megan quando ela se juntou a mim no batente. O manequim entrou e depositou Falcão Paladino numa poltrona estofada ao lado da mesa. Então foi até a geladeira e procurou por algo que eu não conseguia enxergar.

– Não sou contra comer alguma coisa – ela observou.

– Isso tudo não parece meio mórbido pra você? – perguntei baixinho. – Estamos falando de máquinas feitas dos cadáveres do seu povo, Megan.

– Não somos uma espécie diferente. Ainda sou humana.

– Mas tem um DNA diferente.

– E ainda sou humana. Não tente entender, vai te deixar louco.

Era um sentimento comum; tentar explicar Épicos com ciência era enlouquecedor, no melhor dos casos. Quando os Estados Unidos aprovaram o Ato de Capitulação, que declarou os Épicos isentos do sistema jurídico, um senador explicou que não deveríamos esperar que leis humanas fossem capazes de subjugá-los quando eles não obedeciam nem às leis da *física*.

Mas, tolo ou não, eu ainda queria entender. Eu *precisava* que fizesse sentido.

Olhei para Megan.

– Não me importo com o que você é, contanto que seja você, Megan. Mas não gosto do jeito como usamos cadáveres sem entender o que estamos fazendo com eles ou como funcionam.

– Então vamos arrancar a verdade dele – ela sussurrou, se aproximando. – Você tem razão, motivadores podem ser importantes. Será que o jeito como funcionam está relacionado com as fraquezas ou os medos?

Eu assenti.

Mais sons vieram da cozinha. Pipoca? Olhei para dentro, surpreso ao ver Falcão Paladino relaxando em sua poltrona enquanto o manequim estava ao lado do micro-ondas esperando a pipoca estourar.

– Pipoca? – perguntei. – Para o *café da manhã*?

– O apocalipse nos atingiu há uma década, garoto – ele respondeu. – Vivemos numa fronteira, numa terra devastada.

– E como isso tem relação com a pipoca?

– Significa que os costumes sociais estão mortos e enterrados – ele respondeu. – E já foram tarde. Vou comer as faíscas que eu quiser no café da manhã.

Fiz menção de entrar, mas Megan me agarrou pelo ombro, se inclinando para perto. Ela cheirava a fumaça – a artilharia detonada, pólvora de revestimento de balas usadas e madeira queimada de uma floresta incendiada. Era um aroma maravilhoso e inebriante, melhor que qualquer perfume.

– O que você ia dizer mais cedo? – ela perguntou. – Quando estava falando sobre si mesmo e Falcão Paladino te interrompeu?

– Não era nada. Só eu sendo idiota.

Megan insistiu, mantendo meu olhar, esperando.

Suspirei.

– Você estava falando sobre como sou obcecado. E não é isso. Eu sou tipo… bem, tipo um cortador de unhas robótico a vapor do tamanho de uma sala.

Ela ergueu uma sobrancelha.

– Basicamente eu sei fazer só uma coisa – expliquei –, mas, diabos, vou fazer essa coisa muito, *muito* bem.

Megan sorriu. Uma visão linda. Então, por algum motivo, ela me beijou.

– Eu te amo, David Charleston.

Eu sorri.

– Tem certeza de que ama um cortador de unhas robótico gigante?

– Você é você, o que quer que seja – ela afirmou. – E é isso que importa. – Então hesitou. – Mas, por favor, não fique do tamanho de uma sala. Isso seria constrangedor.

Ela me soltou e nós entramos na cozinha para discutir o futuro do mundo e comer pipoca.

9

Nós sentamos à mesa grande. Havia um tampo de madeira chique que revelava uma pedra de ardósia negra embaixo dela. Tinha um ar majestoso, que parecia completamente em desacordo com o linóleo descascado e a pintura desbotada da cozinha. O manequim de Falcão Paladino estava sentado com as costas retas ao lado da poltrona do homem, então começou a alimentá-lo com pipocas, uma de cada vez.

Eu só tinha conhecimentos difusos sobre Alma de Madeira, a Épica de quem ele roubara poderes para criar esse serviçal. Supostamente ela conseguia controlar marionetes com a mente. Isso significava que a coisa usando terno não era um autônomo; era mais um conjunto extra de membros que Falcão Paladino podia usar. Provavelmente ele portava algum tipo de dispositivo com um motivador que lhe dava a habilidade de controlar o manequim.

Vozes fora da cozinha anunciaram recém-chegados. Um pequeno drone entrou correndo no chão – Falcão Paladino o mandara para guiar Abraham, e talvez para impedi-lo de espiar lugares que não devia. Logo depois, o canadense alto entrou e assentiu para nós.

Os outros dois membros da minha equipe o seguiram. Cody apareceu primeiro, um homem magrelo chegando aos 40. Ele usava uma jaqueta de caça com estampa de camuflagem e um boné – embora não especificamente para essa missão. Cody quase sempre usava camuflagem. Não fazia a barba há dias, o que ele explicara ser uma "verdadeira tradição das Terras Altas para se preparar para a batalha".

– Isso é pipoca? – ele perguntou em seu forte sotaque sulista arrastado. Foi até o manequim e pegou um punhado da tigela, direto da mão dele. – Genial! Rapaz, Abraham, você não estava brincando sobre o robô de madeira sinistro.

Mizzy entrou quicando atrás dele. Com pele escura e um físico esguio, ela prendera seu volumoso cabelo cacheado de modo que explodia atrás da nuca como uma nuvem de cogumelo afro-americana. Sentou-se à mesa tão longe de Megan quanto possível e me deu um sorriso incentivador.

Tentei não pensar sobre os membros da equipe que faltavam. Val e Gegê, mortos nas mãos de Prof. E Thia, perdida em algum lugar, provavelmente morta também. Embora em geral não falássemos sobre isso, Abraham tinha admitido para mim que conhecia outras duas células de Executores. Ele tentara contatá-las quando fugiu de Nova Chicago, mas não recebera resposta. Parecia que Prof as alcançara primeiro.

Cody mastigou seu punhado de pipoca.

– Como um sujeito consegue mais disso? Não sei se perceberam, mas tivemos um dia cansativo.

– Sim – Falcão Paladino concordou –, um dia cansativo atacando minha casa e tentando me roubar.

– Ora, ora – Cody disse. – Não seja um mau perdedor. Em certas partes da terra natal, é considerado *educado* se apresentar com um punho na cara. Na verdade, a pessoa não vai achar que você está falando sério se não chegar com um soco.

– Eu ouso perguntar – Falcão Paladino quis saber – de que terra natal você está falando?

– Ele acha que é escocês – Abraham informou.

– Eu *sou* escocês, sua prancha gigante de dúvida e monotonia – Cody retrucou, então se ergueu da cadeira, aparentemente determinado a arranjar sua própria pipoca, já que ninguém se oferecera para fazer isso por ele.

– Diga o nome de uma cidade da Escócia – pediu Abraham – além de Edimburgo.

– Ah, sim, o burgo de Edim – Cody disse. – Onde foram enterrados Adão e Eva, que eram, naturalmente, escoceses.

– Naturalmente – Abraham disse. – O nome de uma cidade, por favor?

– Fácil. Posso citar várias. Londres. Paris. Dublin.

– Essas...

– ... são *totalmente* escocesas – Cody interrompeu. – Nós as fundamos, entende, e daí aqueles outros povos as roubaram de nós. Vocês precisam estudar história. Querem um pouco de pipoca?

– Não, obrigado – Abraham agradeceu, me dando um sorriso irônico.

Eu me inclinei na direção de Falcão Paladino.

– Você nos prometeu tecnologia.

– *Prometeu* é uma palavra forte, garoto.

– Eu quero um dispositivo de cura – Abraham disse.

– O por-um-fio? Sem chance. Eu não tenho um reserva.

– Você também o chama assim? – Megan perguntou, franzindo a testa.

– Uma das velhas piadas de Jonathan – Falcão Paladino disse, o manequim dando de ombros. – Acabou pegando. Enfim, o meu não é nem de perto tão eficiente quanto os próprios poderes de cura de Jonathan. Mas é tudo que tenho e vocês não vão levá-lo. Tenho outros dois brinquedinhos que posso emprestar. Um...

– Espere – Mizzy cortou. – Você tem uma máquina de cura e ainda assim anda com o Sorriso McMacabro aqui? Por que, tipo... não conserta suas pernas?

Falcão Paladino lhe deu um olhar seco, e o manequim balançou a cabeça, como se perguntar sobre sua deficiência fosse um tipo de tabu.

– O que você sabe sobre cura Épica, mocinha? – ele perguntou.

– Beeeeem – Mizzy começou –, os Épicos que matamos tendem a ficar bem mortos. Então eu não vejo muita cura.

– A cura Épica – Falcão Paladino explicou – não muda seu DNA nem seu sistema imune. Apenas conserta os danos sofridos pelas células. Meu estado atual não é o resultado de um acidente; se não fosse mais do que uma coluna quebrada, eu estaria bem. O problema é bem mais profundo, e, embora eu tenha descoberto que a cura devolve alguma sensação aos meus membros, eles logo se deterioram outra vez. Então, em vez disso, eu uso o Mani.

– Você... deu um nome à coisa? – Abraham perguntou.

– Claro. Por que não? Olha, estou começando a pensar que vocês não querem que eu dê essa tecnologia, afinal.

– Queremos – eu afirmei. – Por favor, continue.

Ele revirou os olhos e aceitou outra pipoca da mão da marionete.

– Então, alguns meses atrás, um Épico morreu na Sibéria. Uma briguinha entre dois déspotas, meio dramática. Um mercador empreendedor estava na área e conseguiu coletar um dos...

– Artik? – eu perguntei, me endireitando. – Você conseguiu emular *Artik*?

– Garoto, você sabe coisas demais para o seu próprio bem.

Ignorei o comentário. Artik fora uma Épica poderosa. Eu estivera procurando por alguma coisa que nos deixasse em pé de igualdade com Prof. Precisávamos de uma vantagem, de algo que ele não esperaria...

Megan me deu uma cotovelada no estômago.

– Ei! Quer compartilhar?

– Ah! – exclamei, percebendo que Falcão Paladino tinha interrompido a explicação. – Bem, Artik era uma Épica russa com um conjunto de habilidades bastante eclético. Tecnicamente não era uma Alta Épica, mas era muito poderosa. Estamos falando do portfólio inteiro dela, Paladino?

– Cada motivador só fornece uma habilidade – ele respondeu.

– Bem – eu disse, me erguendo –, então imagino que, nesse caso, você tenha emulado o globo de mercúrio dela. Por que estamos sentados aqui? Vamos pegá-lo! Eu quero testar.

– Ei, escocês – Falcão Paladino chamou –, pode pegar um refrigerante na geladeira, já que está de pé?

– Claro – Cody disse, despejando mais uma porção de pipoca numa tigela. Ele estendeu a mão e tirou um refrigerante, da mesma marca que Thia gostava.

– Ah – Falcão Paladino acrescentou –, e aquele pote de salada de batata.

– Salada de batata e pipoca? – Cody questionou. – Sem querer ofender, mas você é um cara estranho.

Ele foi até lá e deslizou o pote translúcido pela mesa, com o refrigerante em cima. Então se jogou no assento ao lado de Mizzy e apoiou os pés – com as botas militares – na mesa, se inclinando na cadeira e atacando sua tigela de comida como um homem cuja casa tivesse sido queimada por uma espiga de milho particularmente violenta.

Continuei de pé, esperando que todos se juntassem a mim. Não queria ficar sentado e *falar* sobre poderes Épicos. Eu queria *usá-los*. E essa habilidade específica deveria se provar tão emocionante quanto o spyril, mas sem a água, o que eu totalmente aprovava. Eu podia ter deixado as profundezas me consumirem para salvar meus amigos, mas isso não queria dizer que a água e eu *gostássemos* um do outro. Só tínhamos declarado uma trégua.

– E então? – insisti.

O manequim de Falcão Paladino abriu o pote de salada de batata. Ali, enfiada no meio da coisa, havia uma caixinha preta.

– Está bem aqui.

– Você guarda os seus dispositivos superpoderosos de valor inestimável na salada de batata – Megan afirmou, sem expressão.

– Sabe quantas vezes as pessoas invadiram este lugar tentando me roubar? – Falcão Paladino perguntou.

– Ninguém conseguiu – eu observei. – Todo mundo sabe que este lugar é inatacável.

Falcão Paladino bufou.

– Garoto, vivemos num mundo onde as pessoas podem *literalmente* atravessar paredes. Nenhum lugar é inexpugnável; eu só sou bom em contar mentiras. Quer dizer, até *vocês* conseguiram afanar umas coisas... embora vão descobrir que a maior parte das que Abraham pegou é inútil. Uma produz o som de um cachorro latindo, e a outra faz unhas crescerem mais rápido... mas não mais fortes. Nem todo poder Épico é incrível, mas mesmo assim eu gostaria de ter esses dois de volta. São boas distrações.

– Distrações? – Abraham perguntou, surpreso.

– Claro, claro – Falcão Paladino afirmou. – Sempre deixo algumas coisas à mostra para as pessoas sentirem que estão levando algo útil pelos seus esforços. Tenho todo um ritual: fico furioso por eles terem me roubado, juro me vingar, blá, blá, blá. Geralmente eles me deixam em paz, felizes por terem saído com alguma coisa. Enfim, depois de dezenas de invasões, quantas pessoas vocês acham que pensaram em olhar no pote de salada de batata?

O manequim removeu a caixinha e a colocou na mesa – ele a embalara a vácuo, pelo menos – e eu me sentei de novo para admirá-la, imaginando as possibilidades.

– Como você enfia as fadas dentro de algo tão pequeno? – Cody perguntou, apontando para o dispositivo. – Isso não amassa as asinhas delas?

Todos nós o ignoramos resolutamente.

– Você mencionou outra tecnologia? – Abraham lembrou.

– Sim – Falcão Paladino respondeu –, tenho um antigo produtor de cristais escondido em algum lugar. Se afixá-lo a um retículo de cristal puro, você consegue criar novas formações em segundos. Isso pode ser útil.

– Hã... – Mizzy ergueu a mão. – Mais alguém está confuso sobre por que, exatamente, iríamos querer algo assim? Parece legal e tal, mas... cristais?

– Bem, você tem que entender – Falcão Paladino explicou – que o sal é um cristal.

Todos olhamos para ele, estupefatos.

– Vocês *vão* atrás de Jonathan, não vão? – ele perguntou. – E estão cientes de que ele está em Atlanta?

Atlanta. Eu me reclinei no assento. Atlanta estaria sob a jurisdição do Conciliábulo, uma afiliação informal de Épicos que tinham basicamente prometido não incomodar uns aos outros. Ocasionalmente, um deles ajudava a assassinar um rival que tentasse roubar a cidade do outro – o que, para Épicos, era algo praticamente de melhores amigos.

Mas, apesar de tudo que eu sabia sobre Épicos, meu conhecimento do mundo era parco. A natureza de Babilar, com suas frutas brilhantes e pinturas surreais, tinha me pegado totalmente de surpresa. No fundo, eu continuava um garoto protegido que nunca saíra do bairro onde nascera até alguns meses antes.

– Atlanta – Abraham repetiu baixinho. – Ou o que agora é Ildithia. Onde está atualmente?

– Em algum lugar no leste do Kansas – Falcão Paladino respondeu.

Kansas?, pensei, o comentário ativando minha memória. *É verdade. Ildithia se move.* Mas tão longe? Eu havia lido sobre a movimentação, mas imaginara que ficava dentro de uma mesma região.

– Mas por que ele está lá? – Abraham perguntou. – O que há para Jonathan Phaedrus na cidade do sal?

– Como eu vou saber? – Falcão Paladino devolveu a pergunta. – Estou fazendo o máximo para evitar atrair a atenção do homem. Eu acompanhei seus movimentos para me proteger, mas, por Calamidade, de jeito nenhum vou começar a cutucá-lo.

O manequim apoiou a tigela na mesa.

– A pipoca está acabando, o que significa que é hora de colocar algumas condições nesse presentinho. Vocês podem levar o artik e o construtor de cristais contando que saiam daqui agora e *não* me contatem mais. Não mencionem meu nome para Jonathan; nem falem sobre mim entre si, para o caso de ele estar espiando. Ele gosta de fazer as coisas direito. Se vier pra cá atrás de mim, não vai deixar muito mais do que um buraco carbonizado.

Olhei para Megan, que encarava Falcão Paladino sem piscar, os lábios curvados para baixo.

– Você sabe que temos o segredo – ela disse suavemente. – Sabe que estamos próximos de conseguir respostas. De uma solução real.

– E, pra começo de conversa, é por isso que estou ajudando vocês.

– Só até certo ponto – Megan observou. – Está disposto a jogar uma granada no quarto, mas não quer olhar para ver se fez o trabalho ou não. Você sabe que alguma coisa precisa mudar neste mundo, mas *não quer* ter que mudar junto com ele. É preguiçoso.

– Sou realista – Falcão Paladino retrucou, e o manequim se levantou. – Eu vejo o mundo como ele é, e faço o necessário para sobreviver nele. Mesmo dar esses dois dispositivos a vocês será perigoso para mim; Jonathan vai reconhecer o meu trabalho. Com sorte, ele vai pensar que vocês os compraram de um traficante de armas.

O manequim foi até a geladeira e removeu mais alguns itens, derrubando-os num saco. Então colocou um na mesa para nós; parecia um tubo de maionese, mas, quando abriu a tampa, havia outro dispositivo pequeno acomodado no condimento gosmento. O manequim jogou a alça do saco sobre o ombro, e foi erguer Falcão Paladino por trás.

– Eu tenho outras perguntas – eu disse, me erguendo.

– Uma pena – Falcão Paladino retrucou.

– Você tem outras tecnologias que pode nos dar – Abraham interveio, apontando para o saco. – Só nos deu aquelas que pensa que não vão te criar problemas com Prof.

– Bom chute, e tem razão – Falcão Paladino admitiu. – Vão. Eu enviarei um drone com a conta. Se sobreviverem, espero ser pago.

– Estamos tentando salvar o mundo, sabe – Mizzy observou. – Isso inclui *você*.

Falcão Paladino bufou.

– Você sabe que metade das pessoas que vêm falar comigo estão tentando salvar o mundo, não? Diabos, eu já trabalhei com os Executores antes, e vocês estão *sempre* tentando salvar o mundo. Para mim parece bem pouco salvo até agora; na verdade, parece consideravelmente *pior* agora que Jonathan trocou de lado. Se eu tivesse dado coisas a vocês de graça o tempo todo, teria falido anos atrás, e vocês nem teriam a *opção* de tentar me roubar. Então não subam em seu pedestal e cuspam clichês para mim.

Com isso, o manequim se virou e foi embora. Eu o observei se afastar, sentindo-me frustrado, e olhei para os outros.

– Essa saída pareceu abrupta para mais alguém?

– Você perdeu a parte sobre ele ser um homenzinho bem estranho? – Cody perguntou, chutando de leve o pote de salada de batata.

– Pelo menos conseguimos algo – Abraham observou, virando uma das caixinhas nas mãos. – Isso nos deixa numa posição bem melhor do que de onde começamos. E, além disso, descobrimos onde Jonathan estabeleceu sua base.

– É – concordei, olhando para Megan, que parecia perturbada. Então ela sentia o mesmo. Tínhamos arranjado algumas armas, era verdade, mas perdido uma oportunidade de conseguir respostas.

– Peguem essas coisas – eu disse. – Cody, vasculhe a geladeira, só pra garantir. E vamos sair daqui.

O grupo se moveu para obedecer, e eu me encontrei encarando o corredor além da porta. Ainda havia perguntas demais.

– Então... – Megan começou, se aproximando. – Quer que eu guie os outros para fora?

– Hmm?

– Lembra como você perseguiu Prof e a gente nas sub-ruas de Nova Chicago, depois de ser *expressamente* informado de que levaria um tiro se não ficasse onde estava?

Sorri.

– Lembro. Na época, eu pensei que levar um tiro dos Executores seria *muito legal*. Imagine mostrar uma cicatriz de bala para os seus amigos e falar que *Jonathan Phaedrus em pessoa* atirou em você.

– Você é um nerd gigante. O que quero dizer é: você vai atrás de Falcão Paladino?

– É claro que vou atrás dele – respondi. – Remova todos com segurança, depois tente me salvar da minha idiotice se der errado. – Dei um beijo rápido nela, peguei meu fuzil quando Abraham o jogou para mim e fui em busca de Falcão Paladino.

10

Não precisei procurar muito longe.

O corredor estava vazio, mas fui até a sala pela qual tínhamos passado mais cedo – aquela com os troféus na parede do fundo – e dei uma espiada. Não me surpreendi ao ver Falcão Paladino sentado numa poltrona no fundo da sala. Uma lareira a gás crepitava ao lado dele, e o manequim jazia no chão ao seu lado, com os fios invisíveis cortados.

A princípio fiquei preocupado. Falcão Paladino estava bem?

Então vi seus olhos – refletindo as chamas oscilantes – encarando a caixa prateada no centro da sala, aquela que parecia um caixão. Quando uma lágrima escorreu pela bochecha de Falcão Paladino, percebi que o homem provavelmente queria estar sozinho, sem nem o olhar silencioso do manequim sobre ele.

– Prof a matou, não foi? – eu sussurrei. – Sua esposa. Ela foi corrompida, e Prof teve que matá-la.

Finalmente lembrei os detalhes de uma conversa que tivera com Prof semanas antes, fora de Babilar, em um pequeno bunker onde ele estivera fazendo experimentos científicos. Prof me contara sobre sua equipe de amigos, todos eles Épicos. Ele, Realeza, Floresta das Trevas e Amala. Com o tempo, três deles tinham sido tomados pela escuridão.

Faíscas. *Os quatro*, quando você incluía Prof.

Não está funcionando, ele havia dito. *Está me destruindo...*

– Você não segue instruções muito bem, não é, garoto? – Falcão Paladino perguntou.

Entrei na sala e fui até o caixão. Parte da tampa era translúcida e pude ver um rosto bonito jazendo pacificamente lá dentro, o cabelo dourado da mulher espalhado atrás dele.

– Ela se esforçou tanto para resistir – Falcão Paladino disse. – Então um dia eu acordei e... ela não estava mais lá. Tinha ficado acordada a noite toda, julgando pelas seis xícaras de café vazias que deixou para trás. Teve medo de dormir.

– Os pesadelos – eu sussurrei, pousando os dedos no vidro do caixão.

– Acho que o estresse de ficar acordada a noite toda a quebrou. Minha querida Amala. Jonathan fez um favor a nós dois ao caçá-la. Eu *preciso* encarar desse jeito. Assim como você precisa descartar essa ideia tola de salvá-lo. Mate-o, garoto. Pelo bem dele, e de todos nós.

Ergui os olhos do caixão e encarei Falcão Paladino. Ele não enxugara aquela lágrima. Não conseguia.

– Você tem esperança – eu afirmei. – Se não tivesse, não teria nos chamado aqui. Você viu como Megan agia, e a primeira coisa que pensou foi que tínhamos encontrado um jeito de combater a escuridão.

– Talvez eu o tenha chamado por pena – Falcão Paladino disse. – Pena por alguém que obviamente ama uma Épica, como eu amei. Como Thia amou. Talvez eu o tenha chamado para lhe dar um aviso. Esteja preparado, garoto. Um dia você vai acordar e ela não estará mais lá.

Atravessei a sala, com o fuzil sobre o ombro, e estendi uma mão para Falcão Paladino. No entanto, não estava preparado para o quão rápido seu manequim conseguia se mover. Ele pulou de pé e agarrou meu braço antes que eu pudesse pousar a mão sobre o ombro de Falcão Paladino.

Os olhos dele foram para a minha mão, aparentemente decidindo que eu não tinha intenção de feri-lo, e o manequim me soltou. Faíscas, ele era *forte*.

Isso permitiu que minha mão caísse no ombro dele, e eu me agachei ao lado da cadeira.

– Eu vou acabar com isso, mas preciso de respostas que só você pode me dar. Sobre motivadores e como eles funcionam.

– Tolice – ele resmungou.

– Você manteve Amala em estase. Por quê?

– Porque sou um tolo também. Ela tinha um buraco do tamanho do punho de Jonathan no peito quando a encontrei. Está morta. Fingir que não está é idiotice.

– Mas você curou o corpo dela – eu disse. – E a preservou.

– Está vendo aquilo? – ele perguntou, indicando com a cabeça os restos de Épicos caídos no lado oposto da sala. – Todos esses poderes não a trouxeram de volta. Cada um é de um Épico com poderes de cura, com os quais criei um motivador diferente. Nenhum deles funcionou. Não há resposta. Não há segredo. Nós vivemos com o mundo do jeito como ele é.

– Calamidade é um Épico – eu sussurrei.

Falcão Paladino se assustou, arrancando os olhos da parede e focando em mim outra vez.

– *O quê?*

– Calamidade – eu repeti – *é um Épico*. Uma... pessoa. Realeza descobriu a verdade, até falou com ele ou ela. Essa coisa que destruiu nossas vidas não é uma força da natureza. Não é uma estrela nem um cometa... é uma *pessoa*. – Eu respirei fundo. – E eu vou matar Calamidade.

– Meu *Deus*, garoto – ele sussurrou.

– Salvar Prof é o primeiro passo – eu disse. – Vamos precisar das habilidades dele para fazer isso. Mas, depois, eu vou subir lá e *destruir* essa coisa. Vamos fazer o mundo retornar ao jeito como era antes de Calamidade se erguer.

– Você é completamente insano.

– Bem, passei algum tempo sem rumo depois de matar Coração de Aço – admiti. – Preciso de outro propósito na vida. Pensei que poderia ter metas ambiciosas.

Falcão Paladino me encarou, então jogou a cabeça para trás e riu alto.

– Nunca pensei que conheceria alguém com mais ambição que Jonathan, garoto. *Matar* Calamidade! Por que não? Parece simples!

Olhei para o manequim; ele agarrara a barriga e se balançava para a frente e para trás como se estivesse gargalhando.

– Então – eu disse. – Você vai me ajudar?

– O que você sabe sobre Épicos que nasceram como gêmeos idênticos? – Falcão Paladino perguntou enquanto o manequim estendia uma mão e enxugava o seu rosto. Lágrimas de riso tinham se unido àquelas que ele derramara pela esposa.

– Só há um par, até onde sei. Os irmãos Creer, Hanjah e a Caneta Louca, no Conciliábulo. Eles estavam ativos ultimamente em... Charleston, não é?

– Bom, bom – Falcão Paladino respondeu. – Você está por dentro. Quer sentar? Parece desconfortável.

O manequim puxou um banquinho para mim e eu me acomodei.

– Esses dois são antigos – Falcão Paladino explicou –, de cerca de um ano depois de Calamidade, na época em que Prof e os outros ganharam os poderes. A primeira onda, como vocês, tradicionistas, chamam. E foram eles que fizeram alguns de nós começarem a pensar sobre como os poderes funcionavam. Eles têm...

– Exatamente os mesmos poderes – completei. – Controle de pressão atmosférica, manipulação de dor, precognição.

– Sim – ele confirmou. – E, sabe, eles *não são* o único par de gêmeos Épicos. São apenas o único par em que um não matou o outro.

– Não é possível – eu disse. – Eu teria ouvido falar de outros.

– Sim, bem, meus parceiros e eu garantimos que ninguém ouvisse falar dos outros. Porque havia um segredo sobre eles.

– Cada par de gêmeos tinha as mesmas habilidades – adivinhei. – Gêmeos compartilham um conjunto de poderes.

Falcão Paladino assentiu.

– Então, de alguma forma, *é* genético.

– Sim e não – ele disse. – Não pudemos encontrar nada genético sobre os Épicos que nos fornecesse pistas sobre seus poderes. Aquela baboseira sobre mitocôndrias? Inventamos isso. Parecia plausível, já que o DNA Épico tende a se degradar rápido. Tudo o que você ouviu sobre motivadores é falatório pseudotecnológico que usamos para confundir possíveis competidores.

– Então como?

– Você percebe que, se eu lhe contar, estarei quebrando um acordo que tenho com as outras empresas.

– O que eu valorizo.

Ele ergueu uma sobrancelha e o manequim cruzou os braços.

– Se há mesmo a chance mais remota de que eu esteja certo – eu perguntei – e de que eu possa derrotar os Épicos para sempre, não vale o risco?

– Sim – Falcão Paladino respondeu. – Mas eu ainda quero uma promessa, garoto. Você não pode compartilhar esse segredo.

– Vocês erraram ao manter isso em segredo – eu disse. – Se os governos do mundo possuíssem esse conhecimento, talvez tivessem conseguido lutar contra os Épicos.

– Tarde demais – ele retrucou. – Prometa.

Eu dei um aceno.

– Tudo bem. Vou contar à minha equipe, mas vou exigir que mantenham segredo também. Não contaremos a ninguém.

Ele considerou por um momento, então suspirou.

– Culturas celulares.

– Culturas... quê?

– Culturas celulares – ele repetiu. – Sabe, quando você pega uma amostra de células e as cultiva em laboratório? Essa é a resposta. Pegamos as células de um Épico, as enfiamos num tubo de ensaio com alguns nutrientes e o energizamos. *Bum*. Você pode então emular os poderes de um Épico.

– Você está brincando – eu disse.

– Não.

– Não pode ser tão fácil.

– Não é *nada* fácil – Falcão Paladino observou. – A voltagem de eletricidade determina o poder que você atinge. Você tem que estar pronto para canalizar adequadamente, ou pode se explodir, ou, diabos, explodir o estado inteiro. A maior parte dos nossos experimentos, todo esse equipamento, é voltada para aproveitar as habilidades dessas células.

– Hm – eu disse. – Então você está dizendo que Calamidade não consegue distinguir uma pessoa de um monte de células? – Era um erro estranho para um ser inteligente.

– Eh. – O manequim deu de ombros. – É mais que ele não se importa. Quer dizer, se Calamidade *for* um Épico. Além disso, talvez haja algum tipo de interação com os motivadores que não entendemos. A verdade é que essas coisas são delicadas, mesmo no melhor dos casos. De vez em quando, um poder simplesmente *não* funciona para alguém. Todo mundo consegue usá-lo, mas uma pessoa é incapaz de operar o dispositivo. Acontece com mais frequência com Épicos. Jonathan provou que Épicos podiam usar motivadores, mas de vez em quando encontrávamos um que ele não conseguia operar. O mesmo vale para dois motivadores diferentes usados pela mesma pessoa. Às vezes, eles interferem um no outro e um deles pifa.

Eu me reclinei no banco, pensativo.

– Culturas celulares. Hm. Faz sentido, eu acho, mas parece tão... tão simples.

– Os melhores segredos muitas vezes são – ele disse. – Mas só é simples em retrospecto. Sabe quanto tempo os cientistas pré-Calamidade levaram para descobrir como cultivar células humanas normais? Era um processo surpreendentemente difícil. O mesmo aconteceu com os motivadores. Nós penamos para criar os primeiros. O que você chama de motivador é na verdade uma pequena incubadora. O motivador alimenta as células, regula a temperatura, expele excreções. Um bom motivador pode durar décadas, se foi feito direito.

– Realeza sabia seu segredo – eu afirmei. – Ela pegou as células de Obliteração e as usou para criar uma bomba.

Falcão Paladino ficou em silêncio. Quando olhei para ele, seu manequim tinha se acomodado contra a parede, com as mãos atrás das costas, a cabeça abaixada como se incerto.

– O que foi? – perguntei.

– Fazer motivadores de Épicos vivos é perigoso.

– Para o Épico?

– Faíscas, não, para *você*. Eles conseguem sentir quando seus poderes são usados por outra pessoa. É incrivelmente doloroso e eles possuem um senso de onde está acontecendo. Naturalmente, vão procurar a fonte da dor para destruí-la.

– É aí que os gêmeos entram – compreendi. – Você disse...

– Um quase sempre mata o outro – ele confirmou. – Um estaria em dor sempre que o outro usasse seus poderes. É por isso que não faço motivador de Épicos vivos. É uma ideia muito, muito ruim.

– Sim, bem, pelo que sei de Obliteração, ele provavelmente curtiu a dor. Ele é como um gato.

– Um… gato?

– É. Um gato fanático, perturbado, que fica citando as escrituras e adora ser ferido. – Inclinei a cabeça. – Que foi? Você acha que ele é mais como um furão? Posso até ver. Mas Realeza… ela fez uma cirurgia em Obliteração. Ela não precisaria só de uma amostra de sangue?

O manequim de Falcão Paladino fez um aceno, dispensando a questão.

– Um truque antigo. Eu mesmo o usei antes de decidir parar de fazer motivadores de Épicos vivos; evita que eles percebam como o processo é simples. De todo modo, você tem o segredo. Talvez ajude, não sei. Pode me deixar com meu luto agora?

Eu me ergui, subitamente muito cansado. Efeitos remanescentes da minha cura mais cedo, talvez.

– Você sabe qual é a fraqueza de Prof?

Falcão Paladino balançou a cabeça.

– Não faço ideia.

– Está mentindo?

Ele bufou.

– Não, não estou. Ele nunca me deixou saber o que era, e todos os meus palpites acabaram se provando errados. Pergunte a Thia. Ele pode ter contado a ela.

– Acho que Thia está morta.

– Diabos. – Falcão Paladino ficou em silêncio, e seu olhar parecia distante. Eu tinha esperado que o segredo dos motivadores jogasse uma luz sobre Prof e explicasse como ele podia doar seus poderes aos outros. Ainda não sabia por que alguns Épicos conseguiam evitar a escuridão dessa forma.

A não ser que não pudessem, pensei. Eu precisava falar com Edmund, o Épico chamado de Confluência.

Fui até a porta, passando pela Épica morta no caixão. Em particular, torcia para que Falcão Paladino nunca descobrisse um jeito de trazer essa mulher de volta; eu duvidava que ele conseguiria o que desejava do reencontro.

– Matador de Aço – ele me chamou.

Eu me virei e o manequim se aproximou, segurando um pequeno dispositivo na palma. Parecia uma pilha, do estilo das antigas que eu já vira em comerciais de brinquedos nas gravações exibidas depois do jantar na Fábrica. As crianças adoravam os comerciais. De alguma forma, eles pareciam mais reais – mais como uma imagem da vida no mundo antes dos Épicos – do que as séries de ação que eles interrompiam.

Ah, viver num mundo onde crianças comiam cereais coloridos e imploravam aos pais que comprassem brinquedos.

– O que é isso? – perguntei, pegando o dispositivo da mão do manequim.

– Incubadora de amostra de tecido – ele explicou. – Vai manter as células frescas por tempo suficiente para enviá-las para mim. Quando vocês falharem e tiverem que matar Jonathan, peguem uma amostra do DNA dele.

– Para que você possa fazer algum tipo de dispositivo, escravizando as células dele para ficar mais rico?

– Jonathan Phaedrus tem as habilidades de cura mais poderosas que qualquer Épico que eu já vi – Falcão Paladino disse, enquanto o manequim fazia um gesto rude para mim. – Ele criará um por-um-fio mais capaz do que qualquer um que já testei. Talvez… talvez funcione em Amala. Eu não tento nada nela há mais de um ano. Mas talvez… não sei. De toda forma, você deveria permitir que Jonathan continuasse curando pessoas depois que morrer. Sabe que é o que ele gostaria.

Eu não prometi nada, mas peguei a incubadora.

Nunca se sabe o que pode ser útil.

PARTE 2

11

Eu estava em algum lugar frio e escuro.

Meu mundo era feito de sons. Cada um mais horrível que o outro, um ataque, um grito. Eu me abracei para resistir à enxurrada, mas então as luzes atacaram. Brilhantes, terríveis. *Violentas.* Eu as odiava, embora não adiantasse nada. Eu chorava, mas isso também era aterrorizante; meu próprio corpo me traindo com um ataque de dentro, para se somar a todos aqueles de fora.

Aquilo cresceu até um clímax de sons, luzes e queimaduras e colisões e berros e explosões terríveis até que...

Acordei.

Eu tinha me enrolado desconfortavelmente no assento de trás de um dos jipes. Viajávamos por uma estrada esburacada durante a noite. O veículo pulava e sacudia conforme nos dirigíamos a Atlanta.

Pisquei, sonolento, tentando entender o sonho. Um pesadelo? Meu coração sem dúvida estava acelerado. Eu me lembrava de me sentir absolutamente aterrorizado com o barulho e a confusão, mas não fora como nenhum pesadelo que eu já experimentara.

Não havia água. Vagamente, eu me lembrava de alguns pesadelos que tivera em Babilar, e eles sempre envolviam afogamento. Eu me reclinei, contemplando. Depois do que havíamos descoberto sobre Épicos, eu não podia ignorar nenhum sonho ruim. Mas onde isso me deixava? As pessoas ainda teriam pesadelos. Como saber se um deles era importante ou só um sonho aleatório?

Bem, eu *não era* um Épico. Então provavelmente não importava. Eu me alonguei e bocejei.

– Como estamos?

– Fizemos um bom progresso esta noite – Abraham disse do banco do passageiro. – Há menos destroços nas estradas por aqui.

Viajávamos à noite quando possível, divididos em dois jipes, com as luzes apagadas, e nos orientando com óculos de visão noturna. Por sugestão de Abraham, trocávamos quem andava em qual jipe em intervalos de algumas horas; ele dissera que ajudava a manter as conversas animadas e os motoristas alertas. Todo mundo tinha a sua vez de dirigir exceto eu, o que era totalmente injusto. Só por causa daquela vez. Bem, e daquela outra. E da vez com a caixa de correio, mas, sério, quem ainda se lembrava disso?

No momento, Mizzy e Abraham estavam no meu jipe, enquanto Megan e Cody andavam no outro. Puxei meu fuzil, que tinha guardado aos pés. Um toque abriu o apoio frontal, e usei a visão noturna e a mira térmica para examinar o lado de fora.

Abraham tinha razão. Esta estrada, embora esburacada em alguns pontos, era melhor do que a que levava de Nova Chicago a Babilar, e *bem* melhor do que a que pegamos até a Falcão Paladino. Passamos por carros abandonados no acostamento, e nenhuma das cidades na área se encontrava acesa – ou porque estavam abandonadas, ou porque os habitantes não queriam atrair a atenção de Épicos. Imaginei que o primeiro era mais provável. As pessoas teriam gravitado na direção de uma das cidades maiores, onde, embora fossem governadas por Épicos, teriam acesso a alguns itens necessários à vida.

Por mais terrível que fosse Nova Chicago, ela ainda oferecia uma vida relativamente estável. Alimentos industrializados de uma das fábricas operacionais, água limpa, eletricidade. Não era cereal de frutas colorido, mas era melhor que viver numa terra devastada. Além disso, quando se tratava de Épicos, na cidade os indivíduos pareciam parte de um cardume de peixes – insignificantes demais para ser notados, só precisavam torcer para não morrer num ato aleatório de fúria.

Finalmente, avistei uma velha placa verde informando que não estávamos longe de Kansas City. Nós íamos contorná-la, uma vez que Épicos reinavam lá, especialmente Hardcore. Por sorte, a posição atual de Atlanta não estava tão além dela. Andar atrás desses carros não era nada confortável. Faíscas, esse país tinha sido *grande* antes que tudo entrasse em colapso.

Peguei meu celular. Era bom usar um deles de novo, embora eu tivesse reduzido o brilho da tela ao mínimo para não iluminar nosso carro. Digitei uma mensagem para Megan.

Beijo.

Um segundo depois, o celular piscou e eu chequei a resposta.

Que nojo.

Franzi a testa até perceber que a mensagem não era de Megan, mas de um número que eu não conhecia.

Falcão Paladino?, chutei.

Bem, tecnicamente é Mani, meu manequim, veio a resposta. *Mas sim — e sim, estou monitorando suas comunicações. Lide com isso.*

Você sabe que todo mundo diz que seus celulares são completamente seguros, eu escrevi.

Então todo mundo é idiota, ele respondeu. *É claro que posso ler o que você manda.*

E se Prof me matar e pegar este celular?, perguntei. *Não tem medo de que ele perceba que falou comigo?*

Em resposta, as mensagens dele desapareceram, assim como as minhas respostas. Faíscas. Ele conseguia hackear a memória do meu celular?

Lembre-se do nosso acordo, veio uma nova mensagem. *Quero as células dele.*

Eu não tinha feito nenhum acordo, mas não adiantava mencionar isso agora. Anotei o número dele num pedaço de papel, então observei quando – é claro – a mensagem mais recente desapareceu. Alguns momentos depois, chegou uma de Megan.

Beijo de volta, Joelhos.

Tudo bem por aí?, perguntei.

Se por "tudo bem" você quer dizer que estou ficando louca tendo que ouvir Cody inventar histórias sem parar, então sim.

Enviei um sorriso para ela.

Ele está dizendo que esteve nas Olimpíadas, ela mandou. *Mas que um leprechaun roubou sua medalha.*

Espere o trocadilho, eu disse. *Geralmente tem um péssimo no final.*

Eu vou com Abraham no próximo turno, ela escreveu. *Sério. Achei que tinha superado a necessidade de estrangular membros da equipe, mas pelo visto meu desejo de assassinar Cody de um modo violento e desumano não tem nada a ver com a escuridão. É completamente natural.*

Hmm, mandei para ela. *Seria bom checarmos se alguma coisa que Cody faz está relacionada especificamente à sua psique. Há uma chance, por menor que seja, de que, assim como enfrentar seus medos pode bloquear a escuridão, outros estímulos ambientais podem enfurecê-la.*

Alguns momentos se passaram.

Nerd, veio a resposta.

Só estou considerando todas as possibilidades.

Sério, ela respondeu, *por que eu não podia namorar um cara com uma obsessão útil?*

Eu sorri. *Tipo o quê?*

Romances? Técnicas de amasso? Coisas de namorado. Daí talvez você me elogiasse por algo além da minha escolha de pistola.

Desculpe, escrevi. *Não tenho muita experiência nessa área.*

Nem precisa dizer, ela mandou. *Sério, David, sorte que você tem uma bunda bonita.*

Você sabe que Falcão Paladino provavelmente está monitorando esta conversa, não sabe?

Bem, a bunda dele é bem feia, ela mandou, *então por que eu deveria me importar?*

Chegamos a um trecho esburacado, e pulamos e sacudimos. Mizzy reduziu a velocidade, dando a volta.

Você sente saudade de Nova Chicago?, perguntei a Megan. *Eu sinto, às vezes. Estranho, né?*

Não muito, ela respondeu. *É onde você cresceu. De onde veio sua família. Eu sinto saudade de Portland às vezes. O último lugar onde tive uma vida normal. Eu até tinha uma boneca, Esmeralda. Precisei deixá-la.*

Inclinei a cabeça. Megan não falava muito sobre essa época.

Se eu estiver realmente curada, ela escreveu para mim, *posso procurar por eles. Assim que eu souber definitivamente.*

Sua família?, perguntei. *Faz ideia de em que cidade eles estão?*

Se os conheço, não estão em uma cidade, Megan escreveu. *Há mais gente do que você imagina vivendo nessa escuridão. Sobrevivendo. Aposto que elas superam o número de habitantes das cidades; só não as vemos.*

Eu duvidava disso. Quer dizer, tantas pessoas assim realmente estariam invisíveis? E o que acontecia quando uma delas se tornava um Épico? Novos Épicos tendiam a perder o controle logo que obtinham seus poderes. Os resultados eram frequentemente... desagradáveis.

Sabe o que mais me irrita sobre isso?, Megan perguntou. *Que o idiota do meu pai estava certo. Todo aquele papo louco dele sobre um apocalipse, treinando as filhas para atirar, preparando-se para o pior... ele tinha razão. Ele achava que seria nuclear, mas chegou perto.*

Nada mais veio, e eu a deixei sozinha com seus pensamentos. Pouco tempo depois, Mizzy reduziu a velocidade.

— Preciso de uma folga — ela disse. — Quer trocar, Abe?

— Se você estiver tentada.

— Estou tentada. Bem tentada.

Parece que vamos parar para trocar de motorista, eu mandei para Megan. *Estamos no quilômetro... 32.*

Estamos alguns quilômetros à frente de vocês, ela respondeu. *Vou falar pro Cody ir mais devagar até vocês nos alcançarem. Já estamos quase na cidade.*

Estacionamos atrás de um trailer articulado, cuja cabine não estava em nenhum lugar à vista. Eu o inspecionei com a mira, observando, no interior, os restos de uma fogueira há muito apagada.

— Preciso esticar as pernas — Abraham disse. — David, me dá cobertura?

— Pode deixar — respondi, carregando o fuzil. Ele foi dar uma volta breve e eu me ergui no teto aberto do jipe para vigiar, no caso de alguém ou algo estar se escondendo na grama alta no acostamento. Mizzy deslizou para o banco do passageiro, se inclinou no assento e suspirou de satisfação.

— Tem certeza sobre esse plano, David? — ela perguntou.

— Não, mas é o melhor que temos.

— A não ser que matássemos Prof de uma vez — ela disse baixinho.

— Você também? Falcão Paladino também disse que deveríamos matá-lo.

– Você sabe que é o que ele gostaria, David. Quer dizer, ele ficaria com aquela cara rabugenta e diria algo do tipo: "Não tentem me salvar. Façam o que precisa ser feito". – Ela ficou em silêncio. – Ele matou a Val, David. Ele *assassinou* ela e Gegê.

– Isso não foi culpa dele – retruquei. – Já falamos sobre isso.

– Ééééé, eu sei. É só que... você nunca deu uma segunda chance a Coração de Aço, deu? Era perigoso demais. Você precisava salvar a cidade. Conseguir sua vingança. Por que é tão diferente agora?

Virei a mira na direção de um trecho de capim farfalhando, até que um gato selvagem pulou para fora e se afastou depressa.

– Essa conversa não é sobre Prof, é? – eu perguntei a Mizzy.

– Talvez não – ela admitiu. – Eu sei que as coisas são diferentes agora. A gente sabe o segredo das fraquezas, blá, blá, blá. Mas fico pensando... por que *você* pôde se vingar e eu não? E os *meus* sentimentos, a *minha* raiva? – Ela bateu a cabeça contra o apoio do assento algumas vezes. – Blaaaah. Estou choramingando demais. "Droga, David. Eu realmente gostaria de assassinar sua namorada. Por que não me deixa?" Desculpe.

– Eu entendo a emoção, Mizzy – eu disse. – De verdade. E não pense que boa parte de mim não se sente culpada por passar tanto tempo tentando matar Épicos e depois acabar namorando Megan. Quem teria pensado que amor e ódio seriam tão parecidos, sabe?

– Quem? – Mizzy repetiu. – Tipo, basicamente todo filósofo que já existiu.

– Quê, sério?

– É. E um monte de canções de rock também.

– Uau.

– Sabe, às vezes o fato de você ter sido educado numa fábrica de armas fica bem óbvio, David.

Abraham terminou o que tinha de fazer e voltou para o jipe. Eu senti que devia ter dado uma resposta melhor a Mizzy, mas o que poderia dizer?

– Não estamos fazendo isso apenas porque gostamos de Prof ou por causa dos meus sentimentos por Megan – eu disse suavemente, sentando de volta. – Estamos indo a Ildithia para resgatar Prof porque estamos *perdendo*, Mizzy. Os Executores são as únicas pessoas que já lutaram contra os Épicos, e estão basicamente extintos. Se não encontrarmos um jeito de inverter essa maré e deter os Épicos, a humanidade estará acabada. Não podemos continuar matando-os, Mizzy. É lento demais e somos frágeis demais. Nós *precisamos* aprender a transformá-los. Estamos resgatando Prof não só pelo homem em si. Faíscas, quando conseguirmos, ele provavelmente vai nos odiar, já que terá que viver com o que fez. Provavelmente vai preferir estar morto. Mas vamos fazer isso mesmo assim, porque precisamos da ajuda dele. E precisamos *provar* que pode ser feito.

Mizzy assentiu lentamente enquanto Abraham entrava no carro. Abaixei a arma.

– Acho que vou ter que abafar essa sede de vingança – Mizzy comentou. – Sufocá-la com todas as forças.

– Não – eu disse.

Ela se virou para mim.

– Mantenha esse fogo aceso, Mizzy – eu aconselhei, então apontei para o teto. – Mas o direcione para o alvo real. Para aquele que *realmente* matou seus amigos.

Calamidade estava lá fora, um ponto vermelho brilhante no céu, como o alvo no visor de uma mira. Visível todas as noites.

Mizzy assentiu.

Abraham ligou o carro, sem perguntar sobre o que estávamos falando. Quando nos movemos, meu celular piscou e eu me reclinei, prevendo outra rodada de provocações com Megan.

Em vez disso, a mensagem dela era breve, mas arrepiante.

Venham rápido. Decidimos fazer um reconhecimento perto da cidade, dar uma olhada no lugar. Algo aconteceu.

O quê?, mandei de volta, depressa.

Kansas City desapareceu.

12

Tentei pensar numa metáfora apropriada para o modo como a escória era triturada sob meus pés. Parecia... parecia gelo em... não.

Eu caminhava sobre a paisagem exposta de pedra derretida que tinha sido Kansas City. Pela primeira vez, estava sem palavras. A única descrição adequada em que podia pensar era... pesaroso.

No dia anterior, aquele lugar fora um dos pontos de civilização em um mapa escuro. Sim, fora um lugar dominado por Épicos, mas também um lugar de vida, cultura, sociedade. *Pessoas.* Dezenas, talvez centenas de milhares delas.

Todas mortas.

Eu me agachei, esfregando os dedos no chão liso. Ainda estava quente, e provavelmente continuaria assim por dias. A explosão tinha deformado a rocha e, em um instante, transformado prédios em montanhas de aço derretido. O chão fora coberto com cacos de vidro, como ondas congeladas, nenhum com mais do que alguns centímetros. De alguma forma, eles transmitiam a sensação de um vento incrível soprando do ponto central da destruição.

Todas aquelas pessoas, mortas. Enviei uma prece a Deus, ou a quem quer que estivesse escutando, para que algumas tivessem escapado antes da explosão. Passos anunciaram a aproximação de Megan. O sol matinal a iluminava.

– Estamos em extinção, Megan – eu disse, minha voz rouca. – Nós nos rendemos aos Épicos e estamos sendo exterminados. Essas guerras vão destruir toda a vida no planeta.

Ela apoiou uma mão no meu ombro enquanto eu continuava agachado, sentindo o vidro que uma vez havia sido pessoas.

– Foi Obliteração? – ela perguntou.

– É igual ao que ele fez em outras cidades – respondi. – E não conheço nenhum outro Épico com poderes que façam isso.

– Aquele maníaco...

– Tem algo seriamente errado com aquele homem, Megan. Quando ele destrói uma cidade, considera uma *misericórdia*. Ele parece pensar... parece pensar que o jeito de realmente livrar o mundo de Épicos é destruir todas as pessoas que podem um dia se tornar um.

A escuridão dera a Obliteração uma loucura de um tipo especial, uma versão deturpada da meta dos próprios Executores. Livrar o mundo de Épicos.

A qualquer custo.

Meu celular piscou e eu o arranquei do lugar onde geralmente ficava, preso ao ombro da jaqueta.

Está vendo isso? Era Falcão Paladino, e ele incluíra um anexo. Eu o abri; era uma foto de uma grande explosão num lugar que presumi ser Kansas City. Era uma foto tirada a uma boa distância.

Está sendo amplamente compartilhada, Falcão Paladino enviou. *Vocês não estão indo nessa direção?*

Você sabe exatamente onde estamos, eu respondi. *Está rastreando meu celular.*

Só estava sendo educado, ele escreveu. *Tire algumas fotos do centro da cidade. Obliteração vai ser um problema.*

Vai ser?, perguntei.

Sim, bem, veja isto.

A próxima foto era a imagem de um homem magro com cavanhaque andando em uma rua movimentada, um longo casaco esvoaçando atrás dele e a espada presa ao lado do corpo. Reconheci Obliteração imediatamente.

Kansas City?, perguntei. *Antes da explosão.*

Sim, Falcão Paladino confirmou.

As ramificações disso me atingiram. Eu me apressei para digitar o número de Falcão Paladino, então levei o celular ao ouvido. Ele atendeu um segundo depois.

– Ele não está brilhando – eu disse, ansioso. – Isso significa que...

– O que está fazendo? – Falcão Paladino indagou. – Idiota!

E desligou.

Encarei o telefone, confuso, até que outra mensagem chegou. *Eu disse que você podia ligar para mim, garoto?*

Mas... eu comecei. *Você me mandou mensagens o dia todo.*

Totalmente diferente, seu boboca, ele escreveu. *É uma invasão de privacidade do caramba ligar para uma pessoa sem a permissão dela.*

– Boboca? – Megan perguntou, sobre o meu ombro.

– Filtro de obscenidade no meu celular – expliquei.

– Você usa um *filtro de obscenidade*? O que é isso, o jardim de infância?

– Não, é hilário – eu expliquei. – Faz as pessoas parecerem *realmente* idiotas.

Chegou outra mensagem de Falcão Paladino. *Você disse que Realeza criou um motivador a partir de Obliteração. Quer apostar que ela fez mais de um? Olhe estas fotos.*

Ele mandou outra sequência que mostrava Obliteração em Kansas City, trabalhando em algum tipo de objeto brilhante. O brilho era intenso, mas ainda dava para ver que ele vinha do objeto, e não de Obliteração.

A hora dessa última é logo antes de o lugar ser vaporizado, Falcão Paladino enviou. *Ele destruiu Kansas City com um dispositivo. Mas por que usar um deles em vez de ele mesmo fazer o trabalho?*

Mais discreto, eu respondi. *Se ele sentasse no centro da cidade como fez no Texas, brilhando até explodir, seria um grande aviso para as pessoas fugirem.*

Isso é simplesmente asqueroso, Falcão Paladino escreveu.

Você pode vigiá-lo através de outros celulares?

São muitos dados para peneirar, garoto, ele mandou.

Tem algo melhor a fazer?

Sim, talvez. Não sou um dos seus Executores.

Sim, mas *É* um ser humano. Por favor, faça o que puder. Se avistá-lo em outra cidade, brilhando ou não, me avise. Talvez possamos avisar as pessoas.

Veremos, ele mandou.

Megan observou meu celular.

– Eu deveria estar assustada com o controle que ele tem sobre os celulares, não é?

Nós dois tiramos mais fotos do centro. Depois que as mandamos para Falcão Paladino, a conversa inteira com ele desapareceu do meu celular. Mostrei para Megan, embora ela estivesse distraída, olhando o campo aparentemente interminável de montes vítreos de pedra e aço que já fora uma cidade.

– Isso teria me matado – ela disse baixinho. – Fogo. Um fim permanente.

– Teria matado a maioria dos Épicos – eu observei. – Até alguns outros Altos Épicos. – Era um jeito de contornar as invulnerabilidades deles, explodi-los até não sobrar nada. Uma solução terrível, como alguns países tinham descoberto. Havia um limite de bombas atômicas que se podiam jogar até não haver mais nada a proteger.

Megan se apoiou em mim quando coloquei minha mão no ombro dela. Ela havia entrado num prédio em chamas para salvar minha vida, confrontando aquilo que poderia matá-la, mas isso não significava que o medo desaparecera. Só estava controlado. Administrado.

Juntos, fomos até os outros Executores, que haviam se estabelecido perto do centro da explosão – o qual Abraham testara em busca de radiação, para garantir que era seguro.

– Vamos ter que fazer algo sobre isso, David – Abraham afirmou quando me aproximei.

– Concordo – eu disse. – Mas salvar Prof vem primeiro. Estamos de acordo nisso?

Um a um, eles assentiram. Abraham e Cody tinham concordado comigo e com Megan desde o começo, achando que deveríamos trazer Prof de volta em vez de matá-lo. Parecia que eu persuadira Mizzy com nossa conversa no carro, já que ela assentia com a cabeça vigorosamente.

– Alguém mais está preocupado com o *motivo* de Prof ter ido a Atlanta? – Cody perguntou. – Quer dizer, ele podia ter ficado em Babilar e ter todo tipo de Épicos obedecendo a ele. Em vez disso, veio para cá.

– Ele deve ter um plano.

– Ele tem todas as informações de Realeza – Abraham comentou.
– Ela sabia coisas sobre Épicos, seus poderes, e Calamidade. Suspeito

que até mais do que qualquer outra pessoa. Fico me perguntando o que ele descobriu nos arquivos dela.

Assenti, pensativo.

– Realeza disse que queria um sucessor. Sabemos que ela se envolvera em coisas muito maiores do que aquela única cidade. Ela *se comunicava* com Calamidade, tentando descobrir como os poderes dele funcionavam. Talvez Prof esteja continuando o trabalho dela, o que quer que ela estivesse planejando antes de o câncer piorar.

– É possível – Mizzy concordou. – Mas o quê? O que ela estava planejando? Ou, em outras palavras, o que *Prof* está planejando?

– Não sei – respondi. – Mas estou preocupado. Prof é uma das pessoas mais eficazes e inteligentes que já conheci. É óbvio que, como um Épico, não vai ficar sentado simplesmente governando uma cidade. Ele terá planos maiores; o que quer que esteja fazendo, vai ser *grande*.

O grupo que deixou Kansas City era bem mais solene que aquele que chegara à cidade. Viajamos mais perto dessa vez, os dois jipes um atrás do outro. Levou um tempo terrivelmente longo para chegar a um lugar onde não estivéssemos cercados por prédios derretidos e chão arrasado. Continuamos, embora o sol tivesse nascido. Abraham calculou que estávamos perto do nosso alvo; algumas horas, no máximo.

Decidi que o melhor jeito de me distrair do horror de Kansas City era tentando ser produtivo. Então peguei uma das caixas que Falcão Paladino nos dera. Mizzy girou no assento, olhando sobre o apoio de cabeça com curiosidade. Abraham me olhou de relance pelo espelho retrovisor, mas não disse nada, e eu não consegui ler suas emoções. Eu já vira pilhas de munição mais expressivas que Abraham. O cara era como um monge zen às vezes. Com uma miniarma.

Ergui a tampa, virando a caixa para Mizzy ver dentro. Havia um par de luvas e um frasco cheio de um líquido prateado.

– Mercúrio? – Mizzy perguntou.

– É – respondi, pegando uma luva e girando-o.

– Esse negócio não faz, tipo, *muuuuuuito* mal?

– Não tenho certeza – admiti.

– Causa loucura – Abraham disse. E, depois de um segundo: – Então não mudaria grande coisa para ninguém neste carro em particular.

– Ha, ha – Mizzy disse.

– Mercúrio é bastante tóxico – Abraham comentou. – É rapidamente absorvido pela pele e pode emitir vapores perigosos. Tome cuidado, David.

– Vou deixar tampado até saber o que estou fazendo. Só quero ver se consigo fazer o mercúrio se mover no frasco.

Coloquei a luva, empolgado. Imediatamente, linhas de luz violeta percorreram meus dedos até se unirem na palma. O roxo levemente brilhante me lembrou dos tensores, o que fazia sentido. Prof os criara para imitar tecnologia derivada de Épicos. Provavelmente se baseara em um dos projetos de Falcão Paladino.

– Isso vai tirar o seu fôlego – eu disse, imaginando as coisas que havia lido sobre os poderes de Artik. Ergui a mão sobre o frasco de mercúrio, então parei. Como exatamente ativaria as habilidades? O spyril fora difícil de controlar, embora fácil de ativar. Mas, com os tensores, tinha levado um tempo antes de eu conseguir fazer qualquer coisa.

Tentei dar comandos mentais e usar os truques que usara com os tensores, mas nada aconteceu.

– Vai me tirar o fôlego *agora* – Mizzy perguntou – ou, tipo, em algum momento no futuro? Eu gostaria de estar preparada.

– Eu não tenho ideia de como fazer isso funcionar – admiti, balançando a mão e tentando outra vez.

– Veio com instruções, talvez? – Abraham perguntou.

– Que tipo de tecnologia Épica superincrível vem com um *manual de instruções*? – perguntei. Parecia mundano demais. Mesmo assim, procurei na caixa. Nada.

– É melhor assim – Abraham disse. – Espere para tentar num ambiente mais controlado. Ou pelo menos até que não estejamos dirigindo numa estrada esburacada.

Com um suspiro, removi a luva, então peguei o frasco grande de mercúrio e o encarei. O negócio era *estranho*. Eu havia imaginado como um metal líquido seria, mas ele desafiava essas expectativas. Fluía rápido, leve, e era incrivelmente reflexivo. Como se alguém tivesse derretido um espelho.

Embrulhei o frasco depois de outro pedido de Abraham e o coloquei aos meus pés, então enviei uma mensagem a Falcão Paladino pedindo instruções. Não muito tempo depois, o carro de Megan reduziu a velocidade à nossa frente. O celular de Abraham vibrou.

– Alô? – ele atendeu, apertando a tela e segurando o fone. – Hm. Curioso. Vamos parar agora. – Ele reduziu a velocidade do jipe, então olhou para mim. – Cody avistou algo à frente.

– A cidade? – perguntei.

– Quase. O rastro dela. Às duas horas.

Peguei minha arma e – abrindo o teto do jipe – me ergui. Dessa posição estratégica, vi algo muito interessante na estrada: uma planície enorme de vegetação achatada e morta. Ela se estendia a distância.

– A cidade definitivamente passou por aqui – Abraham afirmou de baixo. – Não dá pra ver de onde estamos, mas isso é parte de uma faixa de terra morta muito larga, tão larga quanto uma cidade. Ildithia deixa isso para trás enquanto viaja, como o rastro enorme de uma lesma.

– Ótimo – eu disse, bocejando. – Vamos segui-la.

– Certo – Abraham concordou –, mas olhe mais de perto. Cody disse que avistou pessoas andando no rastro.

Olhei de novo e, de fato, vários grupos pequenos de pessoas se arrastavam pela faixa larga.

– Hã. Elas estão se afastando da cidade. Achamos que ela está se movendo para o norte, certo?

– Certo – Abraham disse. – Isso confundiu Cody e Megan também. Quer investigar?

– Sim – assenti, entrando de volta no jipe. – Vou mandar os outros dois.

Saímos da estrada e nos movemos para a faixa de grama morta enquanto eu enviava uma mensagem a Megan. *Vejam o que conseguem descobrir com os retardatários, mas não se arrisquem demais.*

Eles são refugiados, ela respondeu. *Que tipo de riscos ofereceriam? Escorbuto?*

* * *

Cody e Megan foram na frente, e nós ficamos para trás. Tentei tirar uma soneca, mas o assento do jipe era desconfortável demais e – embora não houvesse motivo para preocupação – eu estava preocupado com Megan.

Finalmente, ela mandou uma mensagem. *Eles *são* refugiados. Conhecem Prof, mas o chamam de Holofote. Ele está aqui há duas ou três semanas, e alguns dos outros Épicos estão resistindo, o principal no comando – um cara chamado Larápio – inclusive.*

As pessoas fugiram da cidade porque acham que vai haver um confronto entre Prof e Larápio, e pensaram em manter distância por uma ou duas semanas, vivendo da terra, então voltar e ver quem assumiu o controle.

Elas disseram a que distância está a cidade?, perguntei.

Estão andando há horas, ela respondeu, *então... talvez uma hora ou duas de jipe? Eles disseram que vamos passar por outros refugiados se dirigindo a Ildithia. Pessoas de Kansas City.*

Então pelo menos alguns dos habitantes haviam escapado. Fiquei aliviado ao saber.

Mostrei as mensagens para Mizzy e Abraham.

– Essa observação sobre a política de Ildithia é uma boa notícia – Abraham disse. – Significa que Prof não estabilizou seu poder na cidade. Ele não terá recursos para nos vigiar.

– Vamos conseguir entrar sem parecer suspeitos? – Mizzy perguntou.

– Podemos nos esconder entre os refugiados de Kansas City – sugeri.

– Nem precisaremos fazer isso – Abraham disse. – Larápio deixa as pessoas entrarem ou saírem de Ildithia sem penalidade, então há sempre um fluxo de gente. Podemos nos apresentar como trabalhadores esperançosos e eles devem nos receber.

Assenti devagar, então dei a ordem para continuar fora da estrada, mas a uma boa distância da terra morta. Carros funcionais – que precisavam ser convertidos para andar com células de energia – eram uma raridade na maior parte do mundo. Quem sabia que tipo de coragem idiota poderíamos encontrar se nos aproximássemos demais de pessoas suficientemente desesperadas?

Megan e Cody se juntaram a nós, e percorremos o chão acidentado por cerca de uma hora. Usando a mira, avistei os primeiros sinais de

Ildithia: campos. Eles cresciam ao lado da cidade, não no trecho de terra devastada, mas ao lado dele. Eu já esperava por isso; Atlanta era conhecida pela produção agrícola.

Logo depois, espiando acima do horizonte à nossa frente, notei outra coisa: um perfil urbano que se erguia de modo incôngruo do centro de uma paisagem enorme e, fora isso, sem características marcantes.

Tínhamos encontrado Atlanta, ou Ildithia, como era seu nome moderno.

A cidade do sal.

13

Eu estava sentado no teto do nosso jipe, que havíamos estacionado em um trecho de árvores a uns 2 ou 3 quilômetros de Ildithia, e estudava a cidade usando a mira do fuzil. Ildithia era feita de uma boa parte da antiga Atlanta – o centro comercial, o centro financeiro e alguns dos subúrbios no entorno. Cerca de 11 quilômetros de largura, de acordo com Abraham.

Seus arranha-céus me lembravam Nova Chicago – embora eu tivesse que admitir que viver dentro da cidade não me dera um bom senso do perfil urbano. Esses prédios pareciam mais espaçados e mais pontudos. Além disso, eram feitos de sal.

Quando eu ouvira falar de uma cidade feita de sal, imaginara um lugar feito de cristal translúcido. Rapaz, eu estava errado. Os prédios eram, na maior parte, opacos, translúcidos apenas nos cantos onde o sol os atravessava. Pareciam pedra, não construções gigantes do negócio moído para temperar comida.

Os arranha-céus tinham uma variedade magnífica de cores. Rosa e cinza dominavam, e a ampliação da mira me permitiu distinguir veias brancas, negras e até verdes correndo pelas paredes. Sinceramente, era lindo.

Também estava em constante mudança. Havíamos nos aproximado por trás – a cidade definitivamente tinha o lado de "trás" e o lado da "frente". Os distritos na parte de trás estavam lentamente *desmoronando*, como uma parede de terra na chuva. Derretendo, descascando. Enquanto eu observava, um lado inteiro de um arranha-céu desmoronou; então a coisa toda desabou com um som alto que eu ouvi àquela distância.

Conforme caía, o sal criava pilhas que ficavam menores quanto mais longe estavam da trilha. Fazia sentido; a maioria dos poderes Épicos não criava objetos permanentemente. Em algum momento, os prédios de sal caídos iriam derreter e desaparecer, evaporando e deixando o chão morto e achatado que tínhamos percorrido.

Até onde eu sabia, do outro lado da cidade novos prédios estariam crescendo – como cristais se formando, Abraham explicara. Ildithia se movia, mas não sobre pernas ou rodas. A cidade se movia como bolor rastejando sobre uma torrada descartada.

– Uau – eu disse, abaixando o fuzil. – É incrível.

– Sim – Abraham concordou, parado ao lado do jipe. – E um saco viver nela. A cidade inteira passa pelo ciclo toda semana, entende. Os prédios que se deterioram aqui crescem outra vez do lado da frente.

– O que é legal.

– É um saco – Abraham repetiu. – Imagine se sua casa desmoronasse a cada sete dias e você tivesse que se mudar para uma nova no outro lado da cidade. Apesar disso, os Épicos locais não são mais cruéis que em outros lugares, e a cidade tem algumas conveniências.

– Água? – perguntei. – Eletricidade?

– O fornecimento de água deles é coletado da chuva, que cai com frequência, por causa de uma Épica local.

– Vento de Tempestade – eu assenti. – Mas isso...

– Não derrete o sal? – Abraham interveio antes que eu perguntasse. – Sim, mas não importa muito. Os prédios do lado de trás vão ficando desgastados antes de cair, e talvez vazem, mas é administrável. O problema maior é encontrar um jeito de coletar água que não esteja salgada demais para beber.

– Nada de encanamento, então – eu disse. O esconderijo dos Executores em Babilar tinha um tanque séptico, o que era um luxo agradável.

– Os ricos têm eletricidade – Abraham comentou. – A cidade troca comida por células de energia.

Megan se aproximou, uma mão cobrindo os olhos enquanto olhava para a cidade.

– Tem certeza de que esse plano seu vai dar certo, Abraham?

– Ah, certamente – Abraham disse. – Entrar em Ildithia nunca é um problema.

Voltamos aos jipes de novo, então demos uma volta cuidadosa na cidade, mantendo distância só por garantia. Por fim, abandonamos os veículos numa velha casa de fazenda, bastante cientes de que eles poderiam não estar lá quando retornássemos, apesar dos cadeados Executores sofisticados. Também trocamos nossas roupas por jeans batidos, casacos empoeirados e mochilas com velhas garrafas de água dos lados. Quando partimos, esperávamos parecer um grupo de reclusos tentando sobreviver sozinhos.

A caminhada que se seguiu me fez sentir saudades das sacudidas do jipe. Conforme nos aproximávamos da fronteira dianteira de Ildithia, passamos por outros campos como aqueles – coisas que eu já tinha lido a respeito e ouvido falar sobre, mas nunca visto antes desse dia.

Havia mais conectividade entre as cidades-Estado nos Estados Fraturados do que eu imaginara antigamente. Talvez os Épicos pudessem sobreviver sem nenhum tipo de infraestrutura, mas eles geralmente queriam súditos para governar. O que adiantava ser uma força de destruição e fúria todo-poderosa se você não tinha alguns camponeses para assassinar de vez em quando? Infelizmente, camponeses precisavam comer, ou morriam antes que você tivesse a chance de matá-los.

Por isso era preciso construir algum tipo de estrutura na cidade, encontrar algum tipo de produto para comercializar. Cidades que conseguiam produzir um excedente de comida podiam trocá-lo por células de energia, armas ou luxos. Eu achava isso satisfatório. Quando apareceram pela primeira vez, os Épicos haviam destruído tudo e todos, arruinando a infraestrutura nacional. Agora, eram forçados a reconstruí-la, tornando-se administradores.

A vida era tão injusta. Ninguém deveria poder destruir tudo ao seu redor *e* viver como um rei.

E, por isso, os campos. Aqueles que eu notara acompanhando o caminho da cidade já tinham sido colhidos, mas esses campos de milho estavam maduros e prontos. Uma grande quantidade de pessoas trabalhava neles, e, embora fosse o início da primavera, já estavam colhendo.

– Vento de Tempestade de novo? – sussurrei para Abraham, que caminhava ao meu lado.

– Sim – ele confirmou. – As chuvas dela causam crescimento hiperveloz ao redor da cidade; eles conseguem uma safra nova a cada dez dias. Periodicamente, as pessoas viajam com ela por alguns dias à frente da cidade e plantam, então ela faz chover. Os trabalhadores cuidam dos campos e se juntam à cidade quando ela passa por eles. Ah, talvez você queira manter a cabeça abaixada.

Abaixei os olhos, adotando a postura familiar – com uma expressão impassível – de quem vivia sob o jugo de um Épico. Abraham teve que dar uma cotovelada em Megan quando ela lançou um olhar desafiador a uma guarda pela qual passamos, uma mulher com um fuzil no ombro e os lábios torcidos num rosnado.

– Vão para a cidade – a mulher ordenou, apontando a arma na direção de Ildithia. – Se tocarem numa única espiga de milho sem permissão, a gente atira. Se quiserem comida, falem com os supervisores.

À medida que nos aproximamos da cidade, ganhamos uma escolta de homens com porretes nos cintos. Fiquei desconfortável sob o olhar deles, mas mantive a cabeça abaixada, o que me permitiu inspecionar a transição para a cidade. Primeiro havia uma leve crosta no chão. Ela ficava mais grossa conforme nos aproximávamos, amassando e quebrando sob nossos pés, até que finalmente pisamos em pedra de sal verdadeira.

Mais perto, passamos por montes que indicavam onde prédios estavam começando a se formar. Ali, o branco-acinzentado do sal era entremeado por dúzias de estratos diferentes, fitas de cor como fumaça congelada. A pedra tinha uma textura que eu podia enxergar, e tive vontade de esfregar os dedos na rocha para senti-la.

O lugar exalava um cheiro estranho. Salgado, eu acho. E seco. Os campos tinham sido molhados, então era notável como o ar estava seco, assim que se entrava na cidade. Tínhamos nos juntado a uma fila de pessoas esperando para entrar na parte habitável, onde os prédios eram do tamanho certo.

A visão também me era familiar: a textura e o tom uniforme, mesmo com as variações em cor, me lembravam do aço de Nova Chicago. Essa cidade provavelmente era estranha a todos os outros, com tudo feito de sal sólido, mas para mim isso era normal. Era como voltar para casa. Outra ironia. Para mim, conforto estava intrinsecamente conectado a algo que os Épicos haviam criado.

Recebemos orientações; a pessoa que falou conosco ficou surpresa por não sermos refugiados de Kansas City, mas manteve o discurso rápido e direto. A comida pertencia a Larápio. Se alguém quisesse comer, trabalhava. A cidade não era policiada, então ele disse que era melhor ingressar em uma das comunidades estabelecidas, se conseguíssemos encontrar uma que estivesse aceitando novos membros. Os Épicos podiam fazer o que queriam, então devíamos nos manter fora do caminho deles.

A cidade parecia não ter a estrutura de Nova Chicago. Lá, Coração de Aço estabelecera uma camada superior definida de não Épicos, e havia usado uma força policial forte para manter as pessoas sob controle. Em troca, em Nova Chicago tínhamos acesso a eletricidade, celulares, até filmes.

Isso me incomodou. Eu não queria descobrir que Coração de Aço fora um líder mais eficaz que outros, embora parte de mim soubesse disso há um bom tempo. Faíscas, Megan tinha me dito exatamente isso quando eu me unira à equipe.

Depois das orientações, fomos revistados. Abraham havia nos avisado sobre isso, então Megan estava preparada para usar seus poderes em uma ilusão muito cuidadosa em diversas mochilas. Isso escondeu algumas ferramentas, como nossas células de energia e armas avançadas, assim como itens cotidianos. Ela deixou uma pistola como isca, sem disfarce, para os guardas "confiscarem" para si mesmos, um tipo de pedágio para entrar na cidade. Mas eles nos deixaram com nossas armas mais simplórias, como Abraham dissera que fariam. Armas não eram ilegais na cidade.

Depois de nos revistarem, fomos liberados. O cara de antes, que nos dera as orientações, apontou para a cidade.

– Vocês podem pegar qualquer prédio que não esteja ocupado. Mas, se fosse vocês, ficaria de cabeça baixa nas próximas semanas.

– Por quê? – perguntei, jogando a mochila sobre o ombro.

Ele me examinou.

– Encrenca entre Épicos. Nada que a gente possa fazer sobre isso, exceto se esconder. Talvez chegue menos comida nos próximos dias. – Ele balançou a cabeça, então apontou para uma pilha de caixas fora da fronteira. – Olha, vamos fazer o seguinte – ele disse para nós e alguns dos outros recém-chegados. – Perdi minha equipe de trabalho essa semana. Os idiotas faiscantes fugiram. Se me ajudarem a transportar essas caixas para a cidade, dou um dia inteiro de requisição de cereais pra vocês, como se tivessem começado pela manhã.

Olhei para os outros, que deram de ombros. Se fôssemos de fato os reclusos que fingíamos ser, dificilmente negaríamos uma oportunidade dessa. Dentro de minutos, estávamos erguendo caixas. Os contêineres de madeira estavam carimbados com a marca queimada do UTC, um grupo de comerciantes nômades governados por Termo, uma Épica com poderes de manipulação de tempo. Infelizmente, parecia que eu perdera a visita dela. Sempre quis vê-la em pessoa.

O trabalho era pesado, mas me deu uma oportunidade de ver um pouco da cidade. Ildithia era bem povoada; mesmo com um grande número de pessoas trabalhando nos campos, havia bastante movimento nas ruas. Não havia carros, exceto aqueles feitos de sal abandonados ao lado da estrada, resquícios de quando a cidade se transformara pela primeira vez. Aparentemente, quando a cidade recrescia toda semana, também reproduzia coisas como esses carros. Nenhum deles funcionava, é claro. Em vez disso, havia um número impressionante de ciclistas.

Roupas lavadas estavam penduradas em varais do lado de fora de janelas. Crianças brincavam com carros de plástico em uma rua, os joelhos cobertos de sal que descascara do chão. As pessoas carregavam mercadorias compradas de um mercado que, depois de algumas idas e vindas, eu consegui identificar a uma rua do nosso trajeto – que ia do limite exterior da cidade até um depósito cerca de meia hora para dentro.

Enquanto eu andava para cima e para baixo, com caixa após caixa, consegui ter uma boa ideia de como os prédios cresciam. Logo dentro do limite da cidade, saliências se transformavam em fundações com uma aparência desgastada, como pedras que haviam ficado séculos sob o vento. Mais longe, os prédios começavam a tomar forma, as paredes se erguendo, a alvenaria emergindo. Era como erosão ao contrário.

O processo não era perfeito. De vez em quando, passávamos por montes sem forma no chão ou entre prédios, como tumores cancerígenos de sal. Perguntei sobre isso a uma das outras pessoas que moviam caixas e o homem deu de ombros dizendo que toda semana aconteciam algumas irregularidades. Elas sumiriam da próxima vez que a cidade passasse pelo seu ciclo, mas outras cresceriam.

Achei tudo aquilo fascinante. Fiquei um longo momento em frente ao que parecia prestes a se tornar uma fileira de apartamentos formados de um sal preto-azulado com um padrão serpenteante. Quase podia ver os prédios lentamente se erguendo, como... picolés sendo deslambidos.

Havia árvores também – essa era a diferença em relação a Nova Chicago, onde nada orgânico se transformara. Elas cresciam como os prédios, esculpidas delicadamente de sal. Todas ali eram tocos, mas mais à frente eu via árvores completas.

– Não encare demais, novato – disse uma mulher que passou por nós, batendo a poeira das mãos enluvadas. – Isso é território Inkom. – Ela era uma das trabalhadoras do campo, recrutada para carregar as caixas conosco.

– Inkom? – perguntei, me adiantando e acenando com a cabeça para Abraham enquanto ele passava carregando outra caixa.

– Esse bairro – a mulher alta informou. – Portas fechadas; eles não aceitam membros novos. Estão prestes a deteriorar no lado de trás, e geralmente se mudam para esse conjunto de apartamentos até suas casas se reconstituírem. Depois que Inkom sai, Barchin se muda pra lá, e você não quer lidar com eles. Sujeitos desagradáveis. Deixam qualquer um entrar, mas tomam metade das rações do indivíduo e só o deixam dormir numa sarjeta entre dois prédios até estar com eles por um ano.

– Obrigado pela dica – agradeci, olhando por cima do ombro para os prédios empelotados. – Mas esse lugar é grande; parece que há muito espaço vazio. Por que as pessoas se juntam a uma família?

– Proteção – a mulher explicou. – Claro, vocês podem se acomodar numa casa vazia, há muitas delas. Mas, sem uma família boa te apoiando, é provável que roubem tudo que tem... ou pior.

– Dureza – eu disse, estremecendo. – Mais alguma coisa que eu precise saber? As pessoas não estão preocupadas com um Épico novo?

– Holofote? – ela perguntou. – É, eu ficaria longe dele. Longe de qualquer Épico, até mais do que o normal. Holofote está mais ou menos no controle agora, mas há alguns resistindo. Vento de Tempestade. Larápio. Há uma guerra se formando. De qualquer modo, Épicos gostam de arranha-céus, então fique longe do centro comercial. No momento, o centro tem cerca de cinco.

– Cinco?

– Cinco dias desde que cresceu – ela disse. – Mais dois até que os arranha-céus se deteriorem. Geralmente a parte mais difícil da semana é quando isso acontece. Quando os prédios mais altos no centro começam a desmoronar, os Épicos ficam irritados e saem em busca de entretenimento. Alguns vão para o centro financeiro. Outros ficam vagando. Depois de um dia ou dois, as suítes deles recrescem e seus serviçais mudam tudo pra lá, aí fica mais seguro emergir. Mas não sei como a briga pelo poder vai mudar isso.

Chegamos à pilha de caixas no limite da cidade e peguei mais uma. Eu ainda tinha a mochila nas costas – não ia me separar dela, mesmo se aumentasse o peso que eu levava a cada viagem. Havia outras perguntas que eu poderia fazer a essa mulher?

– Você e seus amigos trabalham bem – ela comentou, pegando outra caixa. – Talvez a gente tenha um lugar pra vocês no meu bairro. Não posso garantir, é decisão de Doug. Mas somos justos, só pegamos um quarto das suas rações, e usamos para alimentar os idosos e os doentes.

– Soa tentador – eu disse, embora não soasse nem um pouco. Nós estabelecíamos nosso próprio esconderijo em algum lugar da cidade. – Como a gente se inscreve?

– Não se inscrevem – ela respondeu. – Só apareça neste lugar pela manhã e faça um trabalho pesado. Estaremos observando. Não nos procure ou as coisas ficarão ruins pra vocês.

Ela ergueu sua caixa e se afastou. Eu ajustei a minha própria caixa, observando-a se distanciar, notando a silhueta do que provavelmente era uma pistola escondida em suas costas, sob a jaqueta.

– Cidade difícil – Mizzy resmungou, pegando uma caixa e passando-a para mim.

– É – concordei. Mas, na verdade, não era.

Levei a caixa ao ombro e retomei o trajeto. Eu era uma criança quando tudo isso começara – só tinha 8 anos, um órfão nas ruas. Vivi um ano sozinho antes de ser abrigado. Lembrava de conversas abafadas entre os adultos sobre o colapso da sociedade, projetando coisas horríveis como canibalismo, gangues queimando tudo que encontravam, famílias se separando – cada pessoa vivendo por si.

Isso não havia acontecido. Pessoas são pessoas. O que quer que aconteça, elas formam comunidades, lutam para manter a normalidade. Até com os Épicos, a maioria de nós só queria viver a vida. As palavras da mulher foram duras, mas também esperançosas. Se você trabalhasse duro, poderia encontrar um lugar neste mundo apesar da insanidade. Era incentivador.

Eu sorri. Então, percebi que a rua estava vazia. Parei, franzindo o cenho. As crianças haviam sumido. Não havia bicicletas. Cortinas tinham sido fechadas. Virei e vi alguns trabalhadores correndo para dentro de um dos prédios ali perto. A mulher com quem eu falara passou por mim com pressa, depois de jogar a caixa no chão.

– Épico – ela sibilou, então correu para uma porta aberta no que já fora uma loja, seguindo algumas pessoas para dentro.

Soltei minha caixa com pressa e a segui, afastando a cortina que cobria o batente e me juntando a ela e a uma família encolhida na penumbra. Um homem que entrara antes de nós pegou uma pistola e nos examinou com desconfiança, mas não apontou a arma para nós. A mensagem era clara: podíamos ficar até o Épico passar.

A cortina na porta balançou suavemente. Talvez eles tivessem tantos problemas com portas aqui quanto nós em Nova Chicago. Eu imaginava que uma porta feita de sal era bem difícil de usar, então haviam sido substituídas por tecido. Não era muito seguro – mas, claro, era por isso que eles tinham armas.

A vitrine da loja era feita de um sal mais fino, quase como uma janela de vidro, embora opaca demais para deixar entrever detalhes. Permitia que um pouco luz entrasse no cômodo, e consegui ver uma sombra passar do outro lado. Uma figura simples, seguida por algo brilhante na forma de uma esfera.

Luz verde. De um tom que eu reconhecia.

Ah, não, pensei.

Eu tinha que olhar. Não conseguia evitar. Os outros sussurraram com urgência para mim enquanto eu me movia até a porta e espiava a rua lá fora através da cortina ondeante.

Era Prof.

14

Eu costumava pensar que conseguia identificar Épicos à primeira vista. O fato de ter passado semanas com os Executores, ao lado de não apenas um, mas *dois* Épicos escondidos, provou que eu estava errado.

Dito isso, há um certo *quê* em um Épico que está no auge de seus poderes. A postura tão reta, o modo como sorriem com tanta confiança. Eles se destacam, como um arroto durante uma prece.

Prof tinha a mesma aparência da última vez que eu o vira: vestia um jaleco de laboratório preto e as mãos brilhavam um verde suave. Ele tinha cabelos grisalhos que não se esperaria encontrar em um físico tão poderoso. Prof era robusto, como uma parede de pedra ou uma escavadeira. Não se diria que era elegante, mas ninguém iria furar uma fila na frente dele.

Prof caminhou pela rua branca e cinza, seguido por um campo de força esférico no qual havia uma pessoa presa. Cabelos longos e escuros obscureciam o rosto dela, mas a mulher usava um vestido chinês tradicional. Era Vento de Tempestade, a Épica que trazia as chuvas e fazia as colheitas crescerem em taxas hiperaceleradas. A mulher com quem eu conversara mais cedo dissera que essa Épica estava resistindo a Prof.

Parecia que isso havia mudado. Prof parou fora da loja em que eu estava, então se virou, olhando para as janelas dos prédios ao longo da rua. Recuei rapidamente, o coração martelando. Ele parecia estar procurando algo.

Faíscas! O que fazer? Fugir? Meu fuzil estava na mochila, desmontado, mas eu tinha uma pistola enfiada no bolso, sob a camisa. Os guardas lá fora haviam me deixado entrar com ela, como Abraham dissera que fariam. Aparentemente, eles não se importavam se as pessoas dentro da cidade estavam armadas. Pareciam esperar por isso.

Bem, armas não fariam muito contra Prof. Ele era um Alto Épico com *duas* invencibilidades supremas. Não só seu campo de força o protegeria de danos, mas, caso fosse ferido, ele se curaria.

Tirei a arma do cinto mesmo assim. As outras pessoas na sala apertavam-se umas contra as outras, em silêncio. Se houvesse outra saída, elas provavelmente a teriam tomado – embora eu não pudesse ter 100% de certeza. Muitas pessoas se escondiam dos Épicos em vez de fugir. Elas pensavam que o único jeito de sobreviver era encontrar abrigo e esperar que eles passassem.

Espiei pela porta outra vez, o coração batendo forte no peito. Prof não tinha se movido, mas dera as costas ao nosso prédio, inspecionando um do outro lado da rua. Rapidamente, enxuguei o suor da testa antes que escorresse para os olhos, então peguei meu fone do bolso e o encaixei no ouvido.

– Alguém viu David? – Cody estava dizendo.

– Passei por ele na última viagem – Abraham respondeu. – Acho que deve estar perto do depósito. Longe de Prof.

– Então, quanto a isso… – eu sussurrei.

– David! – A voz de Megan. – Onde você está? Encontre cobertura. Prof está descendo a rua.

– Estou vendo – eu disse. – Ele parece estar procurando algo. Quais as posições de vocês?

– Estou num ponto com uma boa visão – Cody respondeu –, a uns 40 metros do alvo, no segundo andar de um prédio com uma janela aberta. Estou vendo Prof agora.

– Megan me agarrou – Abraham disse – e me puxou para trás de uma esquina. Estamos a uma rua daí, ao leste, vendo a transmissão de Cody nos celulares.

– Mantenham as posições – sussurrei. – Mizzy?

– Ela ainda não falou nada – Abraham respondeu.

– Estou aqui – Mizzy disse, soando sem fôlego. – Caaara, eu quase *tropecei* nele.

– Onde você está? – perguntei.

– Eu corri perpendicular à nossa rua. Estou num mercado ou algo assim. Todo mundo está se escondendo, mas está lotado aqui.

– Fique aí – ordenei – e acesse a transmissão de Cody. Isso pode não ter nada a ver com a gente. Ele obviamente quer alardear o fato de ter capturado Vento de Tempestade e... *faíscas*.

– Que foi? – Mizzy perguntou.

Prof estava brilhando. Uma luz verde-pálida emanava dele enquanto virava no lugar, na rua.

– Vocês vão sair? – ele berrou. – Sei que estão aqui! Mostrem-se!

Eu odiava ouvir a voz de Prof soar tão parecida com... com a de um Épico. Ele sempre fora ríspido, mas agora soava diferente. Imperioso, exigente, *furioso*. Eu segurava a pistola num aperto suado. Atrás de mim, uma das crianças choramingou.

– Eu vou atraí-lo para longe – sussurrei.

– O quê?! – Megan exclamou.

– Não temos tempo – afirmei, me erguendo. – Se ele começar a destruir a área procurando por mim, vai matar pessoas. Tenho que atrair a atenção dele.

– David, não! – Megan disse. – Estou indo até aí! Só...

Prof estendeu os braços na direção do prédio à sua frente – não o meu, mas um complexo de apartamentos do outro lado da rua. Tinha uns oito andares e era construído inteiramente de sal rosa e cinza.

Com o gesto de Prof, ele foi vaporizado.

Em Nova Chicago, eu o vira fazer coisas incríveis com seus poderes. Ele enfrentara um esquadrão da Patrulha, destruindo armas, balas e armadura na briga. Mas aquilo não fora *nada* comparado com isso. Prof desintegrou um prédio inteiro em um piscar de olhos.

Os poderes dele destruíram não só a estrutura de sal, mas a mobília dentro dela também, fazendo pessoas e objetos pessoais despencarem. Exceto por um homem, que permaneceu flutuando no céu a cerca de 6 metros do chão. Ele apontou um par de fuzis para Prof e atirou.

As balas não tiveram nenhum efeito, é claro. Em um segundo, o homem pairando foi cercado por uma brilhante esfera verde. Ele largou as armas e apalpou as paredes de sua nova prisão em pânico.

Prof fechou a mão num punho. A esfera encolheu até ficar do tamanho de uma bola de basquete, transformando o Épico lá dentro em polpa.

Desviei os olhos, me sentindo enjoado. Isso… isso era o que ele fizera com Gegê e Val.

– Alarme falso – Cody disse na linha, parecendo aliviado. – Ele não está procurando por nós. Está caçando Épicos que ainda seguem Larápio.

Prof soltou a esfera e deixou os restos do Épico morto caírem no chão com um *splash* nojento. Da loja ao lado da minha, outra pessoa emergiu na rua, um jovem – ainda adolescente – usando uma gravata frouxa e um chapéu. Ele encarou Prof por um momento, então caiu sobre um joelho, fazendo uma reverência.

Uma esfera de luz apareceu ao redor do jovem. Ele ergueu os olhos em pânico. Prof tinha uma única palma estendida, como se julgasse o recém-chegado. Então afastou a mão para o lado e a esfera desapareceu.

– Lembre-se dessa sensação, Epicozinho – Prof disse. – Acredito que você é aquele que chamam de Dínamo. Aceito sua lealdade, mesmo que tardia. Onde está seu mestre?

O garoto engoliu, então falou.

– Meu antigo mestre? – perguntou, a voz falhando. – Ele é um covarde, lorde. Ele foge do senhor.

– Ele estava com você mais cedo – Prof afirmou. – Para onde foi?

O jovem apontou para uma rua, a mão tremendo.

– Ele tem um esconderijo a uma rua daqui. Nos proibiu de ir com ele. Posso lhe mostrar.

Prof gesticulou e o jovem passou correndo por ele com as pernas instáveis. Prof apertou as mãos atrás das costas e começou a seguir num passo tranquilo, mas então parou.

Minha respiração ficou presa na garganta. Qual era o problema?

Prof deu alguns passos na direção em que eu estava, então se ajoelhou, olhando para a caixa que eu derrubara mais cedo. Ela tinha estourado de um lado. Ele a cutucou com um pé e pareceu contemplativo.

– Lorde? – o jovem chamou.

Prof deu as costas para a caixa e foi atrás do jovem, o jaleco balançando com o movimento. O campo de força portando Vento de Tempestade seguiu como um cachorrinho obediente. A mulher lá dentro não ergueu os olhos.

Relaxei, reclinando contra a parede, e abaixei minha arma.

– Mizzy – sussurrei na linha –, ele está indo na sua direção.

– Parece que ele está procurando por Larápio – Megan disse. – Conseguimos chegar bem quando ele estava tendo um último confronto com o antigo líder da cidade. Que agradável para nós.

– Estou acompanhando com a mira – Cody informou. – Mas não vou conseguir ver muito quando ele entrar na próxima rua. Quer que eu mantenha a vigilância, moço, ou me retiro?

– Ficar tão perto dele é perigoso – Abraham disse. – Se ele sequer avistar qualquer um de nós…

– É – Cody concordou –, mas eu bem que gostaria de saber do que ele é capaz antes de tentar derrotá-lo. Aquilo com o prédio faz os tensores parecerem um brinquedo de criança.

– Boa metáfora – comentei, distraído. – Precisamos ver os resultados da briga dele com Larápio, se acontecer. Cody, veja se consegue arranjar uma posição. Mizzy, eu quero que *você* saia daí.

– Estou tentando – ela grunhiu. – Estou amassada numa sala com um monte de gente e… blá. Não sei quão rápido consigo sair daqui, pessoal…

Bem, não iríamos recuar enquanto um dos nossos estivesse em perigo.

– Megan, esteja pronta para criar uma distração. Abraham, fique com Megan. – Respirei fundo. – Eu vou seguir Prof.

Ninguém objetou. Eles confiavam em mim. Coloquei a mochila sobre o ombro – não havia tempo de montar meu Gottschalk – e fiquei parado ao lado do batente, espiando através da cortina tremulante. Antes de sair, olhei de relance para os outros ocupantes da loja.

Todos eles – o homem com os filhos, a mulher que conversara comigo mais cedo – me encaravam com expressões perplexas.

– Você disse que vai *seguir* esse Épico? – o homem perguntou. – Você é louco?

– Não – a mulher disse, suavemente. – Você é um deles, não é? Aqueles que lutam. Ouvi que todos foram mortos em Nova York.

– Não diga a ninguém que me viu, por favor – pedi. Eu os cumprimentei acenando com a arma, então escapei para a rua vazia.

Parei para cutucar a caixa ao lado da qual Prof havia parado – a caixa que eu derrubara. Ela estava cheia de alimentos, coisas embaladas do tipo que se conseguia por escambo e que vinham de cidades que ainda tinham fábricas: feijões, frango enlatado, refrigerante. Eu assenti, então corri na direção em que Prof seguira.

15

– Certo – eu disse, parando ao lado do muro de um beco, segurando a pistola com as duas mãos à minha frente. – Vamos fazer isso com muito, *muito* cuidado. Nosso principal objetivo é garantir que Mizzy saia com segurança. Obter informações vem depois.

Uma sequência de "entendidos" veio na linha. Com um toque, sintonizei a tela do meu celular para a transmissão de Cody. Nossos fones, com uma parte que se curvava sobre a orelha e apontava para a frente, podiam dar a qualquer um de nós uma visão do que os outros estavam fazendo.

Ele se movia por um corredor escuro. Luz diáfana se infiltrava pela parede à sua direita, como uma lanterna brilhando dentro da boca de alguém. Cody chegou a um cômodo que ainda tinha uma porta de sal – fiquei surpreso quando ele a empurrou e a porta se moveu. Então se esgueirou para dentro e se aproximou de uma janela. Quebrou o sal – o que se provou mais difícil do que eu teria imaginado – com a coronha do fuzil, então enfiou a arma por ali. Quando transmitiu o vídeo da mira em vez do fone, nos deu uma visão estratégica a muitos andares de altura.

O mercado foi fácil de achar – era um antigo estacionamento, os lados drapeados com tecidos coloridos e toldos que se espalhavam para as ruas ao redor.

– É – disse Mizzy enquanto Cody focava nele –, estou aqui. A multidão me empurrou para um dos níveis mais baixos. Estou tentando alcançar uma escadaria agora. Ainda tem muita gente se escondendo aqui.

Prof se encaminhava para o mercado, o brilho verde dos campos de força iluminando a rua. Segui um caminho paralelo por uma rua secundária menor, de vez em quando me escondendo ao lado de alguns arbustos feitos de sal rosa.

Na verdade, um dos arbustos continuava brilhando. Eu o encarei, momentaneamente hipnotizado pelas folhinhas de sal brotando como cristais de pequenos galhos. Tinha imaginado que as coisas cresciam na fronteira dianteira da cidade, parando uma vez que ficavam iguais à Atlanta de antigamente, então permanecendo estáticas. Mas parecia que partes internas da cidade ainda estavam se desenvolvendo.

– David? – uma voz sussurrou. Eu me virei e vi Megan e Abraham se aproximando depressa.

Certo, certo. Amigo e mentor em um surto homicida. Eu provavelmente devia ficar concentrado.

– Megan – eu disse –, um pouco de cobertura seria bom.

Ela deu um aceno e se concentrou por um momento. Em um piscar de olhos, os arbustos na nossa frente se tornaram mais densos. Embora fosse uma ilusão, uma sombra puxada de outro mundo onde aqueles arbustos *eram* mais densos, era perfeita.

– Valeu – eu disse, tirando a mochila e rapidamente montando o fuzil.

Prof emergiu na rua a uma distância curta de nós. O Épico adolescente que eu vira mais cedo o guiava, gesticulando enquanto andavam. A bolha com Vento de Tempestade fora deixada na boca de um beco e pairava lá.

O Épico jovem com Prof... Dínamo? Eu não tinha certeza de quais eram os seus poderes. Em uma cidade como essa, haveria dúzias de Épicos menores e eu não havia decorado todos eles.

Dínamo apontou para o chão, então para o mercado. Prof assentiu, mas eu estava longe demais para ouvir o que eles disseram.

– Um cômodo subterrâneo – Abraham sussurrou. – Tem que ser o esconderijo. Um escritório ligado ao estacionamento, talvez?

– Dá pra ter *porões* nesta cidade? – perguntei.

– Rasos – Abraham respondeu, batendo o pé de leve no chão. – Dependendo da área, Ildithia pode crescer sobre uma massa de rocha de sal de vários andares de altura em alguns lugares; ela replica a paisagem da Atlanta original, preenchendo buracos e criando colinas. Tem alguns lugares com só alguns metros, mas essa é uma porção grossa. Você notou o declive quando andamos para o depósito?

Eu não tinha notado.

– Mizzy – avisei –, ele pode estar indo pra aí. Status?

– Presa – ela sussurrou. – A escadaria está lotada; todo mundo e seu cachorro pensou em se esconder aqui. Tipo, sério. Tem *quatro* cachorros aqui. Não consigo sair.

Prof não seguiu o Épico mais jovem na direção do estacionamento. Ele foi mais adiante na rua e estendeu os braços à sua frente.

A rua derreteu. O sal se tornou pó, e o pó explodiu em uma rajada de ar que Prof criou rapidamente ao empurrar dois campos de força côncavos. O resto foi drenado para um espaço oco abaixo, deixando para trás um lance de escadas pelo qual Prof desceu sem perder o ritmo.

Era incrível. Eu tinha estudado Épicos, inventado meus próprios sistemas de categorização. Admito que era um pouco obcecado – do mesmo jeito que um milhão de crianças fazendo perguntas ao mesmo tempo podem ser um pouco irritantes.

Os poderes de Prof eram únicos – ele não só destruía matéria, mas a esculpia. Era uma destruição linda, e eu descobri que o invejava. Uma vez, eu possuíra esse poder, doado a mim. Depois da morte de Coração de Aço, Prof não fez mais isso com muita frequência. Eu tive o spyril para me manter ocupado, mas pude ver que desde então ele já estava se afastando de nós.

Foi aquela vez que ele me salvou da Patrulha, eu percebi. *Esse foi o começo dos problemas.*

Eu o lançara nesse caminho. Sabia que não podia assumir toda a culpa – a trama de Realeza para transformar Prof provavelmente teria acontecido quer eu tivesse me unido aos Executores ou não –, mas também não podia negar a responsabilidade.

– Mizzy – eu disse na linha –, aguente firme. Talvez você esteja mais segura aí, afinal.

Prof desceu para a câmara que ele desvelara, mas a posição estratégica de Cody nos permitiu assistir nos celulares. Prof não andou muito antes de virar e subir de novo, arrastando alguém pelo colarinho. Na rua, ele jogou a pessoa de lado. A figura caiu mole no chão, o pescoço num ângulo anormal.

— Uma distração — Prof rosnou. Sua voz preencheu a praça. — Vejo que Larápio *é* um covarde.

— Distração? — Megan perguntou, tomando o meu fuzil e dando zoom no corpo.

— Ahhhh — eu sussurrei, animado. — Larápio absorveu Morte Súbita. Eu me perguntei se ele teria feito isso.

— Fale como uma pessoa normal, Joelhos — Megan disse. — Morte Súbita?

— Um Épico que morava na cidade. Ele conseguia fazer cópias de si mesmo. Meio como Mitose, mas Morte Súbita só conseguia fazer algumas por vez. Três, eu acho? Mas as cópias mantinham seus outros poderes. E, bem, vocês sabem como Larápio é…

Os outros dois me olharam, confusos.

— Ele é um assumista… vocês não sabem o que eles fazem?

— Claro — Cody disse na linha. — Eles vivem sumindo. Odeio esses caras.

Suspirei.

— Para uma equipe especializada em caçar Épicos, vocês não sabem muita coisa.

— Manter listas de Épicos e seus poderes era o trabalho de Thia — Abraham disse. — Agora é o seu. E não tivemos uma reunião ainda.

Depois de alguns dias na cidade, investigando quem estava ali ou não, eu planejava sentar com todos eles e explicar sobre os Épicos com quem precisavam tomar cuidado. Provavelmente deveria tê-los preparado para Larápio mais cedo. Ficamos focados demais em Prof.

— Um assumista — eu disse — é o oposto de um doador. Larápio rouba poderes de outros Épicos. É a sua única habilidade natural, mas ele é *muito* poderoso. A maioria dos assumistas só "aluga" os poderes, digamos assim. Larápio assume as habilidades de um Épico *permanentemente*, e consegue manter todas as que desejar. Ele tem uma coleção delas. Se Prof encontrou um clone, significa que Larápio apanhou os poderes de Morte Súbita, um Épico que podia criar uma cópia de si mesmo, imbuí-la com a sua consciência e poderes, então recuar para o seu corpo real se o clone fosse ameaçado.

Peguei minha arma com Megan e estudei o clone. Ele se decompunha rapidamente agora que estava morto, a pele derretendo dos ossos como marshmallow escorrendo de um espeto. Sem dúvida, foi assim que Prof havia reconhecido que não tinha pegado o Larápio de verdade.

– Larápio deixa os outros Épicos *muito* desconfortáveis – expliquei. – Eles não gostam da ideia de que alguém seja capaz de tomar suas habilidades. Felizmente para eles, ele não é muito ambicioso, e sempre ficou feliz em se manter em Ildithia. O Conciliábulo dependia dele, ou da ideia dele, para evitar que outros Épicos tentassem invadir o seu território...

Megan e Abraham estavam revirando os olhos para mim agora.

– O quê? – perguntei.

– É como se você tivesse encontrado um velho hard drive – Megan disse – cheio de músicas perdidas da sua banda pré-Calamidade preferida.

– Essas coisas são legais – eu resmunguei, inspecionando Prof. Ele parecia incrivelmente irritado pelo que descobrira naquele buraco. Agora contemplava o mercado, que, como eu podia ver do meu local, estava tão lotado quanto Mizzy dissera.

– Não gosto quando ele faz essa cara – Abraham disse.

– Pessoal – Mizzy chamou –, acho que estou ao lado de um muro que dá pra fora. Consigo ver a luz do sol se apertar os olhos. Talvez vocês possam me tirar desse lado.

Abraham olhou para Megan.

– Você não consegue criar um portal para outra dimensão, onde o muro não existe?

Megan pareceu cética.

– Não sei. A maior parte do que eu faço é efêmera, a não ser que eu tenha reencarnado recentemente. Consigo prender alguém em outro mundo por um tempo, desde que seja muito parecido com o nosso, ou puxar aquele mundo para este. Mas são só sombras, e às vezes as coisas parecem voltar ao jeito que eram depois que a sombra desaparece.

Prof estava se movendo na direção do mercado. Ele estalou os dedos e Dínamo correu até ele. Um segundo depois, Prof falou, a voz ecoando como se ampliada por um alto-falante.

– Eu vou destruir esse prédio – ele anunciou, apontando para o mercado. – E todos que estiverem por perto.

Ah, certo, parte de mim pensou. *Dínamo tem poder de manipulação de som.*

O resto de mim estava horrorizado.

– Todos que quiserem viver – Prof continuou – devem vir para a praça. Quem tentar fugir morrerá. Quem permanecer morrerá. Vocês têm cinco minutos.

– Ah, diabos – Cody disse na linha. – Quer que eu atire nele? Crie uma distração?

– Não – eu respondi. – Ele iria atrás de você, e trocaríamos um problema por outro. – Olhei para Megan.

Ela assentiu. Se *ela* criasse uma distração e Prof a perseguisse, ela reencarnaria. Faíscas. Eu odiava pensar na habilidade dela de morrer como um recurso à disposição.

Com sorte, não precisaríamos disso.

– Abraham, recue e dê apoio a Cody – eu disse. – Se algo der errado, vocês dois seguem em frente com o plano de encontrar um esconderijo na cidade. Garantam que ele não os veja.

– Entendido – Abraham disse. – E vocês dois?

– Nós vamos pegar Mizzy – eu respondi. – Megan, consegue conjurar rostos temporários para nós?

– Sem problema. – Ela se concentrou e mudou em um segundo: os olhos da cor errada, um rosto redondo demais, e cabelo negro em vez de dourado. Imaginei que eu havia sofrido uma transformação parecida. Respirei fundo e dei meu fuzil para Abraham. Embora tivesse visto pessoas em Ildithia portando armas, a minha era sofisticada demais. Atrairia atenção.

– Vamos – eu disse, saindo do nosso esconderijo e me juntando aos grupos de pessoas que, timidamente, emergiam de prédios e do mercado para se pôr diante de Prof.

16

Mizzy estava no estacionamento do outro lado da rua, o que era um problema.

– Quão perto você precisa estar para dar um rosto falso a ela? – sussurrei para Megan.

– Quanto mais perto, melhor – ela sussurrou de volta enquanto nos movíamos até a multidão. – Senão arrisco pegar mais gente na onda entre os mundos.

O que significava que tínhamos que atravessar a rua na frente de Prof sem chamar atenção. Ele se encontrava inteiramente sob o domínio de seus poderes, então estaria egoísta ao extremo, sem a menor capacidade de empatia. Não importaria quem fôssemos ou qual a nossa cara; se alguém o incomodasse, ele mataria a pessoa com a facilidade com que alguém afastaria um mosquito.

Curvei os ombros e fixei os olhos no chão. O ato ainda era instintivo para mim; na Fábrica, haviam-no incutido em nós. Eu usava isso agora para me tornar invisível à medida que me afastava da multidão e ia pela rua no sentido leste, me movendo com propósito, mas tomando o cuidado de manter a postura curvada e subserviente.

Dei um olhar furtivo sobre o ombro para ver se Megan estava seguindo, e notei que sim – mas ela se destacava como um machado num bolo de aniversário. Obviamente tentava parecer inofensiva, com as mãos enfiadas nos bolsos, mas sua postura era reta demais, destemida demais. Faíscas. Prof a avistaria com certeza. Fui até ela e peguei sua mão, então sussurrei:

– Você precisa parecer mais derrotada, Megan. Finja que está carregando uma estátua de chumbo do Buda nas costas.

– Uma... quê?

– Algo pesado – respondi. – É um truque que aprendemos na Fábrica.

Ela inclinou a cabeça para o lado, mas curvou a postura. Ficou melhor e eu ajudei ao me agarrar a ela de um jeito amedrontado, empurrando a sua nuca para a frente de modo que se inclinasse ainda mais ao seguirmos de braços dados. Meu arrastar de pés – enquanto eu agia especialmente nervoso e desviava de outras pessoas quando se aproximavam – nos levou até quase metade da rua, mas então a multidão ficou grande demais.

– Curvem-se! – Prof berrou para nós. – Ajoelhem-se diante de seu novo mestre!

As pessoas se abaixaram numa onda, e eu tive que puxar Megan. Nunca antes em nosso relacionamento a disparidade entre nós fora tão óbvia. Sim, ela tinha poderes Épicos e eu não – mas, no momento, essa diferença parecia pequena comparada ao fato de que ela obviamente *não fazia ideia* de como se amedrontar de um jeito apropriado.

Eu era forte. Eu lutava, e não aceitava a opressão dos Épicos. Mas, Calamidade... eu ainda era humano. Quando um Épico falava, eu pulava de susto. E, embora isso me queimasse por dentro, quando um deles me mandava ajoelhar, eu ajoelhava.

A multidão se aquietou à medida que mais pessoas saíam do estacionamento, enchendo a rua, se ajoelhando. Eu não conseguia ver muito com a cabeça abaixada.

– Mizzy? – sibilei. – Você já saiu?

– Estou bem no fundo – ela sussurrou na linha. – Perto de um poste de luz com faixas azuis. Devo correr?

– Não – respondi. – Ele está alerta para fugitivos.

Ergui os olhos para Prof, que estava em pé, imperioso, à nossa frente, com seu novo lacaio Épico ao seu lado, e Vento de Tempestade pairando em sua prisão além deles. Prof examinou a multidão, então se virou bruscamente quando uma mulher saiu correndo de um prédio próximo.

Prof não a capturou em um globo de força; em vez disso, ergueu as mãos para os lados e duas longas lanças feitas de luz, de formato quase cristalino, apareceram e dispararam na direção da mulher em fuga. As lanças a perfuraram, e ela desabou – morta – na rua.

Eu engoli em seco, a testa úmida de suor. Prof deu um passo à frente e algo brilhante disparou de debaixo de seus pés – um campo de força verde-pálido que criou um caminho para ele. Sua estrada pessoal; ela o elevava cerca de um metro acima de nós, de modo que, quando ele andava, não tinha que arriscar roçar em uma das figuras encolhidas.

Nós nos agachamos ainda mais, e eu tirei o fone do ouvido, preocupado que isso o fizesse se lembrar dos Executores, embora não fôssemos os únicos a usá-los. Megan fez o mesmo.

– A luta por Ildithia acabou – Prof disse, a voz ainda amplificada. – Como podem ver, sua mestre Épica mais poderosa, Vento de Tempestade, é minha. Seu antigo líder se esconde de mim como um covarde. *Eu* sou seu deus agora, e com minha chegada crio uma nova ordem. Eu faço isso pelo seu próprio bem; a história prova que os homens não sabem cuidar de si mesmos.

Ele parou desconfortavelmente perto de mim em seu caminho radiante. Mantive os olhos abaixados, suando. Faíscas, eu o ouvia inspirar antes de cada proclamação. Poderia ter erguido a mão e tocado seu pé.

Um homem que eu amava e admirava, um homem que me fizera passar metade da minha vida estudando-o e querendo emulá-lo. Um homem que me mataria sem hesitar se soubesse que eu estava ali.

– Eu cuidarei de vocês – Prof anunciou – contanto que não me desafiem. Vocês são meus filhos, e eu sou seu pai.

Ainda é ele, pensei. *Não é?* Por mais deturpadas que fossem, as palavras me lembravam do Prof que eu conhecia.

– Eu reconheço você – uma voz sussurrou ao meu lado.

Levei um susto e virei o rosto, então vi *Tormenta de Fogo* ajoelhado ao meu lado. Ele não estava em chamas como na Fundição; agora parecia um homem normal, usando um terno de negócios com uma gravata estreita. Ele estava ajoelhado, mas não parecia com medo.

– Você é David Charleston, não é? – Tormenta de Fogo perguntou.

– Eu... – Senti um arrepio. – Sim. Como chegou aqui? Estamos no seu mundo ou no meu?

– Não sei – Tormenta de Fogo disse. – Parece que no seu. Então, neste mundo, você ainda vive. *Ele* sabe disso?

– Ele?

Tormenta de Fogo desapareceu antes de responder, e me vi encarando um jovem assustado com cabelo espetado. O garoto parecia perplexo por eu estar falando com ele.

O que fora *aquilo*? Olhei para Megan, ajoelhada do meu outro lado, então lhe dei uma cotovelada. Ela olhou para mim.

Que foi? Ela formou as palavras sem som.

O que foi isso?, perguntei.

O que foi o quê?

Prof continuou andando através da multidão, um campo brilhante se formando sob seus pés. Seu caminho deu a volta e ele apareceu do meu outro lado.

– Eu preciso de soldados leais – ele declarou. – Quem entre vocês deseja me servir e ser um lorde sobre seus inferiores?

Cerca de duas dúzias de oportunistas na multidão se levantaram. Servir Épicos tão diretamente era perigoso – apenas estar na presença deles poderia te matar –, mas também era o único jeito de subir na vida. Eu fiquei enojado ao ver como algumas pessoas se ergueram avidamente, embora a maioria da plateia permanecesse ajoelhada; assustada – ou sensata – demais para atrelar seu destino ao de um novo Épico quando ele ainda não havia estabelecido domínio total.

Eu teria que perguntar a Megan sobre Tormenta de Fogo depois. Por enquanto, eu tinha um plano. Mais ou menos.

Respirei fundo e me ergui. Megan olhou para mim, então se ergueu também. *O que estamos fazendo?* Ela formou as palavras com os lábios.

Assim podemos andar pela multidão, eu respondi. *É o único jeito de chegar até Mizzy.*

Prof estava em pé na sua passarela brilhante, as mãos atrás das costas. Ele estudou as pessoas na multidão, virou-se e olhou diretamente para nós dois. Eu engoli, nervoso. Isso *poderia* ser um jeito de eliminar aqueles cuja lealdade não era forte o bastante. No entanto, o próximo passo dele poderia ser matar todos que tinham se levantado.

Mas não. Eu conhecia Prof. Ele perceberia que, ao matar aqueles mais ávidos para servir, teria dificuldades em encontrar servos no futuro. Ele era um líder, um construtor. Mesmo como Épico, não descartaria recursos úteis a não ser que os considerasse uma ameaça.

Certo?

– Bom – Prof disse. – Bom. Eu tenho uma tarefa para vocês. – Ele ergueu as mãos e eu senti algo vibrar. Uma sensação familiar daqueles dias, meses atrás, quando eu usara as luvas e o poder de Prof.

Puxei Megan para o lado enquanto Prof liberava uma onda de poder acima da multidão. O ar se distorceu e o estacionamento inteiro atrás de nós explodiu e virou pó de sal. Pessoas gritaram e caíram através da poeira em queda.

– Vão – Prof ordenou, acenando na direção da destruição do estacionamento. – Executem aqueles que ainda vivem, que desobedeceram a minha vontade e se esconderam como covardes.

Os vinte e poucos de nós correram para obedecer. Embora a queda já tivesse ferido ou matado as pessoas nos dois andares superiores do estacionamento, haveria outras que não tinham caído muito – ou que se escondiam na porção subterrânea.

Prof se virou para retomar a inspeção das pessoas. Isso nos deu uma chance. Nós desviamos, usando o poste que Mizzy indicara como referência. Ali estava ela, encolhida com um capuz – eu não fazia ideia de onde o encontrara – cobrindo a cabeça. Mizzy olhou para nós e eu ergui um polegar.

Ela não hesitou. Ergueu-se num pulo e se juntou a nós, e em um piscar de olhos Megan mudou suas feições para algo parecido, mas irreconhecível.

– Megan? – chamei.

– Está vendo aquele muro ali? – ela perguntou. – Aquele ao lado da rampa que leva ao lugar onde ficava o estacionamento? Vou criar duplicatas de nós quando o atingirmos. Quando elas aparecerem, se joguem ao lado do muro.

– Entendido – eu disse, e Mizzy fez um aceno.

Chegamos ao local indicado, uma rampa de sal que terminava abruptamente à nossa esquerda. Versões de nós três se separaram e começaram a subir a rampa. As duplicatas usavam nossas roupas e tinham os mesmos rostos falsos que Megan nos dera. Três pessoas de outra realidade, vivendo em Ildithia. Meu cérebro doía às vezes ao pensar em como tudo isso funcionava. Aqueles rostos que Megan havia sobreposto aos nossos... isso significava que aquelas três pessoas estavam fazendo as mesmas coisas que nós? Elas eram versões nossas ou eram pessoas completamente diferentes que de alguma forma acabaram vivendo vidas muito parecidas com as nossas?

Nós três – os reais – nos jogamos no chão e engatinhamos para trás do muro enquanto nossos duplos chegavam à borda da rampa e pulavam dela. Estávamos separados de Prof e da multidão pelo muro, mas eu ainda me sentia horrivelmente exposto enquanto rastejávamos com os cotovelos na direção de um beco.

Uma rajada de vento carregou poeira até nós, e ela se grudou no meu rosto, deixando o gosto de sal. Eu ainda não estava acostumado com a secura da cidade; minha garganta raspava só de respirar.

Chegamos ao beco sem incidentes, e nossos duplos desapareceram nos buracos do estacionamento destruído. Limpei a poeira da pele enquanto Mizzy fazia uma careta, colocando a língua para fora.

– Eca.

Megan se acomodou no chão ao lado do muro, parecendo exausta. Eu me ajoelhei ao seu lado; ela agarrou meu braço e fechou os olhos.

– Estou bem – sussurrou.

Ela ainda precisaria de tempo para descansar, então lhe dei isso. Reparei quando começou a esfregar as têmporas para tentar se livrar de uma dor de cabeça. Eu me ajoelhei na borda do beco para garantir que estávamos a salvo. Prof continuava caminhando entre a multidão, passando pelo lugar onde Mizzy estivera se escondendo. Ocasionalmente, ele fazia alguém erguer o rosto e enfrentar seu olhar.

Ele deve ter uma lista de descrições de Épicos, eu pensei, *ou de outros descontentes na cidade.*

Prof estava ali por um motivo. Eu não conseguia acreditar que ele escolhera Ildithia aleatoriamente para governar. E desconfiava cada vez mais de que as razões secretas para ele fazer o que fazia estavam no que encontrara quando tomara o poder de Realeza.

Eu não atraí Jonathan aqui para matá-lo, criança, a voz de Realeza ecoou na minha mente. *Eu o chamei porque preciso de um sucessor.*

O que Ildithia escondia que havia atraído a atenção de Prof?

Atrás de mim, Mizzy atualizou Abraham e Cody sobre a situação. Eu mantive a atenção em Prof. Ele não parecia tão diferente de Coração de Aço, que – embora mais alto e com mais músculos – frequentemente ficava na mesma pose imponente.

Na praça, um bebê começou a chorar.

Eu segurei a respiração. Encontrei a mulher apertando seu bebê, não muito longe de Prof. Ela tentava freneticamente acalmar a criança.

Prof ergueu a mão na direção dela, exibindo uma expressão irritada. O som o tirara de suas contemplações e seu rosto se contorceu com a perturbação.

Não...

Aprendia-se depressa: não incomode os Épicos. Não atraia atenção. Não os irrite. Eles matariam um homem pelo motivo mais banal.

Por favor...

Eu não ousava respirar. Estava em outro lugar por um momento. Outra criança chorando. Uma sala em silêncio.

Olhei para o rosto de Prof e, apesar da distância, tive certeza de ver algo ali. Uma luta.

Ele se virou e se afastou com passos rápidos, deixando a mulher e a criança sozinhas, e rosnou para seu novo lacaio Épico. A esfera do campo de força que segurava Vento de Tempestade o seguiu, e Prof deixou para trás uma multidão perplexa.

– Prontos? – Megan perguntou, se erguendo.

Eu assenti, soltando um suspiro longo e aliviado.

Ainda havia algo humano dentro de Jonathan Phaedrus.

17

– *Juro* que o vi, Megan – eu disse, abrindo minha mochila. – É sério, Tormenta de Fogo estava lá na multidão.

– Não estou dizendo que não estava – ela retrucou, se apoiando na parede de pedra de sal rosa do nosso novo esconderijo.

– Na verdade – continuei –, acredito que você estava fazendo *exatamente* isso.

– O que eu disse é que não o puxei para cá.

– Então quem puxou?

Ela deu de ombros.

– Tem certeza de que ele não caiu pelas frestas? – perguntei, pegando diversas mudas de roupa na mochila e me ajoelhando ao lado do baú que seria minha única peça de mobília. Amarrotei as roupas lá dentro e olhei para ela.

– Vez ou outra, quando puxo uma sombra de outro mundo, as margens sangram – Megan admitiu. – Geralmente só acontece depois que eu reencarnei, quando meus poderes estão no máximo.

– E quando você está estressada ou cansada?

– Nunca aconteceu – ela disse. – Mas... bem, mas há muitas coisas que eu nunca tentei.

Eu olhei para ela.

– Por que não?

– Porque não.

– Mas por quê? Você tem poderes incríveis que desafiam a realidade, Megan! Por que não experimentar?

– Sabe, David – ela disse –, você é bem idiota às vezes. Tem listas de poderes, mas não faz ideia de como *é* ser um Épico.

– Como assim?

Megan suspirou e se acomodou no chão ao meu lado. Não havia camas ou sofás ainda – nosso novo esconderijo não seria tão confortável quanto o de Babilar –, mas era o mais seguro possível. Nós mesmos tínhamos construído o lugar ao longo dos últimos dias, disfarçando-o como um dos grandes montes "cancerosos" de sal que cresciam por Ildithia.

Eu havia dado algum tempo a Megan no começo, não querendo pressioná-la sobre Tormenta de Fogo. Muitas vezes, ela ficava evasiva por alguns dias depois de usar seus poderes de modo extenuante, como se só pensar neles lhe causasse uma dor de cabeça.

– A maioria dos Épicos não é como Coração de Aço ou Realeza – Megan explicou. – Muitos deles são capangas menores, homens e mulheres com poder suficiente para serem perigosos, e que sentiram um gostinho da escuridão o bastante para não se importarem com quem eles machucam. Eles não gostavam de mim. Bem, Épicos não gostam de ninguém, mas de mim em especial. Os meus poderes os assustavam. Outras realidades? Outras versões *deles*? Eles odiavam não conseguir definir limites ao que eu podia fazer, mas ao mesmo tempo meus poderes não podiam me proteger. Não ativamente. Então...

– Então? – perguntei, me aproximando e colocando um braço ao redor dela.

– Então eles me matavam – ela respondeu, dando de ombros. – Eu aprendi a lidar com isso, aprendi a ser mais discreta com meus poderes. Eu só tive algum tipo de segurança quando Coração de Aço me empregou. Ele sempre viu a promessa do que eu fazia, em vez da ameaça. Enfim, é como eu te disse. Eu peguei o que meu pai tinha ensinado sobre armas a minhas irmãs e a mim e me tornei uma especialista nisso. Aprendi a usar armas para esconder o fato de que meus poderes não feriam ninguém. Escondi o que podia fazer de verdade e me tornei a espiã de Coração de Aço. Mas não, não experimentei. Não queria que as pessoas soubessem o que eu podia fazer, não queria nem que *ele* soubesse a extensão dos meus poderes. A vida me ensinou que, se as pessoas aprendem demais sobre mim, eu acabo morta.

– E reencarnando – eu disse, tentando ser encorajador.

– É. A não ser que não seja eu quem volte, só uma cópia de outra dimensão; parecida, mas diferente. David... e se a pessoa pela qual você se apaixonou realmente *morreu* em Nova Chicago? E se eu for algum tipo de impostora?

Eu a puxei para perto, não sabendo o que responder.

– Eu fico me perguntando – ela sussurrou. – E se a próxima vez for *a* vez? A vez que eu voltar e estiver obviamente diferente? Vou renascer com uma cor de cabelo diferente? Com um sotaque diferente ou não gostando dessa ou daquela comida? Será que eu vou saber, de uma vez por todas, que a pessoa que você amava está morta?

– Você – eu disse, erguendo o queixo dela para olhá-la nos olhos – é um nascer do sol.

Megan inclinou a cabeça para o lado.

– Um... nascer do sol?

– É.

– Não uma batata?

– Agora não.

– Nem um hipopótamo?

– Não, e... espera, quando eu te chamei de hipopótamo?

– Semana passada. Você estava com sono.

Faíscas. Não me lembrava dessa.

– Não – eu neguei, firme. – Você é um nascer do sol. Passei dez anos sem ver o sol nascer, mas eu sempre me lembrava de como era. Quando perdemos nossa casa e meu pai ainda tinha um emprego, um amigo nos deixava subir no terraço de um arranha-céu pela manhã. Tinha uma vista dramática da cidade e do lago. A gente assistia ao sol nascer.

Eu sorri. Era uma boa lembrança, meu pai e eu comendo rosquinhas e aproveitando o frio da manhã. Ele sempre fazia o mesmo comentário. *Ontem, filho, eu queria ver o sol se erguer. Mas não tinha levantado ainda...*

Alguns dias, o único tempo que ele conseguia reservar para mim era pela manhã, mas sempre fazia isso. Acordava uma hora mais cedo do que precisava para ir trabalhar, mesmo depois de ter trabalhado até tarde da noite. Tudo por mim.

– Então, quando vou ouvir essa metáfora gloriosa? – Megan perguntou. – Estou vibrando de ansiedade.

– Bem, veja – eu disse –, eu assistia ao sol nascer e desejava capturar o momento. Mas nunca conseguia. Fotos não funcionavam; nunca parecia tão espetacular nelas. E então eu percebi que o nascer do sol não é um momento. É um evento. Você não consegue capturá-lo porque muda constantemente. Entre um piscar de olhos e outro, o sol se move, as nuvens mudam de forma. Toda vez é algo novo. Nós não somos momentos, Megan, você e eu. Somos eventos. Você diz que talvez não seja a mesma pessoa que era um ano atrás. Bem, quem era? Eu não sou, isso é certo. Nós mudamos, como nuvens em movimento e um sol se erguendo. Minhas células morreram e novas células nasceram. Minha mente mudou, e não sinto a animação de matar Épicos como sentia antes. Eu *não sou* o mesmo David. Mas, mesmo assim, eu sou.

Eu a olhei nos olhos e dei de ombros.

– Fico feliz por você não ser a mesma Megan. Não quero que seja a mesma. A minha Megan é um nascer do sol, sempre mudando, mas bela o tempo inteiro.

Os olhos dela ficaram marejados.

– Isso... – Ela inspirou fundo. – Uau. Você não era ruim nisso?

– Bem, você sabe o que eles dizem – respondi, sorrindo. – Mesmo um relógio adiantado ainda está certo duas vezes por dia.

– Na verdade... quer saber, deixa pra lá. Obrigada.

Ela me beijou. Hmmmm.

Algum tempo depois, saí cambaleando do meu quarto, passando a mão pelo cabelo desgrenhado, e fui pegar algo para beber. Cody estava do outro lado do corredor, terminando o teto do esconderijo com o dispositivo de produção de cristais que Falcão Paladino nos dera. Parecia um pouco com uma espátula, do tipo que se usaria para alisar concreto ou argamassa. Quando se passava sobre o sal, a estrutura de cristal se estendia e criava uma folha de sal nova. Com a luva que vinha com o dispositivo, era possível, por um tempo curto, moldar esse novo sal à vontade, antes que endurecesse e ficasse firme.

Nós o chamamos de Herman. Bem, eu o chamei de Herman, e ninguém pensou em algo melhor. Nós o usamos para criar um prédio inteiro em um beco ao longo de duas noites, expandindo um monte grande de sal que já crescia ali. O lugar ficava na fronteira norte da cidade, que ainda estava crescendo, de modo que a estrutura inacabada não pareceria estranha.

O esconderijo quase terminado era alto e fino, com três andares estreitos. Em alguns lugares, dava para abrir os braços e tocar ambas as paredes de uma vez. Fizemos o lado de fora parecer montes de pedra para combinar com os outros crescimentos na cidade. No fim, decidimos que preferíamos ter um lugar mais seguro e construído por nós a nos mudar para uma das casas já existentes.

Desci os degraus de cristal rosa para o nível de baixo, a cozinha – ou, pelo menos, onde tínhamos colocado uma chapa elétrica e um jarro de água, além de alguns equipamentos que funcionavam com as células de energia dos jipes.

– Finalmente terminou de desfazer as malas? – Mizzy perguntou, entrando com um bule de café.

Eu parei no último degrau.

– Hã... – Na verdade, não tinha terminado.

– Ocupado demais dando uns beijinhos, né? – Mizzy perguntou. – Você *sabe* que, sem portas, a gente meio que ouve tudo.

– Hã...

– Éééé. Eu queria que tivesse uma regra contra membros da equipe se pegando e tal, mas Prof nunca faria isso, considerando que ele e Thia tinham um lance.

– Um lance?

– É uma palavra que você provavelmente nunca deveria repetir – ela disse, me dando uma xícara de café. – Abraham queria te ver.

Deixei o café de lado e peguei uma xícara de água em vez disso. Eu não entendia por que as pessoas bebiam esse negócio. Parecia solo fervido em lama, com uma cobertura de sujeira.

– Você ainda tem meu antigo celular? – perguntei a Mizzy enquanto ela subia a escada. – Aquele que Obliteração quebrou?

– Aham, mas está bem quebrado. Eu guardei pelas partes.

– Pega pra mim, por favor?

Ela deu um aceno. Eu desci ao andar inferior, onde havíamos guardado a maioria dos nossos suprimentos. Abraham estava ajoelhado em uma das duas salas, iluminado apenas pela luz do seu celular – os dois pisos superiores tinham claraboias e janelas escondidas, mas não chegava muita luz ali embaixo. Havíamos construído uma mesa de trabalho, feita de pedra de sal, e ele inspecionava as armas da equipe, uma por vez, limpando e testando-as.

A maioria de nós estaria perfeitamente disposta a fazer isso sem ajuda, mas... bem, era reconfortante saber que Abraham aprovava a sua arma. Além disso, meu Gottschalk não era um simples fuzil de caça. Com pentes de elétrons comprimidos, uma mira hiperavançada e sistemas eletrônicos que se conectavam com meu celular, eu só conseguiria fazer o básico sozinho. Era a mesma diferença entre colocar ketchup no seu cachorro-quente e decorar um bolo. Melhor deixar nas mãos de um especialista.

Abraham fez um aceno para mim, então indicou sua mochila no chão, que ainda não estava completamente vazia.

– Eu peguei algo pra você quando fui até os jipes.

Curioso, fui até lá e vasculhei a mochila. Então puxei um crânio.

Feito inteiramente de aço, ele refletia a luz do celular com seus contornos sombrios e lisos. A mandíbula tinha sumido. Ela havia se separado do resto do crânio na explosão que matara esse homem – o homem que se chamara Coração de Aço.

Encarei aquelas órbitas vazias. Se na época soubesse que havia uma chance de redimir os Épicos, teria insistido em matá-lo? Até agora, segurar esse crânio me fazia pensar no meu pai – tão esperançoso, tão *confiante* de que os Épicos seriam os salvadores da humanidade e não seus destruidores. Coração de Aço, ao assassinar meu pai, representara a traição final daquela esperança.

– Ah, eu tinha esquecido disso – Abraham disse. – Joguei aí no último segundo, porque tinha espaço.

Franzi o cenho, então coloquei o crânio em uma estante de sal. Vasculhei mais fundo a mochila e achei uma caixa de metal pesada.

– Faíscas, Abraham. Você *carregou* isso pra cá?

– Eu trapaceei – ele disse, encaixando o guarda-mato no meu fuzil. – Tem gravatônicos embaixo da minha mochila.

Resmunguei, erguendo a caixa. Então reconheci o que era.

– Um imager.

– Achei que você pudesse querer um – Abraham disse. – Para organizar o plano, como costumávamos fazer. – Muitas vezes, Prof reunia a equipe em uma sala para rever nossos planos, e usava esse dispositivo para projetar ideias e imagens nas paredes.

Eu não era nem de longe tão organizado. Mesmo assim, liguei o imager, conectando-o à célula de energia que Abraham estava usando. O aparelho espalhou luz pela sala. Não fora calibrado para aquele local, então algumas das imagens apareciam turvas e distorcidas.

Elas mostravam as anotações de Prof. Linhas rabiscadas de texto, como se feitas com giz em uma lousa. Fui até a parede e toquei alguns dos rabiscos. Eles mancharam como se fossem reais, mas minha mão não projetou nenhuma sombra na parede. O imager não era um projetor comum.

Eu li algumas das anotações, mas havia pouca coisa relevante. Elas eram de quando combatemos Coração de Aço. Só uma frase me chamou a atenção: *É certo?* Duas palavras solitárias em um canto próprio. O resto do texto estava espremido, as palavras lutando entre si por espaço como peixes demais num aquário pequeno. Mas essas duas estavam separadas.

Olhei de volta para o crânio de Coração de Aço. O imager o interpretara como parte do cômodo e projetara palavras sobre sua superfície.

– Como vai o plano? – Abraham perguntou. – Suponho que esteja bolando algo?

– Algumas coisas – respondi. – Elas são meio aleatórias.

– Eu não esperaria nada menos – Abraham disse, a sugestão de um sorriso nos lábios enquanto afixava a coronha no Gottschalk. – Devo reunir os outros em uma das salas para conversarmos?

– Pode ser – eu disse. – Mas não em uma das salas.

Ele me olhou, confuso.

Eu me ajoelhei e desliguei o imager.

– Talvez possamos usar isso outro dia. Mas, agora, eu quero dar uma volta.

18

Mizzy me lançou o celular quebrado e se juntou a nós na rua fora do esconderijo. Mantínhamos o lugar escondido saindo por uma porta secreta no prédio do lado, com apartamentos, em sua maioria, vazios. O lugar não abrigava nenhuma família, só reclusos que não conseguiram se juntar a uma, e esperávamos que por isso prestariam menos atenção em estranhos como nós.

– A segurança está instalada? – perguntei a Mizzy.

– Aham. E vamos saber se alguém tentar entrar aqui.

– Abraham? – perguntei.

Ele sacudiu sua mochila, que continha nossos datapads, as células de energia extra e os dois dispositivos derivados de Épicos que Falcão Paladino nos dera. Se alguém conseguisse roubar nosso esconderijo, só levaria algumas armas, que eram substituíveis.

– Isso demorou menos de cinco minutos – Cody disse. – Nada mal.

Abraham deu de ombros, mas pareceu satisfeito. O esconderijo era bem menos seguro do que os outros que já tínhamos usado; isso significava que ou deixávamos pelo menos dois de nós para trás, para ficar de guarda a todo momento, ou tínhamos de inventar um protocolo de retirada quando saíssemos em operações. Eu gostava bem mais da segunda ideia. Ela nos permitiria mandar equipes de campo maiores para a cidade sem nos preocupar. De todo modo, Mizzy colocara alguns sensores na porta que, caso ela fosse aberta, enviariam avisos aos nossos celulares.

Joguei o fuzil sobre o ombro. Abraham o tinha arranhado um pouco, e então pintado algumas partes para fazê-lo parecer mais batido e menos sofisticado, o que me ajudaria a atrair menos atenção. Cada um de nós usava um rosto novo, cortesia de Megan.

Era começo de tarde e achei estranho ver tantas pessoas fora de casa. Algumas penduravam roupas em varais; outras iam ou voltavam do mercado. Um número grande delas carregava suas posses em sacolas, depois de serem removidas do lado em deterioração da cidade e enviadas em busca de algum lugar novo onde morar. Esse tipo de coisa parecia constante em Ildithia; alguém sempre estava de mudança.

Eu não vi ninguém sozinho – as crianças jogando bola em um campo vazio eram vigiadas por nada menos que quatro senhores e senhoras. Aqueles que iam ao mercado andavam em pares ou grupos. As pessoas se reuniam nos degraus de entrada das casas e várias tinham fuzis por perto, embora rissem e sorrissem.

Era um lugar estranho. A atmosfera sugeria que, contanto que todos cuidassem da própria vida, todos se dariam bem. Eu fiquei perturbado ao ver quantos grupos pareciam segregados por linhas raciais. Nosso grupo, com etnias diversas, era incomum.

– Então, moço – Cody começou, andando ao meu lado com as mãos enfiadas nos bolsos da calça de camuflagem. – Por que estamos na rua de novo? Eu estava planejando uma sonequinha hoje à tarde.

– Não gosto de estar confinado – respondi. – Estamos aqui para salvar esta cidade. Não quero ficar sentado planejando numa salinha estéril, longe das pessoas.

– Salinhas estéreis são seguras – Megan comentou atrás de nós. Ela andava ao lado de Abraham; Mizzy estava à minha direita, cantarolando para si mesma.

Eu dei de ombros. Ainda podíamos falar e não ser ouvidos. As pessoas na rua se mantinham distantes e abriam caminho quando outros se aproximavam delas. Na verdade, os grupos menores impunham mais respeito – quando uma pessoa passava sozinha, todos se moviam para o outro lado da rua em um movimento sutil. Um homem ou mulher sozinho poderia ser um Épico.

– Isto – eu disse enquanto andávamos – é o que passa por uma sociedade funcional hoje em dia. Cada grupo com seu território, cada um com uma ameaça implícita de violência. Isto não é uma cidade, são mil comunidades a um passo da guerra umas contra as outras. É o melhor que o mundo tem a oferecer. Nós vamos mudar essa situação de uma vez por todas. E começa com Prof. Como o salvamos?

– Temos que fazê-lo confrontar sua fraqueza – disse Mizzy. – Sei lá como.

– Primeiro precisamos descobrir qual é – Megan observou.

– Tenho um plano para isso – eu disse.

– Quê, sério? – Megan perguntou, dando um passo à frente para andar ao lado de Cody. – Como?

Ergui meu celular quebrado e o sacudi.

– Pessoal – Cody disse –, parece que o moço finalmente surtou de vez. Eu assumo a culpa.

Peguei meu celular funcional e mandei uma mensagem para Falcão Paladino. *Ei. Tenho um celular com uma tela quebrada aqui, mas ainda está com a bateria. Consegue rastrear?*

Ele não respondeu imediatamente.

– Vamos imaginar que a gente *consiga* descobrir a fraqueza de Prof – eu disse. – Daí fazemos o quê?

– Difícil dizer – Abraham respondeu. Ele cuidadosamente observava a todos na rua enquanto andávamos. – A natureza da fraqueza muitas vezes define a forma do plano. Pode levar meses para aperfeiçoarmos a abordagem certa.

– Duvido seriamente que tenhamos meses – eu disse.

– Eu também – Abraham concordou. – Prof tem tramas próprias e já está aqui há semanas. Não sabemos por que ele veio, mas com certeza não queremos esperar para ver. Precisamos pará-lo rápido.

– Além disso – acrescentei –, quanto mais esperarmos, maior a chance de que Prof perceba que estamos aqui.

– Acho que você está fazendo as coisas ao contrário, moço – Cody disse, balançando a cabeça. – Não podemos planejar nada sem a fraqueza.

– No entanto... – Abraham começou.

Eu olhei para ele.

– Nós temos um trunfo – ele continuou, acenando com a cabeça para Megan. – Temos um membro na equipe que pode tornar *qualquer coisa* real. Talvez possamos começar a planejar uma armadilha, sob a hipótese de que, independentemente do que ele tema, Megan pode criá-lo.

– Isso é um pulo considerável – Mizzy disse. – E se ele tiver medo de... não sei, um taco senciente?

– Provavelmente consigo fazer isso – Megan afirmou.

– Okay, tudo bem. E se ele tiver medo de ter medo? Ou de estar errado? Ou alguma outra coisa abstrata? Muitas fraquezas vêm de coisas assim, não vêm?

Mizzy tinha razão, e ficamos em silêncio. Passamos por um antigo fast-food à esquerda, esculpido de um tom bonito de sal azul. Essa região lentamente se tornava dessa cor à medida que andávamos. Não guiei os outros para nenhum lugar em particular. Precisaríamos coletar informações mais tarde, o que era protocolo Executor padrão depois de assegurar uma base, mas, por enquanto, eu queria estar na rua, me movendo. Andando, falando, pensando.

Meu celular vibrou.

Desculpe, Falcão Paladino disse. *Estava soltando uma fuinha. O que é essa história de outro celular?*

Você disse que conseguia rastrear celulares, eu escrevi. *Tenho um quebrado aqui. Consegue localizá-lo?*

Deixe-o em algum lugar, ele instruiu, *e se afaste. Seus sinais estão próximos demais.*

Fiz o que ele disse, deixando o celular em uma lixeira antiga e levando os outros para longe.

Sim, aquele está funcionando o bastante para enviar um sinal, ele escreveu. *Por quê?*

Te explico daqui a pouco, mandei, e corri para pegar o celular quebrado. De lá levei a equipe para a esquerda, na direção de uma rua larga. Algumas das placas de sal pendendo sobre nós já tinham sido derrubadas e quebradas, embora estivéssemos na parte recém-crescida da cidade.

– Certo – eu disse, respirando fundo. – Não podemos discutir detalhes sobre Prof até sabermos a sua fraqueza, mas ainda há coisas para planejar. Por exemplo, precisamos descobrir como obrigá-lo a *enfrentar* seu medo e não apenas fugir dele.

– No meu caso – Megan comentou, com as mãos nos bolsos da jaqueta –, eu tive que entrar num prédio em chamas para tentar te salvar, David. Isso significa que precisei estar sã o suficiente, longe dos poderes por *tempo* suficiente, para querer te salvar.

– Não ajuda muito – Mizzy disse. – Sem querer ser negativa, mas, caaaara, você não acha que está se baseando demais no que aconteceu com uma única pessoa?

Eu permaneci em silêncio. Não tinha falado com ninguém além de Megan sobre isso, mas algo parecido acontecera comigo. Eu havia... ganhado poderes de Realeza. Tinha algo a ver com Calamidade – o relacionamento entre os dois havia dado a Realeza a garantia de que eu me tornaria um Épico.

Aqueles poderes nunca tinham se manifestado. Logo antes, eu encarara as profundezas das águas em uma tentativa de escapar e salvar Megan e o resto da equipe. *Havia* uma conexão nisso. Enfrente seus medos. E... o quê? Para Megan, significava algum controle sobre a escuridão. Para mim, tinha feito os poderes não se manifestarem em primeiro lugar.

– Precisamos de mais dados – admiti. – Cody, ainda quero falar com Edmund.

– Você acha que ele passou pelo mesmo?

– Vale a pena perguntar.

– Deixamos ele em segurança num esconderijo fora de Nova Chicago – Cody informou. – Um lugar que estabelecemos depois que você e Prof partiram. Vou te colocar em contato com ele.

Eu assenti e continuamos em silêncio. Ainda que não desse em mais nada, essa reunião me ajudara a definir minhas metas para Ildithia. *Passo um: descobrir a fraqueza de Prof. Passo dois: usá-la para anular os poderes dele por tempo suficiente para que ele volte a si. Passo três: encontrar um jeito de fazê-lo confrontar e superar essa fraqueza.*

Viramos outra esquina e paramos abruptamente. Eu pretendia nos levar às seções exteriores da cidade, mas o caminho à frente estava bloqueado. Devia ser preciso bastante esforço para mover a barricada de correntes de metal e postes toda semana, mas, julgando pelos homens acima do prédio à frente – armados com fuzis nada amigáveis –, essa força tinha mão de obra suficiente.

Como um grupo, sem precisar dizer uma palavra, demos meia-volta e seguimos por outro caminho.

– Fortaleza Épica – Cody chutou. – Alguém que Prof já subjugou ou algum Épico neutro?

– É provavelmente a base de Evasão – Abraham disse, pensativo. – Ela sempre foi uma das Épicas mais poderosas da cidade.

– Poderes de manipulação de tamanho, certo? – perguntei.

Abraham assentiu.

– Não sei de que lado ela ficou no conflito entre Prof e Larápio.

– Investigue – eu disse. Mas isso levantava outra questão. – Vamos precisar de um plano para lidar com Larápio. Não quero ficar tão focado em Prof a ponto de ignorar a disputa territorial em Ildithia.

– Bem – Mizzy disse –, seria ótimo se tivéssemos acesso a alguém com um repositório anormalmente grande de conhecimentos sobre Épicos, e que não *consegue* parar de falar sobre eles. Tipo, o tempo todo.

– Bem, é o meu lance.

– O que eu te disse sobre essa palavra, David?

Eu sorri.

– Larápio. Todos os relatos indicam que ele era um adolescente quando Calamidade se ergueu, talvez até uma criança. Um dos Altos Épicos mais jovens, ele provavelmente tem vinte e poucos anos agora. É alto, com cabelo escuro e pele pálida; quando voltarmos, mando uma foto para o celular de vocês. Tenho algumas boas dele nos meus arquivos. Ele rouba poderes e os *mantêm*. Tudo que precisa fazer é tocar em alguém para tomar seus poderes. Um dos motivos de ser tão perigoso é que é impossível dizer quais habilidades ele tem, uma vez que nunca manifestou todas elas. Invencibilidades supremas incluem senso de perigo, pele invulnerável, regeneração e agora a habilidade de projetar sua consciência e poderes em um corpo falso.

Cody deu um assobio longo e suave.

– Essa é... uma lista e tanto.

– Ele também pode voar, transformar objetos em sal, manipular calor e frio, conjurar objetos à vontade e fazer as pessoas dormirem com um toque – acrescentei. – E tudo indica que também é incrivelmente preguiçoso. Ele poderia ser o Épico mais perigoso do mundo, mas parece não se importar. Ele fica aqui e governa Ildithia e não incomoda ninguém a não ser que seja obrigado.

– E a fraqueza dele? – Megan quis saber.

– Não faço ideia – respondi, enquanto chegávamos à fronteira da cidade. – Tudo que sei sobre ele se limita a alguns relatos amplamente aceitos, mas genéricos demais. Ele é preguiçoso, o que podemos usar. Pelo que dizem, também é lento para roubar novos poderes; acha mais fácil deixar os Épicos que o servem ficarem com suas habilidades, já que podem fazer o trabalho duro por ele. Dizem por aí que ele não assume um poder novo há anos; foi por isso que me surpreendi por ele ter absorvido as habilidades de Morte Súbita.

Abraham grunhiu.

– Eu ainda preferia ter uma ideia da fraqueza dele.

– Concordo – eu disse. – Devíamos reunir algumas informações. Hoje, se possível. Prefiro não lutar com Larápio se pudermos evitar, mas, mesmo assim, gostaria de ter um plano.

Continuamos nosso caminho, passando por prédios que ainda eram tocos em crescimento, meio parecidos com dentes. Dentes gigantes e encaroçados. Além deles, pessoas trabalhavam nos campos. Conflitos entre os Épicos na cidade não mudavam a rotina dos trabalhadores: fazer a colheita dos cereais, dar a produção a quem quer que acabasse no comando. Evitar morrer de fome.

Os outros me olharam de modo confuso quando me acomodei ali para esperar, verificando o celular.

Tem certeza de que é hoje?, perguntei.

A entrega?, Falcão Paladino mandou. *É o que dizem os celulares. Não sei por que mentiriam.*

E, de fato, uma caravana de caminhões logo se aproximou, carregada de itens encomendados da rede de escambo da UTC. Eu não tinha certeza se Termos em pessoa estaria presente e – embora isso me entristecesse, pois queria ver os poderes dela em ação – eu sabia que provavelmente não deveria tentar vê-la. No entanto, encontrei o mesmo supervisor de alguns dias antes, quando entramos na cidade pela primeira vez.

– Certo – eu disse à equipe. – Acho que este é um lugar tão bom quanto qualquer outro para conseguir algumas informações. Se queremos ter uma chance de adivinhar a fraqueza de Larápio, precisamos saber mais sobre ele. Vão fazer o que vocês fazem melhor.

– Inventar coisas? – Cody sugeriu, esfregando o queixo.

– Então você admite! – Mizzy exclamou, apontando para ele.

– É claro que admito, moçoila. Tenho sete PhDs. Tanto tempo gasto com aprendizado torna o sujeito muito autoconsciente. – Ele hesitou. – É claro, todos os *sete* são sobre literatura e cultura escocesa, por escolas diferentes. É importante ser meticuloso na sua abordagem a uma especialidade, entende?

Eu balancei a cabeça, aproximando-me do supervisor. Nós estávamos com rostos diferentes agora, mas o homem não se importou. Ele nos colocou para trabalhar com tanta facilidade quanto antes, levando caixas do carregamento da UTC. A equipe se espalhou, aproximando-se dos outros trabalhadores, ouvindo fofocas. Eu fui alocado para descarregar caixas de um dos caminhões.

– Este é um bom lugar para reunir informações – Abraham sussurrou para mim enquanto ia pegar uma caixa. – Mas não posso deixar de pensar que você tem segundas intenções, David. O que está fazendo?

Eu sorri, deslizei o celular quebrado do bolso e o enrolei em um tecido escuro. Escolhi uma caixa específica, então empurrei o aparelho entre as ripas da madeira perto de um dos cantos. Como eu esperava, ficou praticamente invisível lá.

Entreguei a caixa a Abraham e pisquei.

– Coloque-a com as outras.

Ele ergueu uma sobrancelha. Então espiou dentro da caixa, sorriu imediatamente e obedeceu.

O resto da tarde foi consumido pelo trabalho, carregando caixas e falando com os outros trabalhadores. Eu não descobri muito, já que me distraí com meus planos, mas passei por Abraham e Cody, que estavam tendo conversas relaxadas com as pessoas. Mizzy parecia a mais talentosa nisso.

Teria sido bom ter Gegê ali. Aquele homem era tão largo quanto um barco e tão mórbido quanto um... hm... um barco afundando, mas era bom com pessoas. E com informações.

Pensar nele fazia eu me sentir mal. Eu havia me convencido de que Prof não era culpado, mas faíscas... eu realmente gostava de Gegê.

Eu me obriguei a falar com alguns dos trabalhadores. Um homem mais velho tinha um sotaque que me lembrava da minha avó. Enquanto andávamos até o depósito – diferente do da última vez –, ele parecia conhecer bem a cidade. Não sabia muito sobre Larápio, mas reclamou que o Épico não governava com firmeza suficiente.

– No velho país – o homem explicou –, teriam feito picadinho de um sujeito como Larápio. Ele dá rédea solta a todos os Épicos na cidade. É como um avô que não disciplina os netos. Uma mão forte, é *disso* que a gente precisa aqui. Polícia, regras, um toque de recolher. As pessoas reclamam sobre esse tipo de coisa, mas é assim que conseguimos ordem. Sociedade.

Passamos por Cody, que fumava um cigarro com outro cara. Ele parecia estar vadiando, mas, se alguém olhasse de perto, veria que ele estava cuidadosamente vigiando a localização dos outros Executores. Se fosse necessário saber onde alguém estava, Cody era a pessoa a quem perguntar.

Eu me vi confortavelmente conversando com várias outras pessoas. Depois de algum tempo, percebi que me sentia mais à vontade ali do que em Babilar, onde as pessoas eram mais abertas e a sociedade, menos opressiva. Eu não gostava do que estava sendo feito a Ildithia; não gostava de como as pessoas viviam assustadas e como a vida era dividida e brutal ali. Mas eu *tinha* me acostumado com isso.

Finalmente, aceitamos nossas rações de cereais e nos dirigimos ao esconderijo, compartilhando o que havíamos descoberto. Ninguém descobrira a fraqueza de Larápio, mas não esperávamos que fosse de conhecimento geral. O problema era que ninguém parecia nem ter *visto* Larápio. Ele se mantinha à parte, e havia um número chocantemente pequeno de boatos sobre ele. A maioria era sobre os Épicos cujos poderes ele roubara, tornando-os pessoas comuns.

Eu ouvi tudo isso sentindo uma decepção cada vez maior. Já era fim de tarde quando chegamos ao esconderijo, e Mizzy usou o celular para verificar novamente os sensores de segurança na porta. Entramos no nosso esconderijo que mais parecia um porta-lápis e fomos cada um para um lado. Cody perguntou a Abraham sobre o artik, com o qual ele queria praticar. Eu ainda não havia conseguido fazer muito com ele; talvez Cody tivesse mais sorte. Megan foi para o quarto, Abraham foi mexer com algumas armas, e Mizzy foi fazer um sanduíche.

Eu me acomodei no chão na sala principal do piso inferior, com as costas contra a parede. A única luz era a do celular, que por fim diminuiu. Eu sempre tinha recriminado Prof por levar tudo devagar demais, por ser cuidadoso demais. Mas ali estava eu em Ildithia e minha reunião de planejamento se resumira a: "É, precisamos mesmo impedir Prof. E descobrir a fraqueza de Larápio. Alguém tem alguma ideia? Não? Bem, bom trabalho mesmo assim".

Em retrospecto, lidar com Coração de Aço parecia *fácil* em comparação. Eu tivera dez anos para me preparar para isso, além de Prof e Thia para desenvolver os detalhes do plano.

O que eu estava fazendo ali?

Uma sombra surgiu sobre os degraus e Megan apareceu, iluminada pela cozinha acima.

– Ei – ela chamou. – David? O que está fazendo no escuro?

– Só pensando – respondi.

Ela continuou descendo e sentou ao meu lado no chão, ligando o celular e deixando-o à nossa frente.

– Empacotamos cerca de quarenta armas diferentes para trazer para a cidade – ela murmurou –, mas ninguém pensou em trazer uma faísca de almofada.

– Está surpresa? – perguntei.

– Nem um pouco. Você fez um bom trabalho hoje.

– Bom trabalho? – repeti. – Nós não chegamos a lugar nenhum.

– Nada nunca é decidido nas primeiras reuniões, David. Você colocou todo mundo na direção certa, e nos fez pensar. Isso é importante.

Eu dei de ombros.

– E bom trabalho com o celular escondido também – ela comentou.

– Você viu?

– Fiquei confusa até checar na caixa. Acha que vai funcionar?

– Vale a pena tentar – eu respondi. – Quer dizer, se... – As palavras morreram quando uma luz pendurada na parede piscou suavemente.

Isso significava que alguém havia passado pela entrada do prédio do lado. Nossa porta falsa levava para aquela entrada, e era uma das nossas ameaças de segurança. Cody a tinha coberto com algumas tábuas velhas – tiradas de caixotes que ele encontrara – com uma camada fina de sal de um lado e um forro de tecido negro do outro. Do lado de fora, parecia-se com qualquer outra parte do muro, mas podíamos empurrá-la e deslizá-la para criar uma porta. Ele nos avisara que, se alguém estivesse na entrada, poderia ouvir algo da seção falsa. Por isso a luz, e as instruções para todos no piso inferior ficarem quietos se alguém estivesse do outro lado da porta.

Megan passou o braço ao meu redor, bocejando, enquanto esperávamos as pessoas irem embora. Precisávamos de uma placa de pressão lá fora para nos avisar quando elas saíssem, ou talvez uma câmera ou algo do tipo.

Nossos celulares brilharam e a porta escondida chacoalhou.

Eu pisquei e me ergui num pulo, seguindo Megan, que se movera um segundo mais rápido que eu. Um instante depois, nós dois tínhamos pistolas na mão, apontadas para a porta, enquanto Abraham xingava em um cômodo ali perto. Ele entrou correndo logo em seguida, empunhando sua miniarma.

A porta balançou, raspou, então deslizou para o lado.

– Hm – disse uma voz lá fora.

Eu imaginei Prof irrompendo para dentro, depois de ter nos rastreado. De repente, todos os nossos preparativos pareciam simplistas e insignificantes.

Eu havia levado a equipe à destruição.

A porta abriu completamente, revelando uma figura iluminada por trás. Não era Prof, mas um homem mais jovem, alto e magro, com pele pálida e cabelo curto e negro. Ele nos examinou sem a menor preocupação nos olhos, apesar de estar diante de três pessoas armadas.

– Essa porta não vai funcionar nem um pouco – o homem afirmou. – Fácil demais de entrar. Achei que o seu grupo era mais capaz!

– Quem é você? – Abraham perguntou, olhando para mim para ver se eu dava a ordem de atirar.

Não dei, embora conhecesse o homem. Havia várias fotos dele nos meus arquivos.

Larápio, imperador de Atlanta, tinha vindo nos visitar.

19

– Ah, abaixem as armas – disse Larápio, entrando no esconderijo e fechando a porta. – Balas não podem me ferir. Vocês só vão atrair atenção.

Infelizmente, ele tinha razão. Esse homem era invulnerável de múltiplos jeitos. Nossas armas podiam muito bem ser macarrões cozidos.

Mesmo assim, nenhum de nós as abaixou.

– O que está acontecendo? – perguntei. – Por que você está aqui?

– Não anda prestando atenção? – Larápio tinha uma voz inesperadamente nasal. – O seu amigo quer me *matar*. Ele está arrasando a cidade para me encontrar! Meus servos são inúteis, e meus Épicos, covardes demais. Eles vão mudar de lado em um piscar de olhos.

Ele deu um passo à frente – fazendo nós três pularmos – e continuou falando, sem parar.

– Pensei que, se alguém saberia como se esconder dele, seriam vocês. Este lugar parece *horrivelmente* desconfortável. Não há uma almofada à vista e cheira a meia molhada. – Ele estremeceu, então começou a fuçar a sala de trabalho de Abraham.

Nós nos encolhemos perto da porta enquanto, lá dentro, ele girou e se jogou para trás. Uma grande poltrona estofada se materializou do nada, pegando-o. Larápio relaxou e se reclinou nela.

– Alguém me dê algo para beber. E tentem não fazer muito barulho. Estou cansado. Vocês não fazem ideia de como é exaustivo ser caçado como um *rato* comum.

Nós três abaixamos as armas, embasbacados pelo Épico magrelo, que murmurava para si mesmo enquanto se acomodava, com os olhos fechados, em sua nova poltrona.

– Hm – eu arrisquei, por fim. – E se não te obedecermos?

Abraham e Megan me olharam como se eu fosse louco, mas me parecia uma questão válida.

Larápio abriu um único olho.

– Hein?

– O que você vai fazer – eu repeti – se não te obedecermos?

– Vocês têm que me obedecer. Eu sou um Épico.

– Você percebe – eu disse devagar – que nós somos Executores.

– Sim.

– Então... nós meio que desobedecemos a Épicos o tempo todo. Quer dizer, se fizéssemos o que eles mandam, seríamos bem ruins no nosso trabalho.

– Ah? – Larápio perguntou. – E vocês não passaram sua carreira inteira fazendo *exatamente* o que um Épico mandava?

Faíscas. *Todo mundo* sabia disso? Imaginei que não fosse tão difícil de adivinhar, agora que Prof se mudara para a cidade. Ainda assim. Eu abri a boca para retrucar, mas Megan me puxou da sala pelo braço, Abraham recuando conosco, segurando a arma sem jeito. Cody e Mizzy estavam na escada, parecendo preocupados.

Acabamos na cozinha, no andar intermediário, ao redor de uma estreita mesa de pedra de sal, falando em sussurros.

– É *ele* mesmo? – Mizzy perguntou. – Tipo, o chefão, rei da cidade, o fulano de tal?

– Ele materializou uma poltrona – eu disse. – É um poder raro. É ele.

– Faíííscas – Mizzy disse. – Querem escapulir e explodir o prédio? Tenho os explosivos preparados.

– Não iria feri-lo – Megan respondeu. – A não ser que possamos ativar a fraqueza dele.

– Além disso, esse pode ser um duplo – eu observei. – Não sei quão provável isso é, mas o corpo real de Larápio pode estar em outro lugar. Estaria basicamente inconsciente, em um tipo de transe. Respirando, o coração batendo, mas não acordado de verdade.

– Parece uma aposta perigosa – Megan comentou –, considerando como ele está assustado. Ele deixaria seu corpo real desprotegido?

– Vai saber – eu respondi.

– De todo modo – Abraham interveio –, eu me pergunto por que ele está aqui. A alegação de procurar refúgio é uma desculpa, não é? Ele é um Épico poderoso. Não precisaria...

Passos na escadaria. Todos viramos quando Larápio subiu para o segundo andar.

– Onde está minha bebida? – ele exigiu. – Vocês *realmente* não conseguem se lembrar nem de uma ordem simples? Vejo que minha estimativa de suas capacidades limitadas foi um exagero grosseiro.

A equipe segurava as armas em apertos nervosos, e sutilmente se virou para formar uma frente unificada contra a criatura. Um Alto Épico. Rondando por nossa base, solto. Éramos manchas de lama na janela; ele era uma garrafa gigante e vingativa de limpador spray.

Aroma extraforte de limão.

Com cuidado, eu me levantei do assento. Todos os outros eram Executores há mais tempo que eu, treinados por Prof para serem cuidadosos, discretos. Eles iriam querer fugir – distrair Larápio, escapar e estabelecer outra base.

Em vez disso, eu via uma oportunidade.

– Você quer trabalhar com a gente – eu disse a ele. – Já que temos um inimigo em comum, estou disposto a ouvir sua oferta.

Larápio bufou.

– Só quero evitar ser assassinado. A cidade inteira está contra mim. A *cidade inteira*. Eu, que os protegi, lhes dei comida e abrigo nesse mundo miserável! Humanos são criaturas ingratas.

Megan ficou tensa com as palavras. Não, ela *não gostava* da filosofia que considerava humanos e Épicos de espécies diferentes.

– Larápio – eu disse –, os membros da minha equipe não vão se tornar seus servos. Deixo você ficar com a gente sob certas condições, mas *nós* estamos fazendo um favor a *você*.

Eu praticamente conseguia ouvir os outros prendendo a respiração. Fazer exigências a um Alto Épico era um jeito garantido de ser explodido. Mas ele ainda não havia nos machucado e às vezes esta era a única opção: ou se cutucava o fogo ou o deixava arrasar com tudo.

— Vejo que ele o deixou insolente — Larápio disse. — Deu liberdade demais, deixou você *participar*. Se o derrubarem, será culpa dele mesmo.

Eu não recuei. Finalmente, os joelhos de Larápio se dobraram, um banquinho — com estofamento — se formando para ele se acomodar. O Épico se afundou nele.

— Eu posso matar todos vocês.

— Pode *tentar*, garoto — Megan murmurou.

Eu dei um passo à frente, e Larápio ergueu os olhos para mim bruscamente, então *estremeceu*. Eu nunca tinha visto um comportamento assim de um Épico da magnitude dele. A maioria era insolente mesmo no meio de uma armadilha, confiante de que conseguiria escapar. A única coisa que parecia deixá-los desconfortáveis era o momento em que suas fraquezas os expunham.

Eu me agachei para olhar Larápio nos olhos. Ele parecia uma criança assustada, apesar de ser alguns anos mais velho que eu. Apertou os braços ao redor de si e virou para o lado.

— Suponho que não tenho escolha — ele disse. — Ou ele me destruirá. Quais são suas condições?

Eu pisquei. Sinceramente... não havia pensado tão longe. Olhei para os outros, que deram de ombros.

— Hã, não matar nenhum de nós? — Mizzy sugeriu.

— Nem aquele com a roupa idiota? — Larápio apontou para Cody, em seu traje de camuflagem e camiseta esportiva velha.

— Nem ele — afirmei. Mizzy provavelmente estava certa em especificar. Épicos tinham... ideias estranhas sobre moralidade. — A primeira regra é que você não machuca nenhum de nós nem ninguém que trouxermos aqui. Você fica na base e não usa seus poderes para dificultar nossas vidas.

— Tá bom — Larápio rosnou, se abraçando mais apertado. — Mas quando vocês terminarem eu ganho a minha cidade de volta, certo?

— Falamos sobre isso depois — eu respondi. — Por enquanto, quero saber como nos encontrou. Se Prof puder repetir o que fez, precisamos recuar imediatamente.

– Bah, vocês estão seguros. Eu consigo farejar Épicos; ele não.

– Farejar? – perguntei.

– É. Tipo comida na cozinha, sabe? Me permite encontrar Épicos para... sabe... – Roubar os poderes deles.

Então, além de tudo, ele era um detector. Olhei para Megan, que parecia perturbada. Não tínhamos considerado que alguém poderia nos encontrar rastreando os poderes dela. Felizmente, detecção era uma habilidade muito rara, embora fizesse sentido como parte do portfólio original de Larápio.

– Detectores – eu disse, me virando de volta para ele. – Há outros na cidade?

– Não, mas o monstro que liderava vocês tem uns dispositivos em forma de disco que fazem isso.

Estávamos a salvo, então. Aqueles discos eram os que eu tinha visto em Nova Chicago; eles exigiam contato direto e Megan podia enganá-los com suas ilusões. Prof não conseguiria nos detectar.

– Viu? – Larápio disse. – Estou cooperando. Alguém *finalmente* vai me pegar uma bebida?

– Você não pode só fazer uma? – Abraham perguntou.

– Não – Larápio rosnou, e não ofereceu nenhuma explicação, embora eu soubesse o motivo. Ele só podia criar um número limitado de itens, e eles desapareciam quando o Épico não estivesse mais se concentrando. As comidas ou bebidas que ele criasse não iriam saciá-lo, já que uma hora sumiriam.

– Muito bem – eu disse. – Pode ficar. Mas, como dissemos, nada de nos ferir. Isso inclui tomar poderes de qualquer um aqui.

– Já prometi isso, idiota.

Eu dei um aceno para Cody, gesticulando para Larápio.

Cody abaixou a frente do boné.

– Certo, e o que você gostaria de beber? – ele perguntou ao Épico. – Temos água quente e água morna. Ambas têm gosto de sal. A boa notícia é que eu testei as duas com o velho Abraham aqui e estou razoavelmente confiante de que não vão te dar diarreia.

Cody pegaria água para Larápio, faria companhia a ele e veria o que conseguiria descobrir sobre o homem. Eu puxei os outros três para as escadas enquanto Cody distraía o Épico. Quando chegamos ao piso inferior, Megan agarrou meu braço.

– Não gosto disso – ela sibilou.

– Estou inclinado a concordar – Abraham disse. – Não se pode confiar em Altos Épicos; eles são erráticos. Exceto pela nossa atual companhia.

– Há algo estranho nele – eu disse, balançando a cabeça, erguendo os olhos para a escada e ouvindo a voz de Cody enquanto contava a Larápio uma história sobre sua avó na Escócia. Aparentemente, ela havia nadado até a Dinamarca?

– Eu já *senti* essa escuridão, David – Megan disse. – Mantê-lo aqui é como se aconchegar a uma bomba, achando que não vai explodir só porque você ainda consegue ouvi-la ticar.

– Boa comparação – retruquei, distraído.

– Obrigada.

– Mas incorreta – eu disse. – Ele não segue o padrão, Megan. Está assustado e é mais arrogante do que desafiador. Não acho que seja perigoso. Pelo menos para nós, agora.

– Está disposto a apostar nossas vidas nessa impressão, David? – Mizzy perguntou.

– Eu já apostei a vida de vocês trazendo-os aqui. – Embora fosse desconfortável admitir, era verdade. – Já disse antes: o único jeito de vencermos a guerra contra os Épicos é usando *outros* Épicos. Vamos expulsar um dos mais poderosos quando ele parece disposto a trabalhar conosco?

Os outros ficaram em silêncio. Na pausa, meu celular vibrou. Eu olhei, meio esperando que fosse Cody, querendo que eu ouvisse alguma parte da sua história. Em vez disso, era Falcão Paladino.

Sua caixa está se movendo, ele escreveu.

Quê? Já?, escrevi de volta.

Sim. Saiu do depósito, está a caminho de algum lugar. O que está acontecendo? Quem encomendou isso?

– Preciso investigar uma pista – eu disse, olhando para os outros. – Megan, fique aqui. Se algo der errado com Larápio, você tem mais chances de remover os outros. De qualquer forma, tome cuidado para não o tocar. Ele não pode tirar seus poderes sem tocar em você e segurar por uns trinta segundos, ou pelo menos é o que dizem meus arquivos. Vamos tomar cuidado para não o deixar ter qualquer contato direto com você.

– Tudo bem – ela concordou. – Mas não vai chegar a esse ponto. Se eu vir qualquer indício de que ele está sendo corrompido, vou pegar os outros e vamos fugir.

– Concordo – eu disse. – Abraham, gostaria de um apoio nessa missão. Vamos ter que ir sem os disfarces de Megan, então pode ser perigoso.

– Mais perigoso do que ficar aqui? – Ele olhou para cima.

– Sinceramente, não sei. Depende do mau humor do nosso alvo.

20

Depois que deixamos o esconderijo, mostrei a Abraham meu celular, que exibia um mapa da cidade. Um ponto vermelho de Falcão Paladino indicava a localização do nosso alvo.

– Movendo-se desse jeito, pode levar horas para persegui-lo – Abraham resmungou.

– Melhor irmos, então – eu disse, enfiando o celular no bolso.

– David, com toda a gentileza e paz – Abraham comentou –, seus planos já me deixaram exausto hoje, e agora você quer atravessar a cidade inteira a pé de novo. *Ç'a pas d'allure!* Me pergunto se acha que estou ficando gordo. Espere aqui.

Ele empurrou sua mochila grande para as minhas mãos – ela continha sua arma e era bem mais pesada do que eu esperava. Enquanto eu tropeçava sob o peso, ele atravessou a rua com passos largos até um vendedor que se estabelecera sob um pequeno toldo.

Vai me falar do que se trata?, Falcão Paladino mandou enquanto eu esperava.

Você é um homem esperto, eu respondi. *Adivinhe.*

Eu sou um homem preguiçoso. E odeio adivinhações. Apesar disso, um segundo depois, ele enviou: *Tem algo a ver com as cavernas? Por exemplo... você acha que talvez Larápio esteja se escondendo nelas e está tentando rastreá-lo?*

Era um chute esperto. *Cavernas?*, escrevi. *Que cavernas?*

Sabe, São José?

O santo?

A cidade, idiota, Falcão Paladino respondeu. *A que costumava ficar nessa área. Você realmente não sabe?*

O quê?

Uau. E eu que começava a achar que você era um tipo de supernerd onisciente em relação a Épicos. Realmente sei algo sobre eles que você não sabe?

Eu conseguia sentir a autossatisfação emanando da tela.

Há um Épico de São José que você acha que eu deveria conhecer?

Jacob Pham.

Nunca ouvi falar.

Espere um pouco. Estou aproveitando o momento.

Olhei para Abraham, impaciente para partir, mas o homem ainda não tinha terminado de pechinchar.

Você o chamava de Zona de Escavação.

Levei um susto, reconhecendo o nome.

O Épico que criou os Cavadores, escrevi. *Em Nova Chicago.*

Sim, ele confirmou. *Antes de começar a enlouquecer pessoas para Coração de Aço, ele saiu de uma cidadezinha monótona daí. Metade desse lado do estado está cortado pelos túneis e cavernas loucas que ele fez. Mas, se você não sabia disso, então sua tramazinha com o celular hoje não pode ser para encontrar Larápio nelas.*

Zona de Escavação. Ele estava por trás dos labirintos bizarros sob Nova Chicago. Era nitidamente estranho pensar em túneis parecidos aqui, feitos sob o solo.

Não, o que estou fazendo hoje não tem a ver com encontrar Larápio, escrevi para Falcão Paladino. *Não precisamos encontrá-lo. Ele apareceu na nossa porta.*

QUÊ?

Desculpe, Abraham voltou com nossas bicicletas. Falo com você depois.

Que ele ficasse matutando essa um pouco. Coloquei o celular no bolso de novo quando Abraham retornou, empurrando duas bicicletas enferrujadas. Olhei para elas desconfiado.

– Elas parecem mais velhas do que dois caras com 60 anos.

Abraham inclinou a cabeça.

– Que foi? – perguntei.

– Às vezes ainda fico surpreso com as coisas que saem da sua boca – ele respondeu, pegando a mochila de volta. – Essas bicicletas são velhas porque foi tudo que achei que podia pagar sem criar suspeitas. Elas devem nos levar aonde queremos ir. Você... sabe andar de bicicleta, não sabe?

– Claro que sei – eu disse, subindo em uma daquelas coisas rangentes. – Pelo menos, sabia. Não faço isso há anos, mas é como andar de bicicleta, não é?

– Tecnicamente, sim.

Ele me observou com ceticismo, o que não era merecido. Minha hesitação não vinha de inabilidade, como eu provei ao dar uma volta na bicicleta, para me acostumar com ela.

Bicicletas me lembravam do meu pai.

Verifiquei o mapa no celular – e mandei uma breve explicação a Falcão Paladino para ele não surtar sobre Larápio – e partimos, nos juntando a alguns outros ciclistas na rua. Eu não via ciclistas com frequência em Nova Chicago; nas sobrerruas, os ricos se orgulhavam de ter automóveis funcionais. Nas sub-ruas, os caminhos eram sinuosos e irregulares demais para bicicletas serem práticas.

Em Ildithia, elas faziam total sentido. As ruas eram flanqueadas por carros feitos de sal, mas havia espaço aberto nas vias. Muitos dos carros de sal haviam sido tirados do caminho – eles não se fundiam com a estrada, como as coisas em Nova Chicago –, deixando ruas abertas e largas. Era fácil, mesmo quando era preciso ziguezaguear ao redor de um engarrafamento que ninguém tinha liberado. Aquelas coisas deviam crescer de novo toda semana.

Aproveitei nosso passeio por um tempo, mas não consegui evitar me lembrar do passado. Eu tinha 7 anos quando meu pai me ensinou a andar de bicicleta. Tarde demais para começar a aprender; todos os meus amigos já sabiam pedalar e tiravam sarro de mim. Às vezes, eu queria conseguir voltar no tempo e me estapear. Eu era uma criança tão tímida, tão relutante em agir.

Depois que fiz 7 anos, meu pai decidiu que eu estava pronto. Embora eu tivesse choramingado o tempo todo, ele nunca parecera frustrado. Talvez me ensinar fosse um jeito de se distrair dos avisos de despejo e de um apartamento que parecia vazio demais, agora que só havia dois ocupantes.

Por um momento, eu estava lá com ele, na rua em frente ao nosso prédio. A vida não era boa na época. Estávamos no meio de uma crise, mas eu tinha *ele*. Lembrei-me da sua mão nas minhas costas enquanto andou comigo, então correu, então me soltou para eu pedalar sozinho pela primeira vez.

E me lembrei de ter sentido, de repente, que eu *poderia* fazer aquilo. Uma onda de emoção me dominou, algo que não tinha nada a ver com andar de bicicleta. Eu olhava para trás, para o sorriso cansado do meu pai, e começava a acreditar – pela primeira vez em meses – que tudo ia ficar bem.

Naquele dia, eu havia recapturado algo. Perdera tanto com a morte da minha mãe, mas ainda o tinha. Eu soube que poderia fazer qualquer coisa, contanto que tivesse meu pai.

Abraham se aproximou de uma esquina e parou, deixando passar um par de carroças que levavam cereais da colheita, puxadas por cavalos e ocupadas por homens com fuzis de batalha. Parei ao lado dele, com a cabeça abaixada.

– David? – Abraham perguntou. – David, você está... chorando?

– Estou bem – eu disse, rouco, e cheguei meu celular. – Nós viramos à esquerda aqui. A caixa parou de se mover. Devemos alcançá-la em breve.

Abraham não insistiu e nós partimos de novo. Eu não havia percebido como a dor continuava tão próxima da superfície, como um peixe que gostava de tomar banho de sol. Provavelmente era melhor não me perder em lembranças. Em vez disso, tentei aproveitar a brisa e a emoção do movimento. As bicicletas com certeza eram melhores que caminhar.

Viramos outra esquina a uma velocidade impetuosa, então fomos forçados a reduzir o ritmo quando um grupo de ciclistas à nossa frente parou. Fizemos o mesmo, então os pelos dos meus braços se arrepiaram. Não havia pessoas nas calçadas. Ninguém carregando suas posses para uma casa nova, como acontecera nas outras ruas. Ninguém se inclinando de janelas que haviam quebrado ao abrir.

Essa rua estava quieta, exceto pelo chocalhar de pedais de bicicleta e uma voz adiante.

– Isso só vai levar um minuto. – Um sotaque britânico de algum tipo que eu não reconheci. Congelei quando avistei um homem de cabeça raspada usando couro preto. Uma pequena esfera neon pairava ao lado dele, mudando de cor, de vermelho a verde. Uma etiqueta, como eles chamavam às vezes. De vez em quando, Épicos que podiam manifestar os poderes visualmente andavam por aí com um sinal óbvio – um brilho ao seu redor ou algumas folhas rodopiantes. Algo que dizia *Sim, sou um* deles. *Então não mexa comigo.*

– David – Abraham chamou baixinho.

– Neon – sussurrei. – Um Épico menor. Poderes de manipulação de luz. Não tem invisibilidade, mas consegue criar um show e tanto, e te perfurar com um laser. – Fraqueza... minhas anotações tinham a fraqueza dele?

Ele falou mais um pouco com o grupo à nossa frente enquanto alguns homens com casacos longos se aproximaram, carregando um dispositivo que parecia um prato com uma tela de um lado. Um dos detectores que Larápio mencionara. De fato, era idêntico àquele que eu tinha visto a equipe usar em Nova Chicago.

A equipe de Neon escaneou todas as pessoas no grupo à nossa frente, então acenou para elas passarem. *Prof está caçando Larápio*, pensei. *Ele não usaria um desses para tentar nos encontrar. Sabe que Megan pode enganá-los.*

Os homens de Neon gesticularam para nos aproximarmos.

– Barulhos altos – eu sussurrei, me lembrando. – Se isso acabar mal, comece a gritar. Vai anular os poderes dele.

Abraham assentiu, parecendo bem mais confiante enquanto empurrávamos as bicicletas para a frente. Havia uma chance de que eles tivessem nossas descrições – dependendo de quão preocupado Prof estava com os Executores. Fiquei aliviado quando Neon bocejou e fez sua equipe escanear Abraham, sem nenhum reconhecimento nos olhos.

O detector aprovou Abraham e a equipe o deixou passar. Então eles enrolaram a tira do escâner ao redor do meu braço.

E ficamos em silêncio na rua. Demorou uma eternidade, tanto tempo que Neon deu um passo à frente, parecendo irritado. Comecei a suar, preparado para dar um grito. Será que ele me queimaria por frustração porque o atrasei? Ele não era um Épico tão importante; os menores tinham que tomar mais cuidado com assassinatos desenfreados. Se arruinassem a população trabalhadora de uma cidade, os Altos Épicos não teriam ninguém para servi-los.

Por fim, letargicamente, a máquina respondeu.

– Hm – Neon disse. – Nunca vi levar tanto tempo. Vamos procurar nos prédios ao redor. Talvez haja algum neles, fazendo a máquina enroscar. – Ele soltou o dispositivo e acenou para eu seguir. – Cai fora.

Eu fiz isso, notando, enquanto passava, que o detector me dera um resultado negativo, como devia. Eu não era um Épico.

Não importava o que Realeza dissera.

Passei o resto do caminho me sentindo enjoado, lembrando aqueles momentos em que confrontara meu reflexo na água. Ouvindo a sua terrível promessa.

Você estava bravo com Prof por esconder coisas da equipe, uma voz dentro de mim sussurrou. *Não está fazendo exatamente o mesmo?*

Não, isso era idiota. Não havia nada a esconder.

Chegamos ao local onde a caixa tinha parado de se mover: uma rua margeada por prédios de três e quatro andares. Depois de dois dias na cidade, eu estava bem consciente de que os clãs poderosos procuravam locais como esse, ignorando amplamente as ricas casas suburbanas do passado. Em um mundo de Épicos e gangues rivais, uma casa espaçosa era bem menos valiosa que segurança.

Paramos na boca de uma rua. Um grupo de jovens estava lá, segurando uma série de armas antigas, incluindo um adolescente com uma balestra. Eles tinham, no máximo, a minha idade. Uma bandeira grande exibindo o emblema de uma arraia flutuava acima de um dos prédios.

– Não estamos recrutando – um dos jovens disse para mim. – Cai fora.

– Há uma visitante entre vocês – eu retruquei, torcendo para meu palpite estar certo. – Alguém de fora. Dê nossas descrições a essa pessoa.

Os jovens se entreolharam, então um correu para fazer o que eu ordenara. Dentro de instantes, eu soube que tinha adivinhado *alguma coisa* certo, porque um bom número de homens e mulheres mais velhos com armas *bem* sofisticadas começou a descer a rua em nossa direção.

– Hã... David? – Abraham perguntou. – Você não quer dizer mais alguma coisa, talvez? Que nós...

As palavras morreram em sua garganta quando ele avistou uma pessoa no grupo usando um capuz, o fuzil jogado sobre o ombro. O capuz dificultava a visão do rosto, mas vários cachos de cabelo ruivo espetavam para fora, perto do queixo.

Thia.

21

Abraham não disse nada enquanto éramos rapidamente cercados por pessoas armadas e empurrados na direção de um dos prédios. Ele apenas fez um cumprimento amigável para Thia, batendo um dedo no meio da testa. Obviamente tinha entendido o que estávamos fazendo há um bom tempo.

O pessoal de Thia nos empurrou para uma sala sem janelas, iluminada apenas por uma fileira de velas que lentamente derretiam sobre o balcão de uma antiga cozinha. Por que se dar ao trabalho de arranjar castiçais quando sua casa ia se dissolver dali a alguns dias? No entanto, a sala tinha uma porta de madeira real, o que era raro nessa cidade. Ela teria que ser carregada toda semana para a próxima localidade e instalada novamente.

Um dos ildithianos armados pegou nossas armas, enquanto outro nos forçava sobre cadeiras. Thia estava atrás do grupo, os braços cruzados, o rosto coberto pelo capuz. Ela era esbelta e baixa, e seus lábios – visíveis dentro das sombras do capuz – estavam apertados em uma linha de desaprovação. Ela era a segunda em comando dos Executores e uma das pessoas mais inteligentes que eu já conhecera.

– David – ela disse calmamente –, em Babilar, nós nos encontramos no nosso esconderijo, depois que você saiu para entregar suprimentos. Me diga o que discutimos.

– O que importa? Thia! Precisamos falar sobre...

– Responda à questão, David – Abraham interrompeu. – É um teste para ver se somos nós mesmos.

Eu engoli em seco. É claro. Vários Épicos podiam ter criado duplos dos Executores sob o comando de Prof. Tentei me lembrar da ocasião a que Thia se referia. Por que ela não havia escolhido algo mais memorável, como quando eu me unira aos Executores?

Ela precisa de algo que Prof não saberia, pensei.

Comecei a suar. Eu estava no submarino e... *Faíscas*, era difícil pensar com esses homens e mulheres armados me encarando, cada um tão bravo quanto um taxista que descobrira que eu tinha vomitado no assento traseiro do seu carro.

– Eu encontrei Prof naquele dia – eu disse. – Voltei à base para relatar, e nós conversamos sobre alguns dos outros Épicos em Babilar.

– E qual... metáfora interessante você fez?

– Faíscas, você espera que eu me *lembre* delas?

– Eu ouvi algumas difíceis de esquecer – Abraham observou. – Por mais que tenha tentado.

– Você não está ajudando – murmurei. – Hã... hmm... ah! Eu falei sobre usar pasta de dente no lugar de gel de cabelo. Não, espere, ketchup. Ketchup em vez de gel de cabelo, mas, agora que estou pensando nisso, pasta de dente teria sido *bem* melhor. Ela é mais consistente e...

– É ele – Thia disse. – Abaixem as armas.

– Como você sabia que ela estava com a gente, garoto? – perguntou um dos ildithianos, uma mulher mais velha e robusta cujo cabelo se tornava ralo.

– Seus carregamentos – respondi.

– Recebemos encomendas duas vezes por semana – a mulher disse. – Assim como todas as famílias grandes da cidade. Como *isso* te trouxe até aqui?

– Bem... – eu comecei.

Thia grunhiu, escondendo o rosto com a mão.

– Meu refrigerante?

Eu assenti. Eu o tinha visto na caixa no dia em que vimos Prof da primeira vez. Não era qualquer refrigerante; era da marca que ela amava. Era caro, único e valia correr o risco.

– Eu avisei – disse outro ildithiano, um homem musculoso com um rosto como uma churrasqueira. No sentido de que era feio. – Avisei que aceitar essa mulher entre nós traria problemas! Você disse que não estaríamos em perigo!

– Eu nunca disse isso – retrucou a mulher. – Eu disse que ajudá-la era algo que precisávamos fazer.

– Isso é pior do que você pensa, Carla – Thia disse. – David é mais inteligente do que parece à primeira vista, mas não é impensável que o que *ele* descobriu seja descoberto por outra pessoa.

– Hã... – eu comecei.

Todos olharam para mim.

– Agora que você mencionou – eu disse –, Prof pode saber sobre o refrigerante. Pelo menos, ele viu um deles nas caixas no outro dia.

As pessoas na sala congelaram, então começaram a gritar umas com as outras, enviando mensageiros, avisando seus vigias. Thia puxou o capuz para trás, expondo o cabelo ruivo curto, e esfregou a testa.

– Sou uma idiota – ela disse, e mal consegui ouvir sobre os gritos de ordem de Carla. – Eles fizeram o pedido de suprimentos e perguntaram se eu precisava de alguma coisa. Eu não pensei direito. Umas latas de refrigerante cairiam bem...

Ali perto, um ildithiano feio entrou com o caixote que trazia o refrigerante e procurou nele, descobrindo o celular quebrado.

– Um celular da Falcão Paladino? – ele perguntou. – Pensei que não eram rastreáveis.

– É só uma casca – respondi rápido. – Conveniente para colocar a escuta, já que tem uma fonte de energia e antena. – Eu não lhes revelaria tudo.

O homem aceitou a desculpa e jogou o celular para Carla. Ela removeu a bateria, então foi até o outro lado da sala, junto a várias outras pessoas, onde tiveram uma conferência discreta. Quando eu me ergui, o feioso me dirigiu um olhar irritado, a mão indo para a pistola, e sentei de novo.

– Thia? – chamei. Era estranho vê-la assim, com um fuzil sobre o ombro. Ela sempre havia comandado as operações de posições com relativa segurança; não me lembrava de já tê-la visto disparar uma arma. – Por que não nos contatou?

– Contatar como, David? – ela perguntou, parecendo cansada. Então se aproximou de Abraham e de mim. – Jonathan tinha acesso à nossa rede de celulares e conhecia todos os nossos esconderijos. Eu nem sabia se vocês tinham sobrevivido.

– Tentamos te contatar em Babilar – eu disse.

– Eu estava me escondendo. Ele... – Thia suspirou, sentando na mesa ao nosso lado. – Ele estava me caçando, David. Foi direto para onde eu tinha me estabelecido durante o ataque a Realeza, tirou o submarino da água e o destruiu. Por sorte, eu já tinha saído. Mas o ouvi chamar por mim. Implorando, suplicando que o ajudasse com a escuridão. – Ela fechou os olhos. – Nós dois sabíamos que, se esse dia chegasse, eu estaria em mais perigo do que qualquer um dos Executores.

– Eu... – O que eu podia responder? Conseguia imaginar como seria ter alguém que você amava implorando por sua ajuda, e saber o tempo todo que era uma armadilha. Imaginei a luta para não ceder, para ignorar as súplicas.

Eu não teria sido forte o bastante. Faíscas, tinha atravessado meio país atrás de Megan, apesar de ela ameaçar me matar.

– Sinto muito, Thia – sussurrei.

Ela balançou a cabeça.

– Eu estava preparada para isso. Como disse, Jon e eu falamos sobre isso. Posso fazer um último favor a ele. – Ela abriu os olhos. – Vejo que vocês tiveram o mesmo instinto.

– Não... exatamente – Abraham declarou, olhando para mim.

– Thia – eu disse. – Nós descobrimos.

– O quê?

– O segredo – eu respondi, ficando animado. – As fraquezas, a escuridão, elas estão associadas. Os Épicos têm pesadelos sobre suas fraquezas.

– É claro que têm – Thia concordou. – As fraquezas são as únicas coisas que podem fazê-los se sentir impotentes.

– É mais do que isso – insisti. – Muito mais! As fraquezas estão frequentemente ligadas a algo que a pessoa temia *antes* de receber seus poderes. Uma fobia, um terror. Parece... bem, eu não falei com tantos Épicos, mas parece que se tornar um Épico deixa o medo pior. De qualquer jeito, impedir, ou pelo menos administrar a escuridão *é* possível.

– O que quer dizer?

– Os medos – eu disse baixinho, só para ela. – Se o Épico confronta seu medo, isso faz a escuridão recuar.

– Por quê?

– Hm… faz diferença?

– É você que vive dizendo que tudo deveria fazer sentido. Se realmente há uma lógica por trás das fraquezas, então não deveria haver um motivo lógico para a escuridão?

– É… é, deveria haver. – Eu me reclinei. – Megan diz…

– Megan. Você trouxe *ela*? Ela é um deles, David!

– Ela é o motivo de sabermos que funciona. Thia, podemos salvá-lo.

– Não me dê essa esperança.

– Mas…

– *Não me dê essa esperança.* – Ela me lançou um olhar furioso. – Não *ouse* fazer isso, David Charleston. Não acha que isso já é difícil? Planejar matá-lo? Ficar me perguntando se não há algo mais que eu possa fazer? Ele me fez prometer, e eu vou manter essa promessa, diabos!

– Thia – Abraham chamou suavemente.

Ela olhou para ele enquanto eu permaneci congelado, chocado com o seu tom.

– David tem razão, Thia – Abraham disse, do seu jeito calmo. – Nós precisamos tentar trazê-lo de volta. Se não pudermos salvar Jonathan Phaedrus, então é melhor abandonar a luta. Não conseguimos matar todos eles.

Thia balançou a cabeça.

– Você acredita que ele descobriu o segredo, depois de todo esse tempo?

– Acredito que ele tem uma boa teoria – Abraham respondeu. – E Megan *aprendeu* a controlar a escuridão. Se não testarmos a teoria de David, seremos tolos. Ele tem razão. Não podemos matar todos os Épicos. Estamos tentando a mesma coisa há tempo demais; é hora de fazer algo diferente.

De repente eu me senti *muito* esperto por ter trazido Abraham. Thia o escutava. Diabos, um chihuahua raivoso tendo convulsões pararia para ouvir Abraham.

A porta foi escancarada e uma jovem irrompeu na sala, esbaforida.

– Senhora! – ela gritou para Carla. – Jerimuns. A família inteira, uns trezentos e tantos. Todos armados e vindo para cá. Ele está com eles.

– Ele? – perguntou a mulher, Carla.

– O novo Épico. Senhora, estamos cercados.

A sala caiu em silêncio. O homem feio que discordara de Carla mais cedo virou-se para ela. Ele não disse nada, mas a implicação estava em sua expressão sombria: *Você condenou todos nós.*

Abraham se levantou, atraindo todos os olhares.

– Vou precisar da minha arma.

– De jeito nenhum – Carla negou. – Isso é sua culpa.

– Não, é minha – Thia disse, se erguendo. – Nós só temos sorte de David ter chegado aqui primeiro.

A mulher grunhiu, então rosnou ordens para seu pessoal se preparar para a batalha. Não que isso fosse ajudar muito. Prof era capaz de destruir o bairro sozinho.

Alguém jogou a mochila de Abraham para ele enquanto os outros saíam correndo pela porta. Carla se moveu para segui-los e talvez dar uma olhada no inimigo.

– Carla – Thia disse. – Você não pode lutar com eles.

– Duvido que nos darão uma escolha.

– Talvez deem, se você entregar o que eles querem.

Carla olhou para os companheiros, que assentiram. Eles estavam pensando o mesmo.

– Não! – eu gritei, me erguendo. – Não podem entregá-la.

– Você tem cinco minutos para se preparar, Thia – Carla disse. – Vou mandar alguns batedores para falar com a força e ver se consigo fazê-los exigir sua entrega. Podemos agir como se não soubéssemos quem você é.

Ela nos deixou naquela salinha minúscula e sem janelas, com dois guardas postados à porta.

– Não acredito que... – comecei.

Thia me cortou.

– Não seja criança, David. O Clã Arraia já fez muito me abrigando e ouvindo os meus planos. Não podemos pedir que morram me protegendo.

– Mas... – Olhei para ela, dolorido. – Thia, ele vai te matar.

– Uma hora, sim – ela disse. – Mas posso ter algum tempo.

– Ele assassinou Val e Gegê imediatamente.

– Sim, mas vai querer me interrogar primeiro.

– Você *sabe*, não sabe? – perguntei suavemente. – A fraqueza dele. Ela assentiu.

– Ele vai rasgar esta cidade inteira de cima a baixo para me capturar. Vamos ter sorte se não assassinar todo mundo neste distrito para ter certeza de que o segredo não escape.

Fiquei enjoado. Coração de Aço fizera algo parecido naquele dia, há tanto tempo, quando meu pai e eu o vimos sangrar.

Thia pressionou algo na minha mão. Um chip de dados.

– Meu plano – ela explicou – para derrubar Jonathan. Tive variações dele na cabeça por anos, só para garantir. Mas o adaptei para esta cidade e o que ele está fazendo aqui. David, há algo maior acontecendo com ele. Eu consegui pôr algumas pessoas o vigiando. Acho que Realeza deve ter dado alguma coisa para ele, algum tipo de informação sobre Calamidade. Acho que ela *o mandou para cá*.

– Thia – eu disse, olhando para Abraham em busca de apoio. – Tive as mesmas suspeitas. Mas você não pode ir com Prof. *Precisamos* de você.

– Então o impeça – ela retrucou – antes que ele me mate.

– Mas...

Thia atravessou a sala rapidamente e agarrou o celular quebrado da mesa.

– Consegue rastrear isto se eu colocar a bateria de novo?

– Sim – eu disse.

– Bom. Use para ver aonde ele me leva. Eu não contei a fraqueza a nenhum dos ildithianos, e posso me esconder sob essa verdade por um tempo. Eles ficarão a salvo e, caso Jonathan pergunte dos Executores, direi que me separei de vocês em Babilar. Ele reconheceria uma mentira, mas não estarei mentindo.

– Ele vai te quebrar uma hora, Thia – Abraham comentou. – Ele não seria nada se não fosse persistente.

Ela acenou, concordando.

– Sim, mas agirá com gentileza primeiro. Tenho certeza. Jonathan tentará me levar para o seu lado. Só depois que eu recusar é que ele vai ser brutal. – Ela fez uma careta. – Acredite, não tenho *nenhuma* intenção de virar uma nobre mártir. Estou contando com vocês. Detenham-no e me tirem de lá.

Abraham fez outro cumprimento, mais solene dessa vez. Faíscas. Ele ia deixar isso acontecer.

Pessoas chamaram de fora da sala. Carla enfiou a cabeça para dentro.

– Eles disseram que temos cinco minutos para entregar a desconhecida. Acho que acreditaram quando dissemos que não sabíamos quem você era. Também parecem não saber sobre os outros dois.

– A paranoia de Jon vai agir em nossa vantagem – Thia disse. – Se *ele* estivesse se escondendo aqui, nunca diria a vocês quem realmente é. Ele vai acreditar que eu estava tentando me infiltrar. – Ela olhou para mim. – Vai tornar isso difícil?

– Não – eu respondi, resignado. – Mas *vamos* te tirar de lá.

– Bom. – Ela hesitou. – Verei se consigo descobrir o que ele está fazendo aqui, qual é o seu plano para esta cidade.

– Thia – Carla chamou da porta –, sinto muito.

Thia assentiu, virando-se para ir.

– Espere – eu disse, e continuei num sussurro. – A fraqueza. Qual é?

– Você sabe.

Eu franzi o cenho.

– Não sei se sua teoria é correta – ela disse. – Mas… sim, ele tem pesadelos sobre algo. Pense, David. Em todo o nosso tempo juntos, qual é a única coisa que você já o viu temer?

Eu pisquei e percebi que ela tinha razão. Eu sabia. Era óbvio.

– Os próprios poderes – sussurrei.

Ela assentiu, séria.

– Mas como isso funciona? – perguntei. – Ele obviamente usa os próprios poderes. Eles não… se anulam.

– A não ser que outra pessoa os use.

Outra pessoa… Prof era um doador.

– Quando éramos mais jovens – Thia sussurrou com urgência –, experimentamos os poderes de Jon. Ele pode criar lanças de luz, de campo de força. Ele doou a habilidade para mim. E, acidentalmente, eu arremessei uma dessas lanças em Jon. David, o ferimento que ele sofreu naquele dia *não se regenerou*. Os poderes dele não o curaram; ele levou meses para se recuperar, sarando como uma pessoa normal. Nunca contamos a ninguém, nem a Dean.

– Então alguém que recebeu um dos poderes dele...

– Pode anular os outros. Sim. – Ela olhou para Carla, que gesticulava com urgência, então se inclinou para mim, continuando com a voz muito baixa. – Ele os teme, David. Os poderes que recebeu, o fardo que eles trazem. Então vive em uma grande dicotomia: aproveita qualquer oportunidade que tem para doar seus poderes e deixa sua equipe usá-los de modo que ele não precise fazer isso. Mas, cada vez que faz isso, lhes dá uma arma que pode ser usada contra ele mesmo.

Ela apertou meu braço.

– Me tire de lá – disse, então se virou e correu até Carla, que a levou para fora.

Eles nos deixaram assistir. A distância, usando miras sobre um dos prédios, onde haviam escavado um ninho de atirador escondido. Estávamos acompanhados por um par de guardas que – eles tinham prometido – nos deixariam ir, supondo que Prof levasse Thia e partisse sem exigir mais nada.

Novamente vi um homem que eu amava e respeitava agir como outra pessoa. Alguém orgulhoso e imperioso, banhado pelo leve brilho verde do campo de força sobre o qual estava em pé.

Eu me senti inteiramente impotente enquanto os ildithianos levavam Thia até Prof, então a forçaram a ficar de joelhos. Eles fizeram uma reverência e recuaram. Eu esperei, suando.

Thia estava certa. Ele não a matou imediatamente, mas a cercou com um campo de força, então se virou e se afastou, com o orbe que a segurava seguindo-o.

Ele nunca nos doou esse poder, eu pensei. *Ele nos doou a proteção do campo de força na forma das "jaquetas", mas só em pequenas quantidades. Os globos, as lanças que eu o vi usar no outro dia... Ele não nos contou sobre essas habilidades.*

Por medo de que um dia elas fossem usadas para matá-lo. Faíscas, como faríamos para ele nos doar essas habilidades? Eu sabia sua fraqueza, mas usá-la me parecia impossível.

Quando Thia e Prof se afastaram, fechei os olhos, me sentindo um covarde. Não porque havia falhado em salvar Thia, mas pelo quanto quisera que ela viesse conosco.

Thia teria tomado o controle, assumido o comando. Ela saberia o que fazer. Infelizmente, esse fardo era meu outra vez.

22

Eu estava em algum lugar escuro e quente de novo.

Tinha lembranças... vozes, como a minha, que falavam em harmonia. Juntos, éramos um. De alguma forma, eu havia perdido essas vozes, mas as queria, precisava delas. Sentia dor por estar separado delas.

Pelo menos eu estava aquecido, a salvo, e confortável.

Eu sabia o que esperar, mas não podia me preparar para isso no sonho. Por esse motivo, os trovões me chocaram. O ressonar de sons terríveis, ensurdecedores, como cem lobos vorazes. Luz berrante, fria, cruel. Mordendo, atacando, agredindo, *asfixiando*. Ela veio até mim e tentou me destruir.

Levantei com um pulo, subitamente desperto.

Estava novamente no chão do andar superior do nosso esconderijo. Megan, Cody e Mizzy dormiam por perto. Abraham fazia a vigia. Com um Épico desconhecido na base, nenhum de nós se sentia confortável dormindo sozinho ou em pares, e sempre deixávamos um guarda.

Faíscas... aquele pesadelo. Aquele pesadelo *terrível*. Meu pulso continuava acelerado e minha pele, pegajosa. Meu cobertor ficara ensopado de suor; eu podia ter enchido um balde.

Vou ter que contar aos outros, pensei sentado lá no escuro, tentando recuperar o fôlego. Pesadelos se relacionavam diretamente a Épicos e suas fraquezas. Se eu estava tendo um... bem, poderia significar algo.

Chutei os cobertores para longe e percebi que Megan não estava no seu lugar. Ela levantava à noite com frequência.

Desviei dos outros no caminho para o corredor. Eu não gostava desse medo. Eu não era o covarde que fora quando criança; podia enfrentar qualquer coisa. *Qualquer coisa.*

Cheguei ao corredor e espiei o cômodo à frente do nosso. Vazio. Aonde fora Megan?

Abraham e eu tínhamos voltado da base do Clã Arraia tão tarde que decidimos ir para a cama e trabalhar com as informações de Thia no dia seguinte. Eu contara a fraqueza de Prof para os outros, o que os deixara pensativos. Era o suficiente por enquanto.

Continuei até a escada, meus pés descalços sobre o chão de pedra de sal. Tínhamos que tomar muito cuidado com água; se derramássemos, o chão começava a grudar em nossos pés. Mesmo sendo cuidadoso, eu acordava de manhã com uma crosta de sal nas pernas. Construir uma cidade de algo que podia se dissolver era decididamente *pior* do que construir uma de aço. Felizmente eu quase não reparava mais no cheiro, e até a secura começava a parecer normal.

Encontrei Abraham no piso intermediário, na cozinha. Ele estava banhado pela luz do celular, o artik nas mãos e um globo grande de mercúrio pairando à sua frente. O mercúrio certamente tinha um tom sobrenatural: perfeitamente reflexivo, ondulava conforme Abraham movia as mãos ao seu redor. Ele afastou as palmas, o que fez o globo de mercúrio se alongar como uma baguete. O modo como as reflexões se distorceram e se movimentaram sobre sua superfície espelhada me fez imaginar que ele nos mostrava um mundo diferente e deturpado.

– Precisamos tomar cuidado – Abraham disse suavemente. – Acho que aprendi a conter os vapores que o metal libera, mas talvez seja mais sábio encontrar outro lugar para praticar.

– Não quero nos separar – declarei, pegando uma xícara de água de um grande cooler de plástico que mantínhamos no balcão.

Abraham abriu a palma e o mercúrio formou um disco à sua frente, como um prato largo – ou um escudo.

– É maravilhoso – ele disse. – Responde perfeitamente aos meus comandos. E veja isso.

Abraham abaixou o disco, a porção plana voltada para o chão, então hesitantemente pisou *sobre* ele. O disco o segurou.

– Faíscas – exclamei. – Você pode voar!

– Não exatamente – Abraham corrigiu. – Não posso movê-lo muito longe enquanto estou sobre o disco, e ele precisa estar por perto para eu manipulá-lo. Mas veja isso.

O disco de mercúrio ondulou e um pedaço dele se separou, formando *passos* na frente de Abraham. Passos de metal reflexivos muito finos e muito estreitos. Ele era capaz de caminhar por eles, e se curvou conforme se aproximava cada vez mais do teto.

– Isso vai ser de grande utilidade contra Prof – Abraham disse. – E é muito forte. Talvez eu possa usá-lo para contrabalancear os campos de força dele.

– É.

Abraham me olhou.

– Não está entusiasmado?

– Só distraído. Larápio ainda está acordado lá embaixo?

– Da última vez que chequei, sim – Abraham respondeu. – Ele não parece dormir.

Embora tivéssemos discutido o que fazer com o Épico, não chegamos a nenhuma conclusão. Por enquanto, ele não parecia uma grande ameaça.

– Onde está Megan? – perguntei.

– Não a vi.

Isso era estranho. Se ela tivesse saído, teria que passar por ali – e eu não a vira no andar superior, que era bem pequeno. Talvez Abraham não tivesse reparado quando ela passou.

Ele continuou treinando com o artik, subindo seus degraus e criando novas formas. Era difícil observar, mas principalmente por motivos juvenis. Todos havíamos concordado que Abraham deveria praticar com o dispositivo, com Cody ou Mizzy como segunda opção. Abraham era o nosso batedor principal agora.

Mas, faíscas, o dispositivo parecia *da hora*. Com sorte, ele sobreviveria às nossas atividades ali. Uma vez que tivéssemos Prof e Thia de volta, eu poderia retornar ao trabalho de campo, que era o meu lugar.

Deixei Abraham e desci para o andar inferior para ver como Larápio estava. Parei na entrada do quarto dele.

Uau.

As paredes, antes nuas, estavam agora drapeadas com veludo vermelho macio. Um par de lanternas brilhava sobre mesas de mogno. Larápio estava reclinado em um sofá tão elegante quanto qualquer um do esconderijo de Babilar, e usava um par de fones de ouvido grandes, os olhos fechados. Eu não conseguia ouvir o que ele estava escutando – se é que ouvia algo. Os fones provavelmente tinham uma conexão sem fio a um celular.

Entrei no quarto. Faíscas, parecia muito maior do que antes. Dei alguns passos e descobri que *era* maior.

Distorção espacial, pensei, acrescentando à lista de poderes dele. Calamidade, era um poder incrível. Eu só ouvira *rumores* sobre Épicos que o tinham. E a habilidade dele de materializar objetos do nada...

– Você poderia derrotá-lo – eu afirmei.

Larápio não disse nada, permanecendo no sofá, sem abrir os olhos.

– Larápio – chamei mais alto.

Ele levou um susto, então arrancou os fones e me lançou um olhar furioso.

– Que foi?

– Você poderia derrotá-lo – eu repeti. – Prof. Se o enfrentasse, poderia ganhar. Sei que tem várias invencibilidades supremas. E, além delas, tem a habilidade de criar qualquer coisa, de distorcer o espaço... você conseguiria derrotá-lo.

– É claro que não. Por que acha que estou *aqui*, com vocês, idiotas imprestáveis?

– Ainda não entendi.

– Eu não luto – Larápio explicou, recolocando os fones. – Não tenho permissão.

– Permissão de quem?

– Minha. Deixe que os outros briguem. O *meu* lugar é observando. Até governar esta cidade é provavelmente impróprio para mim.

As pessoas, eu inclusive, tendiam a trabalhar sob a hipótese de que todos os Épicos eram essencialmente iguais: egoístas, destrutivos, narcisistas. Mas, embora eles *tivessem* essas características em comum, também tinham os próprios níveis individuais de estranheza. Obliteração citava as Escrituras e procurava – ao que tudo indicava – destruir toda a vida no planeta. Realeza canalizava sua escuridão a fim de bolar tramas cada vez maiores. Punho da Noite, em Nova Chicago, insistia em trabalhar por meio de intermediários menores.

Larápio parecia ter uma paranoia própria. Estendi a mão para um pequeno pedestal de mármore perto da porta. Contas de vidro rolaram pelos meus dedos. Não – diamantes.

– Imagino – comecei – que você não possa me fazer um...

– Pare.

Olhei para ele.

– Eu devia ter deixado isso claro desde o início – ele disse. – Vocês não vão ganhar nada de mim. Não estou aqui para dar presentes, nem para tornar sua vida mais fácil. Eu *não vou* me tornar um servo.

Suspirei, deixando os diamantes caírem.

– Você não dorme – eu disse, tentando outra abordagem.

– E daí?

– Tirou esse poder de outro Épico, imagino. Pegou esse especificamente por causa dos pesadelos?

Ele me encarou por um momento, então subitamente jogou os fones de lado e pulou de pé. Deu um único passo, mas atravessou a distância grande entre nós em um segundo.

– Como sabe dos meus pesadelos? – ele exigiu, assomando sobre mim. Maior. Mais alto.

Eu o encarei, o coração acelerado de novo. Antes, ele fora *propositadamente* preguiçoso conosco. Agora – diante de Larápio, que tinha mais de 2 metros de altura, com o rosto torcido num esgar e os olhos selvagens –, eu sentia que estava prestes a ser destruído.

– Eu... – Engoli em seco. – Todos os Épicos os têm, Larápio.

– Bobagem – ele retrucou. – Eles são meus. Eu sou único.

– Você pode falar com Megan – eu disse. – Ela vai te dizer que os tem. Ou pode encontrar qualquer Épico e extrair a verdade deles. Todos têm pesadelos ligados às suas fraquezas. O que a pessoa teme se torna...

– Pare de mentir! – Larápio gritou, então rosnou para mim e girou, se jogando de novo no sofá. – Épicos são fracos porque são tolos.

Eles vão destruir este mundo. Dê poder aos homens e eles abusarão dele. Isso é tudo que precisa saber.

– E você nunca sentiu? – perguntei. – A escuridão que vem de usar seus poderes, a falta de empatia? O desejo de destruir?

– Do que está falando? – ele perguntou. – Homenzinho tolo.

Eu hesitei, tentando ver se ele falava a verdade – sem sucesso. Talvez Larápio estivesse constantemente consumido pela escuridão. Certamente agia com arrogância.

– Você os enfrentou quando era muito jovem – eu chutei. – Cresceu como um Épico, capaz de conseguir tudo que queria, mas nunca sentiu a escuridão.

– Não seja imbecil – ele disse. – Eu o *proíbo* de falar mais dessa idiotice. Escuridão? Você quer pôr a culpa das coisas terríveis que os Épicos fazem em uma ideia ou sentimento nebuloso? Bah! Os homens se destroem porque é isso que eles merecem, não por causa de alguma força ou emoção mística!

Talvez ele o enfrente o tempo todo, pensei. *Qualquer que seja o seu medo, ele deve vê-lo todo dia e derrotá-lo*. Eu tinha aprendido isso com Megan; se ela não ficasse vigilante, a escuridão se esgueirava em sua direção.

Escapei do quarto palaciano.

– Você sabe que eu *odeio* vocês – Larápio disse atrás de mim.

Olhei para dentro outra vez. Ele estava deitado no sofá, e desse jeito realmente parecia jovem. Um adolescente com fones de ouvido tentando ignorar o mundo.

– Vocês merecem isso – continuou. – As pessoas, no fundo, são ruins. É isso que os Épicos provam. É por isso que vocês estão morrendo. – Ele fechou os olhos e inclinou a cabeça para trás, para longe de mim.

Eu estremeci, então fui para o outro cômodo – agora cheio de suprimentos – em busca de Megan. Ela não estava ali. Acima, Abraham ainda praticava na cozinha. No andar superior, bati do lado de fora do pequeno banheiro – tínhamos voltado a usar baldes, infelizmente. Por fim, espiei dentro do outro quarto outra vez.

Vazio. Onde...

Espere. Aquele cômodo escuro parecia... hm... escuro demais? Franzi o cenho enquanto entrava nele, passando por algum tipo de véu. Megan estava sentada de pernas cruzadas no chão, do outro lado, com uma pequena vela ao seu lado. Ela encarava a parede.

Que havia sumido.

A parede do esconderijo tinha simplesmente... desaparecido. E não havia cidade além dela. Megan encarava uma paisagem noturna de campos soprados pelo vento sob um bilhão de estrelas. Ela esfregava a mão.

Notou quando me aproximei, primeiro fazendo menção de pegar a arma no chão ao seu lado, então relaxando quando viu que era eu.

– Ei – ela disse. – Não te acordei, acordei?

– Não – respondi, me acomodando ao lado dela. – É uma vista e tanto.

– Fácil de fazer – ela comentou. – Em muitas das possibilidades divergentes, Ildithia não veio nessa direção. Foi simples encontrar uma em que a cidade não está aqui e o campo está vazio.

– Então o que é isso? – perguntei, estendendo a mão. – É real?

Toquei em algo – a parede de pedra de sal, embora parecesse estar tocando um espaço vazio.

– Só uma sombra por enquanto – ela disse.

– Mas você pode ir mais longe – apontei. – Como fez quando me salvou de Falcão Paladino.

– Sim.

– Você trouxe Tormenta de Fogo do outro lado – continuei, apalpando a parede invisível. – Não só a sombra dele, não só uma... projeção do outro mundo. Ele estava aqui em pessoa.

– Vejo que seu cérebro está trabalhando, David – ela disse, cautelosa. – No que está pensando?

– Existe uma realidade em que Prof não cedeu aos próprios poderes?

– Provavelmente – Megan respondeu. – É uma mudança pequena e muito recente.

– Então poderia trazê-lo para cá.

– Não por muito tempo – ela disse. – Por quê? Quer substituí-lo na equipe? Minhas soluções são temporárias. Elas... – Megan perdeu o que estava falando, os olhos se arregalando. – Você não quer um Prof novo como substituto. Quer um que *lute* contra o nosso.

– O medo dele são os próprios poderes, Megan. Primeiro pensei em como o enganar e fazê-lo doar suas habilidades para alguém; mas não há por que fazer isso quando temos você. Se conseguir trazer uma versão de Prof de outro mundo, podemos fazer ambos se confrontarem e *bam...* ativamos a fraqueza de Prof. Nós o obrigamos a confrontar os próprios poderes do jeito mais direto possível e assim o ajudamos a derrotar a escuridão.

Ela pareceu pensativa.

– Podemos tentar – disse. – Mas, David, eu não gosto de depender dos poderes. Dos meus poderes.

Eu vi que Megan continuava esfregando a mão. Havia uma queimadura recente, e olhei para a vela.

– Talvez seja o único jeito – eu disse a ela. – Com certeza Prof não vai estar esperando por isso. Se vamos salvar Thia...

– Você ainda quer que eu experimente – ela disse. – Que eu vá mais longe do que já fui.

– Sim.

– É perigoso.

Eu não respondi. Sabia que era, e sabia que eu não devia lhe pedir isso. Não era justo. Mas, faíscas... Thia estava nas mãos de Prof. Precisávamos fazer algo.

– Certo – Megan disse. – Vou tentar alterar a realidade um pouco mais. Talvez você queira se afastar da parede.

Eu fiz isso e a expressão dela se fechou em concentração.

Então o prédio inteiro desapareceu, me deixando sozinho, pendurado no céu, em um mundo desconhecido.

23

Meu estômago se revirou enquanto eu caía uns bons 6 metros antes de atingir alguns arbustos espessos. Eles interromperam minha queda, mas o pouso tirou meu fôlego. Fiquei deitado, tentando ofegar, mas incapaz de inspirar. Por fim, dolorosamente, consegui puxar ar para os pulmões.

Um céu estrelado girava e oscilava acima de mim, meus olhos marejados dificultavam a visão. Faíscas... havia tantas estrelas e em padrões tão estranhos. Grupos, faixas, campos de luz sobre o céu negro. Eu ainda não estava acostumado com isso. Em Nova Chicago, o céu ficava velado em escuridão por Punho da Noite, então eu imaginava as estrelas. Ao longo dos anos, minhas lembranças se tornaram imprecisas, e eu começara a imaginar as estrelas espaçadas a intervalos iguais, como nas minhas recordações de livros de imagens.

A realidade era bem mais bagunçada – semelhante a cereal derrubado no chão. Eu grunhi e consegui me sentar. *Bem*, pensei, olhando ao redor, *provavelmente mereci isso*. O que tinha acontecido? Eu havia sido sugado para a dimensão de sombras de Megan?

Pareceu que sim, no começo, mas fui confrontado por uma estranheza: Ildithia estava ali, a distância. Megan não dissera que, no seu mundo de sombras, a cidade não tinha vindo para cá?

Mais alguma coisa estava errada. Levei um tempo vergonhosamente longo para entender o que era.

Onde estava Calamidade?

As estrelas estavam todas ali, pontilhando o céu, mas o ponto vermelho onipresente havia sumido. Eu fiquei desconfortável. Calamidade *sempre* estava presente à noite. Mesmo em Nova Chicago ele perfurava a escuridão, brilhando para nós.

Eu me pus de pé e olhei para cima, tentando encontrá-lo. Quando me ergui, tudo ao meu redor embaçou.

Eu me encontrei de novo no esconderijo, perto de Megan, que me sacudia.

— David? Ah, faíscas, *David*!

— Estou bem — eu disse, tentando me situar. Sim, estava de volta, exatamente no ponto onde estivera quando caí. A parede não era mais transparente. — O que aconteceu?

— Eu te mandei pra lá por acidente — Megan respondeu. — Você desapareceu completamente, até surgir de volta. Faíscas!

— Interessante.

— Assustador — ela retrucou. — Quem sabe o que você poderia ter encontrado do outro lado? E se eu tivesse te jogado num mundo onde a atmosfera era diferente e você tivesse sufocado?

— Era como o nosso mundo — eu disse, esfregando o lado do corpo e olhando ao redor. — Ildithia estava lá, mas longe.

— O quê? Sério? — ela perguntou. — Tem certeza? Eu especificamente escolhi um mundo em que essa região estava vazia, para ter uma vista boa.

Eu me sentei.

— É. Você consegue invocar o mesmo mundo de novo, de propósito?

— Não sei — ela respondeu. — As coisas que eu faço meio que só *acontecem*. Tipo dobrar o cotovelo.

— Ou comer uma rosquinha — concordei, com um aceno.

— Não... nem um pouco como isso, na verdade, mas tanto faz. — Ela hesitou, então se acomodou no chão ao meu lado. Um momento depois, Cody enfiou a cabeça para dentro do quarto. Aparentemente ela havia gritado quando me chamou. O véu de neblina escura tinha desaparecido e ele podia nos ver.

— Tudo bem por aqui? — perguntou, o fuzil na mão.

— Depende da sua definição — Megan respondeu, deitando-se no chão. — David me convenceu a fazer uma coisa idiota.

– Ele é bom nisso – Cody disse, encostando-se no batente da porta.

– Estamos testando os poderes dela – eu expliquei.

– Ah – ele disse. – E não me avisaram?

– O que você teria feito? – perguntei.

– Levantado e comido um prato de haggis – Cody respondeu. – É sempre bom comer haggis antes de alguém acidentalmente destruir seu esconderijo numa explosão inesperada de poder Épico.

Eu franzi o cenho.

– O que é haggis?

– Não pergunte – Megan interveio. – Ele só está sendo bobo.

– Posso mostrar pra ele – Cody disse, apontando um polegar por cima do ombro.

– Espere – Megan disse. – Você realmente tem haggis aqui?

– É. Encontrei no mercado, no outro dia. Acho que eles acreditam em usar todas as partes do animal por aqui, hein? – Ele fez uma pausa. – O negócio é *nojento*, é claro.

Megan fez uma careta.

– Não é um prato nacional escocês ou algo do tipo?

– Claro, claro – Cody confirmou, entrando no cômodo. – Ser nojento é o que o *torna* escocês. Só os homens mais corajosos ousam experimentá-lo. Isso prova que você é um guerreiro. É como usar um kilt num dia frio e ventoso. – Ele sentou conosco. – Então, qual é a dos poderes?

– Megan me enviou para uma dimensão alternativa – comentei.

– Legal – Cody disse, procurando no bolso e tirando uma barra de chocolate. – Você não me trouxe um coelho mutante nem nada do tipo, né?

– Nenhum coelho mutante – respondi. – Mas Calamidade não estava lá.

– Isso é *ainda mais* estranho – Cody observou, dando uma mordida no chocolate. Ele fez uma careta.

– Que foi? – perguntei.

– Tem gosto de terra, moço – ele disse. – Sinto falta dos velhos tempos.

– Megan – eu disse –, pode invocar uma imagem daquele mundo de novo?

Ela olhou para mim, cética.

– Quer continuar com isso?

– Pela vareta de medição de poderes Épicos – observei –, não parece *tão* perigoso. Quer dizer, você me lançou em outro mundo, mas eu voltei em menos de um minuto.

– E se isso for falta de treino? – Megan sugeriu. – E se, quanto mais eu fizer, mais perigoso ficar?

– Daí significa que você está aprendendo a afetar as coisas de um jeito mais permanente – eu respondi. – O que será uma vantagem gigante para nós. Vale o risco.

Ela apertou os lábios em uma linha fina, mas pareceu se convencer. Talvez eu *fosse* um pouco bom demais em convencer as pessoas a fazer coisas idiotas. Prof me acusara disso em mais de uma ocasião.

Megan acenou para a parede que mudara antes e ela desapareceu, outra vez fornecendo a vista de uma planície vazia.

– Agora o outro lado – eu disse, apontando para a parede com a entrada que Cody usara.

– Isso é perigoso – ela avisou. – Ficarmos presos entre duas sombras significa que a outra dimensão tem mais chances de sangrar para esta... mas você não se importa, né? Certo. Aliás, você me deve uma massagem nas costas por isso.

A parede oposta desapareceu, e agora parecia que nós três estávamos em um prédio solitário nas planícies, com duas paredes faltando. A nova perspectiva nos mostrou o que eu vira antes: Ildithia a distância.

– Hã – Cody disse, se erguendo. Então soltou o fuzil e usou a mira para inspecionar a cidade.

– A cidade fica em outro lugar nessa dimensão – Megan explicou. – Não é surpreendente. É mais fácil ver dimensões parecidas com as nossas, então eu devia ter adivinhado.

– Não, não é isso – Cody disse. – Ildithia está no mesmo lugar naquela dimensão. Mas a sua janela não está aberta onde o nosso esconderijo seria lá.

– *O quê?* – Megan perguntou, levantando.

– Está vendo aqueles campos? Eles ficam do lado leste de Ildithia, marcados por aqueles grupos de árvores. É igual à nossa dimensão. A cidade está no mesmo lugar; nós estamos simplesmente a olhando de fora.

Megan parecia perturbada.

– Qual é o problema? – perguntei a ela.

– Sempre imaginei que minhas sombras tinham uma conexão direta com o lugar onde estou – ela respondeu. – Que, se eu puxasse alguma coisa, seria o que acontecia em outra dimensão, exatamente onde eu estava nesta.

– Estamos falando sobre alterar a realidade – Cody disse, dando de ombros. – Por que o local importaria, moçoila?

– Não sei – ela disse. – É só que... não é como eu sempre pensei. Me faz pensar sobre o que mais eu entendi errado.

– Nada de Calamidade – observei, me aproximando da parede invisível o máximo que ousava. – Megan, e se as sombras que você agarra são sempre do *mesmo* mundo, um mundo paralelo ao nosso? Eu sempre vejo Tormenta de Fogo nos momentos em que você usa seus poderes. Isso parece indicar que as sombras que você está puxando são sempre do mundo dele.

– É – ela disse –, ou isso ou há milhares de versões diferentes dele, e cada mundo tem uma.

Cody grunhiu.

– Isso parece uma dor de cabeça.

– Você não tem ideia – Megan suspirou. – Eu fiz coisas que a sua teoria não consegue explicar, David. Pode ser que *haja* um mundo paralelo parecido que eu acesso com mais frequência. Mas, se meus poderes não conseguem encontrar o que eu preciso lá, eles alcançam mais longe. E, logo depois de reencarnar, eles vão para qualquer lugar, fazer qualquer coisa.

Eu encarei aquela Ildithia distante enquanto Megan mantinha a sombra ativa. Um mundo paralelo ao nosso, um mundo sem Calamidade. Como seria? Como poderia haver Épicos, se não havia Calamidade para lhes dar poderes?

Finalmente, Megan deixou as imagens desaparecerem e eu lhe fiz uma massagem no pescoço para ajudar com a dor de cabeça que tudo isso lhe causara. Ela continuou lançando olhares para a vela, mas não tentou pegá-la. Logo, nós três voltamos para a cama. Precisávamos dormir.

No dia seguinte, iríamos destrinchar o plano de Thia e tentar descobrir como salvá-la.

PARTE 3

24

Esfreguei a mão na estante de pedra de sal, desconcertado ao descobrir que meus dedos deixavam sulcos. Sacudi a mão, espalhando areia rosa no chão. Enquanto isso, a estante na parede se *dividiu* no meio, se dissolvendo. O sal escorreu como areia através de uma ampulheta.

– Hã, Abraham? – perguntei quando ele passou por mim.

– Temos um dia antes de precisar sair, David – ele disse.

– Nosso esconderijo está *literalmente* se desintegrando.

– Acessórios e ornamentos desmoronam primeiro – ele explicou, se curvando para entrar no quarto vazio no terceiro andar, o lugar onde Megan e eu tínhamos experimentado os poderes dela na noite anterior. – O chão e as paredes ainda vão aguentar mais um pouco.

Eu não achava isso muito reconfortante.

– Ainda vamos ter que nos mudar em breve. Encontrar um esconderijo novo.

– Cody está trabalhando nisso. Ele disse que tem algumas opções para discutir com você mais tarde.

– Que tal as cavernas? – perguntei. – Sob o território que a cidade está percorrendo? Aquelas feitas por Zona de Escavação? Poderíamos nos esconder lá.

– Talvez – Abraham disse.

Segui Abraham para dentro do quarto, onde Cody assobiava enquanto varria sal num montinho. Aparentemente a pedra de sal que havíamos construído se desintegrava no mesmo ritmo que a pedra ao redor. Logo essa região inteira iria desabar e o sal desapareceria.

A luz da manhã atravessava o teto de pedra de sal cada vez mais fino. Eu me acomodei num banco, um dos que Cody comprara durante uma missão de busca. Era estranho estar numa cidade onde não havia lixo que pudéssemos vasculhar; Ildithia só se afastava, deixando para trás qualquer coisa que as pessoas descartavam. Isso criava uma escassez que eu não vira em Nova Chicago ou Babilar.

Megan entrou, mas não sentou. Ficou encostada contra a parede, os braços cruzados, usando sua jaqueta e jeans. Abraham se ajoelhou ao lado da parede e mexeu no imager, que tinha calibrado mais cedo. Cody ergueu sua vassoura velha e balançou a cabeça.

– Sabe, acho que posso estar criando mais sal do que estou limpando. – Ele suspirou e veio sentar num banco ao meu lado.

Finalmente, Mizzy entrou, carregando um dos laptops surrados da equipe. Ela jogou um chip de dados para Abraham, que o conectou ao imager.

– Isso não vai ser bonito, gente – Mizzy comentou.

– Cody está na equipe – Abraham disse. – Estamos acostumados com coisas que não são bonitas.

Cody jogou a vassoura nele.

Abraham ligou o imager e as paredes e o chão ficaram negros. Uma projeção tridimensional de Ildithia apareceu neles, mas desenhada como uma grade vermelha. Parecíamos estar pairando sobre ela.

No passado, isso já fora desorientador para mim, mas eu estava acostumado agora. Inclinei-me para a frente, investigando através do chão na direção da grande cidade. Ela parecia estar crescendo e se desintegrando em um ritmo acelerado na ilustração, embora os detalhes não fossem terrivelmente específicos.

– É um modelo computacional de lapso de tempo dos arquivos de Thia – Mizzy explicou. – Achei da hora. A cidade se move a um ritmo constante, então você pode prever qual será a sua forma e aparência em qualquer dia. Aparentemente, quem quer que controle a cidade pode guiá-la usando uma roda grande que cresce em um dos prédios no centro.

– O que acontece se ela colidir com outra cidade? – perguntei, desconfortável. No modelo de lapso de tempo, a cidade parecia *viva*, como um tipo de criatura rastejante, os prédios crescendo como espinhas se alongando.

– Colisões são um problema – Abraham disse. – Quando fiz reconhecimento aqui, anos atrás, me perguntei a mesma coisa. Se Ildithia cruza com uma cidade, ela cresce nas fendas, os prédios se apertando entre prédios, as ruas cobrindo ruas. Algumas vezes, as pessoas ficaram presas dentro de quartos enquanto dormiam e morreram. Mas uma semana depois o sal se dissolveu e Ildithia seguiu em frente, basicamente inalterada.

– Eeeeenfim – Mizzy disse –, essa não é a parte feia, crianças. Esperem até ver o plano.

– O plano parecia bem desenvolvido quando eu dei uma olhada – comentei, franzindo o cenho.

– Ah, ele é desenvolvido – ela retrucou. – O plano é ótimo. Mas nunca vamos conseguir colocá-lo em ação. – Ela virou a mão, usando o movimento para dar um zoom na direção da cidade de grade. Em Nova Chicago isso tudo tinha sido feito com câmeras e era como voar. Aqui parecia mais que estávamos numa simulação, o que tornava bem menos desorientador.

Paramos perto do centro da cidade, localizado – nessa simulação – na fronteira crescente da cidade, nova em folha. Um prédio particularmente alto se erguia, cilíndrico, como uma garrafa térmica gigante.

– Torre Afiada – Mizzy informou. – Esse é o nome novo. Antigamente, era um hotel chique em Atlanta. É onde Larápio construiu seu palácio e onde Prof fez sua base. Os andares superiores estão ocupados pelos lacaios preferidos no momento, e o Épico reinante vive no cômodo grande beeeem no topo.

– Eles sobem todos esses degraus? – perguntei. – Prof pode voar. Os outros usam as escadas?

– Elevadores – Mizzy respondeu.

– Feitos de *sal*? – Eu olhei para cima.

– Eles instalam um de metal e usam cabos novos... por algum motivo, os de sal não funcionam. E trazem um motor. Mas os poços são perfeitamente utilizáveis.

Eu franzi a testa. Ainda parecia muito trabalho, especialmente por terem que refazer toda semana. Embora um pouco de trabalho escravo e levantamento de peso para seus lacaios não fossem incomodar os Épicos.

– O plano de Thia – Mizzy continuou – é bem bom. A meta era matar Prof, mas ela decidiu que precisava de mais informações antes de tentar. Então a primeira parte do plano inclui uma trama detalhada para entrar na Torre Afiada. Thia pretendia invadir os computadores de Prof para descobrir o que ele estava fazendo na cidade.

– Mas nós – eu observei – podemos usar esse mesmo plano para resgatar Thia em vez de hackear os computadores.

– Sim – Mizzy afirmou. – Julgando pelo sinal do celular quebrado, Thia está sendo mantida perto do topo desse prédio, no 70º andar. Ela está em algum quarto de hotel antigo. É uma suíte confortável, julgando pelos mapas. Eu teria esperado algo mais como uma prisão.

– Ela disse que Prof primeiro tentaria persuadi-la de que era racional – eu disse, sentindo um arrepio. – Depois que ela se recusasse a dar as informações que ele quer, ele ficaria impaciente. É aí que as coisas vão ficar feias.

– Então qual é o plano? – Megan perguntou. Ela continuava inclinada na parede, que estava obscurecida pela escuridão do imager. Nós flutuávamos, olhando para cima na direção das linhas vermelhas da Torre Afiada. Um nome idiota, já que era basicamente redonda e tinha um topo plano.

– Certo – Mizzy disse. – Duas equipes vão participar da missão. A primeira se infiltra na festa no topo do prédio. Larápio deixava uma das pessoas mais importantes da cidade, uma Épica chamada Evasão, dar festas na Torre Afiada. Prof não interrompeu a tradição.

– Infiltrar? – Abraham perguntou. – Como?

– Os chefes de comunidades importantes na cidade recebem convites para as festas de Evasão em troca de enviar especialistas para ajudar a organizar o negócio – Mizzy explicou. – Thia planejava se juntar a membros do Clã Arraia que já estavam convidados.

– Isso... vai ser difícil – Abraham disse. – Vamos conseguir fazer o mesmo? Não temos a confiança de nenhum dos clãs.

– Fica pior – Mizzy disse num tom agradável. – Assistam.

– Assistir? – Cody perguntou.

– São *animações* – Mizzy explicou. Um grupo de pessoas, representadas por bonecos de palitos quicantes, saltou ao longo da rua e se uniu a um grupo maior entrando na torre. As duas "equipes" estavam representadas em azul. Um grupo pulou até os elevadores nos fundos. Outro se esgueirou por uma porta dos fundos e entrou em um poço de elevador diferente. De alguma forma, elas subiram pelo poço na direção do telhado.

– Hein? – perguntei.

– Ganchos de escalada – Mizzy explicou. – Dispositivos que você conecta a um cabo, então sobe segurando neles. Veja, há um elevador de serviço, já que o pessoal *reeeealmente* importante precisa de outras pessoas para fazer as coisas por eles. E quem quer usar um elevador com empregados sujos, né? A segunda equipe se esgueira por esse poço para se posicionar no piso residencial superior.

– E nós conseguimos esses ganchos... como? – perguntei.

– Não faço ideia – ela respondeu. – Com certeza não há nenhum à venda na cidade. Acho que a comunidade que abrigou Thia devia estar planejando comprá-los de algum jeito.

Eu fiquei lá sentado, entendendo o que Mizzy quisera dizer com "feia". Quando deixamos o Clã Arraia, Carla e seus companheiros foram muito claros ao me explicar que não nos ajudariam a resgatar Thia. Eles estavam assustados demais depois de ter escapado de Prof por um triz, e determinados a tirar seu pessoal da cidade. Ao longo da semana seguinte, eles secretamente deixariam Ildithia e fugiriam.

– Isso nem é tudo – Mizzy continuou. – Para seguir os planos de Thia, precisaríamos de um monte de outras coisas. Dispositivos de hackeamento avançados, paraquedas, batedeiras...

– Sério? – Cody perguntou.

– É.

– Legal – ele disse, reclinando-se.

Não parecia legal para mim. Eu assisti ao plano se desenrolar por meio dos bonecos animados. Duas equipes, operando independentemente para distrair, infiltrar e roubar – tudo sem que Prof soubesse o que tinha acontecido. *Era* um bom plano e podíamos usá-lo para resgatar Thia em vez de hackear os computadores.

Também era impossível.

– Levaria meses para reunir todo esse equipamento – Abraham disse enquanto observávamos os bonecos pulando de paraquedas do prédio. – Imaginando que pudéssemos pagar por tudo isso.

– É – Mizzy concordou, cruzando os braços. – Avisei vocês. Vamos ter que bolar alguma outra coisa, e temos menos tempo e menos recursos. O que é uma droga.

A simulação dos bonecos de pauzinhos terminou, e o prédio pairando à nossa frente por fim atingiu a fronteira de Ildithia e se desintegrou, derretendo como um sundae solitário sem ninguém para comê-lo.

Não temos tempo para criar algo melhor, pensei, examinando a lista de suprimentos necessários e sugeridos que flutuava ali perto. *Nem algo pior*.

Eu me ergui e saí da sala.

Megan foi a primeira a ir atrás de mim. Ela me alcançou rápido.

– David? – perguntou, então fez uma careta quando viu que a jaqueta estava coberta de sal de onde se inclinara contra a parede. Ela a limpou enquanto descíamos os degraus para o segundo andar.

Os outros seguiram também. Eu não disse nada, guiando o grupo até o primeiro andar. Ali, podíamos ouvir vozes dos prédios ao lado. Nossos vizinhos estavam se mudando, em preparação para quando suas casas se desintegrassem.

Eu me virei e entrei no quarto de Larápio, onde o Épico estava sentado e embrulhado em cobertores, embora não fizesse tão frio assim, numa cadeira ao lado de uma lareira – que ele não havia acendido.

Eu precisava ser calmo, cuidadoso, como um verdadeiro líder.

Eu me joguei em um dos sofás de Larápio.

– Bem, acabou. Estamos totalmente ferrados. Desculpe, ó, grande lorde. Falhamos com você.

– Sobre o que você está tagarelando agora? – ele quis saber, erguendo a cabeça do meio dos cobertores.

– Prof capturou um membro da nossa equipe – eu disse. – Provavelmente está torturando-a agora mesmo. Logo vai saber tudo que quer sobre nós. Estaremos todos mortos até o fim do dia.

– Idiota! – Larápio exclamou, se erguendo.

O resto da equipe se amontoava fora do quarto.

– Talvez seja melhor simplesmente você mesmo nos matar – eu disse a Larápio. – Assim vai ter essa satisfação, em vez de Prof.

Megan me lançou um olhar que dizia *O que está fazendo, seu slontze?*. Eu estava bem acostumado com esse.

– Como isso aconteceu? – Larápio perguntou, caminhando pelo quarto. – Vocês não deviam ser habilidosos, eficientes? Peritos! Vejo que são tão completamente incapazes quanto sempre pensei!

– É – eu concordei.

– Eu ficarei sozinho na cidade – ele continuou. – Ninguém mais ousaria se opor a um Alto Épico. Você *me aborreceu de verdade,* humano.

Para um Épico, isso era um insulto enorme.

– Sinto muito, meu lorde – eu disse. – Mas não há nada que possamos fazer agora.

– Vocês não vão nem *tentar* matar sua amiga?

– Bem, há um plano que... – Eu me interrompi. – Matar?

– Sim, sim. Assassiná-la para que não possa falar. A solução racional.

– Ah, certo. – Eu engoli. – Bem, temos um plano, e é muito bom, mas nunca vamos fazer dar certo. Requer várias coisas que não temos. Paraquedas. Manequins. Tecnologia. – Eu enumerei tudo de um jeito dramático. – É claro, se alguém pudesse *criar* tudo isso para nós...

Larápio girou para mim, os olhos estreitados.

Eu sorri, inocente.

– Peão imprudente – ele murmurou.

– Vocês Épicos sempre usam uma linguagem assim – eu comentei. – Fazem algum curso de língua de ditador malvado ou algo do tipo? Quer dizer, quem *fala* desse jei...

– Isso é um plano para me tornar seu servo – Larápio interrompeu, vindo até mim. – Eu expressamente o informei que *não* usaria meus poderes para servi-lo.

Eu me ergui, encarando-o.

– Thia, um membro da nossa equipe, foi capturada por Prof. Temos um plano para salvá-la, mas sem esses recursos não vamos conseguir. Ou você invoca os objetos de que precisamos ou teremos que sair desta cidade e abandonar a causa.

– Eu *não* me envolvo nessas tramas – Larápio disse.

– Já está envolvido, colega. Ou começa a agir como um membro da equipe ou está fora. Boa sorte sobrevivendo na cidade. Prof colocou atrás de você cada bandido e Épico de meia tigela da cidade. Revistas-surpresa nas ruas com detectores, enormes recompensas, sua foto sendo distribuída...

Larápio tensionou a mandíbula.

– Achei que era para eu ser o malvado aqui.

– Não. Você, de alguma forma, combateu a escuridão. Não é mau; só mimado e egoísta. – Eu fiz um aceno para os outros. – Vamos te trazer uma lista. Deve estar tudo dentro de suas capacidades. Você pode criar... o que, qualquer coisa até o tamanho de um sofá, certo? No alcance de 5 quilômetros, se não me engano. O limite de massa não deve ser um problema.

– Como... – Ele focou em mim, como se me visse pela primeira vez. – Como sabe *disso*?

– Você ganhou seus poderes de conjuração de Tempestade de Ideias. Eu tinha um arquivo completo sobre ela. – Andei na direção da porta.

– Você tem razão sobre uma coisa – Larápio disse, enquanto eu me afastava. – Não sou mau. Sou o único que não é. Todos os outros neste mundo nojento, horrível, *insano* estão destruídos. Maus, pecadores, revoltados... como quiser chamar. *Quebrados.*

Olhei sobre o ombro, encontrando os olhos dele outra vez. Naqueles olhos, juro que a vi: a escuridão, como uma piscina infinita. Destilando ódio, desdém, um desejo dominador por destruição. Eu estava errado. Ele não havia superado a escuridão. Ainda era um deles. Alguma outra coisa o continha.

Perturbado, eu me virei e saí da sala. Disse a mim mesmo que precisava pegar a lista quanto antes, mas a verdade era que não podia mais encarar aqueles olhos. E queria me afastar deles o máximo possível.

25

– Bem, sim – Edmund disse pelo celular –, pensando bem, alguma coisa parecida aconteceu comigo.

– Conte – eu pedi, ávido.

Eu usava o celular preso ao ombro da jaqueta, o fone no ouvido, enquanto juntava os objetos para a missão daquela noite. Estava sozinho num cômodo do nosso esconderijo novo e provisório. Tinham se passado cinco dias desde a captura de Thia, e havíamos nos transferido, conforme planejado. Eu falara com Cody sobre usar as cavernas sob a cidade, mas por fim decidimos que elas não tinham sido exploradas o suficiente e poderiam ser instáveis.

Em vez disso, usamos uma das sugestões dele, um local escondido sob a ponte de um parque. Por mais impaciente que eu estivesse para resgatar Thia, não pudemos agir imediatamente. Precisávamos de tempo para nos estabelecer em algum lugar novo e treinar. Além disso, o plano de Thia exigia que uma festa estivesse acontecendo na Torre Afiada, e a mais próxima era a de hoje. Esperávamos que Thia tivesse conseguido aguentar firme.

– Deve ter sido... ah, dois, três anos atrás – Edmund contou. – Coração de Aço foi informado pelos meus mestres anteriores que cachorros eram a minha fraqueza. De vez em quando, ele me trancava numa sala com eles. Mas não como castigo por algo específico. Eu nunca entendi por quê. Parecia aleatório.

– Ele queria que você o temesse – eu expliquei, examinando os conteúdos de uma mochila e verificando em relação à minha lista. –

Você é tão equilibrado, Edmund. Às vezes não parece ter medo de nada. Provavelmente o deixava preocupado.

– Ah, mas eu tenho medo – ele disse. – Eu sou uma formiga entre gigantes, David! *Dificilmente* uma ameaça.

Isso não teria importado para Coração de Aço. Ele havia mantido Nova Chicago em escuridão perpétua para se certificar de que seu povo vivesse com medo. Paranoia era seu nome do meio. No entanto, como ele tinha um nome composto – Coração de Aço –, Paranoia era mais como um sobrenome.

– Bem – Edmund continuou na linha –, ele me trancava com cachorros. Raivosos, terríveis. Eu me encolhia contra a parede e chorava. Nunca parecia melhorar, talvez até piorasse.

– Você tinha medo deles.

– Por que não teria? – ele perguntou. – Os cães anulavam meus poderes. Me arruinavam, me transformavam num homem comum.

Eu franzi o cenho, fechando a mochila e pegando o celular para ver Edmund na tela, um homem mais velho com pele morena e um leve sotaque indiano.

– Mas você já doava seus poderes, Edmund – eu observei. – É um doador. Por que ficar sem poderes te incomodava?

– Ah, mas o meu valor para os outros me permitiu viver em luxo e em relativa paz, enquanto outros homens passam fome e têm que se virar para sobreviver. Meus poderes me tornam importante, David. Perdê-los me deixava aterrorizado.

– Cachorros te aterrorizavam, Edmund.

– Foi o que eu disse.

– Sim, mas entendeu a causa errado. E se você não temesse cachorros porque eles anulavam seus poderes; e se eles anulavam seus poderes porque você os temia?

Ele desviou o olhar.

– Pesadelos? – perguntei.

Ele assentiu. Eu não conseguia ver muito do quarto em que ele estava; um esconderijo fora de Nova Chicago que Prof não conhecia. Não tínhamos conseguido contatar Edmund até Falcão Paladino lhe entregar um celular novo, via drone. Ele desligara o antigo, a pedido nosso, e não o havia ligado de novo. Disse que estava só sendo cuidadoso, para o caso de nosso ataque na Fundição ter ido mal. Outra de suas pequenas rebeliões.

– Pesadelos – ele disse, ainda olhando para longe da tela. – Ser caçado. Dentes rangendo, arrancando, rasgando...

Eu lhe dei um momento e me virei de volta para o meu trabalho. Quando me ajoelhei, algo escapou da gola da minha camiseta. Meu pingente, aquele que Abraham me dera, marcado com uma letra S estilizada. O sinal dos Fiéis, as pessoas que acreditavam que bons Épicos viriam.

Eu o usava agora. Afinal, eu *tinha* fé nos Épicos. Mais ou menos. Eu o enfiei dentro da camiseta. Três mochilas estavam verificadas; faltavam duas. Até Cody, que comandaria as operações nessa missão, precisaria de uma mochila de emergência caso as coisas dessem errado. Nosso novo esconderijo – três cômodos apressadamente construídos sob a ponte em um parque raramente visitado – não era tão seguro quanto o anterior, e eu não queria deixar muita coisa para trás.

Eu precisava terminar isso, mas queria ver Edmund, não só ouvi-lo. Essa era uma conversa importante. Pensei por um momento, então vi um dos bonés de beisebol de Cody, com estampa de camuflagem, sobre um estoque de suprimentos que tínhamos carregado do esconderijo anterior.

Sorri, peguei uma fita adesiva e grudei o celular na frente do boné – precisei de quase meio rolo, mas tudo bem. Quando coloquei o boné, o celular ficou dependurado à minha frente como uma tela num capacete de piloto. Bem, um capacete bastante desajeitado. De todo modo, assim eu podia ver Edmund enquanto mantinha as duas mãos livres.

– O que está fazendo? – ele perguntou, franzindo a testa.

– Nada – respondi, voltando ao trabalho, o celular pendendo perto do rosto. – O que aconteceu com os cachorros, Edmund? No dia em que as coisas mudaram. No dia em que você os enfrentou.

– É uma bobagem.

– Conte mesmo assim.

Ele pareceu ponderar a situação. Não tinha que obedecer – não quando todos nós estávamos tão longe.

– Por favor – eu pedi.

Ele deu de ombros.

– Um dos cachorros atacou uma garotinha. Alguém abriu as portas para me deixar sair e... bem, eu a conhecia. Era a filha de um dos meus guardas. Então, quando uma das criaturas pulou em cima dela, eu o ataquei. – Ele corou. – Era o cachorro dela, não ia atacá-la. Só estava animado por ver a dona.

– Você enfrentou seu medo – eu disse, abrindo a mochila seguinte e comparando seus itens com os da minha lista. – Confrontou o que o aterrorizava.

– Acho que é uma possibilidade – ele concordou. – As coisas realmente mudaram depois disso. Hoje em dia, estar perto de cachorros ainda amortece meus poderes, mas não os anula completamente. Eu sempre pensei que estivesse errado esse tempo todo. Achei que talvez minha fraqueza fosse pelo de animais ou algo do tipo. Mas não poderia testar sem alertar todo mundo sobre o que estava fazendo.

Isso aconteceria com Megan também? Com o tempo, o fogo deixaria de anular seus poderes? A fraqueza ainda funcionava com ela, mas ela podia fazer a escuridão recuar. Talvez o que Edmund experimentara fosse o passo seguinte.

Fechei a mochila e a coloquei junto com as outras, ao lado da parede.

– Diga – Edmund pediu –, se cachorros são a minha fraqueza, por que dispositivos com células de energia carregadas pelas minhas habilidades não falham quando estão perto de cachorros?

– Hmm? – perguntei, distraído. – Ah, é a Regra da Dispersão Extensa.

– Quê?

– A fraqueza de um Épico exerce cada vez menos influência sobre seus poderes quanto mais longe você está do Épico – expliquei, fechando a quarta mochila. – Como em Nova Chicago. Se os poderes de Coração de Aço tivessem sido anulados em todos os lugares onde alguém não o temia, ele não teria sido capaz de transformar a cidade toda em aço. A maioria das pessoas na cidade não sabia quem ele era e não podia temê-lo. Haveria bolsões de não aço por todo lugar.

– Ah... – Edmund disse.

Eu me ergui, acomodando a mochila com as outras. O boné não estava funcionando tão bem quanto eu queria – era pesado demais na frente e ficava escorregando.

Precisa de lastro, decidi. Peguei a fita e usei o que sobrara para colar um cantil atrás do boné. *Bem melhor.*

– Você... está bem? – Edmund perguntou.

– Aham. Obrigado pela informação.

– Você pode me recompensar – ele disse – concordando em me dar a outro mestre.

Eu congelei, o rolo de fita vazio na mão.

– Achei que gostava de nos ajudar.

– Vocês ficaram fracos. – Ele deu de ombros. – Não podem mais me proteger, David. Estou cansado de ficar escondido neste quartinho; prefiro servir a um Alto Épico que cuide de mim. Ouvi dizer que Lamento da Noite ainda é dominante.

Eu me senti enjoado.

– Pode ir, Edmund. Não vou impedi-lo.

– E arriscar ser assassinado? – Ele deu um sorriso fino. – É perigoso lá fora.

– Você escapou da escuridão, Edmund – eu observei. – Tropeçou no segredo antes de qualquer um. Se não quer fugir, por que não se junta a nós? Venha ser um membro da equipe?

Ele pegou um livro e se virou para longe da tela.

– Sem ofensas, David, mas isso parece uma confusão terrível. Passo.

Suspirei.

– Vamos te enviar outra entrega de suprimentos – comentei. – Mas Falcão Paladino pode pedir que você carregue algumas células de energia.

– Vocês que mandam – Edmund disse. – Mas, David, acho que está errado sobre um aspecto dos poderes. Você diz que meu medo de cachorros criou minha fraqueza originalmente, mas antes de Calamidade eu não tinha tanto medo deles. Eu não *gostava* deles, é verdade. Talvez até os odiasse. Mas esse medo pareceu florescer junto com os poderes. É como se os poderes... *precisassem* de algo para temer.

– Como a água – sussurrei.

– Hmm?

– Nada. – Isso era tolice. Calamidade não poderia estar me vigiando naquela época. – Obrigado de novo.

Ele assentiu e desligou o celular. Eu me ajoelhei e examinei os conteúdos da última mochila, então a coloquei com as outras. Bem quando estava fazendo isso, Megan enfiou a cabeça para dentro da sala. Ela hesitou na porta, me olhando com uma expressão perplexa, a boca semiaberta como se tivesse esquecido o que ia dizer.

O boné, percebi. Tirar ou agir casualmente? Decidi por um meio-termo, e ergui a mão para puxar o celular da fita, mas continuei com o boné. Calmamente amarrei o celular ao meu braço.

– Sim? – perguntei, ignorando a tonelada métrica de fita prateada pendurada no nível dos olhos.

O boné escorregou para trás, pesado demais agora por causa do cantil. Eu o agarrei e o puxei de volta no lugar.

Isso. Supercasual.

– Nem vou perguntar – ela disse. – Terminou por aqui?

– Acabei de fechar a última. Bati um papo legal com Edmund também. As experiências dele batem com as suas.

– Então não há como se livrar das fraquezas de vez.

– Bem, a potência da fraqueza dele parece ter se reduzido com o tempo.

– Já é alguma coisa. Estamos prontos para ir.

– Bom. – Eu me ergui, pegando as mochilas.

– Você... não vai usar o boné na missão, vai?

Calmamente removi o boné – embora tivesse que puxar com força, já que a fita estava grudada no meu cabelo – então bebi um gole do cantil. Com o boné ainda preso a ele.

Coloquei o boné de volta no lugar.

– Só estou tentando algumas ideias.

Tããããão casual.

Ela revirou os olhos enquanto saía. Joguei o boné de lado assim que ela foi embora, então carreguei as mochilas para fora.

A equipe estava reunida na sala principal, iluminada por celulares na luz minguante. Essa base só tinha um andar. De cada lado da sala grande principal havia um cômodo menor. Mizzy e Abraham usavam trajes de infiltração, lustrosos e ajustados ao corpo, com dissipadores de calor na cintura e capuzes com óculos de proteção que podiam ser puxados sobre o rosto.

– Equipe Descolada, pronta para ir – Mizzy informou quando dei a ela e Abraham suas mochilas, que eram as mais pesadas.

– O que aconteceu com Equipe Um? – perguntei.

– Obviamente não era descolada o bastante – ela disse. – Considerei Equipe Negra em vez disso, mas achei que poderia ser meio racista ou algo do tipo.

– Tem problema se vocês chamarem a *si mesmos* de negros? – Megan questionou, se encostando na parede com os braços cruzados. – Já que são ambos afro-americanos?

– Canadense – Abraham corrigiu.

– Ééééé – Mizzy concordou. – Talvez não tenha problema se eu escolher o nome? Sinceramente, nunca consigo me lembrar. O pessoal pré-Calamidade se importava muito com raça. Tipo, é bom lembrar que nem tudo está pior agora do que era naquela época. Algumas coisas eram uma droga naqueles tempos também. É como se, sem os Épicos, todo mundo tivesse que encontrar outros motivos pra brigar. Raça, nacionalidade... ah, e times esportivos! Sério. Se voltarem no tempo, *não* falem de times.

– Tentarei me lembrar disso – declarei, entregando a Cody sua mochila. Eu queria acreditar que as coisas que ela mencionara tinham ficado no passado, mas o modo como os ildithianos pareciam ter se segregado indicava que, mesmo com os Épicos, ainda éramos perfeitamente capazes de brigar sobre raça.

Cody pegou sua mochila. Ele estava com camuflagem, o fuzil de atirador sobre o ombro, e Herman – o construtor de cristais – preso ao cinto. Ele o usaria para criar um esconderijo de sal a fim de comandar as operações do topo de um prédio perto da Torre Afiada. Com o fuzil, poderia nos dar alguma cobertura de emergência.

Eu tinha me oferecido para ficar no comando das operações, mas Mizzy e Abraham precisariam de alguém capaz de acessar arquivos e esquemas e orientá-los sobre detalhes tecnológicos. Isso me deixava na equipe de Megan, e eu não reclamaria. Nós íamos entrar de penetra na festa, embora tivéssemos que alterar o plano de Thia, escolhendo uma das opções de reserva dela como método para entrar.

Entreguei a mochila de Megan.

– Todos prontos?

– Tanto quanto possível – Abraham respondeu –, com menos de uma semana para treinar.

– E eu? – uma voz perguntou. Viramos e encontramos Larápio perto da entrada da última sala do esconderijo. Ele a tinha decorado no seu estilo preferido, embora com menos sofás. Parte da massa que ele podia usar criando objetos estava dedicada a sustentar as ferramentas que fizera para nós.

– Você quer vir? – perguntei, surpreso.

Ele me deu um olhar furioso.

– E se alguém aparecer aqui enquanto estiverem fora? – ele perguntou. – Vocês estão me abandonando.

– Faíscas! – exclamei. – Você é pior que Edmund. Se alguém aparecer, se projete para um duplo e o atraia para longe. É um dos seus poderes, certo?

– Mas dói – ele disse, cruzando os braços. – Não gosto de fazer isso.

– Ah, pelo amor de… – Eu balancei a cabeça, me virando para o resto da equipe. – Vamos.

26

A Torre Afiada se erguia, uma forma escura exceto pelos andares superiores, que brilhavam por dentro. O sal era de um cinza empoeirado nessa área, então os andares mais altos pareciam, de alguma forma, claros e escuros ao mesmo tempo. Como um buraco negro usando um chapéu de aniversário extravagante.

Megan e eu nos aproximamos, com as mochilas sobre os ombros e rostos novos – cortesia de outra dimensão. Esse tipo de ilusão pequena era fácil para Megan, e ela podia sustentá-la indefinidamente contanto que eu não me afastasse demais. Eu tentava entender como funcionava. Seriam os rostos de pessoas aleatórias? Ou seriam pessoas que, em sua dimensão, estavam indo para o mesmo lugar que nós?

Um grande número de pessoas estava reunido no térreo do prédio. As janelas velhas, feitas de sal mais fino, tinham um brilho quente, e várias portas foram abertas para a elite se reunir. Eu parei, observando outro grupo se aproximar em ecotáxis.

Elas se vestiam como as pessoas em Nova Chicago: as mulheres usavam vestidos curtos e cintilantes no estilo anos 1920 e batom de cores fortes; os homens, ternos listrados e chapéus fedora, como em filmes antigos. Eu quase esperava que estivessem carregando submetralhadores Tommy Gun em estojos de violino. Em vez disso, seus guarda-costas portavam Glocks e P30s.

– Darren? – Megan chamou, usando meu nome falso.

– Desculpe – eu disse, abandonando meus pensamentos. – É só que me lembra Nova Chicago. – Memórias da minha juventude tinham toda uma bagagem emocional.

Os convidados eram entretidos no térreo enquanto esperavam sua vez de pegar o elevador para a festa. Havia música tocando no lobby, do tipo que Mizzy teria gostado: muitas batidas e barulhos altos. Parecia em conflito com os trajes formais. Martinis e caviar eram servidos, mais sinais de poder e favorecimento.

Eu nunca havia sequer experimentado um martini. Por anos achara que era uma marca de carro.

Juntos, Megan e eu viramos subitamente para a direita e demos a volta no prédio em direção a uma porta menor do lado de trás. Em vez de tentarmos nos passar por ricos para pegar o elevador social, decidimos tentar um caminho onde estaríamos bem menos expostos. O plano de Thia incluía a opção alternativa de mandar a Equipe Dois com os empregados.

Com as imagens nas anotações de Thia, conseguimos forjar um convite – e uma breve verificação com o Clã Arraia confirmou que eles não mandariam ninguém a essa festa. Embora fossem esperados, estavam ocupados demais com suas preparações para deixar a cidade.

Isso criava uma lacuna que, com sorte, seríamos capazes de ocupar. Perto dos fundos da torre, encontramos uma classe menos privilegiada de pessoas se reunindo para ser transportada por um elevador de serviço menor.

– Prontos? – perguntei.

– Sim – Megan confirmou. Sua voz foi ecoada pela de Mizzy e Abraham, no meu fone. Eu o havia enfiado sob o cabelo ilusório que Megan me dera. Falcão Paladino estava confiante de que nossas linhas ficariam seguras; Prof colocara escutas em nossos celulares em Babilar, mas precisaria fisicamente afixá-las nos fones, e nós tínhamos substituído esse equipamento.

– Agora – eu disse.

Megan e eu começamos a correr. Chegamos junto às equipes trabalhando na porta dos fundos e paramos de supetão, nos esforçando para recuperar o fôlego como se estivéssemos exaustos.

– Quem são vocês? – perguntou o guarda.

– Confeiteiros – Megan disse, estendendo o convite, que para trabalhadores como nós era mais como uma ordem para aparecer. – Clã Arraia.

– Já era hora – o guarda rosnou. – Passem pela revista e coloco vocês na próxima leva.

Evasão amava cupcakes decorados. Os Arraias sempre mandavam um par de confeiteiros, mesmo quando não enviavam Carla ou outras pessoas importantes para a festa.

Meu coração martelava quando entregamos nossas mochilas. Uma mulher severa começou a abrir os bolsos.

– Primeiro passo, feito – Megan sussurrou na linha enquanto o guarda tirava nossas batedeiras e as colocava na mesa com um baque. Parafernália de decoração de bolo surgiu em seguida. Eu nem sabia o nome da maior parte daquilo, muito menos como era usada. Tudo isso tinha me ensinado uma coisa: decorar bolos era coisa séria.

Depois de uma revista rápida, guardamos os objetos e passamos na frente de outros trabalhadores até uma sala escura, com paredes de sal e um poço de elevador. O poço não tinha portas, o que parecia terrivelmente perigoso.

– Entramos também – Abraham informou. – Subimos um andar.

Eles haviam se infiltrado usando o artik – Abraham tinha criado passos de mercúrio até o segundo andar –, então abriram caminho derretendo uma janela com a ajuda de uma lavadora de pressão especializada que soltava um jato de água pequeno, mas forte o bastante para cortar pedra. Eles a haviam usado em uma das janelas de sal.

Megan e eu fomos empurrados para o elevador, que era uma coisa pequena e decrépita, iluminada por uma única lâmpada. Três outros trabalhadores se juntaram a nós, garçons de uniforme branco.

– Vão – sussurrei.

Pensei sentir nosso elevador balançar enquanto Abraham e Mizzy se agarravam aos cabos acima. Eles subiram pelas linhas, usando os dispositivos que Larápio fizera para nós.

Uns segundos depois, alguma máquina distante começou a zunir e nós iniciamos a subida. Ela foi lenta e entediante, sem nada para ver – a maior parte dos níveis ainda tinha portas, indicando os pisos que não eram usados. Mizzy e Abraham teriam que reduzir o ritmo da escalada antes de cada um dos pisos superiores para espiar e verificar que não havia ninguém no corredor além.

O elevador tremia e sacudia, ocasionalmente raspando contra os lados do poço e soltando pedaços de sal. E se o dispositivo de Mizzy ou o de Abraham escorregasse e eles caíssem? E se encontrassem alguém nos corredores superiores – onde o poço do elevador não tinha portas – e fossem obrigados a esperar enquanto o elevador se aproximava, ameaçando empurrá-los para fora? Enxuguei a testa e minha mão saiu encardida de poeira de sal e suor.

– Estamos a salvo – Abraham disse em nossos ouvidos. – Sem problemas. Saindo no 68º andar.

Suspirei, aliviado. Levamos mais alguns minutos para passar pela entrada sem porta por onde Mizzy e Abraham haviam saído, mas não vi nenhum sinal deles. Os dois ainda tinham dois andares para subir antes de atingir seu alvo, o 70º andar, mas o plano de Thia indicava que esse andar provavelmente seria menos vigiado, algo que Larápio tinha confirmado.

Eu exalei lentamente quando fomos inundados pela luz do 70º andar. Um antigo restaurante ocupava o topo da torre – o nosso alvo.

Saímos do elevador, os garçons se apressando para se juntar a outros que já serviam travessas de comida aos convidados. Megan e eu levamos nossas mochilas para a cozinha, onde uma verdadeira legião de cozinheiros usava chapas quentes e frigideiras para preparar pratos. Grandes lâmpadas tinham sido conectadas em partes do teto, banhando o lugar numa luz branca estéril, e o chão e a maior parte dos antigos balcões haviam sido cobertos de plástico. Eu me perguntei o que eles faziam quando queriam salgar um prato. Raspavam um pouquinho da parede?

Tudo isso era energizado por vários fios grossos que terminavam num conjunto de tomadas múltiplas sobrecarregadas. Sério, havia uma infinidade delas. Para conectar alguma coisa nova, seria preciso desconectar *dois* outros fios, o que eu tinha quase certeza de que violava alguma lei da física.

Megan tentou conseguir informações de um garçom de passagem, mas foi interrompida por um chamado:

– Aí estão vocês!

Viramos e deparamos com um chef imponente que devia ter mais de 2 metros de altura. Ao andar, o homem se curvou para não bater a cabeça em uma antiga luminária de sal. Seu rosto era tão esquelético que parecia ter bebido um smoothie de suco de limão e picles.

– Arraias? – ele berrou.

Nós confirmamos com a cabeça.

– Rostos novos. O que aconteceu com Suzy? Bah, não importa.

Ele me agarrou pelo ombro e me arrastou através da cozinha movimentada até uma despensa menor onde tinham colocado nossos ingredientes. Uma mulher com expressão desamparada usando um chapeuzinho de chef estava lá, olhando para uma travessa de cupcakes sem cobertura. Seus olhos estavam arregalados e ela segurava um tubinho de cobertura nas mãos suadas, encarando os cupcakes como alguém poderia olhar uma fileira de ogivas nucleares, cada uma etiquetada *Não encostar*.

– O pâtissier está aqui! – o chef informou. – Você está livre, Rose.

– Ah, graças a Deus – a jovem disse, jogando o tubo de cobertura de lado e se afastando depressa.

O homem alto bateu no meu ombro e recuou, deixando nós dois na pequena despensa.

– Por que estou com a sensação de que há algo que não estão contando pra gente? – Megan perguntou. – Aquela garota estava olhando para os cupcakes como se fossem escorpiões.

– É – concordei, balançando a cabeça. – Certo. Escorpiões.

Megan me encarou.

– Ou pequenas ogivas nucleares – eu disse. – Funciona também, né? É claro, você poderia *amarrar* um escorpião a uma ogiva, o que a tornaria ainda mais perigosa. Você tentaria desarmar o negócio, mas, uau: escorpião.

– Sim, mas por quê? – Megan repetiu, largando a mochila no balcão revestido de plástico.

– Hmm? Ah, Evasão já executou três confeiteiros por criar sobremesas abaixo do padrão. Estava nas anotações de Thia. A mulher *realmente* ama seus cupcakes.

– E você não mencionou isso porque…

– Não é importante – completei, tirando minha própria mochila. – Não vamos ficar aqui o bastante para entregar qualquer doce.

– Sim, porque nossos planos *sempre* funcionam *exatamente* como deveriam.

– Você queria que eu fizesse um curso intensivo de decoração de bolo?

– Na verdade – Cody interveio na linha –, eu não sou um confeiteiro ruim, sabem.

– Tenho certeza – Megan disse. – Agora vai nos contar sobre a vez que teve que decorar cupcakes para o grande rei escocês?

– Não seja boba, moçoila – Cody disse, com seu sotaque arrastado. – Era o rei do Marrocos. Cupcakes são delicados demais para os escoceses. Dê um cupcake para um escocês e ele vai perguntar por que você não atirou nos pais do cupcake e os serviu em vez disso.

Eu sorri enquanto Megan desprendia o lado da batedeira e silenciosamente removia um par de pistolas Beretta subcompactas escondidas lá dentro, junto com um par de silenciadores. A batedeira dela não funcionaria – suas entranhas haviam sido sacrificadas para criar um espaço de armazenamento. Isso parecera um risco razoável a Thia, já que a equipe fazendo a revista no térreo provavelmente não teria acesso a eletricidade.

Afixamos os silenciadores nas armas, então enfiamos as pistolas em coldres sob os braços. Conectei a minha batedeira, que funcionava; o *vrrr* que fazia encobriu nossos outros sons. Joguei alguns ingredientes na tigela só para garantir, então arrumei as ferramentas de decoração.

Para nossa sorte, aquela pequena despensa tinha sua própria porta para o salão principal. Fui espiar enquanto Megan arrancava o adaptador de energia da sua batedeira e removia um dispositivo pequeno e quadrado muito parecido com um celular.

Abri uma fresta da porta para examinar rapidamente a festa. As cozinhas ficavam bem no centro do 71º andar, o que era importante, já que uma porção do piso lá fora *girava*.

Um restaurante giratório: uma daquelas ideias estranhas pré-Calamidade que às vezes eu tinha dificuldade de acreditar que fossem reais. Antigamente, pessoas comuns podiam subir ali para comer uma refeição agradável enquanto olhavam para a cidade. O restaurante no topo da torre era como uma roda, com o centro permanecendo fixo e o chão girando em um círculo ao redor. As paredes eram fixas também. O teto se erguia em alguns lugares por mais dois andares até o topo da torre; os níveis parciais acima de nós eram usados agora para posicionar a iluminação.

A transformação em sal destruíra completamente o maquinário do chão, em especial os motores e cabos. Fazer o lugar girar de novo aparentemente exigia os esforços de toda uma equipe de trabalho, incluindo engenheiros e um Épico menor chamado Hélio que tinha poderes de levitação. Mas Evasão passava por esse enorme transtorno toda semana, para fazer algo especial – algo que se destacaria. Algo bem Épico de se fazer.

Eu vi a mulher em pessoa sentada em uma das mesas na porção giratória do andar. Ela tinha cabelo curto e um físico esbelto. Um complemento apropriado aos trajes estilo anos 1920 que usava.

A festa aqui era mais contida do que no primeiro andar; não havia música alta, só um quarteto de cordas. As pessoas sentavam em mesas cobertas de branco, esperando comida. Em outras áreas, as mesas e cadeiras de sal haviam sido movidas a fim de abrir espaço para dança, mas ninguém estava dançando. Em vez disso, cada mesa era o seu próprio feudo, com um Épico recebendo sua corte de bajuladores.

Avistei uma série de Épicos menores, notando quais continuavam vivos – o que significava que tinham preferido se juntar a Prof em vez de fugir da cidade. Surpreendentemente, Vento de Tempestade estava ali: uma jovem asiática sentada em uma plataforma elevada. Ela obviamente sobrevivera a seu tempo na prisão de Prof e fora libertada. Prof aparentemente a tinha desfilado daquele jeito para mostrar que *ele* era dominante em Ildithia. Mas, no fim, precisava dela. Sem seus poderes, as colheitas não cresceriam, e os luxos – até as necessidades básicas – da cidade se esgotariam.

Balancei a cabeça. Eu não podia ver o cômodo inteiro de onde estava, pois o local tinha a forma de um círculo, mas Prof não se encontrava nessa metade – e duvidava que estivesse na outra. Era improvável que viesse a uma festa dessas.

– Estamos em posição – Mizzy informou pela linha. – Chegamos ao 70º andar.

Aquele era o andar onde Thia estava sendo mantida, e também onde se localizariam os aposentos de Prof. Mas eles ficavam em lados opostos do prédio, então, com sorte, pegaríamos Thia e sumiríamos antes que ele sequer percebesse que havíamos estado lá. O plano original dela incluía atraí-lo para fora dos seus cômodos com uma distração para conseguir informações sem que ele soubesse, mas não precisávamos nos preocupar com isso agora.

– Entendido – Cody disse. – Bom trabalho, Equipe Descolada. Esperem o OK de David ou Megan antes de continuar.

– Ééééé – Mizzy disse. – Sem risco de a gente fazer de outro jeito. O lugar está *abarrotado* de câmeras de segurança. Trajes de infiltração não vão nos levar mais longe.

– Estaremos aí para o passo três – eu informei. – Só nos deixe...

Perdi o que estava dizendo, meu queixo caindo quando avistei algo no salão principal.

– David? – Cody chamou.

Alguém tinha girado até aparecer no meu campo de visão, sentado num trono de sal e cercado por mulheres em vestidos justos. Um homem num longo casaco preto, com cabelo escuro que caía para baixo dos ombros. Ele se portava de modo imperioso, a mão descansando no punho de uma espada, cuja ponta estava para baixo, como um cetro.

Obliteração. O homem que havia destruído Houston e Kansas City e tentado explodir Babilar. A ferramenta que Realeza usara para empurrar Prof para a escuridão. Ele estava *ali*.

Então encontrou meus olhos e sorriu.

27

Entrei de novo na despensa, com o coração acelerado e as palmas suadas. Estava tudo bem. Eu exibia um rosto falso. Obliteração não me reconheceria. Ele era só um cara macabro que daria aquele olhar para...

Obliteração apareceu do meu lado. Como sempre, com o seu teletransporte, ele se materializou num clarão. Megan xingou, tropeçando para trás, enquanto Obliteração apoiava uma mão no meu ombro.

— Bem-vindo, matador de demônios — ele disse.

— Eu... — Umedeci os lábios. — Grande Épico, acho que me confundiu com outra pessoa.

— Ah, Matador de Aço — ele disse. — Suas feições podem mudar, mas seus olhos, e a avidez neles, permanecem os mesmos. Você veio destruir Holofote. Isso é natural. "Eu vim trazer a divisão entre o filho e o pai, entre a filha e a mãe..."

A arma de Megan clicou quando ela a apoiou contra a cabeça de Obliteração. No entanto, ela não atirou. Isso atrairia atenção para nós, arruinando o plano. Além disso, ele simplesmente se transportaria antes que a bala o atingisse.

— O que está fazendo aqui? — perguntei.

— Fui convidado — ele respondeu, sorrindo. — Holofote me convocou e eu não pude recusar o convite. O cartão de visitas dele era... exigente.

— Cartão de visitas... — repeti. — Faíscas. Ele tem um motivador baseado nos seus poderes. — Falcão Paladino dissera que, se alguém construísse um dispositivo usando os poderes de um Épico vivo, ele funcionaria, mas causaria dor ao Épico e o atrairia.

– Sim, ele usou um daqueles... dispositivos para me convocar. Ele deve desejar a morte, Matador de Aço. Como todos eles desejam, no âmago de suas almas.

Faíscas. Realeza devia ter criado pelo menos mais uma bomba com os poderes de Obliteração – além daquelas destinadas a Babilar ou Kansas City. Uma bomba que Prof agora tinha. Prof teria que carregá-la com a luz do sol. Imaginei que foi isso que atraíra Obliteração.

Isso significava que, em algum lugar da cidade, existia um dispositivo capaz de destruí-la em um segundo. Não seria terrível se Prof tivesse sacrificado sua humanidade para proteger Babilar só para infligir a mesma destruição a Ildithia?

Obliteração nos observou, relaxado. Quando nos vimos pela última vez, fora depois de uma longa perseguição na qual ele fizera o seu melhor para me matar. Felizmente, ele não parecia guardar rancor.

Mas, antes de nos separarmos, eu tinha sido forçado a revelar algo a ele.

– Você sabe o segredo das fraquezas – eu disse.

– De fato – ele retrucou. – Agradeço muito por isso. Os sonhos deles os traem, e dessa forma meu trabalho sagrado pode proceder. Só preciso descobrir os medos deles.

– Você está falando em livrar o mundo dos Épicos – Megan disse.

– Não – eu neguei, sustentando o olhar de Obliteração. – Ele está falando em livrar o mundo de *todos*.

– Nossos caminhos se alinham, Matador de Aço – Obliteração disse a mim. – Precisaremos nos enfrentar um dia, mas hoje pode prosseguir com sua tarefa. Deus fará deste mundo um vidro, mas só depois da queima... e *nós* somos o fogo dele.

– *Diabos*, você é macabro – Megan disse.

Ele sorriu para ela.

– "Já não haverá noite, nem se precisará da luz de lâmpada ou do sol, porque o Senhor Deus a iluminará." – Com isso, ele desapareceu. Como sempre, quando se transportou, deixou para trás uma imagem de si parecida com uma estátua, de cerâmica branca brilhante, que estourou um segundo depois, então rapidamente evaporou.

Eu cambaleei contra o batente e Megan me pegou pelo braço, me apoiando. Faíscas. Como se já não tivéssemos o bastante com que nos preocupar.

– Onde estão esses doces? – uma voz gritou lá fora. – Movam-se, seus slontzes. Ela está exigindo os cupcakes.

O chef alto irrompeu na despensa. Megan virou-se para ele, enfiando a arma atrás das costas. E, de repente, os cupcakes na travessa tinham coberturas intricadas no topo.

O chef suspirou aliviado.

– Graças aos céus – ele disse, agarrando a travessa. – Avisem se precisarem de alguma coisa.

Ele saiu com a travessa. Eu observei, horrorizado, temendo que, uma vez que se afastasse de Megan, a cobertura fosse desaparecer. Ela apoiou uma mão no meu ombro, então fraquejou, e foi a minha vez de segurá-la.

– Megan? – perguntei.

– Eu... acho que consegui torná-los permanentes – ela disse. – Faíscas, isso é mais do que eu já fiz em muito tempo. Consigo sentir a dor de cabeça chegando. – A pele dela estava úmida sob meus dedos e ela ficara pálida.

Dito isso, tinha sido *extraordinário*.

– Imagine o que pode fazer com mais treino!

– Bem, veremos. – Ela hesitou. – David, acho que encontrei uma dimensão onde você não é um especialista em armas, mas em *doces*.

– Uau.

– Sim – ela concordou, se aprumando. – No entanto, em todos os universos infinitos, não acho que já encontrei uma dimensão em que você saiba beijar direito.

– Você está sendo injusta – eu disse. – Não reclamou ontem à noite.

– Você enfiou a língua no meu ouvido, David.

– Isso é romântico! Eu vi num filme uma vez. É tipo quando você coloca um dedo molhado no ouvido de alguém... mas de um jeito passional.

– Vocês *sabem* que a sua linha está aberta pra mim, certo? – Cody perguntou.

– Cala a boca, Cody – Megan ordenou, enfiando a arma de volta no seu coldre abaixo do braço. – Avise Abraham e Mizzy que tivemos um encontro com Obliteração. Vamos começar o passo três agora.

– Entendido – Cody confirmou. – E David...

– Sim?

– Se enfiar a língua no *meu* ouvido, te dou um tiro na gaita de foles.

– Obrigado pelo aviso – eu disse, então comecei a me despir.

Estava usando calças sociais sob os jeans volumosos e uma camisa embaixo da jaqueta. Megan me jogou a sua jaqueta; eu puxei o revestimento, que a transformava em um smoking.

O suéter saiu em seguida, revelando o vestido que ela enrolara em torno da cintura. Ela tirou as calças – estava com um short de ciclista apertado por baixo –, então soltou a saia do vestido, que cobriu suas pernas.

Eu tentei não encarar. Ou, bem, tentei encarar discretamente. O vestido vermelho elegante era todo brilhante e lindo e... bem, realmente acentuava as curvas dela. Tipo como um apoio de bochecha com linhas de sombra acentuava uma coronha de fuzil perfeita.

Infelizmente, ela não estava com o próprio rosto. Isso estragava o efeito. Mas, ainda assim, aquele decote...

Megan me pegou olhando e eu corei. Só então percebi que ela não parecia ter notado meu olhar, mas estava assentindo para si mesma, um sorriso fraco nos lábios.

– Você está... encarando meu peito? – perguntei.

– Quê? – ela perguntou. – Concentre-se, Joelhos.

Incrível, pensei, colocando o smoking.

– Pegue isso – ela disse, me entregando a caixinha que removera do adaptador de energia da bateria. – Vestidos assim não têm muito espaço de armazenamento.

– Você geralmente não... – Eu acenei para o decote dela.

– Já enfiei o celular aqui – ela disse. – E, antes que pergunte, não, não há mais espaço para minigranadas. Eu as prendi na coxa. Uma garota tem que estar preparada.

Faíscas, eu amo essa mulher.

Enfiei a caixa num bolso e saímos no corredor. Megan se concentrou, transformando nossas feições outra vez. Senti uma distorção quando aconteceu. Um flash de outro mundo, outra realidade. Nela, as pessoas como as quais estávamos disfarçados se afastaram – a mulher com o rosto que Megan exibia e um homem com uma expressão solene e lábios largos.

Os confeiteiros sumiram. Quem entrou no salão principal foram dois convidados ricos com um par diferente de rostos falsos. Por um momento, eu vi o que Megan devia ver quando usava os poderes – as ondas de tempo e espaço que formavam nossa realidade.

Megan entrelaçou o braço no meu e começamos a passear pela sala grande em formato de disco. Numa passarela superior, uma porção que não girava. Notei que Obliteração retornara ao seu trono, com um *coco* nas mãos. Provavelmente havia se transportado para algum lugar e pegado um. Até onde eu fora capaz de descobrir, não havia limite de distância ao seu teletransporte – ele só precisava já ter visto o lugar, ou pelo menos ouvido uma descrição dele, para ir até lá.

Ele olhou para mim e assentiu. Faíscas. Ele enxergava através desse disfarce também? Eu não acreditava naquela história sobre meus olhos; ele devia ter algum poder que estava escondendo. Talvez fosse um detector e pudesse distinguir Épicos. Mas o salão estava *cheio* de Épicos. Como ele nos reconheceria?

Perturbado, tentei me concentrar na tarefa.

– Bom trabalho – Cody disse no meu ouvido. – Sigam em frente. Falta um quarto de rotação do salão.

– A Equipe Descolada está bem? – perguntei.

– Pronta e aguardando – Cody informou.

Continuamos, passando perto da mesa de Evasão. A mulher magra, de cabelo curto, estava encolhendo garçons e fazendo-os dançar sobre a mesa para a diversão da plateia reunida. Eu sempre me perguntara...

Megan me puxou quando eu comecei a me demorar.

– Os poderes dela são demais – sussurrei. – Ela tem um controle incrível do que pode encolher e de como faz isso.

– É, bem, peça um autógrafo depois – Megan resmungou.

– Hm, está com ciúmes? Porque seus poderes são bem melhores que os...

– Foco, David.

Certo. Percorremos o salão até nos aproximarmos de uma porta pequena marcada com uma placa de banheiro. Ficava na parte central, assim como as cozinhas. Entramos e, como os planos de Thia indicavam, além dela havia um pequeno corredor de serviço, com banheiros dos dois lados. Logo em frente localizava-se nossa meta. Uma porta branca e lisa, mas obviamente importante – as outras portas ainda eram de sal, pesadas e difíceis de mover. Essa era de madeira, com uma maçaneta dourada.

Eu peguei um par de gazuas.

– Isso seria mais fácil se você pudesse trocar a porta por uma que não estivesse trancada – comentei enquanto trabalhava na maçaneta.

– Talvez pudesse fazer isso – ela disse. – Mas não sei se conseguiria tornar permanente. E daí você poderia entrar pela porta, pisar em outra dimensão, mudar as coisas lá e tudo voltaria ao jeito como estava depois que saísse.

– Você decorou os cupcakes – eu observei.

– É – ela concordou suavemente, olhando por cima do ombro. – Isso é território novo para mim, David. Antes, toda vez que me forçava tanto, eu me perdia. Frequentemente acabava morta. Não é uma boa mistura saber que você é imortal e não ter nenhum senso de responsabilidade. Perfeita imprudência.

Destranquei a porta. Foi fácil, nem de longe tão difícil quanto o que Abraham e Mizzy teriam que fazer. Essa porta não estava trancada para manter intrusos fora; estava ali para evitar que um passante casual se ferisse. Então a abri.

Além havia um gerador grande e um motor que girava o chão. Megan e eu deslizamos para dentro da câmara antes que alguém entrasse no corredor para usar os banheiros, e peguei o celular para iluminar o lugar. Era apertado e o chão estava coberto com sal em pó.

– Faíscas – Megan disse. – Como eles trazem tudo isso pra cá? Eles fazem isso toda semana?

– Não é tão difícil quanto parece – expliquei. – Evasão encolhe tudo e carrega no bolso. Então encolhe alguns dos trabalhadores e os manda para dentro das paredes e do chão com furadeiras para instalar os fios de que precisa. Com Hélio levitando o chão o suficiente para evitar que raspe, eles conseguem fazê-lo girar de novo.

Eu me ajoelhei ao lado do maquinário, localizando o motor. Estava conectado a alguns fios e engrenagens de metal embaixo.

– Essa é a célula de energia – Megan disse, apontando para uma parte da máquina. – Tem um gerador diesel reserva.

– Não planejamos para um reserva – comentei. – Será um problema?

– Nah – ela disse, estendendo a mão. Coloquei a caixa de antes na mão dela. – Estamos mexendo nos fios, não no gerador em si. Não devemos ter problemas.

Peguei o celular e as instruções para instalar o dispositivo surgiram na tela. Eu o segurei para Megan enquanto ela fixava nossa caixinha nos fios apropriados. Quando recuamos um passo, eu mal conseguia ver que estava lá.

– Passo três, completo – anunciei, satisfeito. – Estamos saindo da sala do gerador.

– Entendido – Cody disse. – Conectando Abraham e Mizzy à linha principal. Fiquem prontos, vocês dois. Deixem Megan e David sair e vamos iniciar o passo quatro.

– Entendido – afirmou Abraham.

– Zica – Mizzy disse.

– Essa palavra outra vez – observei, entrando no corredor do banheiro. – Tentei procurá-la. Tem algo a ver com situações ruins...

Eu me interrompi, de repente diante de uma garçonete que saíra de um dos banheiros. Ela me encarou, boquiaberta, então olhou para Megan.

– O que vocês estão fazendo aqui? – ela perguntou.

Calamidade!

– Procurando os banheiros – respondi.

– Mas eles estão logo a...

– Aqueles são os banheiros dos *lacaios* – Megan disse atrás de mim. Tropecei desviando dela quando passou por mim. – Você espera que eu use as instalações de *serviçais comuns?*

Megan usava o manto de um Épico como se tivesse sido criado para ela. Ela se empertigou, os olhos arregalados, e *chamas* começaram a tremular no corredor.

– Eu não... – a garota começou.

– Você me questiona? – Megan continuou. – *Ousa me questionar?*

A garçonete se encolheu, abaixando os olhos, e ficou em silêncio.

– Melhor – Megan disse. – Onde eu posso encontrar banheiros apropriados?

– Esses são os únicos que funcionam. Perdão! Eu posso...

– Não. Já me cansei de você. Suma daqui e fique contente por eu não querer incomodar nosso grande lorde deixando um corpo para ele descartar.

A mulher saiu correndo para o salão principal.

Eu ergui uma sobrancelha para Megan e as chamas se apagaram.

– Muito bom.

– Foi fácil demais – ela disse. – Ando abusando dos meus poderes. Vamos pegar Thia e partir.

Eu assenti, guiando-a de volta ao restaurante em si.

– Estamos fora – informei quando saímos no piso giratório. Eu não conseguia sentir nada; estava se movendo devagar demais para ser perceptível. Assumimos posição perto de uma mesa, fazendo o máximo para parecermos tão inócuos quanto possível.

– Em posição – Abraham informou. – Quando quiser.

– Cody? – perguntei.

– Parece tudo bom. Prossigam.

– No três – Abraham disse.

Respirei fundo e apertei o celular no meu bolso, ativando o dispositivo preso ao gerador. Qualquer um de nós poderia fazer isso, uma vez que estava conectado a todos os nossos celulares, mas tínhamos decidido que Megan e eu devíamos ficar responsáveis por isso. Seria mais fácil para Mizzy e Abraham anunciar o que queriam do que pegar os celulares, arriscar a luz envolvida e ativar o dispositivo eles mesmos.

Assim que apertei o botão, as luzes se apagaram e o restaurante giratório reduziu a velocidade até parar. Vozes murmuraram e talheres bateram enquanto eu contava até três, então removi o dedo.

As luzes voltaram e o maquinário reviveu. Começamos a nos mover de novo. Nervoso, procurei por sinais de alarme.

Nenhum veio. Aparentemente, uma das dificuldades de se trabalhar com um maquinário que havia sido improvisado um dia antes era o fato de danos e quedas de energia serem comuns. O plano de Thia tirava proveito disso.

– Perfeito! – Abraham disse. – Passamos pelo primeiro banco de câmeras.

– Não há alarme em nenhuma frequência de rádio que encontrei – Cody informou. – Só alguns seguranças resmungando e torcendo para Prof não culpá-los pela queda de energia. Thia, moçoila, você é genial.

– Vamos torcer para conseguir dar o elogio em pessoa em breve – eu disse a Cody. – Abraham, avise quando sua equipe chegar à próxima câmera. Estamos correndo contra o tempo agora. Os chefs vão começar a se perguntar onde os confeiteiros foram parar, e uma hora alguém vai checar os geradores.

– Entendido.

Megan e eu permanecemos em posição. A partir dali, o plano deveria levar menos de 10 minutos. Era duro esperar. Mizzy e Abraham estavam rastejando por corredores infestados de guardas, enquanto nós dois deveríamos ficar ali e parecer inocentes. Havíamos tentado – e falhado em – descobrir um jeito de descer e encontrá-los, de modo que Megan usasse seus poderes para ajudar com as últimas partes da infiltração.

Talvez fosse melhor assim. Megan parecia exausta, e estava esfregando a testa e ficando irritável. Peguei bebidas para nós com um garçom perto do bar, então percebi que elas provavelmente eram alcoólicas, o que seria uma ideia muito ruim agora. Precisávamos ficar alertas. Em vez disso, peguei um cupcake de uma travessa que passou por mim. Bem que podia experimentar o trabalho do David de uma dimensão alternativa.

Parei a meio caminho da nossa mesa. Eu tinha ouvido…

Então me virei, tentando distinguir a voz em meio às outras conversando na multidão. Sim. Eu conhecia essa voz.

Prof estava ali.

Fiquei levemente surpreso; socializar não era bem a atividade preferida de Prof. Mas aquela voz profunda era inconfundível.

Havia motivos de sobra para ficar longe dele, mas ao mesmo tempo eu estava com um rosto novo – e nossas experiências no primeiro dia mostraram que ele era enganado pelas ilusões de Megan. Talvez valesse a pena fazer um reconhecimento para descobrir onde ele estava exatamente e o que estava dizendo.

– Prof está aqui – informei na linha.

– Faíscas – Cody xingou. – Tem certeza?

– Sim – respondi, me movendo para um ponto em que podia vê-lo de pé ao lado de uma das janelas. – Vou me aproximar com cuidado e observá-lo. Se os guardas avistarem Abraham e Mizzy, ele será alertado primeiro. O que acham?

– Concordo – Megan disse na linha. – Nós não estamos fazendo nada útil aqui em cima. Isso pode nos dar informações importantes.

– Sim – Cody concordou, daí hesitou. – Mas tome cuidado, moço.

– Claro, claro. Serei tão cuidadoso quanto uma lesma diabética numa fábrica de doces.

– Ou, sabe – Megan disse –, uma lesma em Ildithia.

– Isso também. Você me dá apoio?

– Estou atrás de você, Joelhos.

Respirei fundo, então atravessei o salão na direção de Prof.

28

Eu me esgueirei até uma mesa alta perto de onde Prof estava falando. Um grupo de pessoas o cercava – Épicos menores, julgando por aqueles que eu reconhecia. Prof tinha um bloco de anotações em mãos e se sentara a uma mesa.

Os outros convidados mantinham uma boa distância do grupo. Eu me encostei na mesa alta, tentando parecer casual. Cocei a orelha, ligando a amplificação de áudio direcional no meu fone.

– Larápio deve ser encontrado – Prof dizia. Eu mal conseguia ouvi-lo. – Até conseguirmos isso, não podemos fazer nada.

Os outros do grupo assentiram.

– Quero que Fabergé e Redutor espalhem boatos – Prof continuou, escrevendo no bloco. – Que digam que há um movimento de resistência contra mim em busca de um líder. Vigilância é seu trabalho, Tinteiro. Você vai observar os vários bairros das famílias poderosas. Uma delas tem que estar abrigando-o, como os Arraias estavam com nossa prisioneira lá embaixo. Atacaremos de dois jeitos: a promessa de uma rebelião para atraí-lo, misturada com a ameaça de descoberta. Fuego, quero que continue trabalhando com o seu detector e fazendo varreduras pela cidade. Vamos alardear onde estamos procurando e esperar Larápio se mover. Vamos desentocá-lo como cachorros num campo assustando faisões.

Eu me apoiei na mesa, de repente sentindo como se tivesse levado um soco no estômago.

Prof havia montado uma equipe.

Fazia sentido. Ele tinha anos de prática organizando e liderando equipes de Executores, e era *muito* bom em caçar Épicos. Mas ouvi-lo conversar com essas pessoas do jeito que conversava com a gente... era de cortar o coração. Quão rápido ele havia substituído seus amigos e combatentes da liberdade por um time de tiranos e assassinos!

– Chegamos ao próximo canto – Abraham sussurrou no meu fone. – Os mapas de Thia mostram câmeras escondidas aqui.

– Sim, estou vendo – Mizzy afirmou. – Quadros óbvios na parede, para esconder uma seção encovada na pedra de sal. Segurem a próxima até darmos o sinal.

– Entendido – Megan disse. – Apago as luzes ao sinal de Cody.

– Prossigam – Cody disse.

As luzes piscaram, diminuíram, então apagaram.

– De novo? – Prof perguntou.

– Os engenheiros devem ter feito algo errado na instalação – um dos Épicos disse. – Pode estar raspando contra as engrenagens de sal e o maquinário antigo.

– Passamos – Abraham informou.

Megan soltou o botão e as luzes voltaram. Prof se ergueu, parecendo insatisfeito.

– Meu senhor Holofote – disse uma Épica jovem. – Eu *consigo* encontrar Larápio. Só me dê permissão.

Prof virou-se para estudá-la, então se acomodou de volta na cadeira.

– Você demorou para entrar no meu serviço.

– Aqueles rápidos em oferecer sua lealdade são rápidos em trocá-la, senhor.

Eu a reconheço?

– Cody – sussurrei –, tem algo nas minhas anotações sobre uma Épica loira em Ildithia? Ela usa o cabelo numa trança, e deve ter entre 20 e 25 anos.

– Deixa eu ver – Cody disse.

– E o que você faria – Prof perguntou à mulher – se o encontrasse?

– Eu o mataria por você, senhor.

Prof bufou.

– E, ao fazer isso, destruiria tudo o que estou trabalhando para atingir. Mulher tola.

Ela corou.

Prof tirou algo do bolso e o colocou na mesa. Um pequeno dispositivo cilíndrico, talvez do tamanho de uma antiga pilha.

Eu o reconheci. Tinha um no meu próprio bolso; Falcão Paladino o dera para mim. Enfiei a mão no bolso e o senti, para me assegurar de que continuava ali. Uma incubadora de amostras de tecido.

– Você tem minha permissão para caçá-lo – Prof disse –, mas, se o encontrar, não o mate. Traga-me um pouco do sangue ou da pele dele nisto. Ele só morre depois que eu tiver certeza de que a amostra é boa. Se alguém o matar antes, *eu* vou destruir o responsável por isso.

Estremeci.

– Você aí – ele disse, mais alto.

Eu pulei e percebi que ele estava apontando *direto para mim.*

Prof acenou para eu me aproximar. Olhei atrás de mim, então de volta para ele. Ele *estava* olhando para mim.

Calamidade!

Ele acenou de novo, mais impaciente, a expressão se fechando.

– Pessoal, isso vai ser ruim – sussurrei, dando a volta na minha mesa e indo na direção de Prof.

– O que está fazendo? – Megan perguntou. Ela se estabelecera ali perto, encostando numa balaustrada e bebericando uma bebida.

– Ele me chamou.

– Estamos na porta de Thia – Abraham disse. – Dois guardas. Vamos ter que engajá-los.

– Preparem-se para outra queda de energia – Cody avisou. – David, qual é o seu status?

– Cagando nas calças – sussurrei, então me aproximei da mesa de Prof.

Ele me deu um olhar breve, então apontou para minha mão. Franzi o cenho e olhei para baixo. Só então percebi que ainda estava segurando o cupcake não comido. Pisquei e o entreguei.

Prof o pegou e me dispensou com um aceno.

Fui rápido em obedecer. Recuei, apoiando-me na mesa e tentando relaxar meus nervos tensos.

– Situação estável – Megan informou, parecendo aliviada. – Alarme falso. Abraham, está pronto?

– Sim. Vou dar um sinal.

– Prossigam – Cody sussurrou.

As luzes se apagaram de novo, fazendo Prof xingar. Fechei os olhos. Esse era o momento. Thia estaria atrás das portas?

– Entramos – Abraham informou. – Os dois guardas caíram. Mortos, infelizmente.

Eu exalei suavemente enquanto Megan restaurava as luzes. Dois guardas mortos. O protocolo Executor era minimizar coisas assim, já que Prof sempre dissera que não chegaríamos a ponto de matar nossa própria gente. Os guardas não eram inocentes; implicitamente haviam aprovado a captura de Thia e, provavelmente, a sua tortura. Mas, no fim, duas pessoas normais – tentando sobreviver nesse mundo novo e terrível – estavam mortas por nossa causa.

Que o prêmio valesse o preço.

– Thia? – sussurrei.

– Está aqui – Mizzy respondeu. – Abraham está libertando-a das amarras. Não parece tão mal.

Pouco tempo depois, uma voz feminina familiar falou na linha.

– Uau. Vocês slontzes realmente conseguiram.

– Como você está? – perguntei, trocando um olhar aliviado com Megan.

– Ele disse que alguns membros da equipe dele estavam "ficando impacientes" e me amarrou para eu pensar sobre minhas respostas. Mas não me feriu. – Ela hesitou. – Ainda há muito de Jon nele. Eu não tinha pensado que… quer dizer…

– Eu sei – eu disse, virando-me para observar Prof interagir com seus Épicos, embora eu não estivesse no ângulo certo para ouvir o que ele dizia.

– Quase acreditei nele, David. Quase acreditei que não tinha se transformado, que tudo isso era parte de uma trama necessária para combater os Épicos…

– Ele sabe o que dizer – eu disse a ela. – Não está totalmente perdido, Thia. Vamos trazê-lo de volta.

Ela não respondeu enquanto eu e Megan nos dirigimos para os elevadores. Se alguém nos questionasse, eu fingiria estar doente e pegaríamos a próxima leva descendo. Eles não nos checariam em relação à lista de convidados lá embaixo, como fariam se tivéssemos tentado subir por esse caminho.

Subida fácil, descida fácil. Quase senti que tinha vadiado nessa missão, com Abraham e Mizzy fazendo o trabalho difícil.

– Objetivo atingido – eu disse. – Extração total, pessoal.

– Já têm os dados? – Thia perguntou.

– Dados?

– Dos computadores de Jon.

– Não – respondi. – Viemos por você, não por eles.

– E eu o agradeço por isso. Mas, David, eu falei com Jon e tirei algumas coisas dele. Estávamos certos. Realeza deixou um plano para Jon seguir. Ele está aqui a mando dela. Vir a Ildithia é parte de algum plano maior. E nós *precisamos* descobrir o que é.

– Eu concordo, mas... espere.

Atrás de mim, o salão subitamente ficou em silêncio. A mão de Megan se apertou no meu braço e nós nos viramos.

Prof tinha se erguido, silenciando todos ao seu redor.

Thia começou a objetar ao que eu dissera, mas eu a cortei.

– Tem algo errado. O que vocês fizeram?

– Nada – Mizzy respondeu. – Só saímos do quarto de Thia. Estamos a caminho do poço do elevador.

Prof fez um gesto abrupto na direção dos elevadores, falando algo que não consegui entender. A urgência em seus movimentos era inconfundível.

– Abraham, Mizzy – eu disse –, vocês foram descobertos. Repito, vocês foram descobertos. Achem uma saída *agora*.

29

Fui em direção aos elevadores de convidados principais, mas fiquei surpreso quando Megan me segurou. Olhei para ela, que acenou para a equipe de lacaios de Prof. Eles se espremiam na mesma direção. Teriam prioridade; nós só receberíamos gritos para sair do caminho.

Escadas?, Megan perguntou sem emitir som.

Eu assenti com a cabeça. Elas ficavam no centro da câmara circular, então começamos a nos mover naquela direção, tentando não parecer suspeitos. Se a equipe de Abraham tinha sido vista, era ainda mais imperativo que Megan e eu permanecêssemos escondidos.

– Recuando para a saída de emergência – Abraham disse, ofegando. – Essas câmeras vão nos avistar. Mesmo se eles tiverem sido alertados, prefiro que não saibam em quais corredores estamos.

– Matando as luzes – informei. – Liguem a visão noturna.

– Entendido.

Desliguei as luzes com o celular, causando uma comoção geral no restaurante.

– O que o alertou? – Mizzy quis saber.

– Ele deve ter plantado algum tipo de escuta em mim – Thia disse. – Uma que se ativaria se eu deixasse meu quarto.

– Ele pode estar te rastreando! – exclamei.

– Eu sei – ela disse. – Não há nada que possamos fazer quanto a isso agora.

Eu me sentia tão impotente. Megan e eu nos aproximamos do círculo interno do salão, nos movendo para a escadaria.

– David – Thia disse –, os aposentos de Jonathan ficam neste andar. Vou levar Abraham e Mizzy e pegar esses dados. Podemos pegá-los durante o blecaute, eles nunca vão esperar que a gente vá por esse caminho.

Eu parei onde estava.

– Thia, não. Abortem. *Saiam daí.*

– Não podemos.

– Por quê? – perguntei. – Thia, você sempre foi a *cuidadosa* do grupo! Essa missão está indo pro inferno. Precisamos partir.

– Você entende o que há naqueles dados, não?

– Os planos de Realeza?

– Mais do que isso. Ela viu Calamidade. Realeza interagiu com ele, ou ela, ou o que quer que seja. Jon se gabou disso para mim. David, há *fotos.*

Faíscas. Fotos de Calamidade? Do Épico?

– Todos os segredos que estamos caçando podem estar naquele HD – Thia disse. – As respostas que passamos a vida procurando. Certamente você, entre todas as pessoas, consegue entender isso. Meu plano os trouxe até aqui; precisamos dar o último passo. Essas informações valem o risco.

Do ângulo onde estava, eu podia ver através de uma janela de vidro na borda exterior do prédio. Calamidade estava lá, é claro. Estava sempre lá, o buraco de bala dos céus. Calamidade... um Épico. O doador máximo? Encontraríamos respostas naquele ponto de luz brilhante? Descobriríamos por que tudo isso havia começado?

O significado dos Épicos... a verdade?

– Não, Thia – eu decidi. – Já fomos descobertos, e minha equipe está correndo sério perigo. Não podemos pegar essas informações agora. Deixe para depois.

– Estamos tão *perto* – ela retrucou. – Não vou desistir, David. Sinto muito. Essa equipe é minha e, como a Executora sênior, eu...

– Executora sênior? – Megan interrompeu. – Você nos abandonou.

– Diz a traidora.

Megan ficou tensa. Ela estava ao meu lado, e eu tinha uma mão no seu ombro, mas não conseguia vê-la direito. O salão estava completamente escuro, e os convidados tropeçavam em objetos, erguendo as vozes em confusão. Do outro lado do salão, um Épico explodiu em raios vermelhos, fornecendo um brilho ao lugar. Logo um segundo Épico começou a brilhar com uma luz azul mais tranquila.

– Thia – eu disse, tentando ser racional –, estou no comando dessa missão e estou dando a ordem de partir. Essas informações não valem arriscar minha equipe. Abraham, Mizzy, saiam daí.

Um silêncio mortal veio pela linha. Eu podia imaginá-los um andar abaixo, encarando Thia e considerando.

– Entendido, David – Abraham disse. – Equipe Descolada partindo.

Thia resmungou algo inaudível, mas não discutiu mais. Megan puxou meu braço, me guiando até a porta em direção à escada, que agora conseguíamos ver à luz de vários Épicos brilhantes. Infelizmente, com a queda de energia, a equipe de Prof estava reunida lá também e bloqueava o caminho.

– David? – Mizzy chamou na linha pouco tempo depois. – E vocês dois?

– Prossigam com o plano de retirada – respondi em voz baixa. – Temos identidades falsas, estamos a salvo aqui.

– Estamos prontos – Abraham informou. – Não precisaremos dos infláveis. Infelizmente, temos algo superior.

– Vão – Cody disse. – O caminho deve estar aberto.

Pensei ouvir uma janela sendo explodida lá embaixo, ou pelo menos sentir as vibrações.

– Paraquedas! – alguém no salão gritou. – Lá fora!

As pessoas correram até as janelas; Megan e eu recuamos. Os Épicos de Prof nos empurraram para chegar a uma janela, então a loira que achei reconhecer acenou para diversos guardas. Ela olhou para Prof, que estava em pé com os braços cruzados, iluminado pelos Épicos brilhantes ao seu redor. Ele assentiu.

– Derrubem-nos – a mulher ordenou, apontando.

Os guardas começaram a atirar. A janela estourou em meio à cacofonia dos tiros dentro do salão. Eram como bombinhas, se elas tivessem sido grampeadas à sua cabeça e enfiadas nos seus ouvidos.

As bocas das armas brilharam, iluminando o salão escuro como luzes estroboscópicas. Eu estremeci, me afastando enquanto os guardas enchiam o paraquedas de Abraham de buracos. Felizmente, a ação na janela havia atraído a atenção de todos naquela direção. Megan e eu conseguimos recuar para a escadaria no centro do salão.

– Os paraquedas caíram, senhor – a Épica loira disse, virando-se para Prof.

Não tínhamos muito tempo até que descobrissem que os paraquedas estavam presos aos corpos dos guardas mortos. Abraham, Mizzy e Thia usariam a distração para alcançar as portas dos elevadores, então utilizariam os ganchos para descer pelos cabos e sair do prédio.

– Estamos nos elevadores – Abraham disse.

– Vão! – Cody ordenou.

– Certo.

Esperei alguns instantes tensos.

– Chegamos ao segundo andar – Abraham disse por fim, arfando. – Estamos parando aqui.

– Foi uma descida e *tanto* – Mizzy acrescentou. – Tipo uma tirolesa, só que vertical.

– Pelo menos o gancho não quebrou no meio do caminho – observei.

– O quê? – Mizzy perguntou.

– Nada.

– David – Abraham disse, controlado outra vez. – Temos um problema. Thia não veio conosco.

– Ela o *quê*?

– Ela ficou lá em cima – Abraham respondeu. – Quando pulamos no poço do elevador, ela correu para o outro lado.

Para o quarto de Prof. *Sombra de Calamidade*, a mulher era teimosa. Depois de todo o nosso trabalho, ela seria morta.

– Continue sua retirada – eu disse. – Thia está por conta própria agora. Não há nada que possamos fazer.

– Entendido.

Depois de todo o trabalho que tivemos para resgatá-la, ela faz *isso*. Parte de mim não podia culpá-la; eu estava tentado por aquelas informações também. O resto de mim se sentia furioso com ela por me forçar a uma posição em que eu tinha que decidir deixar um membro da equipe para trás.

As luzes de repente se acenderam outra vez.

O chão se moveu subitamente sob as mesas de jantar – Megan e eu, perto do centro, estávamos na porção que não girava. À nossa esquerda, um Épico baixo e careca da equipe de Prof se aproximou do centro, triunfantemente erguendo o dispositivo de amortecimento que havíamos ligado ao gerador.

Prof olhou para ele, então gritou:

– Eles estão aqui! Guardem os elevadores e as escadas! Apagão, varra o salão!

Apagão... Esse era um nome que eu reconhecia.

– Ah! – Cody exclamou. – Certo, Apagão. Encontrei aquela Épica pra você, David. Desculpe, moço. Tinha aqui em mãos enquanto tudo ia para Gales numa cesta. Apagão. O poder dela...

– ... é desfazer as habilidades de outros Épicos – sussurrei. – Causar um curto-circuito por um segundo.

Um flash de luz pulsou pelo salão. Naquele momento, virei-me e vi Megan me encarando. Não o rosto falso que ela criara, mas a Megan de verdade. Por mais linda que ela fosse, era a última coisa que eu queria ver.

Nossos disfarces haviam sumido.

30

Bem ou mal, meu tempo com os Épicos tinha consideravelmente me ensinado a lidar com surpresas. Fui quase tão rápido quanto Megan ao sacar minha pistola.

Nós nos movíamos por instinto; nenhum de nós atirou em Prof, apesar disso Megan derrubou três guardas armados que estavam atirando pela janela. Para compactas, nossas pistolinhas se comportaram bem.

Eu atirei em Apagão.

Ela morreu bem mais facilmente que a maioria dos Épicos que eu já matara — na verdade, vê-la desabar com um borrifo de sangue quase me surpreendeu mais que perder nossos disfarces. Eu me acostumara com o fato de Épicos serem excepcionalmente durões; às vezes era difícil lembrar que a maioria deles só tinha um ou dois poderes, não todo um conjunto.

Prof rugiu de indignação. Eu não ousei olhar para ele; o homem já era intimidador o bastante quando *não estava* tentando atirar em mim. Em vez disso, corri para a porta aberta que levava às escadas e atirei no Épico surpreso além dela.

Megan me seguiu.

– Abaixe! – ela gritou quando as pessoas no salão sacaram suas armas. Algumas atiraram.

Eu me lancei através da porta. Ninguém no salão deu mais de dois ou três tiros antes que uma explosão balançasse o lugar, rachando as paredes de pedra de sal e fazendo chover poeira.

Eu tossi, piscando para retirar o sal dos olhos, e me ergui com esforço. Aquilo fora uma das granadas de Megan. Consegui agarrar a mão estendida dela enquanto descíamos os degraus a alta velocidade.

– Faíscas – ela disse –, não acredito que estamos vivos!

– Apagão – eu expliquei. – O poder dela anula poderes Épicos, especificamente usos externos, como os campos de força de Prof. Aquela rajada de poder o deixou momentaneamente incapaz de nos prender.

– Será que podíamos ter...

– Matado Prof? – completei. – Não. Apagão teria sido executada por um Alto Épico ou outro há muito tempo se seus poderes fossem tão fortes. Ela não consegue... ou, bem, não conseguia... remover as proteções inatas dos Épicos, só interromper manifestações por um segundo ou dois. Campos de força, ilusões, esse tipo de coisa.

Megan assentiu. A escadaria estava escura – ninguém tinha pensado em pendurar luzes aqui –, mas ouvimos quando pessoas começaram a nos seguir. Megan recuou contra a parede, erguendo os olhos. Eu podia distinguir seu perfil pela luz que vinha de cima.

Assenti à pergunta silenciosa dela quando olhou para mim. Precisávamos de tempo para planejar, e isso significava reduzir a pressão sobre nós. Ela puxou outra minigranada da coxa, a ativou e jogou para cima.

A segunda explosão fez rolarem pedaços de pedra de sal sobre nós e pareceu ter quebrado uma seção inteira de degraus acima. Acenei para ela e olhamos para a escada. De jeito nenhum conseguiríamos descer setenta andares e não ser esperados no térreo. Precisávamos de outra saída.

– David? – A voz de Cody. – Vi algumas explosões aí em cima. Vocês estão bem?

– Não – respondi na linha –, fomos comprometidos.

Abraham xingou baixinho em francês.

– Deixamos o equipamento reserva aí, David. Onde vocês estão?

Abraham e Mizzy haviam trazido grampos de escalada, para o caso de haver mais prisioneiros além de Thia – ou no caso de Megan e eu nos unirmos a eles. Os parâmetros da missão exigiam que o equipamento de emergência fosse deixado para trás, por garantia.

– Estamos ao lado da porta do 70º andar – eu disse. – Onde está o equipamento?

– Uma mochila preta – Abraham respondeu – escondida na saída de ar perto da porta de serviço. Mas, David, esse andar estava se enchendo de guardas quando saímos.

Também seria o mesmo andar onde Thia escapara para ir atrás dos dados de Prof. Eu não tinha certeza se conseguiria salvá-la. Faíscas, a essa altura, não tinha certeza nem se conseguiria *me* salvar.

– As linhas de rádio ficaram em silêncio depois que Abraham foi visto – Cody disse. – Eles devem ter algum sinal seguro que usam em emergências. E não vão usar os celulares da Falcão Paladino, pode apostar seu kilt nisso.

Maravilha. Bem, pelo menos, com aquela mochila, Megan e eu tínhamos uma chance. Com as costas na parede ao lado da porta do 70º andar, peguei meu celular. Sua luz nos banhou enquanto examinávamos o mapa do andar que Cody prestativamente enviara. Estávamos marcados com um ponto verde; o elevador, vermelho.

Aquele ponto vermelho estava a meio prédio de distância de nós. Ótimo. Eu decorei a rota – notando onde ficavam os aposentos de Prof. Passaríamos perto deles, por um corredor logo do lado de fora de sua suíte.

Olhei para Megan e ela concordou com a cabeça. Abrimos a porta e Megan pulou para fora, empunhando a pistola e checando à direita e à esquerda. Eu segui, vigiando o corredor da direita enquanto ela esquadrinhava o da esquerda. Uma série de lâmpadas pendiam do teto, revelando ondas absurdamente lindas de sal vermelho através das paredes pretas e cinza. Parecia um pombo em chamas.

Eu exalei. Nenhum guarda, por enquanto. Continuamos pelo corredor da esquerda, passando por portas fechadas que eu sabia que levavam a apartamentos suntuosos. Quando atingimos o fim do corredor, me sentia otimista sobre nossas chances. Talvez todos os outros guardas tivessem sido chamados para procurar em outros andares ou para proteger Prof, lá em cima.

Então a parede cerca de 3 metros à nossa frente se desintegrou.

Tropeçamos para trás quando o vento noturno passou pelo novo buraco na parede externa do prédio, soprando mais poeira de sal a setenta andares de altura. Ergui minha mão contra o sal, piscando.

Prof pairava lá fora sobre um disco verde cintilante. Ele deu um passo e entrou no prédio, os pés amassando a poeira de sal. Megan xingou, recuando e apontando a arma. Eu permaneci em posição e examinei o rosto de Prof, esperando ver algum sinal de afeto; piedade, até. Só encontrei escárnio.

Ele ergueu as mãos para o lado, convocando lanças de luz verde – lanças de campo de força – para nos perfurar. Naquele momento, senti algo inesperado.

Pura raiva.

Raiva de Prof por não ser forte o bastante para resistir à escuridão. A emoção estivera escondida dentro de mim, guardada atrás de uma série de racionalizações: ele havia salvado Babilar. Realeza o manipulara e causara sua queda. As coisas que ele fizera não foram sua culpa.

Nada disso me impediu de ficar bravo – *furioso* – com ele. Era para Prof ser melhor que isso. Era para ele ser invencível!

Algo estremeceu dentro de mim, como um antigo leviatã se mexendo no sono em sua toca de água e rocha. Os pelos dos meus braços se arrepiaram e meus músculos se retesaram, como se eu estivesse me esforçando para erguer algo pesado.

Olhei nos olhos de Prof e vi minha morte refletida ali, e algo dentro de mim disse *não*.

Essa sensação de confiança desapareceu em um segundo, substituída por puro terror. Nós morreríamos.

Pulei para o lado, desviando de uma lança de luz. Rolei enquanto Megan se encostava outra vez na parede, conseguindo desviar de outra lança afiada de campo de força.

Tentei correr pelo corredor, mas bati de frente com uma parede verde brilhante. Grunhi e, quando me virei, encontrei Prof me estudando com um olhar de desdém. Ele ergueu a mão para me destruir.

Algo pequeno o atingiu em um dos lados da cabeça. Ele se assustou e se virou, então outro objeto bateu em sua testa. Balas?

– É isso aí – Cody disse na linha. – Vocês viram isso? Quem acertou um cara a 900 metros de distância? Eu mesmo!

As balas não penetraram os poderes defensivos de Prof, mas pareceram irritá-los. Eu corri até Megan.

– Tem algo que você possa fazer?

– Eu...

Um campo de força surgiu e cercou tanto Megan quanto eu, além de arrancar um bom pedaço do chão de pedra de sal. Faíscas. Era o fim. Seríamos esmagados como Val e Gegê.

Estendi a mão para Megan, querendo segurá-la quando acontecesse. Ela, no entanto, assumiu uma expressão concentrada, os dentes cerrados e os olhos abertos, mas sem enxergar.

O ar tremeluziu. Então *outra pessoa* surgiu dentro do globo conosco.

Eu pisquei, surpreso. A recém-chegada era uma adolescente ruiva com o cabelo curto, rente à cabeça. Ela usava calça jeans e uma jaqueta jeans velha. Ofegou, assustada, e olhou para o globo de força que nos cercava.

Prof fechou a mão num punho para fazer o globo encolher, mas a jovem estendeu as mãos para os lados. Senti uma *vibração*, como uma voz sem som. Eu conhecia esse som. Os tensores?

O campo de força de Prof se desintegrou, nos jogando no chão. Perdi o equilíbrio, mas a mulher aterrissou suavemente, de pé. Eu estava totalmente perplexo, mas vivo. Aceitaria essa troca. Agarrei Megan, puxando-a para longe da garota.

– Megan? – sibilei. – O que você fez?

Ela continuou a encarar o vazio.

– Megan?

– Shhh – ela disse, ríspida. – Isso é difícil.

– Mas...

Prof inclinou a cabeça.

A garota deu um passo à frente.

– Pai? – perguntou.

– *Pai?* – repeti.

– Não consegui encontrar uma versão não corrompida dele em uma realidade próxima o bastante – Megan murmurou. – Então trouxe o que *consegui* encontrar. Vamos ver se seu plano funciona.

Prof examinou sua "filha" com uma expressão contemplativa, então fez um aceno com a mão e convocou outro campo de força ao redor de Megan. A garota o destruiu num segundo, estendendo as mãos e liberando uma rajada de poder.

– Pai – a garota disse. – Como você está aqui? O que está acontecendo?

– Eu não tenho uma filha – Prof respondeu.

– O quê? Pai, sou *eu*, Tavi. Por favor, por que...

– Eu não tenho uma filha! – Prof rugiu. – Suas mentiras não vão me enganar, Megan! Traidora!

Ele abriu os braços e lanças de luz verde apareceram em suas mãos, na forma de cacos de vidro. Ele as jogou no corredor em nossa direção, mas Tavi acenou, libertando uma torrente de poder. Aquilo *era* o poder dos tensores – quando Tavi destruiu as lanças de luz, vaporizou a parede ao nosso lado também. Ela virou pó.

Uma série de lanças azul-esverdeadas apareceu ao redor de Prof, e também de Tavi. Faíscas! Ela tinha o mesmo portfólio de poderes que ele.

Os olhos de Prof se arregalaram. Aquilo era medo em sua expressão? Preocupação. Megan não trouxera uma versão dele para este mundo, mas isso aparentemente era próximo o bastante. Sim, ele estava com medo dos poderes dela. Dos poderes *dele*.

Enfrente seus medos, Prof, pensei, desesperado. *Não fuja! Lute!*

Ele rugiu de frustração, acenando as mãos na frente do corpo, destruindo uma faixa longa do corredor e mandando uma onda de poeira de sal sobre nós. Campos de força surgiram com clarões – cacos de luz que atacavam Tavi, paredes que se fechavam para esmagar, uma cacofonia de destruição.

– Isso! – exclamei. Ele não estava fugindo.

Então, infelizmente, o chão desapareceu sob mim.

31

A onda de poder destrutivo de Prof acabou logo que me atingiu e, embora eu tivesse caído no buraco no chão, consegui agarrar a beirada. Megan se ajoelhava ali ao lado, indiferente ao buraco que se abrira ao lado dela.

Embora a queda fosse de cerca de 3 metros, era um pouco alto demais para eu querer arriscar. Comecei a me puxar para cima.

– David – a voz de Thia disse subitamente no meu ouvido. – O que está fazendo?

– Tentando não morrer – resmunguei, ainda pendurado. – Você ainda está no 70º andar?

– Nos aposentos de Jon, tentando entrar no escritório dele. Consegue cortar a energia para mim, talvez? Há uma fechadura eletrônica na porta de segurança aqui.

Uma onda de tensor zumbiu acima e ouvi um gemido agourento do teto.

– Não temos mais o amortecedor – eu disse, me erguendo e me encontrando numa zona de guerra. – E temos problemas maiores que entrar nos aposentos de Prof. Ele está *aqui*.

– Faíscas! – Thia exclamou. – O que está acontecendo? Você está bem?

– Sim e não.

Nos momentos em que eu estive fora de ação, Prof e Tavi haviam derrubado as paredes que separavam quartos e criado um campo de batalha muito maior. Eles trocavam rajadas de luz e poder de tensor, criando rachaduras e crateras no chão.

O teto não aguentaria muito mais tempo. Procurei Megan, que estava ajoelhada ao lado dos restos de uma parede. Ela sibilou por entre dentes cerrados, assistindo ao confronto sem piscar. Dei um passo na direção dela, mas, quando olhou para mim, seus lábios se curvaram, os dentes apertados. Ela rosnou.

Ah, não.

Isso era perigoso. Ela tinha puxado coisas demais para o nosso mundo, rápido demais.

Mas, faíscas, estava *funcionando*. Prof recuava pelo corredor diante de um ataque de Tavi – lanças voadoras de luz azul, que ele conseguiu vaporizar com seu poder de tensor. A parede externa à sua esquerda estava em pedaços e o vento entrava uivando por ela. À direita, quartos estavam pontilhados com buracos, o chão e as paredes quase completamente destruídos.

Eu me lancei na direção de Megan quando o teto à direita de Prof desmoronou. Piscando – faíscas, todo aquele sal fazia um arranhão que eu tinha no braço *arder* –, eu vi lanças de luz verde arremessadas na direção de Tavi, sua luz iluminando a poeira que os cercava. Ela desviou, por pouco.

Prof havia perdido seu ar de confiança inabalável; estava suando e xingando enquanto lutava e – para a minha surpresa – eu vi alguns arranhões em seu braço.

Eles, porém, não estavam sarando.

Os poderes dela de fato anulavam os dele. Mas por que ele não tinha ficado bom? Não estava confrontando seus medos?

– David – Thia chamou, ansiosa. – Parece que o *prédio inteiro* está caindo. Você está bem?

– Por enquanto. Thia… Megan convocou uma versão dele de outro mundo. Alguém com os mesmos poderes. Eles estão lutando.

– Faíscas! – Thia xingou na linha. – Vocês são loucos. – Ela ficou em silêncio por um momento enquanto eu encarava Prof, boquiaberto e maravilhado pelo uso de poder. – Tudo bem – Thia disse por fim, parecendo relutante. – Vou até você.

PARTE 3

– Não – retruquei. – Fique escondida. Não há nada que você possa fazer. Não há nada que *qualquer um de nós* possa fazer.

Olhei para Megan, que continuava rangendo os dentes, e dei um passo em sua direção.

Ela me lançou um olhar furioso.

– Fique longe, David – rosnou. – Só... fique longe.

Eu parei, suspirei e corri pelo corredor – na direção de Prof e Tavi. Idiota, talvez, mas eu precisava ver isso. Passei pelo quarto onde o teto desabara à direita, então alcancei os dois combatentes. O corredor virava aqui, mas eles continuaram em frente, vaporizando a parede e entrando em uma suíte luxuosa.

Prof liberou uma onda de poder de tensor sobre Tavi, derretendo mesas e cadeiras e atingindo-a com toda a força. Os botões na camisa dela se desintegraram até virar pó, embora a camisa não. Só materiais não orgânicos densos eram afetados.

Os campos de força de Tavi desapareceram. Ela pulou em busca de cobertura, desviando por pouco de lanças de luz. Três segundos se passaram antes que conseguisse convocar um campo de força para bloquear as rajadas seguintes. Estava *funcionando*. Ela parecia ter a mesma fraqueza de Prof: os próprios poderes, empregados por outra pessoa. Ser atingida pelos tensores anulava suas habilidades por um tempo, assim como o fogo fazia com Megan.

Eu podia fazer algo? Explicar isso a ela? Dei um passo à frente, então hesitei quando o ar se distorceu perto de mim.

Fui puxado para uma visão momentânea de outro mundo: Tormenta de Fogo sobre um telhado, as mãos fechadas ao lado do corpo, o fogo se erguendo de seus punhos. Um céu noturno. Ar frio pontuado por rajadas de fogo do Épico.

A visão passou e eu me encontrava no campo de batalha no arranha-céu outra vez. Eu me afastei do ponto onde o ar se distorcia, então me escondi atrás de uma parede de pedra de sal quebrada, fora do quarto em que Prof e Tavi lutavam. Algumas lanças de luz passaram por ali, se cravando na parede acima de mim como garfos num bolo.

Agora que eu sabia para onde olhar, notei outros lugares em que o ar girava e se deturpava. Eles pontilhavam os corredores e quartos; os poderes de Megan estavam rasgando nossa realidade e entrelaçando-a com a de Tormenta de Fogo.

Isso parecia uma ideia muito, muito ruim.

As luzes se reduziram de repente, então se apagaram – e em seguida, quase imediatamente, se acenderam outra vez. Prof e Tavi nem pausaram em sua disputa, mas notei que a jovem parecia muito mais extenuada que ele. Ela suava, com os dentes cerrados, e lágrimas escorriam pelo rosto, lavando a poeira de sal presente ali.

– Faíscas – Thia xingou na linha. – Ainda não consegui passar por essa porta. Jon tem um gerador reserva no quarto, em algum lugar. Ele ligou quando eu cortei os fios; consigo ouvi-lo zunindo lá dentro.

– Você ainda está nessa? – perguntei.

– Não vou só ficar *esperando* aqui – ela respondeu. – Se ele está distraído, então...

Ela se interrompeu quando Prof liberou uma onda de poder de tensor – com o propósito de bloquear um vasto campo de força – e explodiu a parede da suíte em que lutava. A parede desmoronou, revelando outra suíte mais além – onde Thia estava ajoelhada no chão.

Ela xingou e se escondeu atrás da parede quebrada.

– Não achei que tivessem chegado tão longe! – ela disse na linha. – Espere. Essa garota parece familiar. É...

Ah, não...

– Moço – Cody disse na linha –, não consigo ver o que está acontecendo aí em cima. Vocês estão *lutando* com ele de alguma forma?

– Mais ou menos – respondi, tirando minha arma do coldre. Prof estava consumido pelo conflito com Tavi. Um espeto de luz atingiu a garota, atravessando seu braço e borrifando sangue na parede em uma cena medonha. Ela caiu de joelhos e instantes depois o ferimento começou a sarar. Em seguida, desviou de outras lanças de luz com poder de tensor, apertando o braço, então cambaleou e se ergueu, a pele cicatrizada, o sangue estancado.

Ainda escondido perto do buraco no quarto, eu a encarei, boquiaberto. Ela havia sarado. E seus poderes tinham voltado muito mais rápido que os de Megan depois que ela encostava no fogo.

Como Edmund. A fraqueza dela não a afeta tanto quanto Prof ou os outros. Talvez ela tenha enfrentado seus medos, e os superado há muito tempo?

Prof ainda tinha os cortes de onde ela o acertara. Mas eu não podia deixar de sentir que não estava entendendo algo *importante* sobre a natureza dos poderes e das fraquezas. Prof lutava com ela. Isso não significava que estava enfrentando o próprio medo? Por que ele continuava tão obviamente consumido pela escuridão?

Dentro do quarto e através da parede quebrada a oeste, Thia finalmente conseguiu entrar no escritório de Prof. Eu mal consegui vê-la passar por um gerador como o que tínhamos encontrado acima. Ela se sentou à mesa dele e começou a trabalhar furiosamente no computador.

Mas Tavi... pobre Tavi. Eu não a conhecia, mas meu coração se apertou ao vê-la ser repelida pelas rajadas de poder de Prof. Ela ainda lutava, mas era obviamente menos experiente em combate do que ele.

Eu me ergui, segurando minha pistola nas duas mãos. Sobre o ombro, vi Megan se aproximando pelo corredor, chorando, seu rosto uma máscara de dor e concentração.

Eu tinha que pôr um fim a isso. Além de não estar funcionando, estava destruindo Megan. Apontei a arma para Prof enquanto ele se encontrava focado em Tavi; exalei e me concentrei. Esperei uma onda do poder de tensor de Tavi passar sobre ele, destruindo um campo de força.

Então atirei.

Não sei dizer se desviei de propósito ou se foi um efeito do chão tremendo. O teto aqui estava se tensionando como o do outro quarto; paredes demais tinham sumido.

De toda forma, meu tiro acertou Prof ao lado do rosto em vez de perfurar diretamente sua testa. A bala arrancou um pedaço da sua bochecha, borrifando sangue. As proteções de campo de força inatas dele estavam inativas. Talvez eu pudesse tê-lo matado.

O momento passou. Prof ergueu uma parede de campo de força atrás de si para evitar outros tiros – um gesto quase distraído, como se eu fosse uma preocupação menor. Calamidade... e se ele matasse Tavi? Nós a tínhamos puxado de sua realidade e a lançado em nossa guerra. Olhei de novo para Megan.

Fogo, pensei. Era outro jeito de acabar com isso. Enfiei a mão no bolso, procurando meu isqueiro. Onde estava? Eu nem percebera como minhas roupas tinham ficado esfarrapadas, o terno elegante coberto de sal, as calças sociais rasgadas. Não conseguia encontrar o isqueiro; tinha perdido em algum lugar.

No entanto, encontrei outra coisa no bolso. Um pequeno cilindro. A incubadora de amostras de tecido de Falcão Paladino.

Olhei para cima, na direção de onde atirara em Prof. Eu arriscava? Megan aguentaria mais um pouco?

Tomei minha decisão e corri através da sala, me esquivando ao redor do campo de força e saltando sobre os restos de um sofá que estava meio derretido pelo tensor. Isso me colocava no meio da batalha, com Prof e Tavi lutando perto do bar do quarto luxuoso. Ondas de poeira passaram sobre mim, entrando em meus olhos. Sal entrou na minha boca, me fazendo engasgar. O piso balançou e me lancei ao chão, rolando para longe quando uma rajada de tensor invisível criou um buraco grande ali perto. Poeira chovia de um buraco no teto.

Eu me ergui, passando muito próximo de Prof enquanto me dirigia à mancha de sangue no chão. Ele virou para mim com os olhos arregalados de fúria. Faíscas, faíscas, *faíscas!*

Derrapei pelo chão e – na mancha sangrenta – encontrei um pedaço de pele que se soltara da bochecha dele. Ele já havia sarado do tiro. Aparentemente os cortes continuavam incuráveis só se ele fosse atingido por uma das lanças de luz. Um ferimento comum começaria a sarar assim que seus poderes se recuperassem.

Guardei o pedaço de carne no dispositivo de Falcão Paladino, aterrorizado demais para me preocupar com a morbidez daquilo. Prof convocou lanças de luz, uma dúzia ou mais. Então rugiu e as lançou em minha direção.

Eu me joguei de lado.

Diretamente para uma das ondas oscilantes no ar.

32

Dessa vez eu não caí 6 metros depois de passar para o outro mundo, o que era uma evolução. Em vez disso, rolei sobre um telhado numa área silenciosa da cidade. Não era um arranha-céu, só um prédio comum, embora alto.

Nada estava se dissolvendo, não ouvi tiros, e havia uma ausência completa do zunido desconcertante do poder de tensor de Prof. Só havia o céu noturno sereno. Lindo... sem nenhum ponto vermelho me encarando lá de cima.

Fiquei deitado, apertando a amostra de tecido, e olhei para o céu, respirando fundo algumas vezes para me acalmar. Aquilo devia ser uma das coisas mais loucas que eu já fizera, e minha vida até então tinha estabelecido padrões bem altos.

– Você – disse uma voz atrás de mim.

Rolei para assumir uma posição ajoelhada, segurando as células de Prof num punho enquanto erguia a pistola com o outro. Tormenta de Fogo pairava ao lado do telhado, aceso e ardendo, a pele e as roupas consumidas pelas chamas oscilantes. Balas não podiam ferir um Épico de fogo; elas simplesmente derreteriam. Eu havia trocado uma situação mortal por outra?

Tenho que enrolar até ser puxado de volta para o meu próprio mundo, pensei. No entanto... quanto tempo eu ficaria ali, se Megan não estivesse ativamente tentando me puxar de volta? Eu não podia ter caído ali pra sempre, podia?

Tormenta de Fogo estava inescrutável, sua aura de calor e chamas distorcendo o ar ao seu redor. Finalmente, ele subiu no telhado e, para minha surpresa, as chamas enfraqueceram. Suas roupas emergiram, uma jaqueta sobre uma camiseta justa e uma calça jeans. O fogo continuou a arder em seus braços, mas estava baixo, como as últimas chamas de uma fogueira antes de se entregar às brasas. Seu rosto estava igual ao das outras vezes que eu o vira.

– O que fez com Tavi? – ele quis saber. – Se a machucou...

Umedeci os lábios, que estavam extremamente secos e salgados.

– Eu... – Outra vez, a moralidade do que fizéramos me atingiu na cabeça, como o punho da merendeira da Fábrica depois que eu tentava roubar um muffin a mais. – Ela foi puxada para o meu mundo.

– Então Thia *está* certa. Vocês estão ativamente tentando nos puxar para sua dimensão? – Ele veio em minha direção, o fogo crescendo outra vez. – Por que estão fazendo isso? O que está tramando?

Tropecei para trás no telhado.

– Não é isso! Ou, pelo menos, nós não sabíamos... Megan não sabia, no começo... quer dizer, nós...

Eu não fazia ideia do que estava tentando dizer.

Felizmente, Tormenta de Fogo parou, reduzindo as chamas outra vez.

– Centelhas, você está aterrorizado. – Ele respirou fundo. – Olha, consegue trazer Tavi de volta? Estamos no meio de uma coisa. Precisamos dela.

– Thia... – eu disse, abaixando a arma quando compreendi. – Espere. Você é um dos Executores?

– É por isso que você fica me puxando para o seu mundo? – ele perguntou. – Não há uma versão minha nele?

– Eu... acho que você é uma garota – respondi. *E está me namorando.* Eu havia notado as semelhanças antes; Tormenta de Fogo era loiro e tinha um rosto que, se você ignorasse os traços masculinos, lembrava o de Megan.

– Sim... – ele disse, assentindo. – Eu a notei. É ela que me puxa. Estranho pensar que posso ter uma irmã em outro lugar, outro mundo.

Um clarão se inflamou num prédio próximo – um prédio alto e redondo. A Torre Afiada? Pela primeira vez, percebi que ainda estava no mesmo distrito de Ildithia. Mas fora da torre, no topo de um prédio como aquele onde Cody se posicionara.

Tormenta de Fogo virou na direção da explosão e xingou.

– Fique aqui – ele ordenou. – Lido com você depois.

– Espere – eu disse, me erguendo às pressas. Aquele clarão... parecia familiar. – Obliteração. Aquela luz foi causada por Obliteração, não foi?

– Você o conhece? – Tormenta de Fogo perguntou, se virando para mim.

– Sim – confirmei, tentando entender o que estava vendo. – Podemos dizer que conheço. Por que...

– Espere – ele disse, erguendo a mão ao ouvido. – Sim, eu vi. Ele foi para a Torre Afiada. Você tinha razão. – Ele estreitou os olhos, olhando para o prédio mais alto. – Eu quero atacar. Não ligo se ele está tentando me atrair, Thia. Temos que enfrentá-lo uma hora.

Hesitantemente, fui até Tormenta de Fogo, que estava na beirada do prédio. Havia muita coisa diferente aqui, mas muito era igual. Obliteração, a própria Ildithia. *Thia*, aparentemente? E Tavi... sua filha?

O clarão de calor de Obliteração retornou, um calor profundo e pulsante. O sal não pegava fogo, mas Obliteração continuava irradiando-o. Sombras se moviam ali em cima. Estreitei os olhos e então vi figuras – silhuetas contra as chamas – pularem das janelas.

– Pontos! – Tormenta de Fogo exclamou. – Thia, há pessoas aqui em cima. Pulando para evitar o calor que ele está criando. Eu vou pra lá.

Tormenta de Fogo se acendeu e disparou, deixando um rastro no ar – embora eu pudesse ver que ele não alcançaria as pessoas a tempo. Estava longe demais e elas caíam rápido demais. Senti uma pontada no coração. Que decisão terrível: ser queimado por Obliteração ou cair para a morte? Eu queria desviar os olhos, mas não conseguia. Aquelas pobres almas.

Mais alguém pulou de um apartamento no topo do prédio em chamas. Uma figura com mãos cintilantes – uma forma magnífica que se lançou para baixo, arrastando uma capa prateada atrás de si. Como um meteoro, ele criou um rastro de luz brilhante e poderosa enquanto se lançava na direção das pessoas em queda. Perdi o fôlego quando apanhou a primeira pessoa, então a segunda.

Cambaleei para trás. *Não.*

Tormenta de Fogo deu meia-volta e aterrissou perto de mim outra vez.

– Não importa – ele disse a Thia, as chamas parcialmente apagadas. – Ele chegou a tempo. Eu devia saber. Quando ele já se atrasou?

Eu conhecia aquela figura. Roupas pretas. Físico poderoso. Mesmo a distância, mesmo na escuridão da noite, eu *conhecia* aquele homem. Passara minha vida estudando-o, assistindo-o, caçando-o.

– Coração de Aço – sussurrei. Eu me sacudi, então agarrei Tormenta de Fogo, esquecendo totalmente que ele estava em chamas. Felizmente, elas desapareceram com o contato, e não me queimei. – Coração de Aço está *ajudando* vocês?

– É claro – Tormenta de Fogo respondeu, franzindo o cenho.

– Coração de Aço... – eu repeti. – Coração de Aço não é *mau*?

Ele ergueu uma sobrancelha para mim como se eu tivesse ficado louco.

– E nada de Calamidade – eu disse, olhando para o céu.

– Calamidade?

– A estrela vermelha! – exclamei. – A que trouxe os Épicos!

– Invocação? – ele perguntou. – Desapareceu um ano depois de chegar; sumiu há uma década.

– Você sente a escuridão? – eu quis saber. – A ânsia para o egoísmo que atinge todos os Épicos?

– Do *que* está falando, Charleston?

Não havia Calamidade, não havia escuridão... um Coração de Aço *bom*.

Faíscas!

– Isso muda tudo – sussurrei.

– Olha, eu já falei que você precisa encontrá-lo – Tormenta de Fogo disse. – Ele se recusa a acreditar no que eu vi, mas *precisa* falar com você.

– Por que eu? Por que ele se importa comigo?

– Bem – Tormenta de Fogo disse –, ele o matou.

No meu mundo, eu o matei. Aqui, ele me matou.

– Como aconteceu? Eu tenho que...

Então senti um puxão. Um brilho no ar.

– Estou indo – eu disse, começando a desaparecer. – Não consigo evitar. Vamos mandar Tavi de volta. Diga a ele... diga que eu retornarei. Eu tenho que... descobrir o que aconteceu aqui – terminei, mas Tormenta de Fogo tinha sumido. O telhado tinha sumido. Em seu lugar havia um quarto de poeira e luz cintilante. Dois Épicos em batalha. Eles tinham se movido para o corredor outra vez, desviando dos aposentos de Prof. Isso os colocava à minha direita, onde a maior parte das paredes do corredor sumira.

Guardas haviam chegado na minha ausência e se posicionado no canto no corredor, perto de onde eu estava me escondendo. Tinham se unido para atacar Tavi, atirando uma barragem pelo corredor na direção dela.

Nada de Calamidade...

Eu precisava contar a alguém! Avistei Thia com facilidade, trabalhando furtivamente numa estação de computadores perto do próximo quarto – à minha frente e um pouco à esquerda. Um punhado de sal se soltou sobre a minha cabeça e o teto gemeu.

Olhei para trás e vi Megan atravessando a suíte na minha direção. Ela andava reta, com propósito, a cabeça inclinada para trás e as mãos aos lados do corpo, cada dedo deixando para trás uma fenda na realidade. Uma Alta Épica em toda a sua glória.

Ela olhou para mim e *rosnou*.

Certo. Eu tinha um problema maior para resolver.

33

Fogo. Eu precisava de *fogo*.

Parecia uma ironia cruel que meros segundos antes eu estava ao lado de um homem literalmente feito de chamas, mas agora não conseguisse encontrar sequer uma fagulha.

Enfiei as células capturadas de Prof no bolso, então me ergui desajeitado e atravessei a suíte, tentando permanecer abaixado o máximo possível. Os guardas estavam recuando. Enquanto freneticamente procurava algum modo de criar uma chama, vi Tavi no corredor, de joelhos, cercada por diversas camadas de bolhas de luz. Presumivelmente a mais interior era a sua própria. Ela se encolhia ali com a cabeça inclinada, a pele coberta de poeira de sal e rastros de suor, tremendo.

Meu coração deu um salto, mas corri até Thia, torcendo para ela ter um isqueiro. Megan tentou me agarrar, mas desviei dela. O ar ainda ondulava ao meu redor. Tive vislumbres de outros mundos, de paisagens exóticas, de lugares onde essa planície se tornara uma selva. Outro onde era uma terra desértica e estéril de poeira e rocha. Vi exércitos de Épicos cintilantes e pilhas de mortos.

Uma porção grande do teto atrás de mim desmoronou, caindo com um estrondo de pedra raspando contra pedra. Isso afundou uma seção do chão e perdi o equilíbrio. Caí no chão e bati o ombro, derrapando no sal.

Quando finalmente parei, retirei a poeira dos olhos e tossi. Faíscas. Minha perna doía. Eu havia torcido o tornozelo na queda.

Os escombros se acomodaram e revelaram que a maior parte do chão da suíte desaparecera. Eu tinha acabado nos aposentos de Prof, perto de Thia, que se escondera ao lado da mesa, agarrando o celular com força no punho. Ele estava conectado por fios a um computador, que funcionava – assim como as lâmpadas que balançavam acima – graças ao pequeno gerador que zumbia no canto.

Megan não havia nem estremecido. Ela se virou em minha direção. Atrás dela, do outro lado do buraco no chão, os guardas de Prof chamaram uns aos outros e se puxaram dos destroços. À direita de Megan, Prof assomava sobre Tavi, que estava caída no chão. Seu campo de força tinha sumido. Ela se mexeu, mas não se levantou.

Megan encontrou meus olhos, as mãos erguidas à sua frente. Seus lábios estavam curvados num rosnado, mas ela sustentou meu olhar, então rangeu os dentes. Eu senti um apelo em sua expressão. Ainda deitado no chão quebrado, saquei minha arma do coldre, mirei e atirei.

No gerador.

Como o do andar giratório, ele tinha um tanque de gás. Não explodiu como eu esperava, mas as balas o perfuraram e as fagulhas conflagraram fogo, enviando jatos de chama para o alto.

As luzes imediatamente se apagaram.

– Não! – Thia exclamou.

Megan encarou o fogo e ele dançou nos olhos dela.

– Enfrente, Megan – sussurrei. – Por favor.

Ela foi na direção dele, como se atraída pelo calor. Então gritou e correu em frente, passando por mim e enfiando o braço nas chamas.

Megan desabou. Tavi desapareceu. As fendas no ar se encolheram e sumiram. Eu soltei um suspiro aliviado e consegui rastejar até Megan, arrastando meu pé dolorido atrás de mim.

Ela tremia, apertando o braço, que queimara gravemente. Eu a puxei para longe do gerador, caso ele se inflamasse de novo, e a segurei em meus braços.

Na total escuridão do quarto, havia apenas duas luzes: o fogo que diminuía...

E Prof.

Megan apertou os olhos, tremendo após seu suplício. Ela salvara nossas vidas, colocara meu plano em ação, e não havia sido o bastante. Eu entendi isso facilmente enquanto Prof vinha em nossa direção. Ele pisou na beirada do buraco aberto no chão, então o atravessou, um campo de força se formando sob seus pés. Iluminado de baixo, ele parecia um espectro, o rosto escondido nas sombras.

Prof sempre possuíra um tipo de... aparência inacabada. Feições como uma pilha de tijolos quebrados, o rosto geralmente acentuado pela barba não feita. Mas agora eu via sinais de exaustão também. A lentidão dos passos, os rastros de suor no rosto, a inclinação dos ombros. A luta com Tavi fora difícil. Ele era praticamente indestrutível, mas *podia* se cansar.

Ele examinou Megan e eu.

– Mate-os – comandou, então deu as costas para nós e se afastou para as sombras.

Duas dúzias de guardas apontaram as armas para nós. Puxei Megan para perto, perto o bastante para ouvi-la sussurrar.

– Eu morro como eu mesma – ela disse. – Pelo menos morro como eu.

Fogo. Os poderes dela haviam sido anulados. Ela sempre ficava sem eles por um minuto ou dois depois de se queimar de propósito.

Se ela morresse agora, seria permanente?

Não.

Não... o que eu fiz?

Eu girei, protegendo-a quando os guardas abriram fogo em uma barragem terrível. As paredes explodiram em borrifos de lascas de sal. O monitor do computador se estilhaçou. Balas bombardearam a área, acompanhadas pelo som ensurdecedor dos tiros.

Apertei Megan com força, dando as costas para o ataque.

Algo novamente se mexeu dentro de mim. Aquelas profundezas espreitando na minha alma, a escuridão abaixo. Sombras se movendo ao meu redor, gritos, emoções como agulhas me perfurando, a sensação súbita e dominadora dos meus sonhos. Então joguei a cabeça para trás e gritei.

O tiroteio parou, alguns últimos pops soando conforme os pentes caíam, vazios. Com um Épico inimigo à vista, aquelas pessoas não haviam hesitado ou se contido. Várias delas acenderam as luzes conectadas às suas armas para inspecionar o trabalho.

Eu esperei a dor, ou pelo menos o torpor, que vinha depois de levar um tiro. Não senti nenhum dos dois. Hesitante, me virei para olhar atrás de mim. Destruição nos cercava – chão, paredes, mobília lascada, furada, quebrada... tudo exceto na área logo ao meu redor. O chão aqui não estava quebrado. Na verdade, estava vítreo e reflexivo. De um prata-negro profundo e lustrado. Metálico.

Eu estava vivo.

A voz de Realeza sussurrou em minhas lembranças. *Eu recebi a garantia de que você terá poderes que serão "tematicamente apropriados".*

– Impressionante – Prof disse das sombras. – O que ela fez? Abriu uma porta para outro mundo e enviou as balas para lá? – Ele parecia cansado. – Terei que fazer o serviço eu mesmo. Não pensem que não vai me doer.

– Jonathan... – uma voz sussurrou.

Franzi o cenho. Ela viera de perto. Quem...

Eu tinha me esquecido de Thia.

Ela estava encostada na mesa de pedra de sal, iluminada pela luz tremulante do fogo. Estivera se escondendo ali, mas as balas a tinham atingido. Ela sangrava de múltiplos tiros, o celular apertado nos dedos. Ele havia sido trespassado por uma bala.

– Jon – ela chamou. – Seu maldito. Você temia que chegasse a... isso. – Ela tossiu. – Eu estava errada, e você estava certo. Como... sempre.

Prof deu um passo à frente, entrando sob a luz das armas dos soldados. Aquele rosto exausto e destruído pareceu mudar e seu queixo caiu. Ele pareceu *enxergar* pela primeira vez naquela noite. Então viu quando Thia deu um último respiro sofrido e morreu.

Eu me ajoelhei, atordoado, e mal ouvi o rugido de Prof – seu grito súbito e chocado de agonia e arrependimento. Ele correu através do buraco no chão num campo de luz, passando por mim e Megan e nos ignorando enquanto pegava Thia.

– Sare! – ele ordenou. – Sare! Eu doo esse poder a você!

Eu me agarrei a Megan, amortecido e incrédulo. O corpo de Thia continuava flácido nos braços dele.

O chão foi vaporizado. As paredes, o teto, a *torre inteira*. Tudo se estilhaçou em uma explosão de poeira diante do grito atormentado de Prof. Soldados caíram como pedras, mas uma bolha surgiu ao redor de Prof e Thia.

Meu estômago desabou quando Megan e eu também começamos a despencar através da poeira de sal por setenta andares em direção ao chão.

– Megan! – gritei.

Os olhos dela haviam se fechado. Eu me segurei a ela enquanto caíamos.

Não. Não. *NÃO*.

Corpos mergulhavam ao nosso redor na noite, borrifos de pó e mobília, pedaços de tecido. Eles passaram por nós.

– Megan! – gritei de novo, acima do som do vento e dos soldados aterrorizados. – Acorde!

Os olhos dela se abriram e pareciam arder na noite. Eu estremeci, mal conseguindo segurá-la – quando de repente me vi em um arnês de paraquedas.

Atingimos o chão meros instantes depois, com um *crunch* angustiante. Então senti a dor. Eu arfei com a intensidade, como uma onda de eletricidade percorrendo meu corpo a partir das pernas. Era tão opressor que eu não conseguia me mover. Apenas a suportei, encarando o céu negro acima.

E Calamidade, que me encarava de volta.

O tempo passou. Não muito, mas suficiente. Ouvi passos.

– Ele está aqui – a voz de Abraham disse, urgente. – Você tinha razão. Faíscas! Era mesmo um paraquedas! Um dos nossos, mas não deixei nenhum para trás...

Virei a cabeça, piscando para retirar poeira de sal dos olhos, e o vi, uma forma volumosa na noite.

– Estou aqui, David – Abraham disse, me pegando pelo braço.

– Megan – sussurrei. – Embaixo do paraquedas. – Ele tinha flutuado para cima dela quando aterrissamos.

Abraham se moveu e puxou o paraquedas.

– Ela está aqui – ele disse, parecendo aliviado. – E está respirando. Cody, Mizzy, preciso de ajuda. David, vamos ter que mover vocês.

Não podemos esperar. Prof está lá em cima, brilhando. Ele pode descer a qualquer momento.

Eu me preparei para a dor quando Abraham me ergueu sobre o seu ombro. Os outros dois chegaram, puxando Megan dos destroços. Não havia tempo para pensar se estavam fazendo mais mal que bem.

Eles nos arrastaram na noite, deixando para trás os escombros de uma missão que tinha fracassado total e completamente.

34

Eu não dormi, mas, quando Cody nos fez parar num beco para ver se estávamos sendo seguidos, deixei Abraham me dar algo para a dor. Mizzy montava uma liteira para carregar Megan e eu enquanto Abraham me examinava. Pelo visto eu tinha quebrado as duas pernas quando atingi o chão.

O céu havia escurecido quando deixamos aquele beco, e uma chuva fina começou a cair sobre nós, tornando a rua escorregadia com água salgada. Mas a pedra de sal aguentou melhor do que eu esperava. Não houve nenhum derretimento em massa da cidade.

De início, a chuva foi agradável, limpando um pouco da poeira da minha pele enquanto eu jazia na liteira ao lado de Megan. Quando nos aproximamos da ponte no parque, eu estava encharcado. A forma quadrada da nossa base, crescendo sob a ponte à frente como um fungo estranho, era uma visão linda.

Megan continuava inconsciente, mas parecia ter se saído melhor que eu. Abraham não encontrou nenhum osso quebrado, embora ela fosse ficar com alguns hematomas sérios, e seu braço estava queimado e cheio de bolhas.

– Bem, estamos vivos – Cody disse quando paramos na porta do esconderijo. – A não ser, claro, que não tenhamos visto um perseguidor e Prof esteja espreitando por aqui, esperando que o levemos até Larápio.

– Seu otimismo é tão animador, Cody – Mizzy disse.

Foi preciso um pouco de esforço para guiar nossa liteira pela entrada, que tínhamos feito como um pequeno túnel coberto de escombros em um lado. Consegui ajudar empurrando com as mãos. Minhas pernas ainda doíam, mas era mais uma dor "Ei, não se esqueça de nós" do que a "CARAMBA, ESTAMOS QUEBRADAS" de antes.

O esconderijo cheirava à sopa de que Larápio gostava – um simples caldo de vegetais quase sem gosto. Abraham iluminou o lugar com o celular.

– Desligue isso, idiota – Larápio resmungou do seu quarto.

Ele deve estar meditando outra vez. Eu me sentei na liteira enquanto Mizzy se arrastava para dentro, então suspirava e jogava o equipamento numa pilha.

– Preciso de um banho – ela disse a Larápio. – O que uma garota tem que fazer para você conjurar um chuveiro?

– Morra – Larápio gritou de volta.

– Mizzy – Abraham disse suavemente –, verifique o equipamento, então devolva a Larápio as coisas que ele criou para nós, com nossos agradecimentos. Provavelmente ele não vai se importar, já que elas vão apenas desaparecer, mas talvez o gesto tenha algum significado para ele. Cody, vá lá para fora e atente para quaisquer sinais de perseguição. Agora que temos tempo, quero examinar esses dois com mais cuidado.

Eu assenti, amortecido. Sim. Ordens. Ordens precisavam ser dadas. Mas... o trajeto até ali havia sido um borrão para mim.

– Precisamos fazer uma reunião – declarei. – Eu descobri coisas.

– Mais tarde, David – Abraham disse gentilmente.

– Mas...

– Você está em choque, David – ele disse. – Deixe-nos descansar primeiro.

Suspirei e me reclinei. Não me sentia em choque. Tudo bem, estava molhado e frio – mas tinha ficado sob a chuva. E sim, estava tremendo, mas não conseguira pensar em muita coisa durante o caminho até ali. Isso, porém, era porque tudo aquilo havia sido *extremamente* exaustivo.

Eu duvidava que ele fosse ouvir os meus argumentos. Apesar de ter concordado que eu estava no comando, Abraham podia ser bastante maternal. Eu o convenci a examinar Megan primeiro, e com a ajuda de Mizzy ele a carregou da liteira para tirar seu vestido molhado e rasgado e verificar se ela não tinha sofrido outros ferimentos que não percebera antes. Então voltou e colocou talas nas minhas pernas.

Cerca de uma hora depois, Abraham, Mizzy e eu estávamos encolhidos em um dos quartos menores da nova base – longe o bastante de Larápio para falar em particular. Megan estava enrolada em cobertas no canto e dormia.

Abraham ficava me lançando olhares, esperando que eu caísse no sono. Permaneci teimosamente desperto, encostado na parede com minhas pernas em talas estendidas. Eles haviam me dado alguns analgésicos de potência industrial, então consegui retornar o seu olhar com confiança.

Abraham suspirou.

– Deixe-me falar com Cody – ele disse – e então conversamos.

Isso me deixou sozinho com Mizzy. Ela bebericava um chocolate quente que comprara no mercado alguns dias antes. Eu não suportava aquele negócio; doce demais.

– Então – ela disse –, isso... não foi um desastre *completo*, foi?

– Thia está morta – respondi, com a voz rouca. – Nós fracassamos.

Mizzy estremeceu, olhando para a sua xícara.

– Sim. Mas... quer dizer... você conseguiu testar uma das suas teorias. Sabemos mais do que sabíamos ontem.

Balancei a cabeça, doente de preocupação com Megan e frustrado por termos nos esforçado tanto para salvar Thia só para perdê-la de vez. Eu me sentia à deriva, derrotado e devastado. Eu admirava Thia; ela fora uma das primeiras da equipe a me tratar como alguém útil.

E agora eu havia falhado em salvá-la.

Eu poderia ter feito mais? Não disse nada sobre como eu sobrevivera ao tiroteio. A verdade era que eu mesmo não sabia a resposta. Quer dizer... eu suspeitava. Mas não *sabia*, então qual o sentido de falar sobre isso?

Mentindo a nós mesmos?, uma parte de mim perguntou.

– Aquele paraquedas – Mizzy disse, olhando para Megan. – Ela o fez, não fez?

Eu assenti.

– Ela o colocou em você, em vez de nela mesma – Mizzy observou. – Ela é sempre assim. Suponho que, se você renasce quando morre, faz sentido... – As palavras foram morrendo.

Abraham entrou de novo.

– Ele está mais feliz que um pinto no lixo – ele disse. – Agachado na ponte com sua capa de chuva, mastigando um stick de carne seca e procurando algo em que atirar. Nada até agora. Talvez a gente tenha escapado mesmo.

Ele se acomodou, sentando com as pernas cruzadas. Então cuidadosamente removeu o pingente que usava, o símbolo dos Fiéis, e o segurou à sua frente. Ele exibia um brilho prateado na luz dos celulares que tínhamos disposto na sala.

– Abraham – eu disse. – Sei que... quer dizer, Thia era sua amiga...

– Mais que uma amiga – ele disse baixinho. – Minha oficial superior, alguém que eu obedecia. Acredito que tomamos a decisão certa, e ela, a errada, mas não posso encarar a perda dela com tranquilidade. Por favor. Um momento.

Nós esperamos, e ele fechou os olhos e disse uma prece baixinha em francês. Era para Deus, ou para um daqueles Épicos míticos que ele acreditava que nos salvaria um dia? Então enrolou a corrente do pingente na mão e a apertou, mas, como de costume, eu não conseguia interpretar seu estado emocional. Reverência? Dor? Preocupação?

Finalmente, ele respirou fundo e colocou o colar de volta.

– Você tem informações, David. Sente que é importante compartilhá-las. Entraremos num luto adequado por Thia quando a guerra tiver terminado. Fale. O que aconteceu lá?

Ele e Mizzy me olharam com expectativa, e eu engoli, então comecei a falar. Eu já havia contado sobre Tavi, mas agora expliquei o que acontecera quando eu fora sugado para o mundo de Tormenta de Fogo. Tudo que eu vira. Coração de Aço.

Eu me enrolei bastante. A verdade era que *estava* cansado. Eles provavelmente também, mas eu não conseguiria dormir – não antes de descarregar o fardo do que vira e descobrira. Contei tudo o que conseguia até que, por fim, as palavras foram morrendo. Mais um pouco e eu teria que falar sobre o que suspeitava sobre o meu próprio... desenvolvimento.

– Ele o matou? – Abraham perguntou. – No mundo deles, Coração de Aço matou você? É isso que eles disseram?

Eu assenti.

– Curioso. Aquele mundo é parecido com o nosso, mas diferente de jeitos muito importantes.

– Você não perguntou sobre mim, perguntou? – Mizzy quis saber.

– Não. Por quê? Deveria?

Ela bocejou.

– Não sei. Talvez eu seja, sei lá, uma ninja superincrível lá.

– Eu diria que você foi uma ninja superincrível hoje – Abraham comentou. – Desempenhou bem nessa missão.

Ela corou, tomando um gole do chocolate.

– Um mundo sem Calamidade – Abraham disse. – Mas o que isso... – O celular dele começou a vibrar. Ele franziu a testa, olhando para o aparelho. – Não conheço esse número. – Então o virou para mim.

– Falcão Paladino – eu disse. – Atenda.

Ele atendeu, erguendo o aparelho ao ouvido, então se moveu quando Falcão Paladino começou a falar animadamente. Em seguida, abaixou o telefone.

– Ele está empolgado sobre alguma coisa – ele comentou.

– Obviamente – Mizzy disse. – Põe o cara no viva-voz.

Abraham apertou os botões em questão. O rosto de Falcão Paladino apareceu no celular e sua voz se projetou na sala.

– ... não acredito nos *colhões* daquela mulher. O que aconteceu com o celular de David? Ele o deixou ser vaporizado? Não consigo rastrear o negócio há horas.

Eu puxei meu celular. Ele mal tinha sobrevivido à luta, com uma tela rachada e o lado de trás arrancado, a bateria desaparecida.

– Ele... já viu dias melhores – informou Abraham.

– Ele realmente precisa tomar mais cuidado – Falcão Paladino observou. – Essas coisas não são de graça.

– Eu sei – afirmei. – Você nos fez pagar por elas.

– Heh – ele concordou. O homem estava chocantemente, até *irritantemente*, alegre. – Te mando um substituto depois dessa, garoto, cortesia da casa.

– Dessa? – perguntei.

– Os arquivos de Realeza – ele esclareceu. – São incríveis. Vocês não estão lendo?

– Arquivos? – perguntei. – Falcão Paladino, isso estava no celular de... Thia. Você os *copiou*?

– É claro que copiei – ele disse. – Você acha que construí uma rede nacional de conexões de dados porque é divertido? Bem, *é* divertido. Mas isso porque me permite ler os e-mails das pessoas.

– Nos envie tudo – Abraham disse.

Falcão Paladino ficou em silêncio.

– Falcão Paladino? – chamei. – Você não vai...

– Xiu – ele disse. – Não estou abandonando vocês. Só recebi outra ligação. – Ele xingou alto. – Um segundo.

Silêncio. Nós nos entreolhamos, incertos. Se Falcão Paladino *havia* conseguido aqueles arquivos, então talvez a missão não tivesse sido um fracasso completo.

Ele voltou alguns segundos depois.

– Bem, diabos – ele disse. – Era Jonathan.

– Prof? – perguntei.

– É. Exigindo que eu rastreasse vocês. Não sei como ele descobriu que posso fazer isso. Eu sempre disse a ele que não podia.

– E? – Mizzy perguntou.

– Eu o mandei para o outro lado da cidade – Falcão Paladino respondeu. – Bem longe de vocês. O que significa que, uma vez que acabar com vocês, ele com certeza virá me assassinar. Eu devia ter batido a porta na cara do seu grupo idiota quando vocês apareceram na minha casa.

– Hm... obrigada? – perguntou Mizzy.

– Vou mandar uma cópia do plano de Realeza a vocês – Falcão Paladino disse. – Tenham em mente que ele se refere a algumas fotos que não estão na pasta. Não estou escondendo nada de vocês; é que o celular morreu antes de terminar o download dos arquivos. Mas digam a Thia que ela se saiu muito bem.

– Thia foi atingida – eu informei baixinho. – Ele a matou.

A linha ficou em silêncio de novo, mas ouvi Falcão Paladino exalar depois de um curto tempo.

– Calamidade – ele sussurrou. – Nunca pensei que iria tão longe. Quer dizer, sabia que iria... mas Thia?

– Não acho que era a intenção dele – eu comentei. – Ele mandou seus capangas matarem Megan e eu, e Thia acabou morrendo.

– A transferência está funcionando – Abraham disse, erguendo o celular. – Esses arquivos explicam o que Prof está fazendo aqui?

– Pode apostar – Falcão Paladino respondeu, ficando animado outra vez. – Ele...

– Ele veio atrás de Larápio – interrompi. – Está aqui para criar um motivador a partir das habilidades de assumista de Larápio, então usá-las para absorver os poderes de Calamidade, *todos* eles, e dessa forma se tornar o Épico mais poderoso do mundo.

Mizzy piscou, chocada, e Abraham me encarou.

– Ah – Falcão Paladino disse. – Então você leu os arquivos?

– Não – respondi. – Só faz sentido. – As peças começavam a se encaixar. – É por isso que Realeza levou Obliteração para Babilar, não é? Ela poderia ter inventado centenas de jeitos diferentes de ameaçar a cidade e obrigar Prof a usar seus poderes. Mas ela o convidou porque queria fazer um motivador com seus poderes destrutivos para esconder o que estava *realmente* fazendo.

– Criando um teletransportador – Falcão Paladino confirmou. – Assim, conseguiria chegar a Calamidade, uma vez que tivesse as habilidades de Larápio. Mas ela morreu antes de implementar o plano, então Prof está fazendo isso no lugar dela. Bom palpite, garoto. Você me enganou; não é nem de longe tão idiota quanto parece. Só mais uma coisa, estou abandonando minha base aqui. Mani está me carregando para o jipe agora mesmo. *Não vou* estar aqui quando o Épico mais perigoso do mundo conseguir se teletransportar para onde quiser em um piscar de olhos.

– Ele alertaria Obliteração se fizesse isso – eu disse. – Parte do motivo para a bomba em Babilar era evitar que Obliteração descobrisse que seus poderes foram roubados.

– Vou embora mesmo assim, pelo menos até que Jonathan se acalme por eu tê-lo mandado em uma busca inútil.

– Falcão Paladino – Abraham chamou –, precisamos do seu por-um-fio. Temos feridos.

– Uma pena – ele disse. – É o único que tenho agora. Amo vocês, ou, bem, não desgosto ativamente de vocês, mas minha pele vale mais que a sua.

– E se eu puder lhe dar algo para fazer outro? – perguntei, revirando meu bolso. Puxei a incubadora com a amostra de tecido e a ergui. Abraham prestativamente virou o celular para que Falcão Paladino pudesse ver.

– Isso é de... – ele começou.

– Sim. De Prof.

– Todo mundo para fora do quarto. Quero falar com o garoto a sós.

Abraham ergueu uma sobrancelha para mim e eu assenti em silêncio. Relutantemente, ele me entregou o celular, e ele e Mizzy saíram do quarto. Eu me reclinei na parede, olhando para o rosto de Falcão Paladino na tela do celular. Seu próprio celular parecia preso a ele por algum tipo de dispositivo que ele usava ao redor do pescoço, enquanto Mani o carregava através de um de seus túneis.

– Você conseguiu – Falcão Paladino disse suavemente. – Como? Os campos de força dele deveriam protegê-lo de ferimentos.

– Megan alcançou uma dimensão alternativa – expliquei – e puxou uma versão de Prof. Mais ou menos.

– Mais ou menos?

– A filha dele – respondi. – Dele e de Thia, acho. Ela tinha os mesmos poderes que ele, Falcão Paladino. E... – Eu respirei fundo. – E essa é a fraqueza dele. Seus poderes. Pelo menos é o que Thia disse.

– Hmm – ele disse. – Faz sentido, conhecendo Jonathan. Mas é estranho que a filha dele tenha os mesmos poderes. Filhos de Épicos aqui sempre nasceram sem poderes. Enfim, ela conseguiu combater as habilidades dele?

– Sim – informei. – Consegui explodir um pedaço do rosto dele e embalá-lo pra você.

– Rapaz – Falcão Paladino disse –, estamos *realmente* pedindo pra morrer, percebe? Se ele souber que você tem isso...

– Ele sabe.

Falcão Paladino balançou a cabeça, pesaroso.

– Bem, se vou ser assassinado, que seja um velho amigo a fazer o serviço. Vou te enviar aquele por-um-fio por drone, mas você me manda essa amostra de volta. Temos um acordo?

– Com uma condição.

– Que é?

– Precisamos de um jeito para lutar com Prof – eu disse. – E obrigá-lo a enfrentar os próprios poderes.

– Peça a sua Épica de estimação que invoque outra versão dele.

– Não. Não funcionou; conseguimos contornar alguns dos poderes dele, mas ele não derrotou a escuridão. Preciso tentar outra coisa.

Isso era verdade, mas só metade. Olhei para Megan, dormindo e respirando suavemente. Fazer o que ela fizera esta noite quase a tinha destruído; eu não pediria que o fizesse outra vez. Não era justo com ela e certamente não era justo com a pessoa que havíamos trazido para o nosso mundo.

– Então... – Falcão Paladino começou.

Eu ergui a incubadora.

– Há outro jeito de fazê-lo confrontar alguém usando seus poderes, Falcão Paladino.

O homem riu.

– Você está falando sério?

– Tão sério quanto um cachorro prestes a ganhar um osso – confirmei. – Quanto tempo levaria para fazer dispositivos para os três poderes? Campos de força, regeneração e desintegração.

– Meses – Falcão Paladino disse. – Um ano, até, se qualquer das habilidades for difícil de isolar.

Eu havia me preocupado com isso.

– Se é o único jeito, teremos que fazer.

Eu não gostava da ideia de ficar foragido por um ano, tendo que manter Larápio longe das mãos de Prof.

Falcão Paladino me examinou. O manequim o acomodou no jipe, então colocou o cinto de segurança nele.

– Você tem coragem – Falcão Paladino disse. – Lembra quando eu disse que fizemos testes nos primeiros Épicos e descobrimos que um Épico vivo sentia dor quando um motivador criado a partir dele era usado?

– Sim.

– Eu disse *em quem* nós testamos?

– Você já os tem – afirmei. – É por isso que está tão desesperado pelas células de Prof. Já construiu dispositivos para replicar seus poderes.

– Nós os construímos juntos – ele revelou. – Ele e eu.

– No seu quarto – eu disse. – Aquele com as lembranças de Épicos caídos. Um deles não tinha uma placa. Um colete e luvas.

– Sim. Destruímos todas as amostras dele depois que descobrimos como o machucava. Acho que esse tempo todo ele ficou preocupado que eu conseguisse outra amostra. Certamente manteve distância de mim. – O manequim de Falcão Paladino esfregou o queixo, como se perdido em pensamentos. – Acho que ele tinha razão em se preocupar. Me envie essas células e conseguirei te entregar dispositivos imitando os poderes dele quase instantaneamente. Mas vou testar os poderes de cura na minha esposa primeiro.

– Se fizer isso, ele vai saber imediatamente – eu observei. – E vai te matar.

Ele rangeu os dentes.

– Você vai ter que apostar na gente, Falcão Paladino – eu disse. – Nos envie os dispositivos. Vamos trazê-lo para o bem, então podemos tentar salvar sua esposa. É a única chance que tem.

– Que seja.

– Obrigado.

– É autopreservação a essa altura, garoto – Falcão Paladino disse. – O drone que eu mandar vai chegar aí em seis horas. A viagem de volta com a amostra vai levar outras seis para me alcançar no meu esconderijo. Se as células forem boas, posso começar a trabalhar num conjunto completo de motivadores para você. Proteção de campo de força, poderes de cura e habilidades de tensor.

– Entendido.

– E David – Falcão Paladino disse enquanto o manequim ligava o jipe –, não fique de gracinha. Dessa vez, se ele não se transformar de volta, faça o que ambos sabemos que precisa fazer. Depois de matar Thia... faíscas, que tipo de vida você acha que ele vai ter daqui em diante? Liberte-o do seu sofrimento. Ele lhe agradeceria por isso.

A linha morreu, o rosto de Falcão Paladino desapareceu. Fiquei sentado ali, tentando processar tudo que havia acontecido naquela noite. Thia, Tormenta de Fogo, o rosto de Prof nas sombras. Um trecho de metal cinza-escuro no chão.

Finalmente, afastei o celular, então me virei e – ignorando o protesto das pernas em talas – me puxei através da sala até chegar ao lado de Megan. Descansei a cabeça em seu peito e passei um braço ao seu redor, ouvindo o seu coração bater até por fim, depois de tudo aquilo, cair no sono.

PARTE 4

35

Acordei encharcado de suor. De novo.

Aquelas mesmas imagens me assombravam. Sons ensurdecedores e terríveis. Luzes cegantes. Medo, terror, abandono. Nada do alívio de acordar de um pesadelo. Nenhum conforto ao perceber que não passava de um sonho.

Esses pesadelos eram diferentes. Eles me deixavam em pânico. Indefeso, esfolado, machucado, como um pedaço de carne em um filme de boxe. Depois que acordei, precisei me sentar no chão – com as pernas quebradas e doloridas – pelo que pareceu uma eternidade antes de meu pulso voltar ao normal.

Faíscas. Algo estava *muito* errado comigo.

Pelo menos eu não havia acordado nenhum dos outros. Abraham e Cody estavam em seus sacos de dormir, e em algum momento durante a noite eu tinha me transferido do saco de Megan até o meu próprio, que os outros haviam deixado para mim. Notei o de Mizzy vazio; ela estava de vigia. Estendi a mão para o lado do travesseiro, onde fiquei satisfeito de encontrar meu celular – consertado por Mizzy – esperando por mim.

O aparelho mostrava que eram seis da manhã, e sua luz revelou um copo de água e vários comprimidos em uma caixa ao lado do saco de dormir. Eu os engoli de uma vez, ansioso para pôr alguns analgésicos no meu organismo. Depois, me empurrei até sentar ao lado da parede, notando pela primeira vez que os lados do corpo e os braços doíam também. Eu tinha causado danos sérios ao meu corpo durante aquela missão.

Apalpei minhas costas e descobri uma série de hematomas estranhos, na forma de – até onde eu via – moedas. A dor crescente nas pernas e nos hematomas acumulados era tão ruim que eu tive que ficar lá sentado não sei quanto tempo até os remédios começarem a fazer efeito. Quando consegui pensar claramente, comecei a procurar os arquivos do meu celular. Abraham encaminhara a toda a equipe o pacote de dados que Thia recuperara, então eu mergulhei neles, tentando não me preocupar com a possibilidade de ter que acordar Abraham ou Cody uma hora para me levarem ao banheiro.

A escrita de Realeza era clara, cuidadosa e direta. Eu sentia que podia ouvir a voz dela enquanto lia. Tão segura, tão calma, tão *enfurecedora*. Ela havia roubado Prof de nós em um ato deliberado e destrutivo – e só para saciar a própria sede por um legado imortal.

Mesmo assim, era uma boa leitura. O plano de Realeza era incrível. Audaz, até; não consegui evitar sentir um respeito cada vez maior por ela. Como eu imaginara, Realeza tinha invocado Obliteração não pelo poder dele de destruir cidades, mas pelos poderes de teletransporte.

O plano dela começara havia cinco anos, mas uma hora ela tinha deparado com um prazo final e inesperado: a própria mortalidade. Poderes Épicos não curavam doenças naturais. Ela havia se descoberto em estado terminal, e então procurado um sucessor em Prof. Alguém que pudesse viajar a Ildithia, criar um motivador a partir de Larápio, então se teletransportar a Calamidade e fazer o impensável.

Apesar da genialidade insana do plano, estava cheio de furos. Segundo as nossas melhores estimativas, Calamidade era a fonte de todos os poderes Épicos. Mas como saber se ao menos era possível roubar as habilidades dele, para começo de conversa? E, se alguém fizesse isso, simplesmente não substituiria Calamidade por outro hospedeiro que agiria da mesma forma?

Mesmo assim, pelo menos esse plano havia sido algo a tentar – algo a fazer além de aceitar o mundo como ele era. Por isso eu respeitava Realeza, por mais que tivesse sido eu a matá-la no fim.

Quando acabei de ler os arquivos dela, abri uma pasta de fotos. Além de mapas de Ildithia, encontrei várias imagens de Calamidade. As três primeiras foram tiradas através de um telescópio. Essas estavam desfocadas; já vira fotos assim antes, faziam Calamidade parecer um tipo de estrela.

A última imagem era diferente. Fiquei preocupado quando Falcão Paladino disse que nem todas as imagens haviam sido transferidas. Eu temi não haver nenhuma foto real de Calamidade.

Mas ali estava uma, me encarando da tela brilhante em minhas mãos. Não era uma foto incrivelmente boa – tive a clara impressão de ser uma foto clandestina –, mas era obviamente um Épico. Uma figura feita de luz vermelha, embora eu não pudesse dizer se masculina ou feminina. Parecia estar em pé em um quarto, e a luz se refletia ao seu redor em ângulos e superfícies estranhos.

Vasculhei os arquivos em busca de qualquer coisa parecida, mas sem sucesso. Outras fotos de Calamidade, se existiam, tinham se perdido. Curiosamente, no entanto, parecia que Falcão Paladino havia copiado a memória *inteira* do celular de Thia, não só os novos arquivos de Realeza. De fato, uma pasta nomeada apenas *Jonathan* brilhava na minha tela. Eu sabia que provavelmente deveria ignorá-la, que eram coisas privadas, mas não consegui evitar. Cliquei e abri o primeiro arquivo de mídia.

Era um vídeo de Prof em uma sala de aula.

Mantive o som baixo, mas ainda pude escutar o entusiasmo na voz dele enquanto pegava um isqueiro e o movia por cima de uma fileira de ovos com buracos no topo, ateando-lhes fogo. Os alunos riam e pulavam quando cada ovo estourava, explodindo do hidrogênio com que Prof os enchera.

Bexigas vieram em seguida, cada uma se acendendo e estourando de um jeito diferente enquanto ele percorria uma fileira. Eu não ligava muito para os fundamentos científicos envolvidos; estava focado em Prof. Um Prof mais jovem, com cabelo negro, que parecia aproveitar cada instante da demonstração, apesar do fato de que provavelmente já a fizera centenas de vezes.

Ele parecia uma pessoa totalmente diferente. Percebi que, em todo o nosso tempo juntos, eu não conseguia me lembrar de ver Prof *feliz*. Satisfeito, sim. Ávido. Mas verdadeiramente feliz? Não antes desse momento, vendo-o interagir com os alunos.

Era isso que tínhamos perdido. Lutei para controlar minhas emoções quando o vídeo acabou. A chegada de Calamidade havia destruído esse mundo de mais de um jeito. Prof ainda deveria estar lá, ensinando aquelas crianças.

Passos fora do quarto me fizeram rapidamente enxugar os olhos. Mizzy espiou para dentro um instante depois, então ergueu algo do tamanho de uma bola de basquete, com pás de rotor no topo. Um dos drones de Falcão Paladino.

– O cara trabalha rápido – ela disse, acomodando o drone no chão. Abraham e Cody se remexeram; provavelmente tinham pedido para serem acordados quando o negócio chegasse. Megan se virou e, por um momento, pensei que ela acordaria também. Mas voltou a dormir, roncando suavemente.

Cody e Abraham ligaram os celulares, iluminando mais a sala. Eu observei Mizzy girar a parte superior do dispositivo, revelando um compartimento interno, e puxar uma caixa que se parecia muito com o por-um-fio que usáramos em Nova Chicago. Prof aparentemente havia desenvolvido o seu falso para parecer com o negócio real.

– Bom – Abraham disse, esfregando os olhos.

– Estou surpreso que você o tenha convencido a enviar, David – Mizzy comentou, colocando-o de lado.

Cody bocejou.

– De todo modo, vamos fazer esse bichinho funcionar. Quanto mais cedo as pernas de David estiverem funcionando, mais cedo podemos sair desta cidade.

– Sair da cidade? – perguntei.

Os outros três me encararam.

– Você… pretende ficar, então? – Abraham indagou, com cuidado. – David, Thia está morta, e sua teoria, por mais esperta que fosse, se provou falsa. Confrontar Prof com a fraqueza dele não o afastou do seu curso atual.

– É, moço – Cody concordou. – Foi uma bela tentativa, mas sabemos o que ele está tentando realizar aqui e *temos* um jeito de impedi-lo. Vamos fugir com Larápio e a trama dele nunca vai funcionar.

– Imaginando que *queremos* que não funcione – Mizzy emendou.

– *Mizzy* – eu disse, surpreso. – Ele está tentando se tornar o maior Épico do mundo!

– E daí? – ela perguntou. – Quer dizer, como nossas vidas mudam se ele tomar o lugar de Calamidade? Não há nenhum apocalipse vindo; nada de "Vou destruir o mundo, crianças" ou algo do tipo. Até onde vejo, ele só quer matar alguns Épicos. Parece ótimo pra mim.

– Eu sugiro – Abraham disse suavemente – que você não diga coisas assim onde podemos ser ouvidos.

Mizzy estremeceu e olhou por sobre o ombro.

– Só estou dizendo que não há um *motivo* para estarmos aqui, agora que sabemos o que Prof planeja.

– E para onde iríamos, Mizzy? – perguntei.

– Não sei. Que tal começarmos com um lugar que *não* é a cidade habitada por um cara determinado a matar todos nós?

Eu podia ver que os outros dois concordavam, ao menos em parte.

– Pessoal, o motivo de termos vindo para cá não mudou – eu disse. – Prof ainda precisa de nós. O *mundo* ainda precisa de nós. Esqueceram o objetivo da nossa missão? *Precisamos* achar um jeito de converter os Épicos, não apenas matá-los. Caso contrário, é melhor desistir.

– Mas, moço – Cody apontou –, Abraham tem razão. Seu plano para transformar Prof não funcionou.

– *Aquela* tentativa não funcionou – eu disse. – Mas há motivos lógicos para isso ter acontecido. Talvez Prof não pensasse em Tavi como tendo os poderes *dele*, mas os viu pertencendo a outro Épico; similares, mas diferentes. Então, confrontá-la não foi como confrontar suas próprias habilidades.

– Ou – Abraham sugeriu – Thia estava errada sobre a fraqueza dele.

– Não – eu disse. – A luta com Tavi anulou os poderes de Prof. Ela conseguia destruir seus campos de força e ele não conseguia se curar dos ferimentos que os ataques dela causavam. Assim como Coração de Aço só podia ser ferido por alguém que não o temia, Prof só pode ser ferido por alguém manejando os próprios poderes dele.

– De toda forma, isso é irrelevante – Abraham observou. – Você disse que Megan convocou essa mulher porque não conseguiu encontrar outra versão de Prof. Os poderes dela são limitados, então, e esse era o nosso único método para fazê-lo enfrentar a si mesmo.

— Não necessariamente — eu disse, enfiando a mão no bolso e pegando a incubadora de células. Eu a rolei no chão até Mizzy, que a apanhou.

— Isso é... — ela começou.

— Uma amostra de tecido de Prof — eu completei.

Cody assoviou suavemente.

— Nós *podemos* fazê-lo se enfrentar, Abraham — afirmei. — Podemos fazer isso literalmente criando motivadores usando as próprias células dele. Falcão Paladino já tem um protótipo pronto, feito alguns anos atrás.

Os outros ficaram em silêncio.

— Olhem — eu disse —, *precisamos* tentar mais uma vez.

— Ele vai nos convencer — Mizzy disse. — É meio que o que ele faz.

— Sim — Abraham concordou, gesticulando para que ela rolasse a amostra de tecido para ele. Ele a ergueu. — Não vou mais discutir com você, David. Se acredita que isso vale outra tentativa, vamos apoiá-lo. — Ele virou a amostra nos dedos. — Mas não gosto de dar isso a Falcão Paladino. Parece uma... traição a Prof.

— Mais do que ele ter matado membros de sua própria equipe?

O comentário silenciou o quarto, como um grito súbito de "Quem quer mais bacon?" num bar mitzvah.

Mizzy pegou a amostra das mãos de Abraham e a colocou no drone.

— Vou soltar isso enquanto está escuro — ela disse, se erguendo. Cody se juntou a ela; o próximo turno de vigia cabia a ele. Os dois saíram enquanto Abraham pegava o por-um-fio e vinha até mim.

— Megan primeiro — eu afirmei.

— Megan está inconsciente, David — ele disse. — Um estado que pode não ter sido causado apenas por seus ferimentos do fogo e pela queda. Sugiro que cuidemos primeiro da pessoa que sabemos que vai voltar a uma condição de luta.

Eu suspirei.

— Tudo bem.

– Muito sábio.

– Você deveria estar liderando esta equipe, Abraham – eu disse enquanto ele enrolava os diodos do por-um-fio ao redor da pele exposta dos meus pés e tornozelos. – Nós dois sabemos disso. Por que se recusou?

– Você não perguntou isso a Cody – Abraham observou.

– Porque Cody é um lunático. Você tem experiência, é calmo numa luta, é decidido... Por que me colocou no comando?

Abraham continuou trabalhando e ligou o dispositivo, o que causou uma sensação de formigamento nas minhas pernas, como se eu tivesse dormido num ângulo errado. Se meu ferimento na Fundição era uma base, esse dispositivo – criado a partir de algum Épico desconhecido – não seria tão eficiente quanto usar os poderes de Prof. Poderia levar algum tempo até eu sarar completamente.

– Eu era JTF2 – Abraham disse. – Cansofcom.

– Que é... o quê, exatamente? Além de um conjunto estranho de letras.

– Forças Especiais canadenses.

– Eu sabia!

– Sim, você é muito esperto.

– Isso foi... sarcasmo?

– Esperto de novo – Abraham disse.

Eu o encarei.

– Se você era do exército – apontei –, é ainda *mais* estranho não ter assumido o comando. Era um oficial?

– Sim.

– De alta patente?

– Alta o bastante.

– E...

– Você conhece Pólvora?

– Um Épico – eu respondi. – Podia fazer pólvora e materiais instáveis explodirem só olhando para eles. Ele... – Eu engoli, lembrando de algo em minhas anotações. – Ele tentou conquistar o Canadá no segundo ano depois de Calamidade. Atacou as bases militares deles.

– Matou minha equipe inteira quando atacou Trenton – Abraham disse, se erguendo. – Todos menos eu.

– Por que não você?

– Porque eu estava aguardando corte marcial. – Ele me olhou. – Eu aprecio seu entusiasmo e sua coragem, mas ainda é jovem demais para entender o mundo tanto quanto pensa que entende.

Ele ergueu os dedos para mim numa continência, então se afastou.

36

Eu arranhei a parede do nosso esconderijo sob a ponte. O sal se soltou facilmente, e o esfreguei entre os dedos. Hora de nos mudarmos de novo. Embora sempre tivéssemos considerado este lugar um esconderijo provisório, parecia que mal tínhamos chegado aqui. Eu me sentia transitório. Como alguém conseguia sentir que tinha um *lar* nesta cidade?

Atravessei o quarto, alongando as pernas, agora curadas. Elas ainda doíam – embora eu não tivesse admitido isso aos outros –, mas eu me sentia firme e forte. Só levou algumas horas durante a noite; eu estava pronto quando amanheceu.

O braço e os machucados de Megan também haviam sarado. O por-um-fio funcionou nela, felizmente. Eu tinha ficado preocupado, porque, em Nova Chicago, ela não podia ser curada nem conseguia usar os tensores. Essas duas habilidades, no entanto, tinham secretamente vindo de Prof – e, como Falcão Paladino dissera, às vezes as habilidades de Épicos específicos interfeririam umas nas outras.

Bem, esse por-um-fio funcionara, mas ela ainda não havia acordado. Abraham me disse para não me preocupar; falou que não era incomum alguém passar um ou dois dias na cama depois de um evento tão traumático. Ele estava tentando me reconfortar. Como alguém podia saber o que era ou não normal quando se tratava de Épicos abusando de seus poderes?

A cabeça de Mizzy espiou do depósito de equipamentos.

– Ei, slontze. Falcão Paladino está irritado com você. Veja seu celular.

Procurei o aparelho, que tinha sido abafado no fundo da minha mochila. Quarenta e sete mensagens. Calamidade! O que havia dado errado? Rapidamente abri o chat. Talvez as células não tivessem funcionado. Ou o drone tivesse sido derrubado por um Épico de passagem. Ou Falcão Paladino tivesse decidido nos trair.

Em vez disso, deparei com 47 mensagens de Falcão Paladino dizendo coisas como *Ei* ou *Yo* ou *Ei, você. Idiota.*

Rapidamente mandei uma mensagem. *Tem algo errado?*

Sua cara boboca, voltou a mensagem.

As células, eu mandei. *Estão quebradas?*

Como exatamente se QUEBRAM células, garoto?

Não sei!, respondi. *É você que está mandando mensagens de emergência pra mim!*

Emergência?, Falcão Paladino enviou. *Só estou entediado.*

Entediado?, perguntei. *Você está literalmente espiando o mundo inteiro, Falcão Paladino. Pode ler as mensagens de todo mundo, ouvir as ligações de todos.*

Primeiro, não é o mundo inteiro, ele escreveu. *Só grandes porções da América do Norte e Central. Segundo, você faz ideia de como a maior parte das pessoas são tediosas de MORRER?*

Comecei a responder, mas fui bombardeado por uma rajada de mensagens, interrompendo o que eu ia dizer.

Ah!, disse Falcão Paladino. *Olhe que florzinha linda!*

Ei. Quero saber se você gosta de mim, mas não posso dizer isso, então aqui vai uma cantada sem jeito.

Onde está você?

Estou aqui.

Onde?

Aqui.

Aí?

Não, aqui.

Ah.

Olhe meu filho.

Olhe meu cachorro.

Olhe pra mim.

Olhe pra mim segurando meu filho e meu cachorro.

Ei, pessoal. Eu soltei uma fuinha gigante hoje de manhã.

Ugh. O mundo é governado por seres divinos que podem fazer coisas como transformar prédios em poças de ácido e as pessoas só conseguem pensar em usar seus celulares para tirar fotos de seus bichos de estimação e tentar transar.

Bem... Escrevi para ver se o discurso dele havia terminado. *As pessoas que têm condição de comprar seus celulares são ricas e privilegiadas. Não deveria te surpreender que sejam superficiais.*

Não, ele respondeu. *Há várias cidades como Nova Chicago, onde os Épicos no comando são espertos o suficiente para perceber que uma população com celulares é uma população que eles podem doutrinar e controlar. Estou te dizendo, os pobres são tão ruins quanto. Só que seus bichos são mais sarnentos.*

Você quer chegar a algum lugar com isso?, perguntei.

Sim. Me divertir. Diga algo idiota, tenho pipoca e tudo o mais.

Suspirei, guardando o celular e voltando ao meu trabalho – percorrer a lista de Épicos que, de acordo com os rumores na cidade hoje, tinham morrido como resultado do chilique de Prof na Torre Afiada. Havia dezenas deles na festa e muito poucos tinham poderes de voo ou invencibilidades supremas. Ele matara metade da classe alta de Ildithia.

Meu celular vibrou de novo. Eu resmunguei, mas dei uma olhada.

Ei, Falcão Paladino disse. *Meus drones sobrevoaram a sua cidade. Quer fotos ou não?*

Fotos?, perguntei.

É. Para o imager. Você tem um, certo?

Você sabe sobre o imager?

Garoto, eu FIZ aquela coisa.

É tecnologia Épica?

Claro, ele respondeu. *Quê, você acha que projetores que magicamente reproduzem imagens quase tridimensionais em superfícies irregulares, sem criar sombras das pessoas por perto, são NATURAIS?*

Sinceramente, não fazia ideia. Mas, se ele estava oferecendo escanear a cidade, eu aceitaria.

É uma das poucas coisas que consegui produzir em massa, como a tecnologia dos seus celulares, Falcão Paladino acrescentou. *A maior parte das tecnologias como essa degrada significativamente se você criar mais que um ou dois motivadores das células. Mas os imagers não. Faíscas – celulares nem PRECISAM de motivadores, exceto aqueles que mantenho aqui na central. Enfim, quer esse arquivo de imager ou não?*

Quero, obrigado, respondi. *Qual é o progresso nos motivadores com as células de Prof?*

Primeiro tenho que cultivar as células um pouco, ele respondeu. *Vai levar pelo menos um dia antes de sabermos se funcionou e se eu transformei Jonathan em um motivador ou não.*

Ótimo, eu disse. *Me mantenha informado.*

Claro. Contanto que você prometa gravar a próxima vez que disser algo idiota. Diabos, tenho saudade da internet. Sempre dava para encontrar pessoas fazendo coisas idiotas na internet.

Suspirei, guardando o celular. É claro que ele apitou pouco tempo depois. Eu o peguei, irritado e pronto para mandar Falcão Paladino me deixar em paz, mas era uma notificação dizendo que meu celular recebera um pacote de dados grande. A digitalização da cidade.

Eu não sabia muito sobre tecnologia, mas consegui conectar o telefone ao imager no depósito e transferir o arquivo. Quando liguei a máquina, me encontrei pairando sobre Ildithia. A grandeza da visão era arruinada pelas pilhas de suprimentos na sala, que também pairavam no céu como se eu fosse algum tipo de sem-teto espacial mágico que voava por aí com suas posses seguindo atrás.

Fiz uma varredura rápida pela cidade, usando as mãos para ajustar a perspectiva e me familiarizando novamente com os controles. O imager reproduziu Ildithia fielmente, e por um momento eu deixei a ilusão me levar. Passei voando por um arranha-céu, as janelas um borrão à minha direita, então subi para voar por uma rua, passando por árvores de pedra de sal. Ziguezagueei entre elas em rápida sucessão, então disparei através de um parque localizado além do nosso esconderijo.

Eu me sentia vivo, empolgado, acordado e alerta. Meu período de incapacidade com pernas quebradas fora breve, mas ainda me deixava confinado, controlado, *impotente*. Faíscas... eu sentia que fazia anos desde que pudera andar ao ar livre sem medo de expor minha equipe.

Eu me deliciei com a liberdade de voar pela cidade. Então bati em um prédio. Continuei através dele, o cenário borrando e virando uma confusão negra de nada, até que emergi do outro lado.

Isso me lembrou de que eu estava em uma ficção, uma mentira. Objetos se distorciam quando eu me aproximava demais deles, e eu podia ver os cantos da sala se prestasse atenção.

Pior: nenhum vento me cumprimentou em meus saltos. Nenhuma reviravolta no estômago indicou a desaprovação da gravidade. Eu poderia estar assistindo a um filme. Não havia diversão, não havia poder. E não era molhado o bastante.

– Parece divertido – Cody disse da porta, que se abriu como um portal no meio do ar. Eu não o vira se aproximar.

Espalmei as mãos, abaixando a visão da câmera de modo que me assentei sobre um prédio baixo.

– Tenho saudade do spyril.

No meio de toda a correria, das lutas e fugas que tínhamos feito ultimamente, eu não havia pensado muito sobre o dispositivo que me permitira voar através dos canais aquáticos de Babilar. Reconheci um buraco dentro de mim. Por um curto tempo naquela cidade alagada, eu conhecera liberdade real, propulsionada por jatos gêmeos de água.

Cody riu, entrando com passos relaxados na sala.

– Lembro a primeira vez que você viu o imager funcionar, moço. Parecia que ia mostrar pra gente o que tinha comido no almoço.

– É – eu disse. – Mas eu me acostumei rápido.

– Acho que sim – Cody concordou, juntando-se a mim no telhado, então se virando para olhar a cidade. – Já tem um plano pra gente?

– Não – eu respondi. – Alguma ideia?

– Ter ideias nunca foi meu ponto forte.

– Por que não? Parece que você é bom em inventar coisas.

Ele apontou para mim.

– Já soquei homens por piadinhas assim. – Ele pausou. – É claro, a maioria deles era escocesa.

– Seu próprio povo? – perguntei. – Por que você brigaria com outros escoceses?

– Moço, você não sabe muito sobre nós, sabe?

– Só o que você me contou.

– Bem, acho que sabe um monte de coisas, então. Só nada útil. – Ele sorriu, então examinou a cidade, pensativo. – Quando eu estava na polícia, se tínhamos que capturar alguém perigoso, a primeira coisa que fazíamos era tentar pegá-lo sozinho.

Eu assenti devagar. Cody fora um policial – entre todas as suas histórias, nessa eu acreditava.

– Sozinho – repeti. – Para que não pudesse conseguir ajuda tão fácil?

– Mais para não colocarmos as pessoas em perigo – Cody explicou. – Há muitas pessoas nesta cidade. Pessoas boas. Sobreviventes. O que aconteceu na Torre Afiada é parcialmente nossa culpa. Claro, Prof derreteu o lugar, mas *nós* o levamos a esse ponto. Isso vai pesar em mim pelo resto da vida. Outro tijolo em uma pilha que já é grande demais.

– Então devemos lutar com ele fora da cidade?

Cody assentiu.

– Se aquele idiota com o manequim tem razão, assim que usarmos os poderes de Prof, ele saberá onde estamos. Podemos escolher o lugar da briga e atraí-lo para lá.

– É – eu disse. – É...

– Mas? – Cody perguntou.

– Isso é o que fizemos com Coração de Aço – eu disse suavemente. – Nós o atraímos para nossa armadilha, longe da população. – Ergui as mãos para controlar o imager, nos movendo através da cidade na direção dos restos da Torre Afiada. O voo do drone fora feito logo depois da aurora, e corpos ainda abarrotavam o local.

– Salva-vidas – eu identifiquei, contando os Épicos caídos. – Poderes de eletricidade e telepatia menores. Escuridão Infinita. Esse era o quarto nome dela, aliás. Ela vivia encontrando "algo melhor" e era sempre pior. Ela podia pular entre sombras. Inshallah e o Thaub, de Bahrain. Ambos tinham poderes linguísticos...

– Poderes *linguísticos*? – perguntou Cody.

– Hmm? Ah. Um te fazia falar em rimas. O outro conseguia falar em qualquer língua inventada por qualquer pessoa em qualquer lugar.

– Isso é... muito estranho.

– A gente não fala muito sobre os poderes estranhos – eu disse, distraído. – Mas há vários Épicos menores cujas habilidades são muito específicas. É... – Eu congelei. – Espere.

Então nos girei no ar, tão rápido que Cody tropeçou e estendeu uma mão até a parede. Dei um zoom na direção dos destroços, focando um rosto ensanguentado, o corpo preso entre os restos do grande gerador da torre. A explosão de Prof só havia vaporizado o sal. Era a primeira confirmação que eu tinha de que ele, com seu controle requintado sobre os próprios poderes, podia causar uma explosão que vaporizava alguns materiais densos, mas nem todos.

Isso não era importante agora. Aquele rosto *era...*

– Ah, Calamidade – sussurrei.

– O quê? – Cody quis saber.

– Essa é Vento de Tempestade.

– A Épica que...

– Permite que esta cidade produza comida – completei. – É. A produção de comida de Ildithia abastece dezenas de outras cidades, Cody. O surto de Prof pode ter algumas consequências duradouras.

Peguei meu celular e escrevi uma mensagem para Falcão Paladino.

Quanto tempo depois que um Épico morre ainda é possível congelar suas células?

Pouco, ele respondeu. *A maior parte das células morre depressa. Envenenamento por CO_2, sem o coração bombeando sangue. Além disso, o DNA Épico derrete rápido. Ainda não sabemos por quê. Por que quer saber?*

Acho que Prof começou uma epidemia de fome, escrevi de volta. *Ele matou uma Épica ontem à noite que era vital para a economia.*

Você pode tentar coletar uma amostra pra mim, ele respondeu. *Algumas células duram mais que outras. Células epidérmicas... algumas células- -tronco... O DNA funciona num tipo de meia-vida, com a maior parte sumindo em segundos, mas algumas células individuais podem permanecer. Mas, garoto, é MUITO difícil cultivar uma cultura a partir de células envelhecidas de Épicos.*

Mostrei as mensagens a Cody.

– Vai ser perigoso sair – ele observou. – Não temos Megan para nos dar rostos novos.

– É, mas, se podemos prevenir uma epidemia de fome, não vale o risco?

– Claro, claro – Cody disse. – A não ser que a gente se exponha a Prof, que pode muito bem ter pessoas vigiando esses corpos, e daí morra. O que deixaria apenas três Executores, em vez de cinco, para confrontá-lo. Presumindo que ele não nos torturasse até espremer todos os nossos segredos e então matasse o resto da equipe. O que ele provavelmente faria. Tudo por uma chance muito, *muito* pequena de que podemos fazer um motivador que *talvez* alimente pessoas.

Eu engoli.

– Certo. Não precisa ser tão dramático.

– É, bem – ele disse. – Você tem um histórico de não ouvir argumentos lógicos.

– Como seu argumento lógico de que o rock'n'roll moderno é derivado da gaita de foles?

– Esse é verdade – ele afirmou. – Procure. Elvis era escocês.

– Tá, que seja – eu disse, indo desligar o imager e a visão do rosto de Vento de Tempestade. Doía, mas hoje eu ia me conter.

Um momento depois, Mizzy enfiou a cabeça dentro da sala.

– Ei – ela disse. – Sua namorada acordou. Quer ir dar um beijinho nela ou...

Eu já estava a caminho.

37

Megan estava sentada, segurando uma garrafa de água nas duas mãos, as costas contra a parede. Passei por Abraham e ele fez um aceno para mim. De acordo com o conhecimento médico dele – que ele admitia ser limitado –, ela estava bem. Tínhamos desconectado o por-um-fio havia horas.

Megan me deu um sorriso fraco e tomou um gole de água. Os outros nos deixaram a sós, Abraham guiando Cody para longe com uma mão no ombro. Soltei um suspiro de alívio quando cheguei a Megan. Apesar das garantias de Abraham, parte de mim morria de medo de que ela não acordasse. Sim, ela reencarnaria se morresse, mas e se não morresse, só entrasse num coma?

Ela ergueu uma sobrancelha com o meu alívio óbvio.

– Eu me sinto – ela disse – como um barril de patos verdes num desfile de Quatro de Julho.

Inclinei a cabeça e assenti.

– Hm, sim. Boa metáfora.

– David. Era pra ser uma bobagem… uma piada.

– Sério? Porque faz total sentido. – Eu dei um beijo nela. – Veja só, você se sente curada e isso não está certo. Como os patos, pensando que estão deslocados. Mas *ninguém* está realmente deslocado num desfile, então eles simplesmente pertencem àquele lugar. Como você pertence a este.

– Você é completamente insano – ela disse enquanto eu me acomodava ao seu lado, passando um braço ao redor dos seus ombros.

– Como se sente?

– Péssima.

– Então a cura não funcionou?

– Funcionou – ela respondeu, encarando a garrafa de água.

– Megan, está tudo bem. Sim, a missão deu errado. Perdemos Thia. Mas estamos nos recuperando. Seguindo em frente.

– A escuridão me dominou, David – ela disse baixinho. – Mais do que faz há um bom tempo. Mais do que fez quando matei Sam... mais do que tem feito desde que te conheci.

– Você saiu dela.

– Por pouco – ela disse, então olhou para o braço. – Era para eu ter superado isso. Achei que tivéssemos descoberto *tudo*.

Eu a puxei para perto e ela descansou a cabeça no meu ombro. Eu queria saber o que dizer, mas tudo em que pensei era idiota. Ela não queria garantias falsas. Ela queria respostas.

Eu também.

– Prof matou Thia – Megan sussurrou. – Eu posso acabar fazendo o mesmo com você. Você a ouviu? No fim?

– Eu esperava que você estivesse desmaiada nessa parte – admiti.

– Ela disse que ele a tinha avisado e que ela não tinha ouvido. David... estou te avisando. Eu não consigo controlar isso, mesmo com o segredo das fraquezas.

– Bem – eu disse –, vamos ter que fazer o melhor que pudermos.

– Mas...

– Megan – eu a cortei, erguendo a cabeça dela para olhá-la nos olhos. – Prefiro morrer a ficar sem você.

– Tem certeza?

Eu assenti.

– Isso é egoísta – ela disse. – Sabe como *eu* me sentiria *sabendo* que matei você?

– Vamos nos esforçar para isso não acontecer, tudo bem? – perguntei. – Não acho que vai. Mas estou disposto a arriscar, para ficar perto de você.

Ela soltou o ar, então descansou a cabeça no meu ombro outra vez.

– Slontze.

– É. Obrigado por tentar minha ideia com Prof.

– Sinto muito que não consegui fazer funcionar.

– Não foi culpa sua. Não acho uma boa ideia tentar outra versão dimensional dele.

– Então o quê? – ela perguntou. – Não podemos só desistir.

Eu sorri.

– Tenho uma ideia.

– Quão louca ela é?

– Bem louca.

– Ótimo – ela disse. – O mundo enlouqueceu; unir-se a ele é a única solução. – Então ficou em silêncio por um momento. – Eu… eu tenho um papel nessa ideia?

– Sim, mas não deve precisar abusar dos seus poderes.

Megan relaxou, se aconchegando junto a mim, e ficamos sentados lá por um tempo.

– Sabe – eu disse, por fim –, realmente queria que meu pai pudesse ter te conhecido.

– Porque ele tinha curiosidade de conhecer um Épico bom?

– Bem, isso também – respondi. – Mas acho que ele gostaria de você.

– David, eu sou rude, convencida e falo alto.

– E brilhante – eu completei – e uma atiradora incrível. Imponente. Decidida. Meu pai gostava de pessoas diretas. Ele dizia que preferia ser xingado por alguém honesto do que receber um sorriso de uma pessoa falsa.

– Parece um homem ótimo.

– Ele era.

O tipo de homem que os outros ignoravam ou interrompiam porque era quieto demais e não era rápido em retrucar – mas também o tipo de homem que correria para ajudar as pessoas quando todos os outros corriam para se salvar.

Calamidade, eu sentia falta desse homem.

– Venho tendo pesadelos – sussurrei.

Megan se endireitou num movimento brusco e me encarou.

– De que tipo?

– Persistentes – eu disse. – Terríveis. Alguma coisa com barulhos altos e sensações perturbadoras. Eu não entendo. Não acho que é algo que eu tema.

– Qualquer outra... estranheza? – ela perguntou.

Eu a encarei.

– Quanto você lembra do que aconteceu na Torre Afiada?

Ela estreitou os olhos.

– As palavras de Thia. E antes disso... tiros. Muitos deles. Como sobrevivemos a eles?

Eu apertei os lábios numa linha fina.

– Faíscas! – ela exclamou. – Quão provável você acha que... quer dizer...

– Não sei – eu disse. – Pode não ser nada. Havia muitos poderes sendo usados naquele quarto. Talvez houvesse um resto de campo de força ou... algum bolsão de outra realidade...

Ela apoiou a mão no meu ombro.

– Tem certeza de que *você* quer ficar perto de *mim*? – perguntei.

– Prefiro morrer do que fazer o contrário. – Ela apertou meu ombro. – Mas não gosto disso nem um pouco, David. Parece que estamos segurando o fôlego, esperando para ver quem explode primeiro. Você acha que Prof e Thia tiveram conversas assim quando decidiram que valia o risco para permanecerem juntos?

– Talvez. Mas não acho que tenhamos outra opção além de prosseguir. Não vou te deixar e você não vai me deixar. É como eu disse. Temos que aceitar o risco.

– A não ser que haja outro jeito – Megan disse. – Um jeito de garantir que eu nunca mais seja um risco para você, ou para qualquer outra pessoa.

Franzi o cenho, não entendendo bem o que ela queria dizer. Mas ela pareceu decidir algo, olhando para mim, e ergueu a mão para acariciar meu rosto.

– Não diga que não pensou nisso – ela disse suavemente.

– Nisso?

– O tempo todo em que ele esteve aqui – Megan respondeu –, eu fiquei pensando: será que é a saída para mim?

– Megan, não estou entendendo.

Ela se ergueu.

– Não é suficiente fazer promessas. Não é suficiente *torcer* para que eu não te machuque. – Ela se virou e saiu da sala, cambaleando um pouco.

Levantei com pressa e a segui, tentando entender o que ela estava planejando. Sal se soltava sob nossos pés enquanto passávamos por uma mesa na sala principal onde os outros estavam sentados; a hora desse prédio havia chegado, uma vez que estava perto demais da fronteira traseira de Ildithia. Ele não sobreviveria à noite.

Megan atravessou a sala e entrou na câmara menor de Larápio. Faíscas! Corri atrás dela, tropeçando para dentro do quarto. Havia um jeito de garantir que Megan jamais ferisse outra pessoa com seus poderes. Ele estava aqui, dentro da nossa base.

– Megan – chamei, agarrando o braço dela. – Tem certeza de que quer fazer algo tão drástico?

Ela examinou Larápio, deitado num sofá macio com fones de ouvidos. Ele não nos ouviu.

– Sim – ela afirmou. – Durante meu tempo com você, comecei a perder meu ódio pelos poderes. Comecei a pensar que podiam ser controlados. Mas depois das coisas que aconteceram ontem à noite... eu não quero mais isso, David.

Ela me olhou, uma pergunta silenciosa.

Eu balancei a cabeça.

– Não vou te impedir. A escolha é sua. Mas talvez a gente deva pensar mais um pouco sobre isso antes?

– Isso vindo de você? – ela perguntou exibindo um sorriso sombrio. – Não. Talvez eu perca a coragem.

Ela foi até Larápio e, como ele não a notou, ela chutou o pé dele, que estava balançando ao lado do sofá.

O Épico imediatamente puxou os fones e se ergueu.

– Sua lacaia – rosnou. – Vassala inútil. Vou...

Megan estendeu o braço para ele, o pulso para cima.

– Tome meus poderes.

Larápio a encarou, então recuou, encarando o braço dela como alguém poderia olhar uma caixa emitindo um som de tique-taque e com as palavras *NÃO É UMA BOMBA* estampadas no topo.

– Do que raios você está falando?

– Meus poderes – Megan disse, dando um passo à frente. – Tome-os. São seus.

– Você está louca.

– Não – ela disse. – Só cansada. Vá em frente.

Ele não se moveu. Suspeitei fortemente que nenhum Épico jamais *oferecera* seus poderes antes. Fui até eles e fiquei ao lado de Megan.

– Passei meses em Babilar servindo Realeza – ela disse a Larápio –, tudo porque ela sugeriu que podia fazer Calamidade remover meus poderes. Gostaria de ter ouvido falar de você; simplesmente teria vindo aqui. *Tome-os.* Eles te farão imortal.

– Eu já sou imortal – ele retrucou.

– Então seja duplamente imortal – Megan disse. – Ou quadruplamente, ou o que quer que seja. Tome-os, ou eu vou alcançar outra dimensão e...

Ele agarrou o braço dela. Megan ofegou, estremecendo, mas não o puxou. Firmei os seus ombros, preocupado. Faíscas, observá-la nesse momento era uma das coisas mais difíceis que eu já fizera. Deveria persuadi-la a esperar? A refletir sobre a decisão?

– É como água gelada – ela sibilou – nas minhas veias.

– Sim – Larápio disse. – Ouvi dizer que é desagradável.

– Agora se tornou *fogo*! – Megan exclamou, tremendo. – Está me percorrendo! – Os olhos dela ficaram vidrados e desfocados.

– Hmm... – Larápio disse, seu tom o de um cirurgião cuidadoso. – Sim...

Megan estremeceu, ficando tensa e olhando para algum ponto distante.

– Talvez você devesse ter pensado nisso antes de entrar aqui fazendo exigências – Larápio disse. – Espero que aprecie ser ainda *mais* ordinária. Tenho certeza de que vai se encaixar perfeitamente nesse bando, se ainda conseguir pensar quando isso acabar. A maioria não consegue, sabe...

A sala pegou fogo.

Eu me abaixei quando faixas de chama lancetaram através do teto, então pelas paredes. O calor era distante, sutil, mas eu *podia* senti-lo.

Megan se ergueu, reta, e havia parado de tremer.

Larápio a soltou e olhou para as próprias mãos. Ele agarrou Megan de novo, um esgar no rosto, e ela encontrou seus olhos. Não houve estremecimento dessa vez, nenhum pulo de dor, embora seu rosto tenha ficado tenso quando ela cerrou a mandíbula.

As chamas não sumiram. Eram um incêndio fantasma. Megan tinha dito que aprendera a criar essas sombras dimensionais para ajudá-la a esconder sua fraqueza e seu medo de fogo. Elas surgiam por instinto.

A sala começou a ficar muito quente.

Larápio soltou a mão dela e recuou.

— Você não consegue tomá-los, pelo visto — Megan disse.

— Como? — ele quis saber. — Como você me desafiou?

— Não sei — ela respondeu. — Mas foi um erro vir aqui.

Ela se virou e saiu da sala com passos largos. Eu a segui, confuso. Abraham e Mizzy estavam na porta e Megan passou por eles. Eu dei de ombros enquanto a segui para o quarto comunal.

— Você continua com seus poderes? — perguntei.

Ela assentiu, parecendo cansada, e se jogou em seu saco de dormir.

— Eu deveria saber que não seria tão fácil.

Eu me ajoelhei ao lado dela, hesitante, mas também aliviado. Aquilo fora uma montanha-russa de emoções — uma daquelas velhas e bambas e sem cintos de segurança adequados.

— Você... está bem? — perguntei.

— Sim — ela disse. — Não entendo também. Foi estranho, David. Naquele momento, enquanto ele sugava minhas habilidades naquela onda de gelo, eu percebi... que os poderes são parte de *mim* agora, tanto quanto minha personalidade. — Ela fechou os olhos. — Percebi que não poderia dá-los a ele. Se fizesse isso, me tornaria uma covarde.

— Mas como o desafiou? — perguntei. — Nunca ouvi falar de nada assim.

— Os poderes são *meus* — ela sussurrou. — Eu os reivindico. São o *meu* fardo, a *minha* tarefa, o *meu eu*. Não sei por que isso importou, mas importou. — Ela abriu os olhos. — E agora?

– Quando estávamos na Torre Afiada – comentei –, eu visitei o outro mundo, aquele em que vive Tormenta de Fogo. Não há escuridão lá, Megan. *Coração de Aço* é um herói.

– Então nós nascemos a um grau dimensional do paraíso.

– Nós só temos que trazer o paraíso para cá – eu disse a ela. – O plano de Realeza era Prof viajar até Calamidade e, lá, roubar os poderes dele. Se conseguirmos Prof de volta, ele nos dará o dispositivo de teletransporte que ela desenvolveu. Parece que isso nos daria uma boa oportunidade para matar Calamidade e libertar todos.

Ela sorriu e me pegou pelo braço.

– Vamos fazer isso. Resgatar Prof, derrotar Calamidade, salvar o mundo. Qual é o seu plano?

– Bem – respondi –, não está completamente formado ainda.

– Que bom – ela disse. – Você tem ótimas ideias, David, mas sua execução é péssima. Pegue alguns papéis. Vamos descobrir um jeito de fazer isso.

38

Larguei minha mochila no centro do prédio grande e aberto. O lugar tinha um aroma salgado e intenso. Era recém-construído. O chão refletia a luz do meu celular; pedra de sal branca polida. Depois de deixar para trás um esconderijo que havia literalmente se decomposto ao nosso redor, esse lugar parecia quase limpo *demais*. Como um bebê um segundo antes de vomitar em alguém.

– Isso parece errado – eu disse, minha voz ecoando na câmara vasta.

– Como assim? – Mizzy perguntou, passando com um saco de suprimentos sobre o ombro.

– É grande demais – respondi. – Não consigo sentir que estou me escondendo se moro num *armazém* inteiro.

– Era de imaginar – Abraham disse, largando seus suprimentos no chão com um som metálico – que você ficaria contente de escapar dos limites estreitos das nossas moradias anteriores.

Eu me virei e achei distintamente macabro que – pela luz fraca do meu celular – não conseguisse ver as beiradas do quarto. Como poderia explicar essa sensação sem parecer bobo? Todos os esconderijos dos Executores tinham ficado disfarçados e seguros. Esse armazém vazio era o oposto.

Cody afirmava que seria seguro mesmo assim. Nosso tempo em Ildithia permitira que ele e Abraham investigassem um pouco e eles descobriram esse lugar que ninguém usava, um lugar conveniente em relação a um ponto que eu queria usar em nosso plano para atacar Prof.

Balancei a cabeça, pegando minha mochila e arrastando-a pela sala até a parede oposta, onde Abraham e Mizzy haviam deixado as deles. Ali perto, Cody já tinha começado a criar uma sala menor dentro do armazém. Ele trabalhava cuidadosamente com uma mão enluvada, movendo o sal para fora como se estivesse esculpindo barro, usando a espátula para deixar superfícies suaves. A luva zunia suavemente, fazendo a estrutura de cristal do sal se estender além de seus movimentos. Ele trabalhava havia apenas uma hora, mas já tinha feito um bom avanço na câmara menor.

– Ninguém vai nos incomodar aqui, moço – Cody disse em um tom tranquilizador enquanto trabalhava.

– Por que não? – perguntei. – Parece um lugar perfeito para prender um grupo grande de pessoas.

Eu podia imaginar o armazém cheio de famílias, cada uma ao redor de sua lata de lixo em chamas. Elas transformariam o lugar. Em vez de uma tumba vazia, ficaria repleta de sons e de vida.

– Este lugar é longe demais do centro da cidade; é da fronteira norte da seção da antiga Atlanta que se tornou Ildithia. Por que escolher um armazém frio quando você pode ter um conjunto de casas geminadas para sua família?

– Acho que faz sentido – admiti.

– Além disso, um monte de gente foi assassinada aqui – Cody acrescentou. – Então ninguém quer morar perto deste lugar.

– Hã... o quê?

– É – ele disse –, um evento trágico. Um bando de crianças começou a brincar aqui, mas ficava perto demais do território de outra família. A outra família ficou assustada, pensou que rivais estavam se movendo sobre o seu território, e jogou dinamite pela porta. Dizem que dava para ouvir os sobreviventes chorando sob os destroços por dias, mas uma guerra completa já tinha começado, e ninguém teve tempo de vir ajudar as crianças.

Eu o encarei, chocado. Cody começou a assobiar e continuou seu trabalho. Faíscas. Ele estava inventando isso, não estava? Eu me virei e examinei a sala ampla e vazia, e estremeci.

– Odeio você – resmunguei.

– Ah, não fique assim. Fantasmas são atraídos por emoções negativas, sabe.

Eu devia ter imaginado; conversar com Cody estava geralmente entre as coisas *menos* produtivas que se podia fazer. Em vez disso, fui procurar Megan, passando por Larápio, que – é claro – se recusara a ajudar a carregar qualquer coisa para a base nova. Ele entrou na câmara inacabada de Cody e se jogou no ar, um pufe excessivamente estofado se materializando sob ele.

– Estou cansado de ser interrompido – ele disse, apontando para a parede. Uma porta apareceu, escorada nela. – Inclua isso em sua construção e eu colocarei uma tranca na coisa. Ah, e faça as paredes *extragrossas* para eu não ter que ouvir vocês falando bobagens e dando gritinhos o tempo todo.

Cody me dirigiu um olhar sofrido, e de alguma forma pude ver que ele contemplava prender o Épico entre quatro paredes.

Encontrei Megan com Mizzy, perto de onde Abraham estava desembalando suas armas. Fiquei para trás, surpreso. Megan e Mizzy estavam sentadas no chão cercadas por nossas anotações – algumas na minha letra cuidadosa, outras na... bem, a caligrafia de Megan parecia o efeito de um tornado em uma loja de lápis.

Mizzy assentiu quando Megan apontou para uma página, então gesticulou vagamente para o céu. Megan pensou por um momento, em seguida se inclinou sobre a folha e começou a escrever.

Eu fui até Abraham.

– Elas estão conversando – eu disse.

– Você esperava cacarejos?

– Bem, gritos. Ou estrangulamento.

Abraham se virou para continuar descarregando equipamentos de suas mochilas.

Eu me virei na direção das duas mulheres, mas Abraham me pegou pelo braço sem nem olhar para cima.

– Talvez seja melhor deixá-las em paz, David.

– Mas...

– Elas são adultas – Abraham disse. – Não precisam de você para resolver seus problemas.

Cruzei os braços, bufando. O que ser adulto tinha a ver com isso? Muitos adultos *precisavam* de mim para resolver seus problemas – caso contrário, Coração de Aço ainda estaria vivo. Além disso, Mizzy tinha 17 anos. Ela contava como adulta?

Abraham removeu algo de uma das mochilas e o pôs no chão com uma batida suave.

– Em vez de se meter onde não é necessário – ele disse –, por que não ajudar onde *é*? Eu aceitaria a sua ajuda.

– Fazendo o quê?

Abraham ergueu o tampo da caixa, revelando um par de luvas e uma jarra de mercúrio brilhante.

– Seu plano é ousado, como eu esperava. Também é simples. Os melhores planos muitas vezes são. Mas ele exige que eu faça coisas que não tenho certeza se consigo fazer.

Ele tinha razão; o plano era simples. Também era *excepcionalmente perigoso*.

Falcão Paladino usara seus drones para explorar algumas das cavernas sob Ildithia, as que Zona de Escavação tinha criado tanto tempo antes. Havia muitas sob a região, abertas na rocha aqui. Ildithia passava acima de muitas delas, e tínhamos escolhido esse armazém em parte porque aqui podíamos cavar até uma das cavernas e praticar lá.

Nosso plano era treinar por um mês. Até lá, Ildithia teria deixado essas cavernas para trás – mas elas ainda seriam um local perfeito para uma armadilha. Muitos túneis, lugares para esconder explosivos ou planejar rotas de escape. Ficaríamos familiarizados com os túneis, o que nos daria uma vantagem na luta.

Uma vez prontos, íamos nos esgueirar para fora da cidade e voltaríamos às cavernas. De lá poderíamos atrair Prof para a armadilha. Só precisaríamos usar os motivadores baseados em seus poderes e ele viria diretamente até nós. Ildithia estaria a quilômetros de distância, a salvo de qualquer destruição que acontecesse durante nossa luta.

Abraham e Megan o atacariam primeiro. A ideia era exauri-lo antes de revelar Cody, usando o "traje de tensor" completo, como estávamos chamando o conjunto de dispositivos que imitavam o portfólio de poderes de Prof. Não havia chegado ainda, mas Falcão Paladino dizia que estava a caminho. Então, uma vez que Abraham e Megan tivessem cansado Prof um pouco, Cody apareceria, manifestando todos os poderes de Prof.

Precisávamos torcer para que o poder de Tavi não tivesse sido reconhecido por Prof como "dele". Afinal, os campos de força dela eram de uma cor diferente.

Uma parte de mim sussurrava que podia haver um problema maior. Prof tinha sido ferido pelos campos de força de Tavi, mas eles não haviam anulado seus poderes completamente, como o que acontecia com Megan e a maioria dos Épicos.

Thia poderia ter errado? Eu decidira que não, mas agora – confrontado com uma última chance de impedir Prof – eu hesitava. Algumas coisas sobre Prof e seus poderes não faziam sentido.

O *que* era que Prof temia?

– Para isso funcionar – Abraham disse ao meu lado, me tirando da minha introspecção –, vou precisar usar o artik para enfrentar Prof. E para enfrentá-lo vou precisar não ser esmagado pelos campos de força dele.

– O artik deve ser suficiente – eu disse. – A integridade estrutural do mercúrio será...

– Acredito em suas anotações – Abraham me cortou, colocando as luvas. – Mas ainda prefiro fazer alguns testes, seguidos por *muito* treino.

Eu dei de ombros.

– O que você tem em mente?

O que ele "tinha em mente", pelo visto, era me pôr para trabalhar. Havia um pequeno sótão em nosso armazém. Passei a hora seguinte trabalhando com Cody, que criou algumas grandes placas de pedra de sal no sótão. Então eu as prendi juntas com cordas e as posicionei, várias de uma vez, prontas para empurrá-las lá de cima.

Finalmente, enxuguei a testa com um pano que já estava encharcado, então sentei com as pernas para fora da beirada.

Lá embaixo, Abraham praticava.

Ele havia desenvolvido seu próprio programa de treino com o artik, baseado em alguma arte marcial antiga. Entrou no centro de um círculo de luzes que tinha posto no chão, empurrou as mãos para um lado, então as puxou de volta e empurrou na outra direção.

O mercúrio dançou ao seu redor. Primeiro cobriu o seu braço, como uma manga e uma luva prateadas. Conforme Abraham estendia as mãos para a frente, ele se espalhava para fora, tornando-se um disco conectado à palma dele. Quando voltou para os movimentos de artes marciais, o mercúrio recuou e cobriu seu braço de novo, então disparou na forma de um espinho quando ele empurrou as mãos para o outro lado.

Eu assisti avidamente. O metal se movia num fluxo belo, sobrenatural, refletindo luz enquanto serpenteava ao redor dos braços de Abraham – primeiro um, então sobre os ombros até o outro, como algo vivo. Abraham se virou e correu, então saltou – e o mercúrio correu por suas pernas, tornando-se um pilar baixo sobre o qual Abraham aterrissou. Embora parecesse leve e frágil, o pilar aguentou o peso dele.

– Pronto? – chamei de cima.

– Pronto – ele respondeu.

– Tome cuidado – eu disse –, não quero que você seja esmagado.

Abraham não respondeu, e eu suspirei, me ergui e usei um pé de cabra para soltar um dos conjuntos de tábuas de pedra de sal do sótão e mandá-lo rolando na direção dele. A ideia era que Abraham criasse uma linha fina de mercúrio no caminho das tábuas, então visse quanto o impacto distorcia o mercúrio.

Em vez disso, Abraham entrou diretamente no caminho das pernas e ergueu a mão.

Minha visão estava obstruída, mas, pelo que pude ver, Abraham fez o mercúrio subir pelo seu torso e braço – tornando-se uma longa faixa que se estendia da palma, ao longo do corpo, até os pés, para formar um tipo de apoio.

Prendi o fôlego quando a pedra de sal desabou na direção dele. Estiquei o pescoço para olhar para baixo e a pilha caiu com *força*, quicando de Abraham, as cordas se soltando. As placas caíram dos lados, revelando Abraham abaixo com um sorriso, a mão ainda erguida, a palma coberta de mercúrio. O apoio fora suficiente para desviar o peso das tábuas.

– Isso foi imprudente – eu gritei. – Pare de tentar roubar meu emprego!

– Melhor saber já se isso vai funcionar – ele gritou de volta – do que descobrir no meio de uma luta com Prof. Além disso, eu estava relativamente seguro.

– Ainda quer tentar a próxima parte? – Cody perguntou, chegando ao meu lado, o fuzil de atirador no ombro.

– Sim, por favor – Abraham confirmou, empurrando a mão na nossa direção e formando o escudo. O negócio ficou do tamanho dele, reluzente e incrivelmente fino.

Olhei para Cody, então dei de ombros e pus as mãos sobre os ouvidos. Uma série de tiros se seguiu; felizmente eles estavam silenciados, então cobrir os ouvidos não foi tão necessário quanto poderia ter sido.

O mercúrio se contraiu, *pegando* as balas. Ou, bem, parando-as – o que, pensando bem, não era tão impressionante, uma vez que corpos tecnicamente faziam *isso* o tempo todo. O meu tinha feito, algumas vezes.

Mesmo assim, o mercúrio não rasgou nem se partiu, então era um escudo eficaz, embora infelizmente a aplicação fosse limitada. Abraham não tinha reflexos sobre-humanos; ele não conseguiria parar balas que já haviam sido disparadas.

Ele se virou e o mercúrio fluiu de volta para ele, largando as balas no chão. O líquido percorreu seu braço, então sua perna, antes de se lançar de seus pés para formar uma série de degraus se erguendo até mim. Ele os subiu exibindo um sorriso largo.

Eu reprimi a inveja. Duvidava que conseguiria conter a vontade de fazer esse dispositivo funcionar, mas *podia* evitar agir como uma criança sobre isso. Cody e eu demos tapinhas nos ombros de Abraham, fazendo um joinha. O canadense exibia um sorriso de prazer incomum no rosto, e era bom vê-lo assim. Não que ele nunca sorrisse, mas seus sorrisos sempre pareciam muito controlados. Ele raramente parecia apreciar a vida. Era mais como se a deixasse passar ao seu redor, olhando-a com curiosidade, como uma pedra observando um rio.

– Talvez isso funcione mesmo – ele me disse. – Talvez não acabemos todos mortos.

Abraham ergueu a mão e o mercúrio correu por seu braço, se acumulando em uma esfera sobre sua palma enluvada, que ondeou e balançou como um oceano em miniatura, com ondas e uma maré.

– Faz um cachorro agora! – Mizzy gritou lá de baixo. – Ah, e um chapéu! Me faz um chapéu de prata. Uma *tiara*!

– Quieta – Abraham disse.

Meu bolso vibrou. Peguei o celular e encontrei outra mensagem de Falcão Paladino. O cara me considerava sua fábrica de entretenimento pessoal. Abri a mensagem.

Jonathan me contatou hoje de novo.

Ele descobriu que você o fez correr atrás do próprio traseiro?

Traseiro?

Você não tem um rabo, mas tem um traseiro.

E eu correria atrás do meu...? Deixa pra lá. Garoto, Jonathan mandou uma mensagem para mim. Pra você.

Eu senti um arrepio, então acenei para Abraham e Cody se aproximarem e lerem comigo.

Ele disse, Falcão Paladino continuou, *que você tem dois dias para entregar Larápio ou ele vai destruir Nova Chicago e cada uma das pessoas lá. Então Babilar no dia seguinte.*

Abraham e eu nos entreolhamos.

Acha que ele conseguiria?, Falcão Paladino perguntou. *Destruir uma cidade inteira?*

– Sim – Abraham respondeu suavemente. – Se ele matou Thia, é capaz de qualquer coisa.

– Acho que ele está perguntando se Prof tem *poder* pra isso – eu disse.

– Você não falou que conversou com Obliteração na festa? – Abraham perguntou.

– Sim. E Obliteração deixou implícito que Prof o convocou usando um dispositivo feito com seus poderes. Mesmo que Realeza tenha feito as bombas para esconder seu objetivo real, o dispositivo de teletransporte, acho que é seguro imaginar que Prof tem acesso a pelo menos uma bomba.

– Ele tem a capacidade – Abraham disse. – E temos que imaginar que fará o que diz. O que significa...

– ... que temos um novo prazo – eu completei, guardando o celular.

Lá se ia o nosso mês de preparação.

39

O drone aterrissou no telhado do armazém naquela noite. Quatro de nós esperavam em silêncio, encolhidos na escuridão, enquanto Cody escaneava a cidade de dentro de um ninho de atirador que criara em um telhado ali perto.

Enfiei a mão no bolso e apertei um botão no meu celular. A tela ficou escura. O clique enviou uma mensagem que eu havia preparado mais cedo: *O drone entregou o prêmio. Estamos inspecionando agora.*

Nós nos ajoelhamos sobre o drone, com os óculos de visão noturna, olhando para um mundo pintado de verde. Mizzy o abriu.

Lá dentro, embrulhado em palha misturada a jornais velhos, encontramos uma visão gloriosa: um colete, uma caixinha de metal e um par de luvas. Essas luvas pareciam exatamente iguais aos tensores – pretas, com linhas de metal correndo como riachos ao longo dos dedos e se acumulando sobre cada ponta. Elas brilhariam verdes quando ativadas.

– Da hooora – Mizzy sussurrou, cutucando o colete. – Três motivadores diferentes. O primeiro oferece cura, julgando pelos sensores para fixar na pele; provavelmente se ativa automaticamente sobre o ferimento. Este está conectado aos tensores. O último é para campos de força.

Ela virou uma das luvas. Eu não conseguia deixar de sentir que esse traje representava algo novo, um passo diferente na criação de tecnologia derivada de Épicos. Em vez de um único poder, isso replicava tudo o que Prof podia fazer. Uma rede complexa de fios e motivadores múltiplos, combinados em uma imitação de um ser sobre-humano. Eu deveria estar perturbado ou impressionado?

Heróis virão, filho. As palavras do meu pai. Pensei nelas enquanto deslizava o dedo sobre o metal polido dos motivadores do traje. *Às vezes, filho, você tem que dar uma ajuda aos heróis.*

– Temos um problema – Abraham disse. – Cody não pode treinar com esse dispositivo sem alertar Prof que o está usando, revelando nossa posição para ele.

– Tenho uma ideia – eu disse. – Mas vai exigir que Megan use seus poderes.

Ela me olhou, curiosa.

– Duvido que Prof consiga sentir Cody treinando – expliquei – se ele estiver em outra dimensão.

– Esperto – ela disse. – Mas ele só vai poder ficar por um tempo curto. Dez, talvez quinze minutos, se eu forçar.

– Não force – afirmei. – Isso pode não nos dar muito tempo, mas pelo menos vamos garantir que os motivadores funcionam.

Todos pareceram gostar desse plano, e juntos tiramos o traje de tensores do drone. Embaixo dele havia alguns outros suprimentos que tínhamos implorado a Falcão Paladino: alguns explosivos, pequenos drones que eram pouco mais que câmeras com pés e alguns dispositivos que Mizzy havia sugerido como adições ao plano que Megan e eu tínhamos bolado.

Os outros levaram tudo isso, enquanto Mizzy colocava o velho por-um-fio – aquele que curara Megan e eu – no drone, para mandar de volta a Falcão Paladino. Tínhamos algo melhor agora, embora precisássemos ser cuidadosos ao usá-lo para não alertar Prof.

Peguei Megan pelo braço enquanto a equipe passava, carregando os presentinhos. Ela assentiu para mim – não objetava em usar seus poderes. Eu não a segui para o armazém; em vez disso, fui até o ninho de atirador de Cody. Era o meu turno de vigia.

O ninho tinha o formato de uma caixa grande e rasa perto do centro do telhado. Cody criara um teto com o construtor de cristais que se fundia diretamente com o telhado e fazia a estrutura se parecer com qualquer outra parte normal de um prédio. Mas havia fendas de todos os lados dela, e atrás um buraco grande o bastante para a pessoa rastejar para dentro e se deitar.

Eu espiei; o sulista magrelo estava encolhido no buraco como um filhote de canguru na bolsa da mãe – embora as pessoas realmente não devessem deixar bebês cangurus brincar com uma Barrett calibre .50 com balas que perfuravam armaduras.

– Meu brinquedo novo chegou? – Cody perguntou, largando a arma e se contorcendo para sair de costas do ninho.

– Sim – respondi, saindo do caminho enquanto ele se erguia. – Parece ótimo.

– Certeza de que não quer pilotar, moço?

Balancei a cabeça.

– Você tem mais experiência com os tensores, Cody.

– É, mas você era bem mais talentoso com eles.

– Eu... – Engoli. – Não, preciso coordenar a missão dos bastidores.

– Certo, então – ele disse, se virando para a escada que levava para o prédio.

– Cody? – chamei, e ele parou e se virou. – No outro dia, eu estava falando com Abraham e... bem, ele ficou meio bravo.

– Ah. Você estava fuçando, não estava?

– Fuçando?

– Sobre o passado dele.

– Não, claro que não. Só perguntei por que ele não queria ficar no comando.

– Quase a mesma coisa – Cody disse, me dando uns tapinhas no braço. – Abraham é um cara estranho, moço. O resto do grupo faz sentido. Você luta por vingança. Eu luto porque era um policial e fiz um juramento. Mizzy luta por causa de seus heróis, pessoas como Val e Sam. Ela quer ser como eles. Mas Abraham... por que ele luta? Não sei te dizer. Por causa dos seus irmãos e irmãs caídos das forças especiais? Talvez, mas ele não parece guardar rancor. Talvez para proteger o país? Mas, se é o caso, por que ele está aqui nos Estados Fraturados? Tudo que consegui descobrir é que ele não quer falar sobre isso, e você não deve imaginar que ele é gentil só porque está sob controle, moço. – Cody esfregou a mandíbula. – Aprendi isso do jeito difícil.

– Ele te deu um *soco*?

– Quebrou minha mandíbula – Cody disse com uma risada. – Não fuce, garoto. É isso que aprendi!

Ele parecia não se importar muito, embora uma mandíbula quebrada fosse uma ofensa bem grande para mim.

Mas, por outro lado, *quem nunca* quisera socar Cody uma vez na vida?

– Obrigado – eu disse, sentando para me contorcer para dentro do ninho de atirador. – Mas você está enganado sobre mim, Cody. Não luto por vingança. Não mais. Eu luto pelo meu pai.

– Não é o mesmo que vingança?

Enfiei a mão na camiseta e puxei o símbolo no formato de S que usava ao redor do pescoço. A marca de alguém que aguardava o dia em que os heróis viriam.

– Não. Eu não luto por causa da morte dele, Cody. Luto pelos seus sonhos.

Cody assentiu.

– Bom pra você, moço – ele disse, se virando para a escada. – Bom pra você.

Rastejei para dentro do ninho de atirador, minha cabeça raspando no teto baixo, e ergui o fuzil de Cody, conectando meu celular nele. Tirei os óculos de visão noturna e, em vez disso, usei a mira da arma – nela havia um mapa sobreposto da área, assim como imagens térmicas. E, melhor que ambos, o fuzil tinha um sistema de detecção de som avançado. Ele me alertaria se ouvisse qualquer coisa por perto, fazendo surgir um ponto no meu mapa.

No momento, nada. Nem pombos.

Deitei sobre as almofadas que Cody deixara. De vez em quando, eu me virava no buraco quadrado, enfiando o fuzil em um dos lados.

Sons vieram de baixo, de dentro do armazém. Chequei com os outros e Mizzy disse que minha ideia – de mandar Cody treinar em uma dimensão paralela – estava funcionando. Ela disse que ele precisou assustar umas crianças que estavam morando no armazém naquela dimensão, mas que fora isso não encontrou ninguém.

Verifiquei algo estranho depois disso – barulhos que o fuzil havia captado –, mas eram só alguns forrageadores se movendo pelo beco. Eles não pararam no nosso armazém. Em vez disso, seguiram na direção dos subúrbios da cidade, o que me concedeu um período estendido a sós, para pensar. Minha mente vagava no silêncio, e percebi que algo me incomodava. Eu estava insatisfeito, mas, irritantemente, não conseguia descobrir *por quê*. Alguma coisa me incomodava, ou sobre o lugar em que tínhamos nos estabelecido ou sobre o nosso plano. O que eu não estava vendo?

Ruminei o plano todo por cerca de uma hora – só uma fração do meu turno – e fiquei contente quando o alarme da arma zuniu outra vez. Dei zoom na fonte da perturbação, mas era só um gato selvagem correndo por um telhado próximo. Eu o vigiei com cuidado, para o caso de ser algum tipo de Épico transmorfo.

A essa altura, a aurora havia despontado no horizonte e eu bocejei, umedecendo os lábios e sentindo o gosto de sal. Eu não ficaria triste de deixar este lugar. Infelizmente, meu turno era de oito horas inteiras, o que significava mais seis horas de tédio até o meio-dia.

Bocejei de novo e esfreguei uma unha na borda de pedra de sal do telhado, à minha frente. Curiosamente, nosso armazém continuava crescendo. As mudanças eram mínimas, mas olhando de perto eu podia ver que vinhas tão finas quanto linhas de lápis cresciam ao longo da pedra de sal, como se esculpidas por uma mão invisível.

As mudanças grandes da cidade aconteciam nos primeiros e últimos dias de vida de um prédio, mas o tempo entre elas não era estático. Muitas vezes, surgiam pequenas ornamentações. Elas sumiriam em um dia ou dois, desgastadas pelo declínio inevitável que era o ciclo infinito da cidade.

O alarme do fuzil zuniu de novo e olhei para o mapa da mira. O som vinha do topo do nosso armazém, e, um momento depois, ouvi passos raspando na pedra de sal. Eles vinham da direção da escada do prédio abaixo, aquela que levava do sótão ao telhado. Era provavelmente alguém da minha equipe. Mesmo assim, cuidadosamente peguei o celular, usando sua câmera – que enviava uma transmissão para a mira – a fim de ver quem estava ali em cima.

Era Larápio.

Isso eu não esperava. Não conseguia me lembrar de ele ter saído de seu quarto em qualquer uma das três bases, exceto quando precisávamos nos transferir de uma para outra. Ele estava em pé com a mão cobrindo a testa, encarando o nascer do sol distante com uma careta.

– Larápio? – perguntei, rastejando para fora do ninho com o fuzil em mãos. – Está tudo bem?

– As pessoas gostam disso – ele disse.

– Do quê? – perguntei, seguindo o olhar dele. – De ver o sol nascer?

– Elas sempre falam sobre o nascer do sol – ele respondeu, parecendo irritado. – Como é bonito e blá, blá, blá. Como se cada um fosse alguma maravilha única. Eu não entendo.

– Você é louco?

– Estou cada vez mais seguro – ele disse secamente – de que sou o único neste planeta que *não é*.

– Então deve ser cego – retruquei, olhando para o sol.

Para um nascer do sol, não era dos melhores. Não havia nuvens para refletir a luz, e o dia estava basicamente de uma única cor uniforme em vez de percorrer todo o espectro.

– Uma bola de fogo – ele disse. – Laranja berrante. Uma luz forte.

– Sim – confirmei, sorrindo. – Incrível.

Pensei em todos aqueles anos que eu passara na escuridão de Nova Chicago, quando determinávamos a hora do dia pela intensidade das luzes. Pensei em como foi emergir para um céu aberto pela primeira vez desde a infância e assistir ao sol subir e banhar tudo em calor.

O nascer do sol não precisava ser lindo para ser lindo.

– Eu venho assistir às vezes – Larápio disse –, só pra ver se consigo encontrar o que todo mundo parece ver.

– Ei – eu disse. – Quanto você sabe sobre o jeito como esta cidade cresce?

– Por que se importa?

– Porque é interessante – respondi, me ajoelhando. – Está vendo essas vinhas? Ainda estão crescendo. É por que o armazém original tinha esse padrão na alvenaria e na madeira? Quer dizer, não faria muito sentido se tivesse, mas a outra opção seria que os *poderes* estão criando arte aqui. Não é estranho?

– Eu não saberia dizer.

Olhei para ele.

– Você não sabe, né? Absorveu esse poder quando tomou a cidade, mas não sabe como funciona.

– Eu sei que ele faz o que quer. O que mais interessa?

– A beleza – eu disse, esfregando o dedo em uma das vinhas. – Meu pai sempre disse que os Épicos eram maravilhosos. Incríveis. Um lampejo de algo verdadeiramente divino, sabe? É fácil prestar atenção na destruição, como o que Obliteração fez com Kansas City. Mas há beleza também. Quase faz eu me sentir mal em matar Épicos.

Ele bufou, desdenhoso.

– Seu teatrinho não me engana, David Charleston.

– Meu... teatrinho? – Eu me ergui e me virei para ele.

– O teatro de desprezar os Épicos – ele esclareceu. – Você os odeia, sim, mas como o rato odeia o gato. É o ódio da inveja. O ódio dos pequenos que desejam ser grandes.

– Não seja tolo.

– Tolo? – Larápio perguntou. – Acha que não é óbvio? Um homem não estuda, aprende e se obceca como você fez por causa de *ódio*. Não, esses são os indícios da luxúria. Você procurou um pai entre os Épicos, uma amante entre eles. – Ele veio em minha direção. – Admita. Você não quer nada mais do que ser um de nós.

– Eu amei Megan antes de saber o que ela era – retruquei entre dentes cerrados, chocado com a raiva súbita que senti. – Você não sabe de nada.

– Não sei? – ele perguntou. – Vi pessoas como você muitas vezes. Nós vemos a verdade dos homens se manifestar naqueles primeiros momentos, David. Novos Épicos. Eles matam, destroem, mostram o que todo homem faria se suas inibições fossem removidas. A humanidade é uma raça de monstros, ineficazmente acorrentados. É isso que há dentro de *você*. Negue, se ousar. Negue, homem que presume conhecer os Épicos melhor do que conhece a si mesmo!

Eu não ousava. Virei-me para longe dele e subi de novo no ninho de atirador para terminar meu turno. Depois de um tempo, ele resmungou atrás de mim e foi embora.

Horas se passaram. Por mais que tentasse, eu não conseguia esquecer o que Larápio dissera. Quando o meio-dia se aproximou e com ele o final do meu turno, percebi que não conseguia esquecer uma coisa específica que o Épico dissera.

Homem que presume conhecer os Épicos melhor do que conhece a si mesmo...

Eu os conhecia de fato? Conhecia seus poderes, sim, mas não os Épicos em si; eles não pensavam todos do mesmo jeito. Esse era um dos erros que as pessoas mais cometiam. Os Épicos tinham uma arrogância extraordinária, então era possível prever algumas de suas ações, mas eles ainda eram pessoas. Indivíduos. Não, eu não os conhecia.

Mas eu conhecia Prof.

Ah, Calamidade, pensei.

Finalmente entendi o que estava me incomodando. Saí do ninho de atirador e desci a escada correndo até o armazém.

Tropecei da escada para o sótão, correndo até a beirada a fim de olhar para o armazém abaixo. Mizzy estava sentada numa mesa, girando as chaves ao redor do dedo, enquanto Megan sentava-se de pernas cruzadas no chão, concentrada. Perto dela, o ar se distorceu e Cody apareceu.

– Bem – Cody disse –, acho que estou entendendo como isso funciona. Parece bem mais poderoso que os tensores em Nova Chicago. Paredes inteiras de campo de força funcionam também.

– Pessoal! – gritei.

– David, moço – Cody gritou para cima. – Essa ideia dimensional está funcionando bem!

– *Por que* – eu gritei – Prof nos daria um prazo de dois dias?

Todos me olharam em silêncio.

– Para... nos deixar em pânico? – Mizzy perguntou. – Para nos forçar a desistir? É pra isso que se dão prazos, não?

– Não, pense nisso como um Executor – eu disse, frustrado. – Imagine que Prof está tramando, assim como nós. Imagine que ele formou a própria equipe, o próprio plano de ataque. Estamos pensando nele como algum déspota desconhecido, mas ele não é isso. Ele é um de nós. Esse prazo é suspeito demais.

– Faíscas – Megan exclamou, se erguendo. – Faíscas! Neste caso, você só daria um prazo de *dois dias*...

– ... se estivesse planejando atacar em *um* – Abraham terminou.

– Se não antes.

– Precisamos sair daqui – eu disse. – Deste lugar, desta *cidade*. Rápido!

40

A correria desenfreada que se seguiu tinha *alguma* ordem, uma vez que nunca nos assentávamos numa base sem primeiro criar um plano de saída. A equipe sabia o que fazer, mesmo que houvesse muitos xingamentos e um pouco de caos.

Eu desci a escada correndo, quase colidindo com Mizzy, que estava subindo ao sótão para pegar nossa munição e explosivos extras, que mantínhamos longe da área onde dormíamos. Abraham foi atrás das nossas células de energia e armas, que deixara ao lado de uma parede.

Cody correu na direção da porta. Eu o impedi com um grito:

– Espere!

Ele congelou e se virou para mim, ainda usando o traje de tensores.

– Megan – eu disse –, assuma o reconhecimento no lugar de Cody. Cody, faça o trabalho dela e arrume as rações. Esse traje é valioso demais para arriscar lá fora caso haja alguma armadilha esperando um batedor.

Megan obedeceu imediatamente, e joguei o fuzil de Cody para ela quando passou. Cody voltou, parecendo meio soturno, mas começou a juntar nossas mochilas, verificando que cada uma tinha comida, água e um saco de dormir.

Mandei uma mensagem apressada para Falcão Paladino. *Nossa base está comprometida*, escrevi. *Estamos saindo. Pode me emprestar um ou dois drones que deixou patrulhando a região?*

Ele não respondeu imediatamente, então me apressei para ajudar Mizzy com a munição e os explosivos. Ela assentiu em gratidão quando tirei o peso dos braços dela.

– Presente de despedida? – ela perguntou.

– Sim – respondi –, mas só se puder ser rápida. Quero sair daqui em cinco minutos.

– Entendido – ela afirmou, correndo até o sótão. Mizzy teria uma carga preparada para explodir o armazém inteiro quando tivéssemos terminado de arrumar tudo.

– Garanta que haja um jeito remoto de desarmá-la – gritei para ela, me lembrando da história de Cody sobre as crianças mortas, que eu tinha *quase* certeza de que era mentira.

Enfiei a munição nas mochilas – que Cody havia disposto em fileira, com os sacos de dormir em cima –, então fechei cada uma. Havia mochilas para todos menos Abraham, que carregaria uma sacola maior com gravatônicos cheios de nossas armas e células de energia.

Meu celular vibrou.

Como você sabe que eu ainda tenho drones na região?, Falcão Paladino escreveu.

Porque é paranoico, respondi, *e quer ficar de olho em Prof?*

Joguei uma mochila sobre o ombro e larguei uma segunda aos meus pés – eu carregaria a de Megan até que ela se encontrasse com a gente.

Você é realmente mais esperto do que parece, ele escreveu para mim. *Tudo bem. Vou escanear sua área e te mando o vídeo.*

Esperei, ansioso, enquanto Abraham terminava seus preparativos. Mizzy correu para apanhar sua mochila e assentiu para mim. Cody já estava com a sua no ombro. Tudo em menos de cinco minutos. Ali perto, Larápio saiu do quartinho que Cody fizera para ele.

– Perdi alguma coisa? – ele perguntou.

– Droga – Megan disse na linha.

Coloquei a mão no fone.

– Que foi?

– Ele tem um exército inteiro percorrendo as ruas na nossa direção, Joelhos. Nossos pontos de saída primários estão ambos bloqueados. Quando percebêssemos isso pelo ninho de atirador, já estaríamos cercados. É capaz que já estejamos.

– Recue – eu disse. – Vou pegar informações com Falcão Paladino.

– Entendido.

Eu me virei para os outros.

– Rostos falsos? – Mizzy sugeriu.

– Quaisquer que sejam nossos rostos, com todo esse equipamento vamos parecer mais suspeitos que Calamidade – respondi.

– Então o deixamos – Abraham disse. – Não estamos prontos para uma luta.

– E estaremos mais prontos em 24 horas? – perguntei. – Quando ele destruir Nova Chicago?

Meu telefone vibrou; Falcão Paladino estava realmente me ligando, o que era raro. Atendi, conectando a transmissão na linha comunal para que todos o ouvissem em seus fones.

– Vocês estão ferrados – ele disse. – Estou mandando a filmagem em infravermelho.

Abraham se aproximou, abaixando o celular, e nós nos reunimos para assistir. Um mapa da nossa área mostrava centenas, talvez milhares de pessoas se movendo para a nossa posição, cada uma um ponto infravermelho. Elas formavam um círculo completo.

– East Lane – Falcão Paladino apontou. – Está vendo esses corpos? Passantes que tentaram fugir. Eles estão atirando em qualquer um que tenta escapar desse círculo. Estão mandando uma equipe para dentro de todos os prédios e segurando todas as pessoas lá à mão armada e, pelo que consegui ver através de uma janela, apalpando os seus rostos.

– Apalpando rostos? – Mizzy perguntou.

– Para ver se alguma parte é ilusória – expliquei. – Prof sabe que Megan consegue enganar um detector, mas as sobreposições que ela cria ainda *são* ilusões. Se eles sentirem um nariz que não se encaixa na imagem do rosto ou coisa parecida, vão saber que nos encontraram.

– Como eu disse – Falcão Paladino repetiu –, ferrados.

Megan entrou correndo e fechou a porta atrás de si, apoiando as costas na pedra de sal.

– Cercados? – ela perguntou, examinando nossas expressões.

Eu assenti.

– Então o que faremos? – ela quis saber, se juntando ao nosso grupinho.

Eu olhei para os outros. Um de cada vez, eles acenaram.

– Lutamos – Abraham disse suavemente.

– Lutamos – Mizzy concordou. – Ele vai esperar que a gente recue; é protocolo Executor quando surpreendidos ou em menor número.

Eu sorri, sentindo o peito inchar de orgulho.

– Se essa fosse uma das equipes de Prof – eu disse –, nós fugiríamos.

– Não somos a equipe dele – Cody disse. – Não mais. Estamos aqui para mudar o mundo, e não faremos isso sem uma briga.

– É idiota – observei.

– Algumas vezes a opção idiota é a certa – Megan disse, então hesitou. – Diabos. Espero que mais tarde ninguém se lembre de que eu disse isso. Então, qual é o nosso campo de batalha?

– O mesmo lugar que já seria – eu respondi.

Apontei para baixo – aquele túnel e o complexo de cavernas estavam sob nós.

– Cody, abra um caminho pra nós. Vamos levar todo o equipamento, exatamente como planejamos. Não teremos tanta vantagem quanto esperávamos, mas ainda teremos o mapa das cavernas e elas vão nos permitir enfrentar Prof com a menor chance de ferir pessoas inocentes.

– Espere – Megan disse. – Se Cody usar os tensores, isso vai atrair Prof diretamente para nós. Ele vai saber que temos o dispositivo.

– É – Falcão Paladino concordou pela linha. – Ele está pairando na retaguarda do seu exercitozinho agora, mas não vai ficar lá por muito tempo. Anos antes, quando testamos o motivador, ele teve um ataque de fúria. Ele vai atrás de vocês imediatamente.

Cody olhou para as próprias mãos.

– Eu... moço, acabei de começar a praticar com esses tensores. Eles são mais fortes do que os que tínhamos antes, mas pode levar *horas* para eu abrir um buraco de fuga.

– Não deveria – eu disse. – Você já viu o que Prof consegue fazer: derrubar prédios, vaporizar trechos enormes de chão. Você segura esse poder, Cody.

Cody tensionou a mandíbula, e os tensores começaram a brilhar verdes.

Nenhum de nós perguntou como Prof nos localizara. Poderia ter sido uma série de jeitos diferentes – nossas bases em Ildithia não eram inteiramente seguras. Talvez tivéssemos sido avistados por um informante, ou talvez Prof tivesse um Épico que podia nos detectar, ou talvez ele tivesse notado as entregas de drone.

– Certo – Cody disse. – Preparem-se, eu vou começar. É hora de lutar.

41

A equipe carregou todos os equipamentos. Armas em mão, celulares presos aos braços, fones nos ouvidos. Mizzy jogou uma caixinha para cada um de nós: uma corda de rapel comprimida. Eu fixei a minha ao cinto.

Deixamos as mochilas, só pegando um pouco de munição. As mochilas eram para sobrevivência a longo prazo. Depois disso, de um jeito ou de outro, não precisaríamos delas.

Tensão percorria o ar, como o aroma distante de fumaça que indicava um incêndio. Não estávamos prontos, mas a batalha viera até nós. No momento, tudo dependia de Cody. Ele estava em pé no centro do armazém, observando o chão empoeirado de pedra de sal. Ele sempre parecera magro de um jeito quase cômico para mim, mas agora, usando o traje de tensores, com seus verdes brilhantes e o colete dramático e futurista, ele era uma figura impressionante.

Dei um passo até ele.

– Está lá embaixo, Cody – eu disse. – Um complexo inteiro de cavernas. O campo de batalha que *nós* escolhemos. Só precisamos de uma entrada.

Ele inspirou fundo.

– Lembra o que você disse quando estava me ensinando a usar os tensores pela primeira vez? – perguntei.

– Sim... que você tem que usá-los como se estivesse acariciando uma bela mulher.

– Eu estava pensando na outra coisa que você disse. Que é preciso ter a alma de um guerreiro, como William Wallace.

– William Wallace foi assassinado, moço.

– Ah.

– Mas ele não caiu sem uma briga – Cody afirmou, se aprumando.

– Certo. Segurem o haggis no estômago, pessoal.

Ele ergueu as mãos à sua frente e um brilho verde correu pelos fios ligados a seus braços e mãos. Então empurrou as mãos para a frente e eu senti um zumbido característico que parecia vibrar até a minha alma sem fazer qualquer som.

Uma seção de 1 metro quadrado do chão foi vaporizada, talvez com uns 3 metros de profundidade. Isso era bem impressionante na escala antiga dos tensores, mas ainda longe do que precisávamos para atingir aquelas cavernas.

– Jonathan está se movendo! – Falcão Paladino exclamou nas linhas. – Faíscas! Vocês estão encrencados. Ele *não* parece feliz!

Cody xingou baixinho, encarando o trecho de chão que fora reduzido a finos grãos de areia. O vento que entrava da porta aberta do sótão levou um pouco da poeira na corrente.

Agarrei o braço de Cody.

– Tente de novo.

– David, é o máximo que eu consigo! – ele exclamou.

– Cody – eu disse. – *Concentre-se.* A alma de um guerreiro!

– Se eu continuar falhando, moço, estamos mortos. Presos aqui, vão atirar e matar todos. É pressão pra diabos pra se concentrar.

– Claro – concordei, agitado. – Mas... hm... não mais pressão do que quando você impediu aqueles terroristas de lançar bombas atômicas na Escócia daquela vez, certo?

Ele olhou para mim, a testa brilhando de suor. Então sorriu.

– Como sabe disso?

– Só um palpite. Cody, *você consegue.*

Ele se concentrou outra vez no chão à sua frente. Seu traje começou a brilhar novamente, faixas esmeralda correndo pelos braços, pulsando como as batidas de um coração. Estar tão perto me fez sentir algo familiar, como ouvir a voz de um velho amigo.

Eu me lembrei dos dias nas cavernas de Nova Chicago, de inocência e convicção.

Cody ergueu as mãos sobre a cabeça e a vibração ficou mais alta.

– Como acariciar uma mulher – ele sussurrou. – Uma mulher muito, *muito* grande.

Então liberou o poder com um grito desafiador, e ele atingiu o chão com tanta força que caí de joelhos.

Centímetros abaixo de mim, o chão se desintegrou numa rachadura grande cheia de grãos de sal. Eu vi os grãos caírem para revelar um buraco com cerca de 1,5 metro de diâmetro. Ele se curvava para baixo, com lados suaves e vítreos, viajando por pedra de sal, em seguida por pedra de verdade. O fim do sal indicava que se abria para algo muito maior abaixo.

– Lembre-me – eu disse a Cody – de nunca deixar você me acariciar.

Ele sorriu, levantando mãos que brilhavam um verde forte.

– Ele estará aí a qualquer momento, seus slontzes – Falcão Paladino disse na linha. – Está indo mais devagar que eu esperava; é cuidadoso, sim, mas está quase aí. Eu iria logo se fosse vocês.

– Para baixo – ordenei, pegando meu Gottschalk quando Abraham o jogou pra mim. – Lembrem-se das posições iniciais!

Mizzy deslizou até a borda do buraco e, usando uma arma grande no formato de um tubo, cravou uma série de espetos no chão. Ela prendeu seu cabo de rapel em um, então pulou para dentro. Megan se prendeu a outro espeto, então seguiu, deslizando pelo buraco como se fosse um brinquedo num velho parque de diversões.

Olhei para Larápio e gesticulei para que fosse.

– Eu ficarei – ele disse.

– Ele quer te matar!

– E será atraído até vocês – Larápio disse, cruzando os braços. – Estarei mais seguro escondido no meu quarto.

– Não com os explosivos que Mizzy deixou pra trás. Olha, precisamos da sua ajuda. Junte-se a nós. Mude o mundo.

Ele bufou e deu as costas.

Foi como um soco no estômago.

– David – Cody disse, olhando para o teto. – Vamos, moço!

Com os dentes cerrados, puxei a extremidade da corda de rapel da caixa no meu cinto e a enrolei em um espeto vazio, então me lancei no buraco. Deslizei pela pedra lisa na escuridão, tentando conter a frustração. Minhas expectativas eram tolas, mas parte de mim tinha imaginado que Larápio se juntaria a nós para essa batalha.

Eu sempre pretendi falar mais com ele, mas havíamos ficado frenéticos com os preparativos. Eu deveria ter feito alguma outra coisa? *Poderia* ter feito alguma outra coisa? Se tivesse sido mais esperto, ou mais persuasivo, poderia ter encontrado um jeito de trazê-lo para o nosso lado?

Meu celular automaticamente ativou a caixa na profundidade correta, pondo resistência na corda até eu reduzir a velocidade e emergir em uma câmara vasta, parando com um tranco a um metro e pouco acima do chão. Cortei a corda e caí numa pilha enorme de sal e poeira. Abri caminho por ela, saindo de baixo da abertura.

Mizzy e Megan estavam com os celulares na mão, iluminando uma série de cavernas naturais cobertas com uma quantidade impressionante de grafite. As cavernas tendiam a ter teto baixo – cerca de 3 metros, embora não fossem uniformes – e ser conectadas por túneis com muitos recessos. Não pareciam exatamente naturais, mas eram bem mais orgânicas que os túneis abaixo de Nova Chicago. Zona de Escavação estivera tão louco quanto os Cavadores a quem doou seus poderes? Julgando pelo número insano de cavernas aqui, isso parecia provável.

Abraham foi o próximo a pousar na pilha de sal, o artik cobrindo um braço. Finalmente, Cody entrou, e ele não havia se dado ao trabalho de pegar uma corda – descera pelo buraco sobre um campo de força que surgira sob seus pés.

– Cody, desative os poderes – eu disse, apontando para um desvio na caverna. – Encontre um ponto naquela direção e fique pronto. Não vamos surpreender Prof com as habilidades dele, mas ainda quero que você fique escondido. Mizzy, esteja pronta para explodir seu presentinho quando eu avisar.

– E Larápio? – ela perguntou.

– Ele sabe sobre a explosão – eu disse. – Vai sair do caminho. – E, se não saísse, bem, isso era problema dele.

Peguei o celular e corri pelo chão irregular da caverna até uma passagem lateral. O complexo era intricado, mas o mapa do celular apontava alguns recessos relativamente seguros de onde eu podia coordenar as operações. Esse não era o lado exato do complexo de cavernas onde havíamos planejado dispor nossa armadilha originalmente, mas teria que funcionar.

Megan se juntou a mim.

– Bom trabalho com o escocês lá em cima.

– Ele só precisava de um empurrãozinho – eu disse – para se tornar o que sempre fingiu ser.

– Ele não é o único – Megan observou. Paramos numa intersecção de túneis e ela me puxou para um beijo rápido. – Você sempre pensou que queria estar no comando, David. E tinha bons motivos pra isso.

Ela se virou para ir em outra direção. Eu segurei seu braço, então sua mão, conforme ela se afastava de mim.

– Não se esforce demais, Megan.

Ela sorriu – faíscas, que sorriso! – e segurou meus dedos nos seus.

– Eu os domino, David. São *meus*. Não temo mais os poderes. Se a escuridão me tomar, eu encontrarei um caminho de volta.

Ela me soltou, atravessando a caverna enquanto eu me abaixava para entrar no meu recesso escolhido. Era apertado, exigindo que eu me contorcesse através de algumas rochas, mas esconderia a luz do meu celular dos olhos de Prof, e *me* esconderia de explosões. Lá dentro, eu estava em uma bolha sem outras saídas.

Tirei um fone do cinto com um domo de vidro afixado à frente. Um presente relutante de Falcão Paladino no mesmo carregamento do traje de tensores. Telas múltiplas podiam ser projetadas sobre ele.

– Mizzy – chamei –, as câmeras estão no lugar?

– Colocando a última – ela disse. – Falcão Paladino, essas coisas são macabras *demaaaais*.

– Diz ela ao homem que as fez usando um manequim que ele controla com a mente – Abraham acrescentou baixinho.

– Quieto – Falcão Paladino disse, embora sua voz estivesse um pouco difícil de escutar acima do barulho do lado dele da linha.

— Falcão Paladino — chamei —, sua linha tem algum tipo de interferência estática.

— Hmm? Ah, não se preocupe. A pipoca está quase pronta.

— Você está fazendo *pipoca*? — Abraham perguntou.

— Claro, por que não? Deve ser um show e tanto...

Uma a uma, quatro telas piscaram no display do headset, me dando uma sequência de vistas da caverna principal e de seus túneis próximos. Mizzy largara bastões de iluminação, embora houvesse visão térmica e noturna nas câmeras. Elas tinham vindo de Falcão Paladino, pequenos drones parecidos com caranguejos com câmeras no corpo. Usei o celular para virar a câmera de um drone e funcionou perfeitamente.

— Boa — disse Falcão Paladino.

Ele e Mizzy também veriam as telas, mas Mizzy estaria ocupada com seus explosivos. Megan e eu tínhamos ficado desesperados quando enfrentamos nossas fraquezas; eu esperava que, se levássemos Prof à exaustão, se apresentássemos um perigo real, seria mais fácil para ele fazer o mesmo.

— Falcão Paladino — eu disse, passando pelas câmeras para ter a visão dos olhos de Cody, então de Megan. — Tempo de chegada previsto de Prof?

— Acabou de aterrissar no seu prédio — ele informou.

— Algum outro Épico com ele?

— Negativo — Falcão Paladino respondeu. — Certo, ele vaporizou o teto e está caindo aí dentro.

— Mizzy — chamei —, exploda o presente.

Sentimos o choque e alguns destroços caíram pelo buraco que tínhamos feito. Esperei, tenso, tentando observar todas as telas diferentes de uma vez. De que direção ele viria?

O teto da caverna tremeu, então desabou, derrubando praticamente uma *tonelada* de poeira de sal na câmara principal. A luz irradiou em faixas. Prof não se contentou com um buraquinho como o que fizéramos. Ele havia arrancado o topo da caverna inteira.

Então flutuou para baixo num disco brilhante de luz, com poeira girando ao seu redor, óculos de proteção no rosto e seu jaleco negro flutuando. Perdi o fôlego.

Eu não via um monstro. Na minha mente, me lembrava de um homem que descera através de outro telhado em uma chuva de poeira. Um homem que tinha corrido o máximo que pudera – enfrentando um esquadrão da Patrulha, arriscando a vida e a própria sanidade – para me salvar.

Era hora de retornar o favor.

– Vão – sussurrei na linha.

42

Abraham se moveu primeiro, pegando a artilharia pesada – sua miniarma gravatônica. Eu sempre ficava empolgado quando o via atirar com ela, porque, *cara*, o negócio podia descarregar balas mais rápido que um par de caipiras bêbados visitando uma fábrica de fuzis.

– Fiquem escondidos – avisei quando a arma de Abraham brilhou na escuridão, salpicando Prof com cerca de duas centenas de balas.

Os campos de força de Prof estavam erguidos e as balas foram defletidas – mas aqueles campos não eram invencíveis. Usá-los exigia esforço. Nós podíamos esgotá-lo.

Ele rosnou para Abraham e lançou a mão para o lado, formando um dos seus característicos globos de força ao redor do canadense. Prof apertou o punho para encolher o globo, mas o campo de força resistiu quando Abraham usou o artik para segurá-lo de cada lado.

Por uma câmera, eu tinha uma boa visão do rosto surpreso de Prof.

– Cody, vá – eu disse.

Um lampejo de luz disparou das sombras e o campo de força ao redor de Abraham se estilhaçou. Bom. Como antes, o tensor conseguia anular campos de força. Só tínhamos que tomar cuidado para não vaporizar a arma de Abraham como efeito colateral.

Prof rugiu e apontou para Cody, mas nada pareceu acontecer. Franzi o cenho ao ver o gesto, mas não tive tempo de pensar nisso quando Cody e Abraham o atacaram. Cody não tinha prática com campos de força – enquanto tentava talvez criar um globo ao redor de

Prof, acabou erguendo uma parede entre eles. Isso acidentalmente o protegeu quando Prof enviou lanças de luz na direção do escocês. Elas colidiram com a parede, perfurando-a e ficando presas lá.

– Abraham, vá para a esquerda dele – instruí. Um ponto apareceu no meu mapa das cavernas, onde Mizzy deixara um pacote de explosivos. – Megan, veja se consegue atraí-lo para aquele túnel à direita, na direção da surpresa de Mizzy.

– Entendido – Megan afirmou.

Meu cubículo na caverna estremeceu quando Prof e Cody se enfrentaram, explosões de tensor vaporizando os campos de força um do outro. Abraham aguentava firme com o artik, formando um escudo com ele e defletindo lanças de luz. Cody, infelizmente, não estava sendo tão útil com os seus campos de força. Algumas horas de prática não o haviam tornado um especialista.

No entanto, ele tinha muita prática com os tensores e conseguia manejá-los com facilidade. Continuava vaporizando os campos de força de Prof, protegendo a si mesmo e – mais importante – Abraham. No traje de Cody havia um por-um-fio afixado, mas Abraham não tinha essa vantagem.

Eu guiei a equipe o melhor que pude e, dessa vez, não tive tempo de desejar estar com eles – estava ocupado demais liderando-a para empurrar Prof na direção das explosões programadas. Nós o atingimos várias vezes, desconcertando-o e evitando que ele derrubasse Cody e Abraham. Também fiquei de olho em Prof quando ele ocasionalmente corria abaixado pelas cavernas, tentando dar a volta e ganhar vantagem.

Ao meu sinal, Megan entrou na briga, criando versões ilusórias de si mesma e de Tormenta de Fogo para atrair a atenção de Prof e seus ataques. Contanto que ela não se esforçasse demais, elas seriam apenas sombras de outras dimensões, como os rostos falsos que havíamos usado. Eu não colocaria ninguém de qualquer outra dimensão em perigo, e com sorte não arriscaria a sanidade dela. Só sombras e ilusões – qualquer coisa para manter Prof distraído e desequilibrado.

Assisti a tudo isso sentindo um nó no estômago. Quanto mais tempo eles lutavam, mais óbvio ficava que os poderes de Cody – embora mais alinhados com as habilidades de Prof que os de Tavi – não iriam imediatamente forçar Prof a mudar.

Dei um zoom no rosto de Prof, observando as expressões dele. Seus rosnados e condescendência logo se transformaram em um olhar de determinação ferrenha. Nele, eu vi o homem que conhecia.

Enfrente, Prof!, pensei, encolhido no meu casulo de pedra, gritando ordens e controlando câmeras. *Vamos.* Por que não era o suficiente? Por que seus poderes não cediam diante de seus medos?

– Megan, Cody – chamei. – Quero tentar uma coisa. Os tensores interferem nos campos de força dele, até aqueles protegendo sua pele. Dê um jeito de pegá-lo em uma explosão de poder de tensor, Cody. Então, Megan, quero que atire nele.

– Entendido – Megan disse. – Você se importa onde?

– Não – respondi. – Os poderes dele são fortes o bastante para sarar de qualquer coisa que uma pistola possa fazer. – Eu hesitei. – Mas talvez mire o primeiro ou segundo tiros em algum ponto não vital, só pra garantir.

– Entendido – eles disseram em uníssono.

Cody estava ofegando.

– Acertá-lo com os tensores vai ser difícil, moço. Ele está tentando fazer o mesmo com a gente e derreter meus motivadores. Temos mantido distância.

Foquei a câmera em Cody. Parecia exaustivo usar o traje de tensores. Ele e Megan entraram em posição enquanto Mizzy deixava outros explosivos mais à frente no corredor.

– Vamos ter que arriscar – eu disse. – Eu...

– Agh! – Cody interrompeu. – Que mer...

– Cody? – chamei. Ele não parecia estar machucado, mas tinha recuado até a parede da caverna e conseguido se cercar com uma caixa feita de campos de força verdes brilhantes.

– Isso foi um esquilo? – ele perguntou. – Passou correndo por mim! Uma *droga de esquilo?*

– Do que está falando? – Mizzy perguntou.

Cody pareceu confuso.

– Talvez fosse um rato ou coisa parecida. Não vi direito.

Franzi o cenho enquanto ele abaixava os campos de força e corria para se juntar a Abraham, que se aproximara de Prof depois de transformar o artik numa manopla coberta de espinhos.

– Falcão Paladino, Mizzy – chamei –, um de vocês por acaso viu aquela coisa? O que quer que fosse que estava distraindo Cody?

– Vi um borrão – Falcão Paladino respondeu. – Vou voltar a gravação e envio uma foto se encontrar alguma coisa.

Prof superou Abraham, fazendo-o tropeçar sobre um bastão de campo de força criado logo à frente de suas pernas. Então bateu a mão com força no chão da caverna e o vaporizou numa longa faixa, jogando Cody em um rio de poeira. Cody tropeçou, reduzindo a velocidade.

Prof invocou um espinho de luz em cada mão e os lançou através da caverna, enfiando-os nos ombros de Cody, que gritou e caiu na poeira.

Faíscas. Era óbvio quem conhecia esses poderes melhor.

– Megan! – gritei.

– A caminho – ela disse, e o teto da caverna emitiu um rumor alto e desabou, fazendo Prof pular para trás em alarme. Só uma sombra de outro mundo, mas eu esperava que desse a Cody tempo suficiente para se curar.

– Prof começou a falar num celular – Falcão Paladino disse, surpreso. – Ele deve saber que estamos monitorando a linha dele... Faíscas, acho que ele está falando com você.

– Transfira pra mim – eu disse –, mas não o deixe ouvir o que estamos falando.

– ... pensar em me derrotar com minha própria maldição. – A voz de Prof, familiar, rouca e profunda, me surpreendeu, embora eu estivesse esperando. – Eu carreguei esta víbora por anos, sentindo-a me envenenar dia a dia. Eu a conheço como um homem conhece as batidas do próprio coração.

– David, moço – Cody disse, tossindo. – Eu... eu não estou sarando...

Senti um frio na barriga. Foquei em Cody e era verdade. Ele rastejava pela poeira na trincheira que Prof fizera, sangrando dos dois ombros onde fora atingido pela luz tornada sólida. Por que o por-um-fio não estava funcionando?

– Achei – Falcão Paladino disse. – Garoto, você tem um problema.

Ele mandou para a minha tela uma imagem da gravação da câmera de momentos antes. Ela mostrava um borrão se afastando de Cody, pequeno como um rato. Ou uma pessoinha.

– Evasão está aqui! – exclamei na linha. – Ele não veio sozinho! Aviso, há *outro* Épico na caverna! – Eu parei. – Faíscas, ela desamarrou um dos motivadores do colete de Cody e fugiu com ele.

– As câmeras têm infravermelho – Falcão Paladino informou, assumindo o controle de várias delas. Ele parecia animado. Envolvido, até. – Sobrepondo agora... ali! Peguei ela. Rá. Acha que consegue se esconder dos meus olhos onipresentes, Epicazinha? Não sabe com quem está lidando.

Falcão Paladino deu um zoom em uma das nossas câmeras na direção de uma pequena figura se escondendo nas sombras perto de um dos muitos pedaços quebrados de rocha na caverna. Ela usava jeans, óculos de proteção e uma camisa apertada. Eu não vi o motivador, mas ela provavelmente o encolhera até ficar pequeno o bastante para carregar.

– Megan! – gritei enquanto Prof contornava o desabamento falso da caverna. – Você e Abraham vão ter que cuidar de Prof por um tempo. Mantenham-no distraído; ele vai tentar matar Cody. Mizzy, ajude a atar os ombros de Cody. Não deixe ele sangrar até a morte!

Uma série de "entendidos" soou. Eu comecei a me contorcer para fora dos limites do meu esconderijo de pedra.

– Eu devia saber – Falcão Paladino disse na linha. – É claro que Jonathan tinha um plano. Mas ele pode não ter percebido que usei motivadores múltiplos nessa versão do traje, então suas ordens para Evasão não foram completas o bastante.

– Preciso que assuma o controle das operações, Falcão Paladino.

– Está bem – ele aceitou, relutante. – Vai enfrentar a miniépica sozinho?

Eu me apertei para fora do cubículo e rolei até levantar, o Gottschalk no ombro.

– Ela não é uma Alta Épica. Uma única bala vai acabar com ela.

– Sim. Acerte-a com uma bala do mesmo tamanho dela. Com certeza não vai danificar o motivador que está carregando.

Fiz uma careta enquanto me movia com cuidado pelo corredor.

– Fique de olho nela por mim.

– Já estou. Uma das câmeras está programada para rastreá-la automaticamente. Jonathan está falando de novo.

– Transfira para mim, mas não para os outros. Não quero que eles se distraiam. E, Falcão Paladino... mantenha-os vivos por mim, por favor.

– Vou tentar. Pegue aquele motivador, garoto. Rápido.

43

– Eu não queria estar aqui.

Tive que ouvir Prof enquanto me esgueirava pelo túnel, iluminado pela luz verde doentia dos bastões.

– Queria ficar quieto – Prof continuou, grunhindo enquanto lutava. – Não queria me forçar, ou minhas equipes, além da conta. Isso é
culpa sua, David. Tudo o que acontece aqui é por *sua* causa.

Eu não podia ver a batalha. Ainda usava o headset com o domo,
mas minha tarefa agora era pegar Evasão e aquele motivador. Eu tinha
uma tela fixada no mapa das cavernas com a localização dela assinala-
da; outra mostrava a vista da câmera que a seguia. Elas pairavam na
periferia da minha visão; eu precisava da área na frente dos olhos livre.

Andei cuidadosamente, como se me preparasse para me juntar à
batalha com Prof. Não queria alertar Evasão.

– Thia... – Prof sussurrou. – Você me levou a isso, David. Você e
seus sonhos idiotas. Você perturbou o equilíbrio. Deveria ter aceitado
que eu estava *certo*.

Eu cerrei os dentes, o rosto ficando quente. Não podia deixá-lo
me irritar. Mas as palavras dele eram perigosas por motivos que ele
provavelmente nem sabia. Da última vez que eu me envolvera numa
briga, na Torre Afiada... coisas tinham acontecido.

Algo espreitava dentro de mim. Por isso, embora a voz depreciativa
de Prof nos meus ouvidos fosse desagradável, as provocações de Larápio,
no telhado mais cedo, eram o que realmente havia me incomodado.

Nós vemos a verdade dos homens se manifestar naqueles primeiros momentos, David... Novos Épicos. Eles matam, destroem, mostram o que todo homem faria se suas inibições fossem removidas. A humanidade é uma raça de monstros, ineficazmente acorrentados...

Evasão. Eu precisava me concentrar em Evasão. Ela era o problema agora! O que ela podia fazer?

Ela... ela contava com velocidade levemente aumentada e podia alterar o tamanho das coisas, inclusive de si mesma. Mas precisava tocá-las primeiro. Sua manipulação de tamanho durava alguns minutos se não fosse controlada – ela não podia transformar tudo permanentemente, mas conseguia encolher algo e mantê-lo assim. Ele voltaria ao normal sozinho depois ou se Evasão o tocasse e mudasse de tamanho de novo.

Felizmente, ao contrário de outros Épicos parecidos, quando ela encolhia não mantinha sua força ou massa. Era rápida, esperta e perigosa – mas não uma Alta Épica. E sua fraqueza... eu me esforcei para lembrar... sua fraqueza eram espirros. Seus poderes desapareciam se ela espirrava. Eu tinha registros explícitos disso.

Bem, só porque ela não era uma Alta Épica não significava que não era perigosa. Cheguei à parte do corredor onde ela estava se escondendo, então continuei na direção dos outros, fingindo não saber da presença dela lá. Luz entrava pelo buraco que Prof fizera no teto. Peguei um punhado de poeira de rocha do chão e enfiei no bolso. Batidas distantes e gritos ecoaram à frente. Resisti ao impulso de trocar a vista da câmera e verificar.

– E onde está você, David? – Prof perguntou no meu ouvido. – Deixa os outros morrerem lutando comigo, mas se esconde? Eu nunca teria pensado que é um covarde.

Na tela pairando à minha direita, Evasão estava ao lado da sua pedra, esperando com as costas pressionadas contra ela. Não parecia muito preocupada; era uma mercenária, conhecida por dar sua lealdade a qualquer Épico poderoso que a pagasse. Prof provavelmente só a contratara para roubar o motivador. Ela não ia querer ter mais nada a ver com essa luta.

Problema dela.

Vá.

Pulei na direção da rocha onde ela se escondia, empurrando a pedra contra a parede da caverna e esperando prendê-la no lugar. Enquanto eu a empurrava, a pedra desapareceu, encolhendo até o tamanho de um pedregulho. Atingi o chão, tentando desesperadamente agarrar a figurinha quando ela saiu correndo.

Eu a peguei, mas imediatamente senti um tranco abrupto. Evasão estava do meu tamanho outra vez, mas se encontrava adiante no túnel à minha frente. E por que o túnel estava tão maior agora?

Ah, seu boboca, pensei, *ela te encolheu!*

Eu me ergui às pressas entre pedregulhos que agora eram do tamanho de rochedos. À minha frente, uma pequena rachadura no chão se tornara um abismo – embora, na verdade, sua profundidade só tivesse cerca de duas vezes a minha altura. Eu havia encolhido, assim como tudo que eu estava segurando.

Evasão, também pequena, avançara uns 15 metros à minha frente, ou pelo menos o que pareciam 15 metros no meu tamanho atual. Sua velocidade aumentada lhe permitia correr rápido, mas não era supervelocidade real. Só uma pequena vantagem sobre uma pessoa normal.

Isso significava que ela não conseguia correr mais rápido que balas nem nada parecido. Tirei meu minúsculo Gottschalk do ombro, mirei e disparei uma rajada, intencionalmente errando. Eu poderia facilmente perfurar o motivador, o que basicamente mataria Cody. Arriscaria se ela não parasse, mas um tiro de alerta parecia apropriado.

– Eu peguei você, Evasão! – gritei para ela. – Me dê o motivador e vá embora! Você não se importa com essa briga e eu não me importo com você.

Ela parou no corredor e olhou para mim.

Então voltou ao tamanho normal.

Opa...

Ela deu passos pesados até mim, cada um fazendo o chão tremer como um terremoto. Soltei um grito e me joguei na rachadura próxima, deslizando até uma saliência enquanto Evasão assomava sobre mim. Ela estendeu uma mão para mim e eu descarreguei o

Gottschalk. Aparentemente, mesmo uma arma minúscula no modo automático não era agradável. A Épica puxou os dedos e xingou – um som como uma tempestade de raios.

Um fio de pó de rocha rolou para o meu abismo, caindo como uma chuva de granizo. Enfiei a mão no bolso e tirei um pouco da poeira que eu apanhara mais cedo; ela tinha encolhido junto comigo.

Eu precisava jogá-la na cara de Evasão. Ótimo. Chegar até lá seria como escalar o Everest. Além disso, narizes parecem bem estranhos vistos de baixo. Notei uma bolsinha pendurada em uma alça ao redor do pescoço dela. O motivador, talvez?

A Épica veio até mim segurando uma faca, espetando-a na racha-dura. Agarrei o lado de trás com uma mão, deixando o Gottschalk ficar pendurado no meu ombro pela alça. Consegui subir pela faca enquanto Evasão a erguia, mas meus planos de subir pelo braço dela foram arruinados no momento em que sacudiu a faca, me lançando cerca de 6 metros até o chão.

Eu me preparei para o impacto e atingi o chão... mas não doeu tanto. Hm. Ser pequeno tinha suas vantagens. Rolei e me ergui enquanto ela tentava me pisotear. Evitei por pouco ser esmagado por uma pisada. Diabos, eu havia perdido meu punhado de poeira na queda. Na verdade...

Na verdade... eu...

Espirrei e bati a cabeça contra a parede da caverna quando a atingi. Eu tinha aumentado de tamanho de novo. Evasão e eu nos entreolhamos com expressões de choque parecidas.

– Espirrar funciona em qualquer um dos dois, hein? – eu disse. – Bom saber.

Ela rosnou, estendendo a mão para a arma no coldre ao seu lado. Eu a chutei de sua mão assim que ela a pegou, então virei o Gottschalk.

– Certeza de que não quer me dar o motivador?

Ela tentou me agarrar. Então, relutantemente, eu atirei.

Cada bala, quando a atingiu, encolheu ao tamanho de um mosquito. Elas ainda pareciam machucar, julgando pelas caretas da Épica, mas certamente não faziam todo aquele negócio de "matar a pessoa" como eu tinha esperado.

Evasão segurou o fuzil um segundo depois, e ele desapareceu nas minhas mãos, encolhendo a um tamanho minúsculo e caindo de sua alça. Encarei Evasão. Ela tinha encolhido as balas *enquanto elas a acertavam.*

– Isso foi da hora – eu disse.

Ela me deu um soco, batendo minha cabeça contra a parede da caverna de novo e amassando meu headset. Xinguei, chutando-a, então me ergui desajeitado.

– Sério – eu disse –, talvez eu tenha que reavaliá-la. É capaz que você seja uma Alta Épica, no fim das contas.

– Qual é o seu *problema?* – ela perguntou, vindo me socar de novo.

Ergui as mãos e consegui bloquear o golpe. Infelizmente, errei no contra-ataque e ela me acertou no rosto pela segunda vez. Faíscas. Quando veio me atacar de novo, eu a agarrei, como Abraham havia me ensinado. Eu era maior, então luta corpo a corpo parecia algo esperto.

Evasão encolheu minha camiseta.

Ela quase me estrangulou, mas felizmente a roupa rasgou antes de fazer isso. Soltei a mulher, ofegando. Evasão esmurrou a mão no meu peito e eu cresci até atingir cerca de 6 metros, batendo a cabeça no teto da caverna.

– David! – Mizzy chamou na linha. – Rápido! Ele está mal!

– Tentando – eu disse, com a voz esganada, enquanto Evasão me encolhia ao tamanho normal de novo, então me dava outro soco no rosto. A caverna sacudiu e chacoalhou, lascas de rocha caindo do teto, e gritos vieram da direção de Prof, Megan e Abraham.

Tropecei para longe de Evasão, então ergui os braços para bloquear, meu treinamento em combate corpo a corpo – e meu cérebro – meio turvos no momento. A chuva de socos da Épica me fez recuar contra a parede, onde ela continuava a me acertar sem parar no rosto, então no estômago, alternando. Eu tive uma única chance de pegar minha pistola, que continuava amarrada à perna, mas ela a chutou do meu punho.

Então pareceu crescer alguns centímetros e assomou sobre mim. Quando minha arma saiu rolando, a única coisa que consegui pensar em fazer foi pular sobre Evasão, jogando meu peso contra o dela, o que funcionou – no sentido de que mandou nós dois rolando pelo chão.

Ela se ergueu primeiro. Eu estava bem atordoado, com a camiseta em frangalhos. Grunhi, rolando, e a vi apanhando a pistola caída.

Então algo caiu do teto para as costas dela. Um caranguejo mecânico? Outro pulou sobre ela vindo do lado, então um terceiro caiu de cima. Eles não pareciam particularmente perigosos, mas a assustaram, fazendo-a girar e agarrar as costas.

A pausa me salvou, me dando tempo suficiente para que o ambiente parasse de girar. Enfiei a mão no bolso e tirei mais um pouco de poeira. Armas não funcionariam nela. Eu teria que ser mais esperto.

– Obrigado, Falcão Paladino – murmurei enquanto Evasão se encolhia para escapar dos caranguejos.

Eu tentei agarrá-la e – como antes – ela me encolheu assim que toquei em sua pequena forma. Dessa vez eu estava preparado e investi sobre ela no momento em que reduzi de tamanho. Arremeti nela com força de novo, agarrando a bolsa ao redor do seu pescoço. Senti um retângulo de metal fino através do couro. O motivador!

– Idiota persistente você, não? – ela rosnou pra mim enquanto nós dois, ainda minúsculos, lutávamos no chão.

Eu grunhi, conseguindo nos rolar até a beirada do abismo-rachadura no chão. Ela bateu a cabeça na minha – e *doeu*. O ambiente oscilou e eu arfei, largando tanto Evasão como a bolsa.

A Épica se ergueu à minha frente, a rachadura no chão atrás dela.

– Eu conheço o plano dele – ela disse. – Épico de todos os Épicos. Parece um bom negócio para mim. Deixo ele reunir as partes, então escapo com elas. Faço eu mesma uma visita ao velho Calamidade.

Ergui os olhos para ela, meu nariz sangrando.

– Eu... – comecei, ofegando.

– Sim?

Eu arquejei.

– Eu... suponho que... essa seria uma hora ruim para pedir um autógrafo.

– O quê?

Joguei a poeira no rosto de Evasão, então – enquanto ela xingava – bati meu ombro com tudo nela, pegando a bolsa conforme a jogava para trás. A corda estourou, deixando a bolsa nos meus dedos. Ela caiu no abismo-rachadura, e eu balancei ali, na beirada, quase a seguindo para baixo.

Evasão caiu ao fundo, com um baque suave.

– Idiota! – ela gritou para cima. – Você sabe que, nesse tamanho – ela parou, fungando por um segundo –, nesse tamanho, uma queda não machuca nada. Você poderia cair de um prédio e... e... ah, *inferno...*

Eu pulei para longe da rachadura. Um espirro muito fraco veio de trás.

Seguido por um som de revirar o estômago. Estremeci, espiando a bagunça de carne espremida e ossos quebrados em que Evasão se transformara por crescer rápido demais dentro de um espaço pequeno demais. Partes dela borbulhavam sobre o topo da rachadura, como massa de bolo que havia crescido além da fôrma.

Engoli, enjoado, então me ergui aos tropeços e tirei o motivador da bolsa. Um pouco de poeira e um espirro depois, tanto ele quanto eu estávamos do tamanho normal de novo, embora meu Gottschalk não estivesse em lugar nenhum.

Então, em vez disso, peguei a pistola.

– Mizzy, consegui o motivador – disse na linha. – Onde está você?

44

Tropecei pelas cavernas sob Ildithia, passando por paredes explodidas com tensores e deixando pilhas de areia espalhadas pelo chão. Os bastões de iluminação davam aos túneis um matiz radioativo. Parei, me firmando durante outro tremor, então continuei em direção ao recesso para onde Mizzy havia arrastado Cody. Eram eles ali adiante?

Não. Eu parei de repente. Luz brotava de um rasgo no ar, como carne cortada onde a pele tinha se curvado para os lados. Através dele, vi outra caverna, esta acesa por uma luz laranja forte. Lá dentro, Tormenta de Fogo lutava contra Evasão.

Encarei, boquiaberto, a mulher que acabara de matar se encolher e correr dele enquanto fazia uma série de lascas de pedra em queda se tornarem rochas enormes. Tormenta de Fogo recuou depressa, suas chamas aquecendo as pedras e deixando-as laranja-avermelhadas.

Olhei pela passagem e avistei outros rasgos no ar. Pelo visto, Megan estava se forçando além da conta. Engoli em seco e continuei na direção de Mizzy. Um clarão de luz à minha esquerda iluminou figuras lutando nas sombras – uma seção da rede de cavernas além dos pontos onde Mizzy largara os bastões.

De repente, Prof apareceu um pouco à frente na caverna, formando-se como luzes que se juntavam. Ele usava os poderes de Obliteração para se teletransportar. Faíscas! Bem quando ele apareceu, uma seção do teto desabou. Não era uma ilusão dessa vez, mas um desabamento de verdade, o qual Prof foi forçado a parar com um campo de força acima da cabeça. Ele rugiu de raiva, sustentando as pedras caídas, então disparou algumas lanças de luz à distância.

Parecia que os dois haviam sido obrigados a empregar recursos perigosos. Prof usando seu dispositivo de teletransporte escondido; Megan estendendo seus poderes cada vez mais para outras realidades. Quão longe ela tinha ido? E se eu a perdesse, como perdera Prof?

Firme, ordenei a mim mesmo. Ela estava segura de que conseguia lidar com isso. Eu deveria confiar nela. Abaixei a cabeça e saí correndo por um túnel lateral, ocasionalmente vendo manchas de sangue nas pedras. Virei outro canto, então parei com tudo antes de quase tropeçar sobre Mizzy e Cody.

Ele estava deitado no chão com os olhos fechados, o rosto pálido. Mizzy arrancara a maior parte do traje de tensores para alcançar seus ferimentos; a roupa formava uma pilha no chão, a porção com o por--um-fio desprendida, mas com os fios se estendendo até o braço de Cody. Mizzy gritou quando me viu, então arrancou o motivador dos meus dedos flácidos e o conectou ao colete.

– Falcão Paladino – eu disse na linha –, você realmente precisa prender esses motivadores melhor.

– É um protótipo – ele resmungou. – Eu o construí para permitir acesso rápido de modo que eu pudesse modificar os motivadores conforme necessário. Como eu ia saber que Jonathan ia arrancar os negócios?

Mizzy olhou de relance para mim enquanto o por-um-fio brilhava suavemente.

– Faíscas, David! Você parece ter caído de um penhasco ou algo do tipo.

Esfreguei meu nariz, que continuava sangrando. Meu rosto estava começando a inchar da surra que eu levara. Caí ao lado de Mizzy, exausto.

– Como vai a luta?

– Sua namorada é meio que incrível – Mizzy admitiu, relutante. – Prof fica prendendo Abraham em campos de força, mas ela o liberta. Juntos, eles estão mantendo Prof ocupado.

– Ela parece...?

– Louca? – Mizzy completou. – Não sei dizer. – Ela olhou para Cody, cujos ferimentos estavam, abençoadamente, se fechando. – Ele vai ficar desacordado por um tempo ainda. Com sorte, os outros dois vão conseguir resistir. Acabaram meus pacotes de explosão, infelizmente. Então talvez...

Alguém apareceu subitamente ao nosso lado. Uma explosão de luz repentina, silenciosa, mas atordoante se a pessoa estivesse olhando. Eu gritei, caindo para trás, e tentei pegar a pistola amarrada à minha perna. Não era Prof. Infelizmente, isso só deixava uma opção.

Obliteração se virou, seu casaco longo varrendo a parede da caverna. Ele olhou de Mizzy para Cody e depois para mim, nos examinando por trás dos óculos.

– Eu fui convocado – ele informou.

– Hã, é – eu disse, minhas mãos tremendo enquanto apontava a arma para ele. – Prof tem um motivador feito com a sua pele.

– Para destruir a cidade? – Obliteração perguntou, inclinando a cabeça. – Ele fez uma bomba além daquelas que me deu?

– Daquelas que te deu? – perguntei. – Então... você tem mais?

– É claro – ele respondeu calmamente. – Você caiu, David Charleston.

Ele balançou a cabeça e desapareceu, deixando para trás uma imagem feita de cerâmica que estourou e sumiu.

Eu relaxei. Então Obliteração apareceu do meu lado, a mão na minha pistola. Ela ficou subitamente quente e eu soltei um grito, os dedos chamuscando enquanto largava a arma. Obliteração a chutou para o lado, ajoelhando ao meu lado.

– "São também sete reis: cinco já caíram, um subsiste, o outro ainda não veio" – ele sussurrou. Então estremeceu quando, a distância, Prof devia ter se teletransportado. Em seguida sorriu, fechando os olhos. Faíscas. Ele parecia *gostar* da sensação. – É hora de você morrer e esta cidade ser destruída. Sinto não poder lhe dar mais tempo.

Ele pôs a mão na minha testa e eu senti o calor emanando de sua pele.

– Eu vou matar Calamidade – soltei, sem pensar.

Obliteração abriu os olhos. O calor enfraqueceu.

– O que disse?

– Calamidade – repeti. – Ele é um Épico e está por trás disso tudo. Eu posso matá-lo. Se você quer causar o Armageddon, não seria o jeito perfeito? Destruindo esse terrível... hm, anjo? Criatura? Espírito?

Isso soava religioso, certo?

– Ele está muito, muito longe, homenzinho – Obliteração disse, contemplativo. – Você nunca o alcançará.

– Mas você pode se teletransportar para lá, não pode?

– Impossível. Calamidade está longe demais para que eu forme uma imagem apropriada de sua localização em minha mente, e não posso ir a um lugar onde nunca estive nem posso visualizar.

Como chegou aqui, então? Faíscas. Será que ele estivera nos vigiando de alguma forma? Não importava. Com a mão ainda tremendo, tirei meu celular do bolso. Então o virei para ele, mostrando a imagem que Realeza tinha de Calamidade.

– E se eu tiver uma foto?

Obliteração sussurrou baixinho, os olhos arregalados.

– "Quanto à fera que era e já não é, ela mesma é um oitavo rei. Todavia é um dos sete, e caminha para a perdição..." – Ele piscou, olhando para mim. – Novamente, você me surpreende. Se derrotar seu antigo mestre e me impressionar ao fazê-lo, concederei o seu desejo.

Ele explodiu num clarão novamente – e dessa vez não ressurgiu de imediato. Eu grunhi, me encostando na parede e sacudindo a mão queimada.

– Calamidade! Qual é o *problema* daquele cara? – Mizzy perguntou, deslizando sua pistola no coldre. Levou três tentativas, de tanto que sua mão tremia. – Achei que estávamos mortos.

– É – concordei. – Eu meio que esperava que ele me matasse pela audácia de dizer que queria matar Calamidade. Imaginei que tinha uma chance igualmente grande de que ele adorasse a ideia em vez de odiá-la.

Espiei além do canto, olhando por um túnel que brilhava com rasgos e fendas para outras dimensões.

– Abraham caiu! – Falcão Paladino exclamou no meu ouvido. – Repito, Abraham *caiu*. Jonathan cortou o braço dele, incluindo o artik, com um campo de força.

– Faíscas! – exclamei. – E Megan?

– Difícil de ver – ele respondeu. – Só tenho mais duas câmeras-
-caranguejo. Acho que vocês estão perdendo essa luta, pessoal.

– Estávamos perdendo antes de começar – eu disse, virando-me e rastejando até o traje de tensores. – Mizzy, uma ajudinha.

Ela olhou para o traje, então para mim, e arregalou os olhos. Em seguida, correu até mim e me ajudou a colocar a roupa.

– Cody deve estar estável agora; esse por-um-fio é uma beleza.

– Desconecte-o e prenda-o de novo no traje – eu disse. – Falcão Paladino, quanto peso seus drones conseguem levantar?

– Cerca de 45 quilos cada um – ele respondeu. – Eu os emprego juntos para coisas mais pesadas. Por quê?

– Mande alguns para cá, pegue Cody e o puxe lá para cima. Abraham ainda está vivo?

– Não sei – respondeu Falcão Paladino. – Mas o celular continua com ele, então posso mostrar a localização para você.

Olhei para Mizzy e ela assentiu, ligando o por-um-fio no colete do traje, que agora eu estava usando.

– Eu vou encontrá-lo – ela disse – e estabilizá-lo até que você possa voltar com isso.

– Prenda os drones a Cody primeiro.

– Isso se eu conseguir levar os drones até vocês – Falcão Paladino disse. – O exército de Jonathan cercou o lugar lá em cima. Eles não parecem muito ansiosos para descer e se juntar à briga.

– E se meter no meio de dois Altos Épicos? – perguntei. – Eles vão ficar para trás a não ser que recebam uma ordem direta. Sabem o que aconteceu com os soldados na Torre Afiada. Fico surpreso que Prof tenha conseguido fazer Evasão descer aqui, depois disso.

– É – Mizzy concordou. Ela parecia esgotada, a mão ainda tre-mendo. Eu não me sentia muito melhor, mas senti um tranco quando o por-um-fio ativou. Minhas dores se aplacaram.

– Saia daqui, Mizzy – eu disse. – Você fez o que podia. Tente levar Abraham e Cody para a segurança; eu levarei o por-um-fio para Abraham assim que puder. Se eu não sobreviver, encontre Falcão Paladino.

Ela assentiu.

– Boa sorte, David. Eu, hã, fico feliz por não ter atirado em você em Babilar.

Eu sorri, colocando a luva direita do tensor, então a esquerda.

– Vai conseguir fazê-los funcionar? – Mizzy perguntou. – Mesmo sem treino?

As luzes das luvas se acenderam, brilhando um verde forte. Senti seu zumbido me percorrer, uma melodia distante que já fora preciosa para mim, mas que de alguma forma eu esquecera. Então a liberei, reduzindo a parede de pedra ao nosso lado a uma onda de poeira.

– É como voltar para casa – eu disse.

Na verdade, eu me sentia quase bem o bastante para enfrentar um Alto Épico.

45

Saí correndo pelo túnel, passando por rasgos cintilantes dos dois lados – janelas para outros mundos. Várias davam para o domínio de Tormenta de Fogo, mas outras – mais vagas e nebulosas e menos distintas – pareciam mais distantes. Havia mundos onde figuras desconhecidas lutavam nesses túneis ou onde o lugar estava completamente escuro, e mesmo mundos onde não havia túneis aqui, só pedras.

Os tensores zuniam em minhas mãos, ansiosos. Era como... como se os próprios poderes soubessem que eu estava tentando salvar Prof. Eles cantavam um hino de guerra. Quando cheguei à câmara onde vira Prof mais cedo, soltei uma rajada de energia vibratória, expelindo a pedra de uma saliência à minha frente e criando degraus cobertos de poeira sobre os quais desci.

Prof brilhava verde no centro da câmara, as mangas do jaleco arregaçadas, expondo os antebraços cobertos de pelos negros. Ele se virou para mim, então riu.

– David Charleston – cumprimentou, a voz ressoando na câmara. – Matador de Aço! Veio finalmente assumir responsabilidade pelo que começou em Nova Chicago? Veio *pagar*?

O chão aqui estava pontilhado de buracos de tensor, que se alternavam com pilhas de escombros e poeira que havia desabado com o teto. Faíscas. O lugar estava a alguns suspiros e a uma modesta nota de baixo de um desabamento completo.

Caminhei até ele, torcendo para conseguir fazer os campos de força do traje funcionarem. Onde estava Megan? Ela renasceria se tivesse morrido, então isso não me preocupava tanto quanto a existência de todos aqueles rasgos na realidade.

Um deles pairava por perto. Uma escuridão visível apenas por causa da luz tremeluzindo dos lados.

Megan saiu dele.

Eu pulei. Faíscas, era ela, mas uma... versão estranha dela. Desfocada.

Porque não é só uma, percebi. Eu não estava olhando para uma Megan, mas centenas. Sobrepondo-se umas às outras, cada uma parecida, mas de alguma forma individual. Uma pinta em um lugar diferente, o cabelo que se dividia de outro jeito. Olhos pálidos demais aqui ou escuros demais ali.

Ela sorriu para mim. Mil sorrisos.

– Achei Abraham – Mizzy disse. – Ele está vivo, mas seria beeeem legal se você mantivesse o por-um-fio a salvo, David. Se quer Abraham de volta em um pedaço só, quer dizer. Estou saindo agora.

– Entendido – respondi, olhando para Prof.

A roupa dele estava empoeirada e rasgada. Ele havia sangrado – e sarado – de cortes múltiplos no rosto. Um deles não tinha fechado ainda, no lugar onde Cody, de alguma forma, o atingira com os poderes.

Apesar de cercado, Prof não parecia amedrontado. Ele mantinha a cabeça erguida, confiante. Quatro lanças brilhantes de luz apareceram ao seu redor.

– O preço, David – ele disse suavemente.

Então soltou as lanças, mandando-as em minha direção. Consegui vaporizá-las com os tensores, que estilhaçaram os campos de força, transformando-os em pontinhos. Eles passaram sobre mim antes de desaparecer cintilando. Não contente em ser bombardeado, ataquei Prof, tentando invocar campos de força próprios.

Tudo que consegui foram alguns lampejos verdes, ondas como luz refletindo de um lago. Insuficientes.

Prof enviou um segundo conjunto de espinhos, mas – como Cody – eu estava familiarizado o suficiente com os tensores para defleti-los.

Pulei sobre um buraco, então bati a mão no chão, abrindo uma fenda com um zumbido ressoante.

Prof caiu meros centímetros antes de pousar em um disco de luz verde. Ele balançou a cabeça, então estendeu a mão na minha direção, mandando uma rajada de energia de tensor que fez o chão abaixo de mim desabar, como eu fizera com ele.

Frenético, tentei criar um campo de força para aterrissar, mas só consegui outro lampejo de luz. Então, um instante depois, o buraco não era tão profundo – e eu atingi o fundo cerca de 1 metro abaixo.

Megan estava em pé ao lado do buraco.

– Há muitos mundos onde ele não cavou fundo o bastante com aquela explosão – ela disse, sua voz sobreposta por uma centena de sussurros.

Prof rosnou, investindo contra mim e invocando lanças de luz, uma após a outra. Pulei para fora do buraco, caindo ao lado de Megan e destruindo as lanças onde podia.

Cada vez que o fazia, Prof estremecia.

– Então, como vamos vencer? – Megan perguntou em vozes sobrepostas. – Só consegui distraí-lo até agora. O plano ainda é fazê-lo confrontar seus medos?

– Não tenho certeza, na verdade – respondi, estendendo as mãos à minha frente e fazendo esforço. Finalmente, produzi uma parede de campo de força. Era meio como usar os tensores ao contrário. Em vez de soltar um zumbido, eu o deixava crescer dentro de mim até que se juntasse.

– Quanto você consegue alterar? – perguntei, olhando para Megan.

– Só coisas pequenas – ela respondeu. – Coisas razoáveis. Meus poderes não mudaram, eu só os conheço agora. David, consigo ver mundos… tantos mundos. – Ela piscou, um ato que pareceu arrastar consigo sombras infinitas de pálpebras. – Mas todos eles estão por perto. É incrível, mas frustrante. É como se eu pudesse contar quantos números quisesse, mas só se eles estivessem entre zero e um. Infinito, mas ainda limitado.

Prof estilhaçou nosso campo de força, então ergueu as mãos, fazendo o teto tremer. Eu invoquei os poderes de tensor quando antecipei seu movimento – e, de fato, ele tentou desabar o teto sobre nós vaporizando um anel de rocha e jogando uma pedra grande no centro.

Vaporizei a rocha logo acima de nós. Recebemos uma chuva de poeira, e o modo como caiu em Megan provou que ela estava aqui e era real, não uma sombra, como parte de mim havia temido.

Prof estremeceu de novo.

Estou usando o poder dele. E dói.

– Certo, tenho um plano – eu disse a Megan.

– Que é?

– *Fugir* – respondi, virando-me e correndo para fora do túnel principal em direção a um lateral.

Megan xingou e me seguiu. Corremos lado a lado e eu ativei os tensores, vaporizando faixas de pedra no caminho. Não tinha certeza do que poderia fazer Prof mudar ou retornar para nós. Todos os meus planos haviam falhado até agora; a melhor coisa que eu podia fazer no momento era manter o traje funcionando e *Prof* sentindo dor.

Atrás de nós, Prof rugiu. Ele se teletransportou bem à nossa frente, mas simplesmente agarrei a mão de Megan e virei na outra direção enquanto desintegrava o campo de força que ele tentou usar para nos fazer tropeçar. Entramos num túnel sem qualquer luz, mas bastões de iluminação apareceram um segundo depois, trazidos por Megan de um domínio em que Mizzy iluminara este lugar.

Quando Prof se transportou à nossa frente outra vez, o rosto vermelho e a boca contorcida num rosnado, eu nos virei para outra direção, incessantemente usando os poderes do traje em pedras aleatórias enquanto passávamos. Cada uso dos tensores o deixava mais furioso.

Já estive aqui antes, pensei, sentindo os ecos de outro evento. Outra luta. Levando um Épico à fúria...

Prof apareceu de novo e, dessa vez, Megan reagiu primeiro, me puxando para o lado quando lanças de luz – mais rápidas do que eu podia acompanhar – golpearam como lâminas ao nosso redor. Faíscas! Eu mal consegui impedi-las. Talvez esse não fosse um plano muito bom.

– É isso que você sempre faz! – Prof berrou. – Nenhuma reflexão! Nenhuma preocupação com as consequências! Não se preocupa com o que vai acontecer? Nunca pensa no *fracasso*?

Ele se transportou à nossa frente enquanto tentávamos fugir, mas um segundo depois uma parede de pedra criada por Megan nos separou.

– Isso não está funcionando – ela disse.

– Bem, tecnicamente está. Quer dizer, meu plano era só fugir.

– Okay, corrigindo: isso não vai funcionar por muito tempo. Cedo ou tarde ele vai nos encurralar. Qual é o seu objetivo?

– Deixá-lo bravo – eu disse.

– E?

– Esperar que... hã... ele fique com medo? Nós estávamos desesperados, amedrontados, frenéticos quando enfrentamos nossas fraquezas. Talvez ele precise estar no mesmo estado.

Ela me lançou um olhar cético que – refletido através de todas as suas sombras – era ainda mais formidável que de costume.

Uma parede próxima derreteu e virou pó. Reuni a energia dos tensores, me preparando para ser atacado por uma série de lanças de campo de força, mas Prof não estava mais atrás da parede.

Hein?

Ele surgiu subitamente atrás de nós e me agarrou pelo braço com uma mão. Com a outra, tentou vaporizar os motivadores no meu colete. Eu gritei e soltei uma rajada de poder de tensor – diretamente para baixo, escavando a rocha sob mim e me fazendo cair uma pequena distância. O movimento repentino me tirou do aperto de Prof e fez sua rajada de poder passar acima da minha cabeça.

Vaporizei o chão abaixo de Prof e, por reflexo, ele criou um campo de força para se apoiar, então eu me esgueirei através da poeira sob ele. Ele teve que girar para me ver, mas isso o deixou aberto a Megan. Que, é claro, atirou em Prof.

Não teve muito efeito; ele estava protegido – como sempre – por campos de força finos e invisíveis que o cercavam completamente. Mas os tiros dela o distraíram tempo o bastante para que eu rastejasse por baixo do disco do outro lado. Lá, ergui a pistola e comecei a atirar também.

Ele se virou para mim, irritado, e eu o atingi com uma rajada de poder de tensor, dissolvendo seus campos de força. Os disparos de Megan começaram a tirar pedaços dele e Prof xingou, se transportando para longe.

Megan veio até mim, seu rosto embaçado pelas centenas de identidades diferentes.

– Não acertamos a fraqueza dele, David.

– Os poderes dele *podem* feri-lo – afirmei. – E o tensor o deixa aberto a tiros.

– Ele se cura desses tiros imediatamente – ela retrucou – e ser atingido com poder de tensor não interrompe suas habilidades tanto quanto deveria. É como... como se tivéssemos acertado *parte* da fraqueza, mas não ela inteira. É por isso que ele não está se transformando. Confrontar os poderes não deve ser o suficiente.

Eu não discuti. Ela estava certa. No fundo eu sabia, e senti um nó no estômago.

– Então o que fazemos? – perguntei. – Alguma ideia?

– Temos que matá-lo.

Apertei os lábios numa linha fina. Não tinha certeza de que podíamos fazer isso. E, mesmo se pudéssemos matá-lo, parecia que ao fazer isso estaríamos ganhando a batalha, mas perdendo a guerra.

Megan olhou de relance para a minha arma.

– Está recarregada, aliás.

A arma parecia um pouco mais pesada.

– Isso é conveniente.

– Não consigo deixar de pensar que eu deveria poder fazer mais que recarregar armas e substituir paredes. Eu posso ver tanta coisa... é demais.

– Precisamos escolher uma coisa para você mudar – eu disse, erguendo a arma e vigiando caso Prof reaparecesse. – Alguma coisa útil.

– Uma arma – ela afirmou, assentindo.

– A miniarma de Abraham?

Megan sorriu, e o sorriso ficou quase maroto.

– Não. Você está pensando pequeno demais.

– Aquela arma é pequena demais? Mulher, eu te amo.

– Na verdade – ela disse, virando a cabeça para olhar para algo que eu não conseguia ver –, há um mundo muito próximo onde Abraham coordenava as operações para a equipe...

– O que isso tem a ver com armas? Você...

Eu me interrompi quando a caverna tremeu. Então me virei e tropecei para trás no momento em que a *parede* inteira do túnel – com uma dezena de metros – se transformou em poeira sob uma rajada incrível de poder. Prof estava atrás dela e estivera ocupado. Centenas de lanças de luz pairavam ao seu redor.

Enquanto conversávamos, ele planejava.

Gritei, estendendo a mão e liberando poder de tensor quando as lanças vieram em nossa direção. Consegui vaporizar a primeira onda e a maior parte da segunda, mas minha rajada se esgotou quando a terceira desabou sobre nós.

Elas foram pegas numa superfície refletiva, prateada e metálica que formou um escudo à nossa frente. Megan grunhiu, sustentando o mercúrio no lugar e bloqueando as próximas duas ondas de impacto.

– Viu? – ela perguntou, agora usando a luva que controlava o artik. – Em um mundo em que Abraham lidera a equipe, outra pessoa tem que aprender a usar *isso*. – Ela sorriu, em seguida grunhiu quando recebeu outro impacto. – Então... vamos derrubá-lo?

Assenti, sentindo-me enjoado.

– No mínimo, precisamos que ele fique com medo. Esse é o caminho que nos levou a mudar. Estávamos amedrontados, encarando a morte. Só quando estávamos em perigo sério funcionou confrontar nossos medos.

Parecia errado, como se eu ainda não entendesse algo, mas no caos do momento era o melhor que eu podia fazer.

– Hora de ser um pouco audaciosos? – ela perguntou, empunhando o artik em uma mão e a arma na outra.

– Temerários – concordei, pegando minha própria arma. – Imprudentes.

Assenti para ela e respirei fundo.

Então atacamos.

Megan abaixou o escudo, deixando o artik rastejar de volta sobre o seu braço. Soltei outra onda de poder de tensor, e corremos através dela, atirando como loucos. As armas pareciam mundanas comparadas com os poderes divinos girando ao nosso redor, mas eram familiares. Confiáveis. Sólidas.

Interrompemos Prof no meio de erguer outra onda de lanças de luz. Os olhos dele se arregalaram e sua mandíbula abaixou, como se estivesse perplexo ao nos ver correndo em sua direção. Ele fez um gesto para a frente, invocando um campo de força grande para nos bloquear, e eu o atravessei com uma rajada de tensor. Megan seguiu.

– Certo – ele disse, batendo a mão com força no chão. A rocha se vaporizou ao redor dela e ele puxou um grande bastão de pedra. Deu um passo à frente, lançando-o na direção de Megan, que o repeliu no braço com o artik.

O mercúrio percorreu o braço de Prof, prendendo-o no lugar enquanto eu chegava para mandar uma rajada de tensor sobre ele, pretendendo segui-la com alguns tiros no rosto. Prof, no entanto, combateu minha rajada invisível lançando uma própria. Elas se cancelaram, encontrando-se com um som que fez meus ouvidos estalarem.

Eu deslizei até parar, então atirei no rosto dele de qualquer jeito. Quer dizer, isso tinha que distraí-lo, não? Mesmo se as balas ricocheteassem? Talvez eu conseguisse enfiar uma no nariz dele ou algo assim.

Prof rosnou, liberando o punho do artik e empurrando Megan para longe. Então girou a barra na minha direção, mas consegui vaporizá-la. Em seguida, derrubei cerca de meia tonelada de poeira do teto nele, fazendo-o deslizar e tropeçar.

Quando ele se endireitou, Megan veio com o artik cobrindo a mão, o braço e o lado do corpo para lhe dar potência – então enfiou o punho no rosto de Prof. Mesmo com os campos de força, ele xingou e recuou, tropeçando. Megan atacou, e ele vaporizou o chão num buraco profundo, que devia ter aberto para uma caverna muito abaixo de nós. Megan, porém, transformou o artik num longo bastão e se segurou com ele, cobrindo o diâmetro do buraco.

Bati em Prof com o ombro, fazendo-o derrapar pela poeira. Ajoelhei, dando uma mão a Megan, e a puxei do buraco.

Juntos, atacamos Prof de novo. Aparentemente, ela havia recarregado nossas armas, porque eu não fiquei sem munição. E, quando Prof vaporizou minha arma, Megan me jogou outra, quase idêntica, que puxou de uma dimensão alternativa.

Ela era incrível com o artik, comandando-o junto ao corpo como uma segunda pele oscilante, bloqueando, atacando, defendendo-se. Eu mantinha Prof em movimento e – quando conseguia – vaporizava seus campos de força, permitindo que o bombardeássemos com tiros.

Por um tempo, a luta pareceu estranhamente perfeita. Megan e eu trabalhando lado a lado – em silêncio, cada um antecipando os movimentos do outro. Poderes incríveis à nossa disposição, armas nas mãos. Juntos forçávamos um Épico muito mais experiente a recuar. Por um momento, eu me deixei acreditar que venceríamos.

Infelizmente, os poderes de cura de Prof continuavam a cuspir nossas balas. Não estávamos anulando-os, não o suficiente. Megan atirou na cabeça dele, sem hesitar, e eu não a impedi. Mas esse ataque, como os outros, fracassou.

Acabamos em uma das câmaras principais, pó pingando sobre nós. Eu resisti a um ataque das lanças de Prof, grunhindo quando uma perfurou meu ombro. Meus poderes de cura auxiliados pelo motivador permitiram que me recuperasse. Megan entrou à minha frente, me protegendo, mas, julgando pelo suor escorrendo pelo seu rosto, ela estava ficando exausta. Eu também estava. Usar os poderes assim exigia muito.

Nós nos preparamos, esperando outro ataque de Prof. Minha arma clicou quando Megan a recarregou e eu olhei para ela.

– Outro ataque? – ela sussurrou.

Eu não tinha mais certeza. Tentei me obrigar a responder, mas então o teto desabou sobre nós.

Tropecei, olhando para cima, mas Megan conseguiu virar o artik para parar a torrente repentina de pedra e pó. Luz do sol brilhante entrou pelo buraco que Prof fizera, tão amplo quanto a caverna inteira. Eu pisquei, desacostumado com a luz, e olhei para Prof, que havia saído do caminho do desabamento e agora estava sob a borda, nas sombras.

– Atirem – ele disse.

Só então eu notei que, ao redor do buraco perfeito, cerca de 10 metros acima, havia um esquadrão de cinquenta homens e mulheres.

Eles traziam lança-chamas.

46

Chamas choveram sobre nós. Eles estavam preparados para isso – nós não estávamos forçando Prof a recuar. Ele nos guiara até ali!

O artik desapareceu e as chamas nos cercaram. As imagens e sombras de Megan se juntaram e de repente havia uma única versão nítida dela, iluminada pela luz das chamas. Ela se jogou no chão quando as cortinas de fogo desceram.

– Não! – gritei, estendendo a mão para ela, minha luva brilhando. Eu não podia me dar ao luxo de ser ruim com os campos de força. Não agora! Tensionei os músculos, como se estivesse me esforçando para carregar um peso grande demais.

Felizmente, um domo protetor brilhante apareceu ao redor de Megan, bloqueando as chamas. Ela pressionou as mãos contra o escudo que eu criara, os olhos arregalados quando o negócio inteiro foi banhado em fogo.

Eu tropecei para longe do calor, a mão na frente do rosto. As chamas chegaram muito perto, mas as queimaduras se curaram.

Lá em cima, homens e mulheres começaram a disparar armas automáticas. Eu gritei, liberando o poder de tensor e vaporizando as armas numa onda de poeira. Armas e lança-chamas foram esmigalhados. A abertura acima se alargou, fazendo chover sal – e então pessoas, quando o chão debaixo delas sumiu.

As chamas pararam de cair, mas o estrago estava feito. Piscinas de chamas líquidas queimavam no chão agora aberto da caverna, curvando línguas negras de fumaça em direção ao céu. Estava tão quente que o suor se condensava na minha testa. Os poderes de Megan seriam inúteis aqui. Pisquei contra a poeira e a fumaça quando Prof emergiu das sombras – sombrio, ensanguentado, mas ainda não amedrontado.

Faíscas. Ainda não amedrontado.

– Você achou que eu não teria um plano? – ele perguntou suavemente. – Achou que eu não me prepararia para Megan e os poderes dela? – Os pés dele rasparam contra a poeira de sal enquanto ele passava ao lado de um soldado que gemia. – É isso que você esquece, David. Um homem sábio *sempre* tem um plano.

– Às vezes, os planos não funcionam – eu retruquei. – Às vezes, preparação cuidadosa não é o bastante!

– Então você apenas age desabalado, sem cuidado algum? – ele gritou, surpreendentemente furioso.

– Às vezes, você só tem que agir, Prof! Às vezes, não sabe do que vai precisar até estar no meio da ação!

– Isso não é desculpa para virar a vida de um homem de cabeça pra baixo! Não é desculpa para ignorar todo mundo e seguir suas próprias paixões idiotas! Não é desculpa para a sua completa *falta de controle*!

Eu rugi, reunindo o poder de tensor num crescendo. Não o mirei para o chão nem para as paredes; em vez disso, o lancei na direção de Prof: uma rajada de puro *poder*, um veículo para a minha frustração e minha raiva. Nada estava funcionando. Tudo estava desmoronando.

A rajada o acertou, e ele se inclinou para trás como se atingido por algo físico. Botões em sua camisa se desintegraram.

Então Prof gritou e enviou uma rajada de poder contra mim como resposta.

Eu a combati com uma própria. As duas bateram uma contra a outra, como sons discordantes, e a caverna *balançou*, as pernas oscilando como se feitas de água. Vibrações passaram sobre mim.

A arma em minha mão virou pó, assim como a luva de tensor na mão que a segurava. Mas a explosão não alcançou o resto de mim. Mesmo assim, o choque me derrubou no chão.

Eu grunhi e rolei. Prof estava lá, assomando sobre mim. Ele estendeu a mão e agarrou as três caixas na frente do meu colete, arrancando-as do tecido – removendo os motivadores do traje.

– Isso – ele disse – pertence a *mim*.

Não...

Ele me deu um tapa com as costas da mão, um golpe tão forte que me fez cair para trás sobre rocha e poeira.

Eu fui parar perto de Megan, que estava fora do seu domo protetor – eu não tinha mais o poder necessário para sustentá-lo. Ela estava em pé à luz do fogo; ergueu a arma nas duas mãos e atirou em Prof.

Tiros inúteis. Prof nem pareceu ligar. Eu fiquei deitado lá com o braço enterrado na poeira do chão.

– Vocês são tolos – Prof disse, jogando os motivadores de lado. – Vocês dois.

– Melhor um tolo que um covarde – eu sibilei. – Pelo menos eu tentei fazer alguma coisa! Tentei mudar as coisas!

– Tentou e fracassou, David! – Prof exclamou, dando um passo à frente quando Megan ficou sem balas. Eu ouvia a angústia na voz dele. – Olhe só para você. Não conseguiu me derrotar. Você *falhou*.

Eu me ergui de joelhos, apoiando as mãos atrás do corpo, sentindo-me subitamente drenado. Megan caiu ao meu lado, queimada, exausta.

Talvez fosse a falta do por-um-fio para me sustentar. Talvez o fato de que estávamos acabados. Mas eu não tinha a energia para me erguer. Mal tinha a energia para falar.

– Sim, fomos derrotados – Megan disse. – Mas não falhamos, Jonathan. O fracasso é se recusar a lutar. O fracasso é permanecer quieto e esperar que *outra pessoa* resolva o problema.

Eu o olhei nos olhos. Ele estava a cerca de 1,5 metro de distância na caverna, que agora era mais uma cratera. Os cristais de sal deslizantes de Ildithia tinham começado a se esgueirar sobre a beirada do buraco, formando uma crosta nos lados. Se havia mais soldados lá em cima, eles sabiamente tinham buscado cobertura.

O rosto de Prof era uma rede de cortes – ferimentos dos escombros que voaram com a nossa explosão violenta de poder de tensor, que temporariamente anulara os campos de força dele. Como que em desafio às minhas esperanças, aqueles ferimentos começaram a sarar.

Megan... Megan tinha razão. Algo relampejou nas minhas lembranças.

– Recursar-se a agir – eu disse a Prof –, sim, *isso* é fracasso, Prof. Como... talvez... recusar-se a se inscrever num concurso, mesmo que quisesse muito o prêmio?

Ele parou à minha frente. Thia me contara uma história sobre ele quando estávamos em Babilar. Prof desesperadamente quisera visitar a Nasa, mas não entrara no concurso que poderia ter lhe dado a chance.

– É – eu disse. – Você nunca se inscreveu. Tinha medo de perder, Prof? Ou tinha medo de *vencer*?

– O que sabe sobre isso? – ele vociferou, convocando uma centena de linhas de luz ao seu redor.

– Thia me contou – respondi, ficando de joelhos e colocando a mão no ombro de Megan para me apoiar. Tudo começava a fazer sentido. – Você sempre foi assim, não foi? Fundou os Executores, mas se recusou a levá-los longe demais. Você se recusou a enfrentar os Épicos mais poderosos. Você queria ajudar, Prof, mas não estava disposto a dar o último passo. – Eu pisquei. – Você tinha medo.

As linhas ao redor dele desapareceram.

– Os poderes eram uma parte – eu disse. – Mas não a história inteira. *Por que* você os teme?

Ele piscou.

– Porque... eu...

– Porque se é tão poderoso – Megan sussurrou –, se tem todos esses recursos, então não tem mais nenhuma desculpa para fracassar.

Ele começou a chorar, então cerrou os dentes e tentou me agarrar.

– *Você* falhou, Prof – eu afirmei.

Os campos de força sumiram e ele tropeçou.

– Thia está morta – Megan acrescentou. – Você falhou com ela.

– Cale a boca! – Os ferimentos no rosto dele pararam de sarar. – Calem a boca, vocês dois!

– Você matou sua equipe em Babilar – eu disse. – Falhou com eles.

Ele deu um salto à frente e me agarrou pelos ombros, empurrando Megan para o lado. Mas estava tremendo, lágrimas escorrendo dos olhos.

– Você era forte – eu disse a ele. – Tem poderes que ninguém consegue igualar. E ainda assim fracassou. Fracassou profundamente, Prof.

– Não posso ter fracassado – ele sussurrou.

– Mas fracassou. Sabe que sim. – Respirei fundo enquanto ele me segurava, me preparando para a mentira que diria em seguida. – Nós matamos Larápio, Prof. Você não pode completar o plano de Realeza. Não importa se eu morrer. Você *fracassou*.

Prof me largou. Eu levantei, instável, mas ele caiu de joelhos.

– Fracassei – ele sussurrou. Sangue pingava de seu queixo. – Eu deveria ser um herói... eu tinha tanto poder... e *ainda assim fracassei*.

Megan veio mancando até mim, pálida e esfregando a bochecha, onde Prof a acertara.

– Inferno – ela sussurrou. – Funcionou.

Olhei para Prof. Ele ainda chorava, mas, quando virou o rosto para mim, eu vi puro ódio em seus olhos. Ódio por mim, por essa situação. Por deixá-lo fraco, um mero *mortal*.

– Não – eu retruquei, sentindo um nó no estômago. – Ele não enfrentou o medo.

Havíamos encontrado a verdadeira fraqueza dele. Thia estava errada. Seu medo era algo mais profundo que apenas os poderes, embora eles – e a competência dele de modo geral – certamente fossem parte disso. Ele tinha medo de dar o seu melhor, de se tornar tudo que podia ser – não porque os poderes em si o assustavam. Mas porque, se ele tentasse, então o fracasso seria muito, muito pior.

Pelo menos, se ele não desse o seu melhor e falhasse, poderia dizer a si mesmo que não era completamente culpa sua. Ou que fazia parte do plano, que ele sempre planejara que tudo terminasse assim. Só se ele desse tudo de si, só se estivesse usando todos os recursos à sua disposição, o fracasso seria completo.

Que fardo terrível eram os poderes. Eu podia ver como eles se tornaram um foco para Prof, como representavam toda a sua competência – e como também representavam seu potencial para o verdadeiro fracasso.

Megan pressionou algo na minha mão. A arma dela. Eu a olhei, então – com o braço parecendo chumbo – a ergui contra a cabeça de Prof.

– Atire – ele rosnou. – Atire, seu *maldito*!

Minha mão estava firme, minha mira estável, quando apoiei o dedo no gatilho – e *me lembrei*.

Outro dia, em uma sala de aço, com uma mulher que eu levara à fúria.

Eu, de joelhos num campo de futebol transformado em campo de guerra.

Meu pai, com as costas apoiadas no pilar do banco, na sombra de uma divindade.

– Não – eu disse, me virando.

Megan não questionou. Ela se juntou a mim. Juntos, nós nos afastamos de Prof.

– Quem é o covarde agora? – ele perguntou, ajoelhado nas sombras e na luz oscilante das chamas. Chorando. – David Charleston! Matador de Épicos! Era para você me *derrotar*.

– Isso – uma voz nova disse – pode ser arranjado.

Eu me virei, completamente chocado, quando *Larápio* saiu das sombras de uma pedra perto de nós. Ele estivera ali o tempo todo? Não fazia sentido. Mas...

Ele foi até Prof e pousou os dedos de leve no pescoço do homem. Prof gritou, o corpo ficando rígido.

– Como água gelada nas veias, é o que dizem – Larápio afirmou.

Eu corri até eles através da caverna.

– O que está fazendo?

– Acabando com o seu problema – Larápio respondeu, segurando Prof. – Quer que eu pare?

– Eu... – Engoli.

– Tarde demais – Larápio disse, puxando os dedos e os inspecionando. Ele olhou nos olhos de Prof. – Excelente. Funcionou dessa vez. Eu precisava checar, depois do nosso... probleminha com a sua namorada.

Ele ergueu os olhos para o céu, então estremeceu com a luz do sol, voltando para as sombras. Faíscas. O sol estava baixo no horizonte;

devia ser pelo menos cinco horas. Eu não tinha percebido que havíamos lutado por tanto tempo.

Eu me ajoelhei ao lado de Prof. Ele encarava o nada, parecendo chocado. Eu o toquei suavemente, mas ele não se mexeu, nem piscou.

– É uma boa solução, David – Megan disse, juntando-se a mim. – É ou isso ou matá-lo.

Eu olhei naqueles olhos que não viam nada e assenti. Ela estava certa, mas eu não podia deixar de sentir que tinha falhado de um jeito monumental. Eu fizera Prof parar, havia descoberto sua fraqueza e anulado seus poderes. Mas ele não tinha combatido a escuridão.

Podíamos ter encontrado outro método, não podíamos? Mantido a fraqueza dele ativada até que ele retornasse a si? Eu queria chorar – mas, estranhamente, estava cansado demais até para isso.

– Vamos encontrar os outros – eu disse, me erguendo. Tirei o colete, ainda com os fios que estiveram conectados aos motivadores. Precisaríamos fazer o por-um-fio funcionar de novo para curar Abraham. Eu o apoiei ao lado das caixas de metal que guardavam os motivadores, então examinei o céu, esperando avistar um dos drones de Falcão Paladino.

Um clarão de luz.

A mão de Obliteração se apoiou no meu ombro.

– Bom trabalho – ele disse. – A besta foi derrotada. Chegou a hora de eu cumprir minha promessa.

Nós desaparecemos.

47

Nós aparecemos num penhasco estéril que dava para um deserto de vegetação rasteira com um ar tórrido que cheirava a terra assada. Rochas vermelhas se erguiam do solo, mostrando uma variedade de estratos, como panquecas empilhadas.

Atrás de mim, algo brilhava forte. Eu me virei e ergui a mão, estreitando os olhos.

– Uma bomba – Obliteração disse. – Feita da minha própria carne. Meu filho, por assim dizer.

– Você usou uma dessas para destruir Kansas City.

– Sim – ele confirmou, sério. – Não consigo viajar bem quando estou cheio de energia. Devo absorver luz do sol no lugar que vou destruir, mas isso cria um dilema. Quanto mais cresce minha notoriedade, mais as pessoas fogem da minha presença. Portanto...

– Portanto, você aceitou a oferta de Realeza. Sua carne em troca de uma arma.

– Esta era para Atlanta – ele disse, então apoiou a mão no meu ombro de um jeito quase paternal. – Eu a dou a você, Matador de Aço. Para a sua caçada. Pode usá-la para destruir o rei acima, o Épico dos Épicos?

– Não sei – respondi, os olhos lacrimejando contra a luz. Faíscas... eu estava tão cansado. Drenado. Espremido como um pano de prato gasto com tantos buracos que não servia para mais nada além de sustentar um canto da sua mesa de cozinha torta. – Mas, se alguma coisa pode, é isso. – Mesmo Altos Épicos poderosos já tinham sido derrotados por torrentes de energia imensas como mísseis nucleares, ou a própria força destrutiva de Obliteração.

– Eu o levarei, com ela, ao palácio acima – ele disse. – À nova Jerusalém. Detone a bomba com isso. – Ele me deu um pequeno bastão, quase como uma caneta, que era surpreendentemente familiar. Um detonador universal. Eu já tivera um deles uma vez.

– Eu... não poderia fazer isso daqui? – perguntei.

Obliteração riu.

– Você pergunta se pode afastar seu dever? É natural. Mas não, deve enfrentar isso pessoalmente. Eu estendi sua vida para realizar esse ato porque conheço o resultado. O detonador tem alcance curto.

Peguei o detonador com a mão suada. Uma sentença de morte, então. Talvez pudéssemos instalar um timer na bomba, mas eu duvidava que Obliteração aceitasse isso.

Nem consegui dizer adeus a Megan, pensei, sentindo-me enjoado. Mas aqui estava a chance pela qual eu insistira. Um fim.

– Posso... pensar?

– Por um curto tempo – ele disse, examinando o céu. – Mas não muito. Logo ele vai se erguer, e não podemos deixá-lo ver o que estamos planejando.

Eu me sentei, tentando clarear a mente, tentando recuperar alguma força e confrontar a oportunidade que recebera. Tentei raciocinar. Prof estava derrotado, mas drenado de poderes. Ele pareceu tão insensível quando eu o vi, como se tivesse sido atingido por algum golpe forte na cabeça. Ele se recuperaria, certo? Alguns assumistas deixavam suas vítimas atordoadas, até com morte cerebral, depois que seus poderes eram tomados. Embora essas pessoas se recuperassem quando os poderes retornavam, Larápio nunca devolvia o que roubava. Como eu nunca havia considerado isso?

Faíscas, como eu não tinha percebido a fraqueza de Prof? Seu planejamento tímido, o jeito como procurava desculpas para doar seus poderes e mitigar fracassos – tudo apontava para os medos dele. O tempo todo, ele tinha relutado a se comprometer inteiramente.

– Bem? – perguntou Obliteração por fim. – Não temos mais tempo.

Eu não me sentia mais descansado, apesar do respiro.

– Eu vou – sussurrei, rouco. – Farei isso.

– Boa escolha.

Ele me levou à bomba que eu imaginei ter sido deixada naquele deserto para agregar calor do sol. Eu me movi para mais perto dela e tive uma noção da sua forma – uma caixa de metal com o tamanho de uma maleta. Não era quente, mas parecia que deveria ser.

Obliteração se ajoelhou e pôs uma mão sobre ela; a outra, apoiou no meu braço.

– "Poderás viver, então, do trabalho de tuas mãos, serás feliz e terás bem-estar." Adeus, Matador de Aço.

Perdi o fôlego quando fui tomado num clarão de luz. Um segundo depois, me vi olhando para baixo, na direção da Terra.

Mal ouvi o barulho atrás de mim quando Obliteração sumiu, me abandonando. Eu estava no *espaço*; ajoelhado no que parecia ser uma superfície de vidro, olhando para uma visão gloriosa e de revirar o estômago: a Terra em todo o seu esplendor, cercada por uma névoa de atmosfera e nuvens.

Tão pacífica. Dali, minhas preocupações diárias pareciam insignificantes. Afastei os olhos com esforço para olhar ao redor, embora tivesse que dar as costas para a bomba e estreitar os olhos para enxergar qualquer coisa sobre a sua luz. Eu estava em algum tipo de... prédio, ou nave? Com paredes de vidro?

Eu me ergui, cambaleante, notando os cantos arredondados das paredes e uma luz vermelha distante em algum lugar naquela estrutura vítrea. Então percebi que, apesar de estar no espaço, meus pés permaneciam plantados na superfície abaixo de mim. Eu achei que flutuaria.

A bomba brilhava como uma estrela abaixo de mim. Toquei no detonador. Eu deveria... apertar agora?

Não. Não, primeiro precisava vê-lo. De perto. Ele brilhava carmesim, brilhante como a bomba, mas estava em algum lugar à minha frente na nave, sua luz refratando através de cantos e superfícies de vidro.

Meus olhos se ajustaram gradualmente, e notei uma porta. Fui tropeçando em direção a ela, uma vez que o chão era desnivelado, margeado por apoios e barras, como uma escada. As paredes também eram desniveladas, feitas de diferentes compartimentos cheios de fios e alavancas – mas era tudo vidro.

Atravessei um corredor, com dificuldade. Havia algo gravado em uma parede e passei a mão sobre aquilo. Letras em inglês? Eu podia lê-las – pelo visto, era o nome de alguma empresa. Faíscas. Eu estava na antiga Estação Espacial Internacional, mas ela havia sido transformada em vidro.

Sentindo uma desconexão irreal, continuei na direção da luz. O vidro era tão límpido que eu quase podia acreditar que não estava lá. Passei por um cômodo depois do outro, o braço estendido para garantir que eu não batesse de cara em uma parede, e a luz vermelha ficou maior.

Finalmente, entrei no último cômodo. Era maior que os outros pelos quais eu passara, e Calamidade esperava do outro lado – olhando para longe de mim, eu pensei, embora ele fosse tão brilhante que era difícil vê-lo.

Com o braço erguido contra a luz, segurei o detonador com mais força. Estava sendo estúpido. Eu deveria ter explodido a bomba. Calamidade poderia me matar no instante em que me visse. Quem sabia quais poderes esse ser tinha?

Mas eu *precisava* saber. *Precisava* vê-lo com meus próprios olhos. Precisava conhecer a coisa que arruinara nosso mundo.

Então atravessei a sala.

A luz de Calamidade diminuiu. Fiquei sem ar e senti o gosto de bile. O que as pessoas abaixo pensariam quando Calamidade se apagasse? A luz se reduziu a um brilho fraco, revelando um homem jovem usando um roupão simples sobre pele vermelha brilhante. Ele se virou para me encarar... e eu o conhecia.

– Olá, David – disse Larápio.

48

– Você – eu sussurrei. – Você estava lá embaixo! Com a gente, esse tempo todo!

– Sim – Larápio confirmou, virando-se para encarar a Terra. – Eu posso projetar um duplo de mim mesmo; você sabe disso. Até mencionou o poder em várias ocasiões.

Eu estava atordoado, tentando conectar tudo aquilo. Ele esteve com a gente.

Calamidade esteve *vivendo com a gente.*

– Por quê... o quê...?

Larápio suspirou, um som chocantemente humano. Irritação. Uma emoção que eu sentira nele com frequência.

– Eu fico olhando – ele disse –, tentando encontrar o que você vê nele.

Hesitantemente, fui para o lado dele.

– No mundo?

– Está destruído. É terrível. *Horrendo.*

– É – eu disse baixinho. – Lindo.

Ele olhou para mim, estreitando os olhos.

– Você é a fonte de tudo – afirmei, apoiando os dedos no vidro à minha frente. – Você... o tempo todo... os poderes que roubou dos outros Épicos?

– Simplesmente peguei de volta o que havia dado a eles – Calamidade disse. – Todos acreditaram tão rápido em um Épico que podia roubar habilidades que nunca perceberam que era o contrário. Eu não sou nenhum ladrão. "Larápio", me chamaram. Que mesquinho. – Ele balançou a cabeça.

Eu engoli, piscando.

– Por quê? – perguntei a Calamidade. – Por favor, conte-me. *Por que* fez isso?

Ele refletiu, as mãos entrelaçadas atrás do corpo. Era *mesmo* Larápio. Não só o mesmo rosto, mas os mesmos maneirismos. O mesmo jeito de dar uma fungada antes de falar, como se formar palavras para conversar comigo estivesse abaixo dele.

– Vocês deverão destruir a si mesmos – ele disse em voz baixa. – Eu sou apenas o arauto; eu trago os poderes. Vocês os usam e orquestram o próprio fim. É o que temos feito em infinitos domínios. É o que... me dizem.

– Dizem? Quem?

– É um lugar maravilhoso – ele continuou, como se não tivesse me ouvido. – Você não conseguiria compreender. Paz. Suavidade. Nenhuma luz terrível, nenhuma luz. Não sentimos como se usássemos apêndices horríveis como *olhos*. Vivemos lá como um único ser até que nosso dever chega. – Ele fungou. – E este é o meu. Então vim para cá e deixei tudo para trás. E troquei por...

– Luzes cegantes – completei. – Sons altos. A dor do calor, da sensação.

– Sim! – ele exclamou.

– Esses não são os *meus* pesadelos – eu disse, erguendo a mão à cabeça. – São os *seus*. Faíscas... eles são *todos* seus, não são?

– Não seja tolo, tagarelando sobre suas ideias bobas outra vez.

Recuei um passo, me apoiando numa protuberância quadrada da parede. Eu podia ver aquilo nos meus pesadelos. Visões de nascer nesse mundo, um lugar tão estranho a Calamidade. Para os sentidos dele, um lugar terrível.

As luzes cegantes dos meus pesadelos não passavam de lâmpadas de teto comuns.

Os sons e gritos? Pessoas falando ou o som de móveis sendo movidos.

A natureza terrível daquilo só existia em comparação a onde ele vivera antes. Outro lugar, um lugar que eu não conseguia compreender e que não tinha estímulos tão intensos.

– Era para você nos deixar? – perguntei.

Não houve resposta.

– Calamidade! Depois que desse nossos poderes, era para você nos deixar?

– Por que eu permaneceria nesse lugar terrível por mais tempo do que precisaria? – ele perguntou, desdenhoso.

– No mundo paralelo de Megan – eu sussurrei –, você foi embora e a escuridão nunca tomou os Épicos. Aqui, você permaneceu... e nos *infectou*, de alguma forma. Seu ódio, sua aversão. Você transformou cada Épico em uma cópia sua, Calamidade.

Megan dissera que seu medo de fogo não era tão pronunciado antes de ganhar seus poderes. Meu medo das profundezas começou quando os olhos dele se voltaram para mim. O que quer que Calamidade fizesse, o que quer que fosse, quando ele se infiltrava para dentro de alguém, *ampliava* seus terrores a um nível anormal.

E, quando as pessoas eram expostas a esses medos – às coisas que odiavam –, Calamidade recuava. Seus poderes sumiam, e sumia a escuridão.

De alguma forma, confrontar os medos era parte disso. Tinha que ser. Quando você confrontava seus medos, o que acontecia?

Os poderes são meus, Megan dissera. *Eu os reivindico.*

Faíscas. Isso significava que ela havia tomado os poderes e expulsado Calamidade inteiramente? Separando-os da escuridão?

– Todos vocês dão tantas desculpas – Calamidade disse. – Recusam-se a ver o que são, uma vez que ganham um pouquinho de poder. – Ele olhou para mim. – O que *você* é, David Charleston. Você escondeu dos outros, mas não pode se esconder da própria fonte. Eu sei o que é. Quando vai liberá-lo? Quando vai *destruir*, como é o seu destino?

– Nunca.

– Bobagem! É a sua natureza. Eu vi, vez após vez. – Ele deu um passo em minha direção. – Como conseguiu? Como se conteve por tanto tempo?

– É por isso que veio até nós? – perguntei. – Para Ildithia? Por minha causa?

Calamidade me encarou, furioso. Mesmo agora, vendo-o em sua glória, eu tive a mesma impressão que sempre tivera dele: de uma criança mimada.

– Calamidade – eu disse –, você tem que ir. Tem que nos deixar.

Ele fungou.

– Eu não tenho permissão de ir até que meu trabalho esteja terminado. Eles deixaram isso claro, depois que eu...

– O quê?

– Eu não vejo *você* respondendo às perguntas que eu fiz – ele disse, então se virou para olhar pela janela. – Por que negou seus poderes?

Eu umedeci os lábios, o coração martelando.

– Não posso ser um Épico – retruquei. – Meu pai estava esperando por eles...

– E daí?

– E daí... – As palavras sumiram. Eu não conseguia dizer em voz alta.

– Onze anos, e ainda assim sua espécie resiste – Calamidade murmurou. – Definhando, sim, mas também *resistindo*. Dez anos eu vivi entre vocês como uma criança, até fugir para este lugar.

Foi aí que Calamidade surgiu, pensei. *Quando ele tinha 10 anos – e quando decidiu começar a dar poderes.*

– Esse lugar – Calamidade continuou –, que é mais perto do meu lar que qualquer coisa nesse domínio imundo. Mas... eu descobri que precisava começar a descer de novo, entre vocês. Precisava saber. O que vocês viam nisso tudo? Mais onze anos e eu não consegui encontrar...

Eu olhei para o detonador fino ainda apertado na mão. Eu tinha minhas respostas. Elas criavam novas perguntas, é verdade. Qual *era* o lugar de onde ele viera? Por que a sua espécie queria nos destruir? Calamidade agia como se fosse predeterminado, mas por quem, e por quê?

Questões que eu provavelmente nunca veria respondidas. Meu único arrependimento era não ter dito adeus a Megan. Eu teria gostado de um último beijo.

Meu nome é David Charleston.

Eu apertei o botão.

E eu mato Épicos.

A bomba detonou.

49

A explosão arrasou a estação espacial de vidro, estilhaçando-a. O calor e a força me atingiram em um segundo, então *curvaram* ao meu redor, fluindo para a palma estendida de Calamidade e sendo sugados como água através de um canudo.

Terminou em um piscar de olhos. Atrás de mim, a estação se reconstruiu, o vidro se reformando e se selando outra vez.

Eu fiquei lá, parado como um idiota, clicando o botão repetidamente.

– Você pensou – Calamidade disse, sem olhar para mim – que meu próprio poder me destruiria? Suponho que seria poético. Mas sou o mestre dos poderes, David. Conheço-os todos, em sua complexidade. Sim, eu poderia dizer a você como Ildithia funciona. Sim, eu poderia explicar o que Megan faz quando pula para outros domínios, tanto as possibilidades centrais como as efêmeras. Mas eu sou *verdadeiramente* imortal. Nenhum dos poderes poderia me ferir, não de modo permanente.

Eu sentei no chão. A tensão de tudo aquilo me esgotara. A luta com Prof. Ser sequestrado por Obliteração. Pressionar aquele botão e estar preparado para morrer.

– Eu me perguntei se deveria apenas contar a eles – Calamidade refletiu, e se virou para mim. – Vocês devem entender que precisam destruir a si mesmos. Mas, veja, eu não devo interferir. Mesmo as pequenas infrações, como ser forçado a criar objetos para o seu ataque na Torre Afiada, me preocupam. Vai contra o nosso jeito de fazer as coisas, embora manter meu disfarce tenha exigido isso.

– Calamidade, você *já está* interferindo! Profundamente. Você os faz enlouquecer. Você os faz destruir!

Ele me ignorou.

Faíscas... como eu poderia fazê-lo ver? Como poderia mostrar que *ele* estava causando a escuridão e a destruição, que as pessoas não se entregavam a isso tão naturalmente quanto ele pensava?

– Vocês são inúteis, de modo geral – ele disse suavemente. – *Vão* se destruir, e eu testemunharei. Não vou evitar meu dever como outros fizeram. Devemos assistir, como é a nossa vocação. Mas não devo interferir, não de novo. Os atos da juventude podem ser perdoados. Embora eu nunca tenha sido realmente uma criança, eu *era* jovem. E o seu mundo é um choque. Um choque terrível. – Ele assentiu, como se tentasse se convencer disso.

Eu me forcei a levantar. Então tirei minha arma do coldre na perna.

– Sua resposta para tudo, David Charleston? – Calamidade perguntou com um suspiro.

– Vale a tentativa – respondi, erguendo a arma.

– Eu concentro os poderes do universo. Entende isso? Eles são *todos meus*. Eu sou o que você chama de Alto Épico, mas mil vezes mais poderoso.

– Você é um monstro de qualquer forma – eu disse. – Acho que poderes divinos não o tornam um deus. Eles o tornam um valentão que por acaso tem a maior arma.

Apertei o gatilho. A arma nem disparou.

– Eu removi a pólvora – Calamidade observou. – Nada que você possa fazer, seja resultado de poderes Épicos ou da engenhosidade dos humanos, pode me ferir. – Ele hesitou. – Você, no entanto, não tem tais proteções.

– Hã... – eu disse.

Então corri.

– Sério? – ele perguntou. – É isso que vamos fazer?

Disparei daquela sala, correndo desabalado pelo caminho pelo qual viera, o que era difícil considerando que aquele lugar havia sido feito por pessoas que se moviam em queda livre em vez de caminhar.

Cheguei à sala onde aparecera pela primeira vez. Sem saída.

Calamidade surgiu ao meu lado.

Engoli, a boca seca.

– Sem interferência, certo?

– É claro, David – Calamidade disse. – Mas você invadiu a estação. Eu não preciso salvá-lo do... resultado natural de suas ações. Este lugar pode ser tão frágil. – Ele sorriu.

Eu saltei até um apoio de mão no chão – e bem na hora, quando um buraco grande se abriu ao lado da sala. O vento uivou.

– Adeus, David Charleston – Calamidade disse, se aproximando para chutar meus dedos.

Luz fulgurou na sala.

Então alguém *deu um soco* bem na cara de Calamidade, fazendo-o deslizar pelo chão. O uivo do ar parou, e eu inspirei com força, olhando para o recém-chegado.

Prof.

Ele usava seu jaleco preto e não exibia mais o olhar vazio que havia em seus olhos quando eu o deixei. Aquilo fora substituído por uma expressão de determinação e coragem pura.

– Você! – Calamidade disse, jogado no chão. – Eu recuperei os seus poderes!

Prof abriu o jaleco. Ali, amarrado ao seu peito, estava o colete que Falcão Paladino fizera, rapidamente consertado, com os motivadores substituídos.

– Inútil! – Calamidade exclamou. – Se eu os reivindiquei, isso não deveria funcionar. Ele... eu... – Ele encarou, perplexo, o campo de força na parede, que brilhava verde.

Prof me ofereceu sua mão.

Eu soltei um longo suspiro de alívio.

– Como se sente? – perguntei, pegando sua mão.

– Assombrado – ele sussurrou. – Obrigado por me trazer de volta. Eu o odeio por isso, David. Mas *obrigado*.

– Eu não o trouxe de volta – retruquei. – Você enfrentou o medo, Prof. – De repente, eu entendi: ao colocar os motivadores e tentar assumir seus poderes de novo depois do que acontecera, ele havia enfrentado seu medo. Ele viera arriscar o fracasso. Ele *conseguira*.

Tinha reivindicado seus poderes. Como Megan, arrancara a escuridão de suas habilidades, e se livrara dela enquanto as tomava para si.

Os poderes de Prof agora eram dele, e não de Calamidade. As caixas do motivador de repente se tornaram inúteis.

Prof me agarrou, talvez pretendendo nos transportar para longe, mas uma onda de *algo* veio contra nós, fazendo-nos voar pelo chão. Calamidade começou a brilhar de novo, uma luz vermelha cegante. E, quando falou... faíscas, aquela *voz*. Desumana, irreal.

Algo caiu das mãos de Prof e foi vaporizado quando Calamidade apontou.

– O que era isso? – perguntei acima do guincho terrível que era a voz de Calamidade, falando uma língua que eu não conseguia entender.

– *Era* a nossa saída – disse Prof. – Corra.

O transportador. Inferno. Eu me ergui às pressas enquanto Prof colocava um campo de força entre nós e Calamidade, mas ele desapareceu num segundo. Lutar contra ele era impossível, era...

Alguma força invisível me jogou no chão. Calamidade brilhou com intensidade e ergueu as mãos, formando um raio, o qual lançou em minha direção.

Luz fulgurou outra vez e ele errou.

Megan estava na sala, segurando Obliteração pela garganta. Ele parecia estar engasgando. Encarei surpreso quando ela jogou o homem de lado – ele desapareceu num instante, não de seu jeito habitual, mas desvanecendo. Megan ergueu a arma e começou a atirar em Calamidade. Não surtiu nenhum efeito, mas o Épico gritou de novo naquela língua estranha.

Megan xingou e se agachou ao meu lado.

– Plano? – perguntou.

– Eu... Megan, como você...?

– Fácil – ela respondeu, atirando de novo. – Agarrei o Obliteração de outra dimensão, mostrei a ele a foto deste lugar e o fiz me trazer aqui em cima. Ele ainda é um slontze lá, aliás. Agora... plano?

Plano.

Às vezes, você não sabe do que precisa até estar bem na sua cara.

– Mande nós dois – eu disse, me erguendo. – Mande Calamidade e eu para o mundo de Tormenta de Fogo. Mas não no espaço, por favor. Mande-nos para Tormenta de Fogo, onde quer que esteja.

– David, Calamidade vai matá-lo!

– Megan, por favor. Confie em mim.

Os lábios dela se apertaram, e, enquanto eu tropeçava até Calamidade na sala que sacudia, ela liberou seus poderes.

Eu o agarrei, e juntos fomos para outro lugar.

50

Tropeçamos e caímos em um telhado em Ildithia, perto de um buraco aberto, ardendo em brasas. A noite caíra; a escuridão cobria a cidade de sal, mas eu reconheci o local. Estávamos onde eu enfrentara Prof no fim.

Primeiro achei que algo havia dado errado. Tínhamos mesmo entrado em outra dimensão? Mas *havia* diferenças. Aqui o buraco parecia ter sido feito por uma explosão em vez de tensores. Também havia bem menos corpos.

Eu me virei e descobri que Calamidade estava lá, rosnando para mim. Ele ergueu as mãos, reunindo luz.

– Eu posso mostrar a você – sussurrei – o que nós vemos na Terra. Você diz que está curioso. Posso mostrar algo que vai gostar de ver. *Prometo.*

Ele fungou de desdém. Mas, enquanto eu observava, a raiva dele pareceu amainar. Como... bem, como um Épico quando seus poderes recuavam.

– Você está curioso – afirmei. – Sei que está. Não quer entender, finalmente, para que sua curiosidade pare de atormentá-lo?

– Bah – ele disse, mas abaixou as mãos e se transformou em Larápio. Bem, ele sempre fora Larápio, mas havia parado de brilhar, a pele retornando ao tom humano normal, e seu roupão tinha se transformado na camisa e calça que usava com frequência.

– O que pretende fazer aqui? – ele exigiu saber, olhando ao redor. – Esta é outra Possibilidade Central, não é? Uma adjacente à sua? Você percebe que eu posso apenas nos mandar de volta.

– Pontos! – disse a voz de Tormenta de Fogo. Eu me virei e o encontrei no telhado ao lado, perto de Tavi. Ela ficou para trás, me examinando enquanto Tormenta de Fogo pulava, planando sobre o espaço aberto, arrastando chamas atrás de si. – Ele está aqui! – Tormenta de Fogo disse, obviamente falando num celular. Como ele encontrara um que não queimava? – Sim, *ele*.

– Você consegue convocar a pessoa que quer me encontrar? – perguntei a Tormenta de Fogo, dando um olhar de esguelha para Calamidade.

– Ah, não se preocupe – Tormenta de Fogo disse. – Ele está vindo.

– *Há* algo errado neste lugar – Calamidade disse, erguendo a cabeça para o céu e estreitando os olhos. – Algo errado...

– É um mundo que você deixou, Calamidade – eu expliquei. – É um mundo onde alguns Épicos não destroem. Onde alguns protegem e lutam contra aqueles que matam.

– Impossível. – Ele se virou bruscamente para mim. – Você está mentindo!

– Você conhece seus poderes – eu disse. – Sabe o que Megan faz. Você mesmo me disse que é o mestre deles. Antes, exigiu que eu negasse o que eu era. Bem, eu não nego, não mais. Sou um de vocês. Agora é *sua* vez! Eu o desafio a negar o que está vendo. *Negue* que este lugar, que esta possibilidade, existe!

– Eu... – Ele parecia perplexo. Então olhou para o céu escuro onde Calamidade deveria estar. – Eu...

Holofotes brilhantes iluminaram uma área ali perto, onde pessoas procuravam por sobreviventes nos escombros de qualquer conflito que Tormenta de Fogo e sua equipe tinham realizado. Lá embaixo, quando pessoas o viram ao meu lado, elas deram vivas.

Faíscas, elas *deram vivas* para um Épico.

– Não... – Calamidade disse. Ele olhou para Tormenta de Fogo, então para as pessoas. – Este deve... deve ser uma anomalia... como a sua Megan...

– É mesmo? – perguntei, examinando a área. Então avistei uma figura se erguendo da cidade, a figura que eu estava esperando. Ele voou direto até nós, a capa flutuando atrás de si. Um traje que eu conhecia bem demais.

Agarrei Calamidade pela frente da roupa.

– Olhe! – exclamei. – Olhe para um lugar onde os Épicos estão livres da sua corrupção. Olhe para quem vem, o mais terrível de todos. Um assassino no nosso mundo, um destruidor. Olhe e veja que, aqui, Calamidade, *até Coração de Aço é um herói*!

Eu apontei para o lado quando a figura aterrissou no telhado.

– Esse – Calamidade disse – não é Coração de Aço.

O quê?

Eu olhei para a figura de novo. Uma magnífica capa prateada. Calças pretas largas, uma camisa esticada sobre um físico poderoso. Era o traje de Coração de Aço, mas agora tinha um símbolo no peito. Essa era a única diferença na roupa.

Mas o rosto dele... o rosto era de um homem gentil, não de um tirano. Feições arredondadas, cabelo ralo, um sorriso largo e olhos tão compreensivos.

Blain Charleston.

Meu pai.

51

– Meu David – meu pai sussurrou. – Meu querido *David*...

Eu não conseguia falar. Não conseguia me mexer. Era ele. Neste mundo, meu pai era um Épico.

Não, neste mundo, meu pai era *o* Épico.

Ele deu um passo hesitante para a frente, uma ação extremamente tímida para alguém com a musculatura, a estatura e o ar majestoso de um Épico poderoso.

– Ah, filho. Sinto muito. Sinto muito mesmo.

Soltei Calamidade, chocado. Meu pai deu outro passo à frente, então eu o apertei num abraço.

Tudo saiu de mim. A preocupação, o terror, a frustração e a exaustão anestesiante. Elas saíram em soluços que fizeram meu corpo todo tremer.

Eu liberei mais de uma década de dor e pesar, uma década de perda. Ele me apertou com força, e cheirava como meu pai, Épico ou não.

– Filho – ele disse, me abraçando e chorando. – Eu o matei. Não queria fazer isso. Tentei protegê-lo, salvá-lo. Mas você morreu. Você morreu mesmo assim.

– Eu deixei você morrer – sussurrei. – Eu não te ajudei, não me ergui. Eu assisti enquanto ele matava você. Fui um covarde.

Nossas palavras se misturaram enquanto falávamos. Mas, por um momento, de alguma forma, tudo estava bem. Eu estava nos braços do meu pai. Embora fosse impossível, era verdade.

– Mas... *é* ele – Calamidade sussurrou atrás de mim. – Eu vejo os poderes. Os mesmos poderes.

Finalmente soltei meu pai, embora ele mantivesse uma mão protetora em meu braço. Calamidade encarou o céu outra vez.

– Você o trouxe aqui? – meu pai perguntou.

Calamidade assentiu, distraído.

– Obrigado, herói – ele agradeceu, falando com uma confiança que eu não via nele desde antes de minha mãe morrer. – Obrigado por me trazer esse presente. Você deve ser um grande homem de compaixão no seu domínio.

Calamidade olhou para nós, franzindo a testa. Do meu pai para mim, então de volta.

– Pelas Faíscas Eternas – Calamidade sussurrou. – Eu *vejo*.

Fui tomado por uma sensação de esmaecimento. O poder de Megan estava se esgotando e logo nós retornaríamos.

Agarrei meu pai de novo.

– Estou indo – eu disse. – Não tenho escolha. Mas... pai, eu perdoo você. Saiba que perdoo você. – Não precisava ser dito, mas eu sabia que *tinha* de dizê-lo.

– Eu perdoo você – meu pai também disse, com lágrimas nos olhos. – Meu David... é suficiente saber que, em algum lugar, você continua vivo.

O mundo esmaeceu e, com ele, meu pai. Eu antecipei dor, um puxão abrupto, uma separação brusca – mas só senti paz.

Ele tinha razão. Era suficiente.

Calamidade e eu reaparecemos na estação espacial de vidro. Megan e Prof estavam a postos, ela com sua arma, Prof com lanças de luz. Ergui as mãos para contê-los.

Calamidade permaneceu em sua forma humana. Ele não mudou de volta; apenas se ajoelhou naquele chão de vidro, encarando o nada. Um fraco brilho vermelho finalmente começou a emanar dele, e o homem olhou para nós.

– Vocês são maus – ele disse, quase um apelo.

– Não somos – Megan retrucou.

– Vocês vão... vão destruir tudo... – ele disse.

– Não – Prof afirmou, com a voz rouca. – Não.

Calamidade se concentrou em mim, ao lado dos outros dois.

– A sua corrupção não é o bastante – eu disse. – Seus medos não são o bastante. Seu ódio não é o bastante. Não destruiremos o mundo, Calamidade.

Ele apertou os braços ao redor de si e começou a se balançar.

– Você sabe o que fez a diferença? – perguntei a ele. – A razão pela qual os nossos poderes se separaram dos seus? A mesma coisa aconteceu com todos nós. Megan entrando num prédio em chamas. Eu pulando no oceano. Edmund com o cachorro. E Prof vindo aqui. Não era só confrontar os medos...

– ... era ir além dos medos – Calamidade sussurrou, olhando de mim para os outros – para salvar alguém.

– Você teme isso? – perguntei baixinho. – Que não sejamos o que você pensou? Isso o aterroriza? Saber que, no fundo, as pessoas não são monstros? Que, em vez disso, somos inerentemente bons?

Calamidade me encarou, então desabou, se dobrando no chão de vidro. A luz vermelha dentro dele diminuiu, então – simples assim, ele desvaneceu. Até que não houvesse nada.

– Nós... o matamos? – Megan perguntou.

– Praticamente – eu respondi.

A estação fez um barulho alto, então balançou.

– Eu *sabia* que essa coisa estava baixa demais para uma velocidade orbital dessas! – Prof gritou. – Faíscas. Precisamos ligar para Thia e... – Ele ficou pálido.

A estação inteira deu um tranco, nos lançando para o teto. Calamidade a estivera segurando no lugar. Ela começou a quebrar, o vidro criando rachaduras como teias de aranha com a pressão interna. Em segundos, estávamos despencando na direção da Terra, a estação se estilhaçando ao nosso redor.

Mas eu estava calmo.

Pois, em outro mundo, a camisa do meu pai tinha um símbolo. Um símbolo que eu reconhecia – uma letra S estilizada. Um símbolo que significava algo.

O símbolo dos Fiéis.

Os heróis virão. Apenas aguarde.
Eu tomei o poder dentro de mim.

EPÍLOGO

Sentei na encosta, descansando na sombra da estação espacial caída – que eu transformara em aço enquanto despencávamos. Eu havia feito a transformação, então saído por um dos buracos na parede. Eu a tinha agarrado, diminuindo a velocidade, então a guiara para fora de sua espiral mortal e por fim a colocara ali.

Bem... tinha deixado cair ali. Voar, eu descobri, era bem mais difícil do que as pessoas pensavam. No ar, eu era tão ágil quanto dezessete morsas idosas tentando fazer malabarismo com peixes-espadas vivos.

Talvez precise trabalhar nessa.

Megan veio até mim, parecendo radiante como sempre, apesar dos machucados causados pelo pouso, hã, com deficiência de suavidade. Então sentou e apertou meu braço.

– Então – ela disse –, você vai ficar supermusculoso?

– Não sei – respondi, flexionando o bíceps. – Coração de Aço era, e meu pai é. Talvez venha com o portfólio.

– Isso compensaria suas péssimas habilidades de beijo.

– Ei, pra consertar isso, você só precisa me deixar praticar.

– Anotado.

Estávamos em algum lugar na Austrália, segundo Falcão Paladino, que nos enviava um helicóptero. Levaria horas até chegar, mas eu não confiaria nas minhas habilidades de voo para nos levar de volta à América do Norte.

Virei a cabeça para a outra encosta.

– Como ele está?

– Mal – Megan respondeu, olhando para a silhueta de Prof, onde ele estava sentado encarando o céu. – Ele terá que viver com isso, assim como eu. As coisas que fizemos quando estávamos consumidos pela escuridão... bem, *parecem* nossas próprias ações. Como sonhos, às vezes, mas ainda nossa escolha. Você se lembra de ter gostado delas também...

Ela estremeceu e eu a puxei para perto. Depois disso, Prof nunca seria o mesmo. Mas algum de nós seria?

– Os poderes dele ainda funcionam? – perguntei. – Como os seus?

Ela assentiu, olhando para o celular.

– Abraham e Cody estão bem, embora Prof vá precisar recriar o braço de Abraham. E... hã... você precisa ler isso. – Ela me mostrou uma mensagem de Falcão Paladino.

– Mizzy? – perguntei.

Megan assentiu.

– Faíscas. Eu me pergunto o que ela vai achar de ser uma Épica.

– Bem, sem a escuridão... – Megan deu de ombros.

E a escuridão havia realmente sumido, até onde conseguíamos ver. Megan ainda achava que Calamidade poderia retornar. Eu não.

Um lampejo de luz apareceu à nossa frente, se materializando num homem com óculos e cavanhaque, usando um casaco longo.

– Ah! – Obliteração disse. – Você *está* aqui. – Ele guardou o celular que estava carregando.

Hmm, talvez, no fim das contas, não precisássemos do helicóptero. Respirei fundo e me ergui, esperançoso. Dei um sorriso a Obliteração e lhe estendi a mão.

Ele deslizou a espada de sua bainha – sim, ele ainda tinha uma espada – e a apontou para mim.

– Você fez bem, e abençoado é, pois arrancou o dragão do seu céu. Eu lhe darei uma semana para se recuperar. Meu próximo alvo é Toronto. Pode me enfrentar lá e veremos o que se tornará de nosso confronto, cavaleiro.

– Obliteração – supliquei –, Calamidade se foi.

– Sim – ele concordou, embainhando a espada.

– A escuridão sumiu – eu disse. – Você não tem que ser mau.

– Eu não sou – ele afirmou. – Agradeço a você por me dar os segredos que conhece, Matador de Aço. Eu sei por que a escuridão me deixou há cinco anos, quando enfrentei meu medo. Estou livre dela desde então. – Ele assentiu para mim. – "E colocou, ao oriente do jardim do Éden, Querubins armados de uma espada flamejante, para guardar o caminho da árvore da vida."

Ele brilhou como cerâmica branca e desapareceu.

– Calamidade – eu disse, sentando de volta, frustrado. – *Calamidade.*

– Sabe – Megan comentou –, talvez a gente precise inventar xingamentos novos.

– Eu tinha esperado, talvez, que do nosso lado ele seria bom, uma vez que Calamidade tivesse partido.

– Épicos são pessoas – Megan disse. – Livres para serem pessoas, David. Como deve ser. E isso significa que alguns ainda serão egoístas, ou perturbados, ou qualquer coisa do tipo.

Ela se aconchegou ao meu lado.

– Estou descansada e disposta a me exercitar.

Eu sorri.

– Treino!

Megan revirou os olhos.

– Não que eu seja contra, Joelhos, mas estava me referindo aos meus poderes.

Ah, certo. Eu sabia disso.

– Ainda quer tentar? – ela perguntou.

– Sim, claro. Ele estará esperando.

– Certo. Fique parado.

Um segundo depois, eu estava de volta no outro mundo. Eu já retornara uma vez. Logo depois de aterrissarmos na estação espacial, eu havia ido para deixá-los saber que minha visita de antes não fora a última – mas tinha ficado só um momento. Megan estava cansada.

Antes de ir, porém, eu havia combinado um ponto de encontro. Meu pai estava em pé no topo de um prédio. A Torre Afiada, que não fora destruída no mundo dele. Eu fui em sua direção, notando a capa esvoaçante. *Olhe o que essas HQs fizeram com você.* Usando um símbolo e tudo? Faíscas, ele era um nerd.

Tal pai, tal filho, acho.

Ele me viu e se virou exibindo um sorriso largo. Andei até ele, hesitante. Onze anos – um tempo longo para compensar. Como começar?

– Hã – eu disse –, Megan acha que está melhorando nisso, e a escuridão sumiu, então ela pode aguentar por mais tempo. Agora que está descansada e não estamos no meio de uma catástrofe nem nada, ela acha que pode nos dar uns quinze minutos. Talvez até meia hora.

– Bom, bom – meu pai disse. Então arrastou os pés, constrangido. – Hã, Tormenta de Fogo me disse que você e eu compartilhamos um conjunto de poderes.

– É – concordei. – Rajadas de poder, invulnerabilidade. Ah, e transformar coisas em aço. Não sei quão útil essa última vai ser.

– Você ficaria surpreso – ele disse.

– Ainda vou precisar me acostumar. Aliás, voar está meio que acabando comigo.

– Voar é difícil no começo.

Nós ficamos um na frente do outro, inseguros, até que meu pai inclinou a cabeça na direção do parapeito do prédio.

– Você... talvez... quer que eu te ensine?

Eu sorri, sentindo um calor dentro do peito.

– Pai, não consigo pensar em nada de que gostaria mais.

AGRADECIMENTOS

Escrever os agradecimentos geralmente é a última coisa que faço para um livro. Sentado aqui, tarde da noite, em novembro, estou refletindo sobre essa série em geral. *Coração de Aço* tem uma das histórias de origem mais aleatórias entre os meus trabalhos de ficção, concebida – quase inteiramente – durante uma longa viagem na Costa Leste enquanto eu estava em turnê para um dos livros da série Mistborn.

Isso foi em 2008. Agora é 2015, sete anos depois, e a jornada de trazer essa série a vocês tem sido excepcionalmente satisfatória. As pessoas listadas abaixo foram uma grande parte dela. Mas eu também quero tirar um momento especial para agradecer a todos vocês por me acompanharem nessa jornada louca. Leitores – tanto antigos como novos – que apostaram na série, vocês têm meus mais sinceros agradecimentos. Vocês me dão os meios para continuar sonhando.

Então deixemos os agradecimentos rolarem. Minha equipe pessoal de Executores, que tornam minha vida incrível: Krista Marino foi a editora na Delacorte Press nesse projeto, assim como nos outros dois livros. Vocês devem o sucesso desses romances a ela, uma das mais antigas proponentes da série. Também gostaria de agradecer a Beverly Horowitz por sua sabedoria e orientação; ela foi uma defensora desses livros na editora.

Outras pessoas na Random House que merecem meus agradecimentos são Monica Jean, Mary McCue, Kim Lauber, Rachel Weinick, Judith Haut, Dominique Cimina e Barbara Marcus. O copidesque foi feito por Colleen Fellingham.

Meu agente Joshua Bilmes foi o primeiro que teve de sentar e ouvir um discurso empolgado sobre como essa série seria legal quando eu finalmente a escrevesse. Ele tem sido muito paciente. Meu outro agente, Eddie Schneider, fez as negociações desses livros e os representou bravamente. Também na agência, agradeço a Sam Morgan, Krystyna Lopez e Tae Keller.

Gostaria de mencionar ainda meu agente no Reino Unido, John Berlyne, da Zeno Agency. Meu editor britânico do livro foi Simon Spanton, um indivíduo excelente e a primeira pessoa no mercado editorial britânico que me deu uma chance.

Minha equipe pessoal inclui o despreocupado Peter Ahlstrom, vice-presidente da empresa e diretor editorial, que lidou com muito da continuidade e das revisões neste livro, assim como muito do trabalho editorial. Como sempre, Isaac $tewart estava aqui para ajudar com a arte, e meu assistente executivo era Adam Horne. Kara Stewart merece agradecimentos por coordenar a loja do site (que, aliás, tem muita coisa legal à venda).

Meu grupo de escrita no projeto incluiu Emily Sanderson, Karen e Peter Ahlstrom, Darci e Eric James Stone, Alan Layton, Kathleen Dorsey Sanderson, Kaylynn ZoBell, Ethan e Isaac Skarstedt, Kara e Isaac Stewart e Ben Olsen, destruidor de mundos.

Agradecimentos especiais ao nosso time local em Atlanta, Jennifer e Jimmy Liang, que esquadrinharam lugares para nós como superespiões, e ofereceram comentários sobre tudo relacionado à cidade. Os leitores beta foram Nikki Ramsay, Mark Lindberg, Alyx Hoge, Corby Campbell, Sam Sullivan, Ted Herman, Steve Stay, Marnie Peterson, Michael Headley, Dan Swint, Aaron Ford, Aaron Biggs, Kyle Mills, Cade Shiozaki, Kyle Baugh, Justin Lemon, Amber Christenson, Karen Ahlstrom, Zoe Hatch e Spencer White.

Nossos revisores da comunidade incluíram muitos dos acima mencionados, além de Bob Kluttz, Jory Phillips, Alice Arneson, Brian T. Hill, Gary Singer, Ian McNatt, Matt Hatch e Bao Pham.

E, é claro, apoio moral foi fornecido por Emily, Dallin, Joel e Oliver Sanderson. Os três meninos em especial me deram muitos conselhos sobre super-heróis e como tratá-los.

Essa foi uma jornada louca e incrível. Obrigado novamente por me acompanharem nela.

BRANDON SANDERSON

TIPOGRAFIA:
Caslon [texto]
Fenton [títulos]

PAPEL:
Ivory Slim 65 g/m² [miolo]
Supremo 250 g/m² [capa]

IMPRESSÃO:
Rettec Artes Gráficas e Editora Ltda. [agosto de 2024]
1ª edição: junho de 2019 [2 reimpressões]